La Librería de la Esperanza

T0244101

Stephanie Butland

La
LIBRERÍA
de la
ESPERANZA

Traducción de
Marina Rodil Parra

Primera edición: febrero de 2024
Título original: *Found in a Bookshop*

© Stephanie Butland, 2023
© de la traducción, Marina Rodil Parra, 2024
© de esta edición, Futurbox Project, S. L., 2024
Todos los derechos reservados, incluido el derecho de reproducción total o parcial en cualquier forma.

Diseño de cubierta: Taller de los Libros
Imagen de cubierta: Maja Tomljanovic
Corrección: Samara Ibarra e Isabel Mestre

Publicado por Lira Ediciones
C/ Roger de Flor nº 49, escalera B, entresuelo, despacho 10
08013, Barcelona
info@liraediciones.com
www.liraediciones.com

ISBN: 978-84-19235-10-7
THEMA: FBA
Depósito legal: B 37-2024
Preimpresión: Taller de los Libros
Impresión y encuadernación: Liberdúplex
Impreso en España – *Printed in Spain*

Para Eli

Antes

—Bienvenido a la mejor librería del mundo —dice Kelly, aunque no está muy segura de que se pueda dar la bienvenida a un sitio que en realidad está cerrado.

Craig le rodea la cintura con el brazo y apoya la cabeza sobre su hombro.

—Hola, librería.

Son las diez de la noche de un jueves de diciembre y Kelly y Craig están entre achispados y mareados. Kelly no sabe si es la sidra caliente y especiada o el hecho de que, durante la cena, se dijeron por primera vez que se querían. York está atestada de fiestas prenavideñas, pero la calle adoquinada que es el hogar de la Librería de la Esperanza está tranquila.

A Kelly le encanta trabajar aquí. Puede ser ella misma; puede ser una experta; conocer a gente a la que le importan los libros tanto como a ella.

Craig empieza a mecerla adelante y atrás y Kelly gira entre sus brazos y coloca las manos sobre sus hombros. Juntos, no dejan de balancearse. Sus movimientos no son exactamente un baile, pero resultan armoniosos. A Craig no le gusta mostrarse afectuoso en público —dice que es demasiado mayor para eso, a pesar de que solo tiene treinta y siete años—, de modo que Kelly se inclina y disfruta de la experiencia. En esto consiste tener pareja. En esto consiste que alguien te quiera... y que tú le quieras.

Un grupo que está de marcha pasa por el final de la calle y Craig se aparta.

—¿Vamos a tu casa? —le pregunta, y ella asiente. Quizá esa noche se quede.

1

Para un amante de los libros, una librería no es un lugar en el mundo, sino un mundo en sí mismo.

Porque lo sabes.

Sabes lo que se siente al abrir una puerta y escuchar el ligero tintineo de la campana que hay sobre ella, invitándote a entrar.

Conoces el olor de las páginas, que impregna el ambiente como si fuera humo; ese sentimiento de que llegas a casa, aunque quizá nunca hayas tenido un verdadero hogar.

Sabes que allí dentro, en algún sitio, hay un libro que puede darte lo que ansías.

Que los libros ofrecen seguridad, sabiduría, una vía de escape, paz y todo aquello que te ayuda a sobrevivir. Tanto si te enseñan la mejor forma de preparar crema de champiñones como si te rompen el corazón con la pérdida de otra persona para que tú puedas soportar la tuya, te hacen reír cuando no hay nada divertido en tu vida o te asustan tanto que la realidad parece menos temible.

Lo entiendes.

Y, por lo tanto, también comprendes, o puedes imaginarte, lo extraño que resulta una librería vacía. Ha llegado muy repentinamente este mundo en el que nos ha tocado vivir. En el que las personas ya no pueden poner un libro en las manos de alguien y decir: «Creo que es justo lo que estás buscando». En el que los libreros —incluso aquellos a los que les gustan los libros más que las personas— no pueden evitar echar de menos que alguien entre y descoloque sus estanterías perfectamente ordenadas por orden alfabético.

Y en el que incluso las librerías más queridas podrían empezar a sufrir. Estar repletas de toda clase de tesoros de segunda mano, de libros adorados y usados por otras personas, no sirve para nada cuando nadie abre la puerta, coge aire y le pide algo a la librería.

Mi madre quiere releerse un libro de cuando iba al colegio pero del que no recuerda el título.

Yo acabo de terminar los exámenes y quiero leer un libro que no tenga nada que ver con guerras o con la historia.

No puedo dormir, así que leo. ¿Dónde están los libros que me harían sentir rodeada de gente, de amigos, en lugar de como si fuera la única persona despierta en este oscuro mundo?

Hacer estas preguntas, en silencio, resulta sencillo cuando estás en una librería. Pasear entre las estanterías, tocar los lomos, pasar las páginas y pensar: «¿Eres el libro que necesito?».

Y hablar con los libreros a veces también es fácil. Decirles: «Quiero algo ligero» o «¿Qué me recomiendas?», y que ellos entiendan, leyendo entre líneas, que no puedes soportar lo largas que se te hacen las tardes o que ya no sabes en qué consiste tu vida.

Pero no es así si la puerta de la librería está cerrada.

No lo es si tratas de explicar por teléfono qué necesitas, y lo que te hace falta es que la librería te invite y te haga saber que no pasa nada por deambular, tocar y reflexionar.

O si no sabes lo que necesitas, sobre todo cuando el anhelo por conseguir un libro nuevo parece a la vez algo insignificante y privilegiado; cuando, si lo que lees es tu única preocupación, no deberías preocuparte en absoluto.

O si parece que el mundo entero se ha quedado sin palabras.[*]

---

[*] Juego de palabras que hace referencia al nombre de la librería en inglés: *Lost For Words*. (*N. de la T.*)

2

Rosemary, 2020, Whitby

A Rosemary le duelen las articulaciones de los dedos, pero no parece capaz de dejar de agarrar con fuerza el asa de la bolsa. El día ha traído consigo un amenazador sentimiento de calamidad que teme que la arrastre consigo; una enorme ola invisible que reducirá su casa de campo a la nada, arrancará de cuajo sus plantas y los lanzará, a ella y a George, y a cada aspecto de su vida compartida durante tantos años, al frío mar del Norte.

Cierra los ojos y los aprieta con fuerza.

Un minuto, solo necesita un minuto.

Se dice a sí misma que no ha pasado nada. El médico le hizo a George un montón de preguntas y una enfermera le sacó una muestra de sangre. Eso es todo. No hay nada de qué preocuparse.

A su lado, George se pelea con la llave y la cerradura de la puerta delantera. Rosemary se fija en que su marido deja caer los hombros en cuanto consigue meter la llave. Sabe lo que significa ese gesto. Al fin y al cabo, lleva con George desde que se conocieron en 1964. Apenas se han separado desde que dejaron la enseñanza en 2005, y mucho menos desde que comenzó la pandemia. Esa caída de hombros significa que su marido acaba de conseguir algo que le parecía prácticamente imposible. Rosemary lo recuerda de cuando alcanzaron la cima del pico Scafell, en plena lluvia, poco después de que se comprometieran; de cuando la banda del colegio, cuyos intérpretes estaban pegados los unos a los otros, consiguió tocar toda la *Marcha de El cascanueces* de Chaikovski en el concierto de Navidad, sin que acabara en desastre; del año en el que se dieron cuenta de que por fin habían quitado toda la *Fallopia japonica* del jardín de su querida casa de campo de Whitby con vistas al mar.

Y, ahora, George está tan cansado que casi ni puede abrir la puerta de su propia casa.

—¿Una taza de té en el jardín, cariño? —pregunta cuando ya han entrado.

—Lo hago yo. Ve saliendo, y de camino échale un vistazo a las bocas de dragón.

—Procedo. —George le sonríe a su mujer de la misma forma que siempre y, por un instante, Rosemary se pregunta si todo irá bien. Mucha gente pierde peso. Todos los hombres mayores se levantan por la noche para ir al baño.

El agua hierve y Rosemary baja su vieja tetera marrón de la balda que hay sobre el hervidor, pero después vuelve a dejarla en su sitio y se dirige al armario donde guardan la vajilla y la cristalería para ocasiones especiales. Saca una delicada y preciosa tetera de porcelana china decorada con guisantes de olor. Se la compraron por su cuadragésimo aniversario, en 2009, en una feria artesanal instalada en los terrenos de la abadía de Whitby. Normalmente, la sacan en Navidad y en los cumpleaños. Pero deberían utilizarla más a menudo. La gente siempre dice que la vida es corta y Rosemary sabe en lo más profundo de su corazón que ya no pueden ignoran los cambios lentos que está sufriendo George, ni tampoco tacharlos de cansancio o de las típicas cosas de la edad que hacen que Rosemary pierda sus gafas de cerca cada cinco minutos. Por eso han ido al médico.

A través de la ventana, Rosemary ve a George dirigiéndose al jardín. Mientras avanza, se detiene para inspeccionar las plantas y los parterres. Parece moverse lentamente; pero, claro, lo mismo le sucede a ella. Cuando llegue el otoño los dos tendrán setenta y ocho años; ella los cumplirá en mayo y él, en agosto.

Rosemary echa el té de la tetera en el termo y mete las tazas de hojalata y la lechera con tapa de rosca en la cesta, que es más fácil de transportar que una bandeja. Sabe que, para cuando alcance a George, este no solo habrá comprobado la roya de las bocas de dragón, sino que se habrá autoimpuesto otras tareas: algo de poda por aquí, algo de agua por allí, un lugar para echar las hojas de té usadas y así evitar que las babosas se acerquen a los brotes.

Y lleva razón. Cuando se sienta junto a él en la vieja y cálida madera de su banco, él le dice:

—Tengo que podar la madreselva, de lo contrario, el jazmín no saldrá nunca.

Es como si, desde que se jubilaron, todos los días fueran una tarde soleada de finales de primavera.

Rosemary sirve el té, le tiende la taza y se fija en que tiene los dedos fríos.

—Se me ha olvidado la manta —se excusa—, ¡qué cabeza!

—No pasa nada —responde George. Y después, como si estuviera comentando una noticia que ha leído en el periódico, añade—: Todo este tiempo nos hemos mantenido a salvo del covid y resulta que estábamos centrados en lo que no era.

Rosemary quiere contestarle que todavía no están cien por cien seguros de nada: el médico solo les ha dicho que tienen que hacerle unas pruebas y quizá remitirlos al hospital, dependiendo de lo que vean. Pero Rosemary no consigue articular palabra. George tiene razón. Han estado preocupados por si el pedido del supermercado traía todo lo que necesitaban, porque ellos no van a comprar a las tiendas y al otro lado de la verja no hay nadie que pueda ayudarlos. Desde que sus antiguos vecinos vendieron sus propiedades y siguieron adelante con sus vidas años atrás, el resto de casas de esta pequeña fila son ahora viviendas vacacionales que este último año han estado completamente silenciosas, semana tras semana, sin veraneantes que las ocuparan. Los únicos lugares a los que George y Rosemary se aventuran a ir son al médico y a la farmacia, donde Rosemary se asegura de que el joven se desinfecta las manos antes de pasarles la bolsa con sus medicinas habituales.

Rosemary vuelve la vista hacia el mar.

George le propuso matrimonio hace más de cinco décadas, mientras caminaban por el paseo marítimo de Whitby. Poder estar aquí sentada y contemplar el viento que recorre las mismas aguas que entonces ayuda, en parte, a que Rosemary sepa que, a pesar de la edad y los achaques, George y ella aún pertenecen a este lugar, a su precioso universo. Siempre han afirmado que es difícil imaginar algo mejor que estar allí sentados. Rosemary coge aire y lo retiene en lo más profundo de su interior. «Vamos, Rosemary, no te ablandes ahora. No tienes motivos para sentir lástima de ti misma. Ya has disfrutado de la vida mucho más que otros».

Las nubes se mueven con lentitud, el sol brilla con firmeza, el viento sopla ligeramente. Casi resulta imposible pensar que el mundo está en crisis y que ellos, George y Rosemary Athey, casados desde 1969 y todo el uno para el otro, podrían estar empezando a quebrarse.

Aquí, en este banco instalado en el jardín desde que se mudaron, su vida lleva siendo la misma desde que, hace treinta y tres años, compraron la pequeña y vieja casa de campo con su larga franja de jardín. A lo largo de las décadas la han restaurado y reparado, la han embellecido y mantenido a flote, pero ahora, como ellos, se está deteriorando. La ventana trasera se abre de golpe por las noches y los radiadores, como locos, emiten ruidos secos y metálicos. Hace un par de años que ni se molestan en mantener el invernadero, compran los tomates y las lechugas en el mercado, algo que habría resultado impensable cuando se mudaron. Por aquel entonces habrían empezado a remover la tierra para plantar patatas antes incluso de hacer la cama.

Pero, cuando se sientan en el banco a contemplar el mar, el jardín mal cuidado y la pintura desgastada de la puerta trasera ya no tienen ninguna importancia. En ese viejo banco nunca les ha perturbado nada. Ni siquiera en los peores momentos. Es el lugar al que acuden para estar felices, para descansar, para hacer las paces.

—Vas a estar bien, cariño —comenta George.

—¿Qué quieres decir?

George la coge de la mano sin apartar la vista del mar.

—Cuando yo no esté. Vas a estar bien.

Rosemary suelta un fuerte sollozo, algo que sorprende a ambos. Rosemary nunca ha sido de las que lloran.

—No, no lo estaré —responde ella, y sabe que suena como uno de los miles de críos petulantes con los que se ha cruzado en sus largos años de enseñanza. George no dice nada, pero le aprieta cariñosamente la mano—. Y, de todos modos, no te ocurre nada.

George asiente y Rosemary se siente aliviada. Después, sin embargo, George susurra:

—Pero eso no será siempre así, ¿verdad?

Hora de acostarse. George está leyendo un libro de historia que cogió en la biblioteca antes del confinamiento y que huele al humo de la pipa de otra persona. Rosemary no puede con la no ficción antes de dormir, así que está entretenida con algo de Agatha Christie. Está convencida de que ya se lo ha leído, pero no importa. Solo le hacen falta tres páginas para quedarse roque. O, al menos, la mayoría de las noches.

—Estaba pensando que… —dice George unos minutos después, mientras cerraba el libro.

—Ten cuidado no vayas a hacerte daño —responde Rosemary. Es un viejo chiste. Él sonríe.

—Todos esos libros que dimos. Cuando pensábamos que éramos viejos.

Rosemary se ríe.

—Sí. —Fue cuando cumplieron los setenta, ocho años antes. Decidieron donar su pequeña y querida biblioteca casera al colegio en el que Rosemary había empezado su carrera como profesora y en el que George se había convertido en el jefe del departamento de matemáticas. Querían asegurarse de que, para cuando murieran, alguien cuidara de los libros que habían mantenido con tanto cariño. Y los colegios ya no disponen de mucho presupuesto para comprar libros.

—¿Te acuerdas de que solíamos leernos el uno al otro? —pregunta George.

Rosemary, apoyada en sus almohadas, se queda inmóvil. Un calor la recorre de repente. Hace tiempo, compraban libros de uno en uno y los leían en alto para que los dos pudieran experimentar, juntos y por primera vez, el placer de aquellas páginas. Y Rosemary no está segura de cuándo dejaron de hacerlo. Probablemente cuando empezaron a estar demasiado ocupados. O cuando tener un libro ya no era un lujo.

—Sí, lo recuerdo —responde.

Entonces le viene a la mente la librería de segunda mano que solían visitar cuando iban a pasar el día a York y se pregunta si seguirá allí.

3

George, 1964

El primer día en un colegio puede ser tan horrible para el profesor como para el alumno. George está bien preparado para las clases: se ha pasado el verano repasando sus apuntes, elaborando planes de estudio y tratando de no volverse loco pensando si, con veintidós años, realmente está listo para ser profesor. No tiene ni idea de dónde sacará la autoridad para enseñar a niños no mucho menores que él. Se dice a sí mismo que está cualificado y sabe que, cuando llegue el momento, todo funcionará de la misma forma que ocurrió durante sus prácticas. Pero mientras se aproxima a la nueva, reluciente y moderna escuela secundaria de Harrogate en el otoño de 1964, se siente tan nervioso como los chavales. Y cuando entra en la sala de profesores, llena de humo y del ruido de las conversaciones de la gente que ya se conoce, no está mucho más cómodo.

Coloca su cartera junto a una silla que parece desocupada y espera que nadie se fije en él. No está seguro de que la voz le vaya a funcionar si trata de hablar, algo que no supone un buen comienzo para su carrera en la enseñanza.

Y entonces entra Rosemary.

George está tan nervioso —solo quedan quince minutos para que suene la campana— que el hecho de que se haya enamorado completa e inmediatamente de ella casi le pasa desapercibido.

Rosemary tiene algo. George nunca había visto a nadie que fuera justo quien parece ser, y a ella le ocurre. En aquel primer momento, en el que ella recorre con la mirada la sala de profesores y él se echa el café en una taza, es como si la viera por completo: su amabilidad, su seriedad, el hecho de que ella le entenderá. George es matemático y no suele pensar de esta forma. Aun así, sonríe y saluda con la mano. El resto de los presentes parece estar demasiado ocupado poniéndose al día con los antiguos compañeros como para fijarse en los nuevos. Rosemary, sin embargo, se da cuenta de que George la saluda, un gesto que parece la señal que lleva esperando toda la vida, y atraviesa la sala en su dirección.

—George Athey —dice él mientras le tiende la mano—. Soy nuevo.

—Rosemary Bell —responde ella, estrechándosela—. Yo también.

Antes de que puedan añadir nada más, sus respectivos jefes de departamento se acercan a ellos y los conducen a sus aulas.

En ningún momento han decidido sentarse a comer juntos, simplemente ocurre. George se queda callado al principio, porque no puede hablar de cosas banales y soportar el abrumador sentimiento de compatibilidad que le invade cuando Rosemary está presente. De manera que le pregunta por su mañana y escucha lo emocionada que está de, por fin, ser una profesora de verdad, en un aula de verdad, con alumnos propios de verdad.

Y convierten en suyas las sillas que hay junto a la puerta en la sala de profesores, como si las hubieran elegido; como si el resto de profesores no se hubieran sentado más lejos a propósito para no tener que atender a los alumnos que se acercan con mensajes, cuentos o chivatazos de alguna fechoría. Pero George y Rosemary están contentos allí. La mayoría de los días, George se trae un bocadillo y, a veces, una manzana. Rosemary no tarda en traer consigo una segunda porción de tarta con su comida y, cuando terminan, aplasta, dobla y se guarda el papel vegetal en el que viene para reutilizarlo. Algo dentro de él le dice que siempre lo hará. Y la vida que compartirán le dará la razón.

4

Kelly

El trayecto de Kelly hasta el trabajo es precioso, el mejor que hay: su ruta la conduce a lo largo del río Ouse, por encima del puente Lendal, hasta el casco antiguo de York.

Se ha convertido en la mejor parte de su día.

Se ha dado cuenta de que la idea de estar en la librería, que ya no es un lugar alegre y concurrido en el que el tiempo pasa volando, no le ilusiona tanto como antes. Kelly trabajó en un *pub* para financiarse la carrera, y como cuidadora para sobrevivir al máster. Se suponía que trabajar en la Librería de la Esperanza sería lo que la mantendría a flote mientras estudiaba el doctorado, pero no tardó en convertirse en el lugar al que acudir para huir de él. Aceptó el empleo hace casi cuatro años y, hasta la pandemia, ningún otro trabajo la había hecho tan feliz.

Ahora las cosas no van tan bien. El dinero disponible —de los pedidos por internet, de los clientes que llaman por teléfono y de los transeúntes ocasionales que hacen una parada en la ventanilla improvisada para vender libros: una mesa que ocupa la entrada cubierta de la tienda— suma menos que el sueldo a tiempo parcial de Kelly. Loveday, su jefa, no puede cobrar nada y Dios sabe cómo consigue cubrir el resto de gastos de la tienda. Kelly es consciente de que Loveday heredó la librería y su casa del anterior dueño, pero eso no implica que pueda cubrir los gastos de la tienda para siempre. O que quiera hacerlo, llegado el caso.

Cada día, Kelly recorre el hermoso trayecto al trabajo preguntándose si ese será el día en el que Loveday la despida. Y entonces estaría completamente sola en su pequeño piso, cuya hipoteca paga con la ayuda de su padre, a pesar de tener treinta años. Todos los días a todas horas estarán solo ella y su tesis interrumpida que versa sobre las esposas, madres, hermanas y amantes escritoras que permanecieron ocultas tras la sombra de los hombres laureados por los que sacrificaron su propio talento. Además, tendrá que encontrar la forma de sentirse afortunada mientras su padre y ella sigan estando bien. Al menos tiene a su cariñoso, dulce y divertido Craig, a pesar de no haberle visto en los dos largos meses que hace desde que comenzó el confinamiento.

Cuando Kelly llega al puente, se inclina sobre la fría barandilla de metal y contempla el curso del agua. Hay tanto silencio en York que puede escuchar su húmeda corriente, esa que le hace sentir un cosquilleo en los pies por querer meterlos en el mar de Whitby.

El teléfono le vibra en el bolsillo. Será Craig, que llama para ver qué tal está, como cada mañana. Su relación es otra cosa a la que la pandemia le ha arrebatado la alegría, aunque no le parece bien quejarse teniendo en cuenta la situación del mundo. Se conocieron el octubre anterior, a través de una aplicación de citas, y se habían visto un par de veces a la semana desde entonces. Desde el principio, Craig se mostró divertido y atento y no le importó que Kelly quisiera tomarse las cosas con calma, ni siquiera cuando esta le dijo que se marchaba dos semanas a Whitby para pasar las Navidades y el Año Nuevo con su padre. Pero, a pesar de la cautela de Kelly, Craig se había abierto camino, poco a poco, hacia su corazón. No recordaba cuándo había empezado a quererle, aunque a menudo recuerda la noche en que él se lo dijo. Cuando recibió un mensaje a medianoche en Nochevieja con las palabras «Feliz Año Nuevo. Quiero que pases cada momento de este año sabiendo que te quiero», Kelly sintió que había acertado y algo en su interior se relajó. Sabía que era el adecuado.

Cuando el confinamiento se aproximaba, habían hablado sobre irse a vivir juntos. Kelly había dedicado mucho tiempo a acostumbrarse a vivir sola, pero tampoco era algo que terminara de gustarle, a pesar del placer de poder leer sin interrupciones durante un fin de semana entero, o de poder dormir en el sofá cuando se había pasado todo el día trabajando, desde la cama, en su tesis y eso implicaba que el edredón estaba repleto de papeles cuidadosamente ordenados que no quería cambiar de sitio. Le había dicho a Craig que quizá podrían intentarlo, aunque aquello significara ir un poco más rápido de lo que lo habrían hecho en un mundo sin pandemia. Craig respondió que opinaba lo mismo, pero, justo cuando Kelly había hecho hueco en el armario, él cambió de idea. No era que no la quisiera, le había dicho por teléfono, con la voz atenuada por la emoción. Es que le daba miedo echar a perder algo bueno. Ella era demasiado valiosa como para arriesgarse. Como es evidente, Kelly no podía enfadarse, sobre todo cuando sabía que un compromiso acelerado, tras un embarazo indeseado, se había cargado una de las relaciones anteriores de Craig.

«Buenos días», dice el mensaje de WhatsApp, seguido de un corazón.

Kelly le envía otro corazón y después añade:

¿Hablamos?

CRAIG:
Dame 5 min y te llamo. Estoy terminando una reunión.

Kelly se apoya sobre el puente, echa la cabeza hacia atrás y contempla el cielo azul de mayo. El río parece incluso más real con solo escucharlo. Ahora que la Librería de la Esperanza no está abierta al público, a Loveday ya no le preocupa tanto como antes la puntualidad de Kelly. En la entrevista le había asegurado que no tenía intención de entrometerse en su forma de llevar la tienda y, aunque había sonado casi como una amenaza o una advertencia, para Kelly era maravilloso. Si se quedaba allí media hora a hablar con Craig, estaba bastante segura de que a Loveday no le importaría.

—Hola —dice cuando él la llama cinco minutos después. Siempre cumple su palabra.

—Hola. ¿Va todo bien?

Kelly escucha los pasos de Craig sobre la acera. Ha pasado tanto tiempo desde la última vez que él subió las escaleras de su piso, la besó en la nariz y le acarició el culo.

—¿Dónde estás?

—Me he escapado un segundo para comprar algo rápido. Tengo reuniones todo el día y estoy a punto de quedarme sin café…, ¡horror!

El teléfono de Kelly suena cuando recibe una fotografía; es un trozo de papel con las palabras «café, peras, periódico» escritas en él y el contundente pulgar de Craig con su uña limpia y cortada en la esquina inferior. A Kelly le gustaría besarle el dedo.

—¿Has hecho una lista de la compra para tres cosas?

—Ya, lo sé. —A Kelly le encanta que Craig se ría al final de las frases. En realidad le encanta prácticamente todo de él—. Bueno, ¿qué ocurre?

—No lo sé —responde y, de pronto, le da exactamente lo mismo el río, el cielo y el silencio—. Es solo que… voy de camino al trabajo y me gustaría saber qué va a pasar.

Se escucha el pitido de un paso de cebra.

—¿Por qué no lo preguntas? —propone Craig—. ¿Por qué no le preguntas a tu jefa de nombre tan curioso cómo va la cosa?

—¿No crees que me lo diría si lo supiera? Además, nadie sabe qué pasará.

—No le estás pidiendo que prediga la evolución de una pandemia global, mi vida. Solo quieres saber si vas a seguir teniendo trabajo.

Ay, ese «mi vida». Se lo guardaría en el bolsillo si pudiera. Es difícil recordar cómo era la vida antes de Craig.

—Ya, pero no quiero meterle más presión. Tiene muchas cosas en la cabeza y no quiero ser un problema.

—Pero estás preocupada. Eso es lo importante.

—Ya.

—No suenas muy convencida.

—Es que no lo estoy —responde Kelly, riéndose.

—Si sabes lo que quieres, pídelo.

—Quiero saber si mi trabajo está a salvo. Quiero ir a ver a mi padre. Y quiero que vengas con comida para llevar y te quedes a pasar la noche —dice.

5

Jenny

Todas las mujeres, cuando llegan por primera vez al centro de acogida, tienen una expresión que es cincuenta por ciento alegría, porque no se creen que hayan escapado, y cincuenta por ciento pavor, porque no se creen que hayan escapado. Lo mismo le ocurre a esta mujer, Jenny. Lleva a un crío de tres años llamado Milo en sus brazos. Como le ocurre a la mayoría de los niños, sigue cohibido. Solo han pasado unas horas desde que aparecieron en un lugar en el que todavía no saben si estarán a salvo.

Carmen es la voluntaria que le está mostrando el sitio a Jenny. El personal del centro se ha encargado del papeleo y la ha instalado en su habitación. Es la misma que le asignaron a Carmen cuando hace casi cinco años huyó de su marido, y aún recuerda el sentimiento que la embargó aquella primera noche, tumbada en la cama y atreviéndose a pensar que quizá estaba a salvo. Es una estancia en la tercera planta, con las paredes pintadas de blanco y unas cortinas de pesado terciopelo gris que donó un hotel y que modificaron los voluntarios para que quedaran bien. Son perfectas para amortiguar los ruidos nocturnos que pueden mantener despiertas a algunas mujeres. Hay un cuadro con unas flores pintadas en la pared, cojines amarillos en la cama y unas sábanas amarillo chillón en la cama infantil. Carmen fue la que preparó el *pack* de bienvenida mientras Jenny hablaba con el personal y otro voluntario entretenía a Milo sin que Jenny lo perdiera de vista.

En el vestidor con las donaciones, Carmen había reunido lo más habitual: un paquete de tres braguitas sin abrir, una chocolatina, un cepillo y pasta de dientes, un bote grande de gel y otro de champú. Los hoteles suelen donar artículos de aseo en talla pequeña, pero a Carmen le parecen mejor los botes grandes; no quiere que ninguna de las mujeres que vienen piense que solo estará a salvo hasta que se acabe el botecito de gel de dos usos. Después había cogido unas toallas limpias y unos pijamas de los cajones. No estaban nuevos, pero algo era algo, y cuando Jenny estuviera instalada otro de los voluntarios le proporcionaría ropa del guardarropa. Era algo que a Carmen le gustaría poder hacer algún día, pero para eso primero tiene que formarse. Muchas de las mujeres que acuden a ellos tras una relación abusiva ya no saben quiénes son o qué quieren ponerse, porque no se les permitía siquiera escoger su propia ropa. No tienen ni idea de qué aspecto quieren tener y hace falta tacto y experiencia para ayudarlas. Para Milo, Carmen ha cogido un libro para pintar y una caja de ceras. Jenny podrá escoger después lo que le haga falta del almacén infantil, aunque la mayoría de las madres ya vienen con las cosas que sus hijos necesitan para estar cómodos, incluso cuando ellas mismas no tienen nada.

Carmen se ha asegurado de que llevaba todas las cosas a la habitación de Jenny mientras esta seguía en el despacho. Cuantas menos veces se llame inoportunamente a la puerta de alguien nuevo que se está instalando, mejor. Después se ha acercado a saludar a Jenny y a enseñarle el lugar.

—Esta será tu casa durante todo el tiempo que te haga falta —le dice, y Jenny asiente. Carmen se asegura de mirarla con total neutralidad; la han formado para ello. Mantiene, por lo tanto, la vista alejada de los moratones de la clavícula y de la garganta, y de los puntos de sutura que atraviesan el corte, hinchado y amoratado, que Jenny tiene en uno de los pómulos, y en su lugar mantiene el contacto visual de forma intermitente y habla en voz baja. Un portazo puede ser suficiente para hacer entrar en pánico a cualquiera de las mujeres que acuden al centro y, también, para que vuelvan a casa, por muy terrible que esta pueda ser. Cuando uno está aterrado, lo que nos resulta familiar puede ser más importante que sentirnos seguros.

Carmen acompaña a Jenny de habitación en habitación. Cada paso parece suponer un irrepetible e insostenible esfuerzo. Jenny lleva en brazos a Milo, ahora dormido como si fuera un pequeño leopardo y su madre, un árbol. Sus extremidades se balancean cuando Jenny se mueve. Pero Carmen sabe que no debe ofrecerse a llevarlo.

Le muestra a Jenny cómo funciona la seguridad. Hay una cámara que vigila la verja de entrada y otra que cubre la puerta principal, ambas monitorizadas y encendidas las veinticuatro horas del día y cuyas grabaciones se guardan y almacenan en un lugar seguro fuera de allí. Le explica dónde están los botones de alarma y se asegura de que Jenny recuerde la palabra de seguridad que ha escogido por si necesita utilizarla en cualquier momento en que no se sienta cómoda. Carmen la conduce hasta la sala de las visitas, pero Jenny menea la cabeza como insinuando que no va a querer ver a nadie.

—Si sigues por aquí —dice Carmen—, encontrarás el salón.

Es la estancia que más le gustó a ella cuando vino por primera vez. Parece un poco menos institucional que el resto del edificio y es lo suficientemente grande como para que los cerrojos, accionados desde dentro, y los carteles sobre seguridad y prestaciones pasen desapercibidos entre la cotidianidad de los sofás gastados y las cajas repletas de juguetes.

Leanna, que lleva dos semanas allí, está sentada en un puf frente a la puerta ojeando una revista. Se estremece cuando la cerradura se abre, pero ya no hay pánico en su rostro.

—Leanna, esta es Jenny. Acaba de llegar —dice Carmen. Leanna la saluda y, cuando Jenny no responde, asiente y se pone de nuevo a leer. Carmen sabe por experiencia que la mayoría de las mujeres que hay allí son pacientes las unas con las otras y que les resulta más fácil ser amables con los demás que con ellas mismas.

El salón es un espacio alargado con una ventana en cada extremo, lo que le da mucha luz y claridad, a pesar de que los muros tranquilizadoramente altos son visibles para cualquiera que mire hacia fuera. Hay una alfombra para que jueguen los niños pequeños, una caja con coches, otra con Legos y otra con peluches y muñecas. Los juegos de mesa están apilados en una estantería. Aunque ninguno es nuevo, todo está muy bien cuidado; las mujeres los mantienen limpios y ordenados y Carmen espera que se deba a que se sienten como en casa y no a que temen que las regañen por dejar una taza fuera de su sitio.

—Ahora mismo, por el covid, tenéis que reservar el espacio —explica Carmen—. Según las normas, solo podemos permitir que haya dos mujeres o familias al mismo tiempo y os pedimos que mantengáis la distancia de seguridad. Cuando termine tu turno, puedes dejar todo lo que hayas utilizado en la caja que hay junto a la puerta para que podamos limpiarlo o ponerlo en cuarentena durante tres días antes de que podáis volver a usarlo. Cuando las cosas vuelvan un poco a la normalidad, retomaremos las clases de yoga y de meditación.

Pero Carmen se da cuenta de que Jenny ha dejado de escucharla. Está mirando más allá de los sofás y de la mesa de centro, hacia la estantería que hay junto a la televisión. Está bien provista de libros, gracias a Sarah-Jane, una de las voluntarias que, además de dar clases de cocina, tiene una hija con una librería. Hay novelas clásicas, libros sobre viajes y naturaleza, libros de historia y las típicas lecturas románticas, de misterio o de ciencia ficción que se leen en la playa. Nada de crimen o, al menos, nada que vaya más allá de Agatha Christie.

Jenny coge a Milo con el otro brazo, mira a Carmen directamente a los ojos por primera vez y empieza a llorar.

—No pensaba que fuera a haber libros aquí —dice.

(«Algo en lo que quiero que pensemos —le insiste, con delicadeza, la psicóloga a la que Jenny acude en el centro de acogida en una de sus sesiones— es en que no es culpa tuya. Huir porque no comprendías qué era David no era tu trabajo.

Pero no atraparte y no hacerte daño sí que eran el trabajo de David».

Y, tras muchas conversaciones, Jenny estará de acuerdo en que nada de esto era culpa suya. Para entonces, su mente lo habrá comprendido; pero, durante los próximos años, su instinto seguirá siendo un caldo de cultivo de las razones por las que dejó que ocurriera. Quizá lo sea para siempre).

6

Loveday

A Loveday le encantaba el refugio para leer que había montado en la segunda planta de la Librería de la Esperanza, tras el incendio que casi acaba con todo y que condujo a la muerte de su querido antiguo jefe, Archie. Cuando se enteró de que le había dejado tanto el negocio como su casa, Loveday se sintió abrumada…, pero enseguida comenzó el trabajo. Sabía que nunca sería capaz de montar una librería mejor que la que había desaparecido, porque eso era imposible.

En su lugar, Loveday había creado, con ayuda de su novio Nathan y su madre, algo que esperaba que fuera igual de bueno, pero de una forma diferente. De ahí el refugio para leer, diseñado para que cualquier persona que necesitara un momento de paz pudiera utilizarlo. En él se podía leer, dormir o hablar de todo y de nada. La madre de Loveday, Sarah-Jane, que solía ser voluntaria en el centro de acogida para mujeres antes de la pandemia, tenía tan buen instinto para saber quién necesitaba un panfleto con las diferentes opciones de ayuda disponibles como un tranquilo y silencioso hombro sobre el que llorar. Habían dejado un teléfono móvil en la sala para que cualquier mujer que sospechara que la estaban monitorizando o rastreando lo utilizara. Tras probar a ofrecer té y café, Loveday había llegado a un acuerdo con la cafetería de al lado y tanto ella como Sarah-Jane iban a por las bebidas cuando alguien quería quedarse un rato.

Aunque Loveday había decidido no inmiscuirse en los asuntos de nadie —a la que se le daba bien escuchar era a su madre—, en el fondo se sentía bastante orgullosa de aquel lugar y esperaba que, como le había ocurrido a ella a esa edad, los adolescentes lo descubrieran. Archie la había introducido en este mundo con elegancia y amabilidad, pero esas cosas le salían de forma natural. Los recursos de Loveday están profundamente enterrados y da la sensación de que podrían agotarse en cualquier momento. Así que su forma de cuidar es el refugio para leer. Cada vez que su madre le cuenta, sin revelar nunca ningún nombre, que una mujer con la que ha hablado allí ha llamado a una línea de ayuda y se ha marchado a un centro de acogida, o incluso ha contactado con la policía, Loveday sabe que está haciendo las cosas bien.

Pero ahora el refugio para leer tiene esa frialdad que desarrollan los espacios sin ningún propósito, incluso cuando hace calor. Loveday se obliga a trabajar allí arriba cuando Kelly está abajo, para tratar de mantener una distancia apropiada. Le encanta cuando Nathan viene a ayudar con algo, y no solo hace reír a Kelly mientras hablan abajo, sino que, cuando sube, él y Loveday le dan vida al refugio para leer con algo de conversación real mientras trabajan.

No obstante, esto es lo que realmente preocupa a Loveday: que el refugio para leer sin usar, unido a una librería venida a menos, cuya suerte pendía de un hilo incluso antes de la pandemia, no vaya a sobrevivir durante mucho más tiempo.

Cuando Kelly llega, Nathan va al establecimiento de al lado a por café y bollos de canela. Richard Morris se hizo cargo de la cafetería hace dos años y la convirtió en algo mucho mejor que el lugar cursi y floreado que era antes. En ocasiones, Loveday echa de menos pedir un simple café o té sin la infinita lista de opciones que hay ahora. Pero si siente la tentación de ser maleducada, piensa en los bollos de canela. Recién hechos y, si tiene suerte, calentitos. La perfecta combinación de dulce y salado, suaves y crujientes. Y solo un poquito grandes: no tiene sentido dejar ni un trocito.

Los tres se acomodan en el refugio de lectura, a distancias prudentes: Kelly en el sillón, Loveday en el extremo del sofá más alejado de Kelly, Nathan en el suelo, con la cabeza apoyada en las rodillas de Loveday.

Ahora que muchísimos de los placeres que se daban por hecho se han esfumado —ir al cine, cortarse el pelo, ir a la costa en coche los domingos por la tarde, comer patatas fritas en el paseo marítimo, elegir una piedrecita de la playa para llevársela a casa—, los bollos de canela han adquirido un nuevo significado que nunca antes tuvieron.

Loveday, que teme estar llena antes de llegar a la mejor parte, la del centro, la que tiene más canela, muerde de un lado a otro. Nathan come tan rápido que resulta imposible no pensar que se lo ha tragado entero. Kelly, por su parte, tiene una técnica: desenrolla la parte externa y después se come lentamente la tira de masa que se despega. Pero hoy ha arrancado un trocito del borde y lo sostiene entre los dedos, mirándolo como si fuera un botón que se ha encontrado en el suelo.

—Kelly, ¿estás bien? —le pregunta Nathan.

Kelly, con expresión de duda en el rostro, levanta la mirada.

—Estoy intentando no engordar —responde mientras se encoge de hombros.

—Todos estamos engordando —dice Nathan—. Si eso es lo peor que nos puede pasar durante la pandemia, por mí no hay problema.

Si Loveday hubiera hecho ese comentario, habría sonado como un insulto o una pulla, pero Kelly suelta una risa.

—Tienes razón —admite, pero no prueba bocado.

Entonces Loveday coge aire.

—Tenemos que hablar de la situación de la librería —dice.

Kelly aparta el bollo.

—Estoy preocupada por mi trabajo. —Lo dice como si fuera una respuesta, que por supuesto lo es.

—Tendríamos que haberlo hablado antes, pero he estado tan… Han pasado muchas cosas. —Loveday recuerda que Nathan siempre dice que nunca hay demasiada información. Ella no está de acuerdo, claro está, excepto cuando se trata de viejas enciclopedias, a las que les dedicaría otra librería entera si pudiera. Pero sí que ve que puede ser de ayuda cuando se trata de cosas que te afectan de forma directa—. Supongo que esperaba que las cosas mejoraran.

Al principio parecía como si la normalidad fuera a interrumpirse durante un mes más o menos, y después, cuando las puertas volvieran a abrirse, fuera a entrar un aluvión de pedidos a la librería. Nathan, Kelly y ella estaban de acuerdo en que era inevitable. Habían recogido, reorganizado y hecho inventario para ello. Pero enseguida quedó claro que vender dos o tres libros al día sería su nueva normalidad en la nueva normalidad de un mundo en pandemia. Kelly envió un anuncio al periódico local para informar de que las puertas de la librería estaban cerradas, pero que los libreros enviarían los pedidos por correo o los entregarían a domicilio. No había servido de mucho.

—¿Vas a despedirme?

—¡No! —A Loveday se le revuelve el estómago solo de pensarlo, pero también ante la idea de que algún día podría ocurrir. Añade, más tranquila—: No quería hablarte sobre tu despido, Kelly. Quería hablar sobre qué podemos hacer para superar esto. —Empieza a hacer gestos, como si quisiera sacar inspiración del aire que la rodea—. Necesitamos ideas.

—Yo he pensado en un certamen de poesía —propone Nathan—. Organizado por la librería. Con un tema determinado… o simplemente sobre cómo te sientes.

Loveday sonríe. Ahora no le dedica mucho tiempo a la poesía. Hubo una época en la que escribir poesía fue como un salvavidas, y expresar en voz alta las peores cosas sobre su vida, en las noches de poesía que organizaba Nathan, se convirtió en un momento en el que por fin había sido capaz de hacer, más o menos, las paces con su pasado. Ahora le encanta leer poesía o escucharla, pero ya ha expresado todo lo que necesitaba expresar. Nathan, sin embargo, puede convertirla en cualquier cosa.

—¿*Online*?

Nathan frunce el ceño.

—Creo que la gente está empezando a hartarse del ordenador, ¿no? A ver, está genial, pero cada vez que te conectas para cualquier cosa, incluso a las que te hacen ilusión, se nota en la cara de la gente que está harta de mirar a una pantalla. Y hay mucha gente que ni enciende la cámara, así que ni siquiera sabes si están escuchando. Podrían enviarnos los poemas por correo electrónico o directamente a la librería.

Kelly suspira y tira su café a medio terminar a la basura. Loveday sabe que Nathan cogerá el vaso, lo lavará y lo reciclará.

—¿Y así cómo vamos a hacer dinero? —pregunta.

Nathan se ríe.

—Cierto. —Cuando parece que está a punto de decir algo más, rompe la bolsa en la que venía su bollo y recorre el interior con el dedo para recoger el azúcar caramelizado en un montoncito antes de llevárselo a la boca. Junto con su hermana, Vanessa, que se fue a vivir con ellos durante el confinamiento, se ha dedicado a entretener a la gente en las calles cercanas, haciendo malabares desde la acera y contando chistes a través de un par de megáfonos que encontraron en el cobertizo y que pintaron de amarillo. Vanessa es peluquera y suele trabajar para el cine, así que tiene poco que hacer hasta que la industria vuelva a ponerse en marcha. Si Loveday hubiera estado en la situación de Vanessa, le habría aterrado perder su forma de ganarse la vida, pero Vanessa se ha limitado a esperar a que las cosas cambien. Tanto ella como Nathan parecen genéticamente incapaces de sentir ansiedad. Loveday se esfuerza al máximo por no envidiarlos por eso, ni por lo fácil que les resulta disfrutar de sí mismos y de la compañía de los demás. Ambos comparten un espíritu resplandeciente y despreocupado; la habilidad para ver la parte buena de todas las cosas. Y eso es algo que Loveday sabe que nunca logrará alcanzar, a pesar de que estando cerca de ellos se contagia. (Vanessa se ha ofrecido a cortarle el pelo a Loveday, pero a ella le parece que eso sería como hacer trampa ahora que las peluquerías están cerradas; de manera que se lo corta a sí misma como lo ha hecho siempre: se hace una coleta y corta los dos centímetros del final con las tijeras de la cocina).

—No podemos cerrar —dice Loveday de una forma que hace que Kelly y Nathan se vuelvan hacia ella y que este último le apriete cariñosamente la rodilla—. Archie me dejó la tienda; no puedo fracasar.

—No fracasaremos —asegura Kelly y, después, añade—: Podría rebajarme el sueldo.

—No. —Loveday niega con la cabeza, desechando al instante esa posibilidad, y una simple mirada hacia Kelly le indica que la ha tranquilizado, pero que también está asustada—. No voy a dejar que trabajes por nada, pero la tienda no puede prescindir de ti.

—¿Estás segura?

—Sí, estoy segura —responde Loveday, a lo que después añade—: Todo lo segura que puedo estar. —Porque si termina cerrando la tienda, Kelly se quedará sin trabajo. Aunque eso es algo que no puede decir en voz alta, al menos no de momento. En parte por la paz mental de Kelly, pero sobre todo por la suya propia.

Nathan vuelve a apretarle la rodilla con dulzura.

—Ni siquiera Archie podría haber previsto que vendría una pandemia global, aunque seguro que habría conocido a la gente que descubra la vacuna, cuando llegue ese momento.

Loveday sonríe. No tanto por la idea de la vacuna —¿por qué esperar algo antes de tiempo?— como por Archie. Era el librero con mejores contactos del país, o al menos el que tenía mejores historias que contar. A Loveday no le importa; simplemente le echa de menos.

—Archie habría encontrado la forma de sacar beneficios.

Nathan alarga el brazo y saca una moneda de chocolate de la oreja de Loveday, que empieza a reírse. Después le lanza otra moneda a Kelly.

—Con la distancia no puedo hacerla aparecer por arte de magia, perdona.

—No pasa nada —responde Kelly.

—Archie habría invertido más dinero —explica Nathan con amabilidad—. Que no es lo mismo que hacerlo.

—Supongo. —Archie era rico en dinero, o al menos siempre tenía algo en el banco. Loveday, ahora que se ha quedado con la casa de Archie, es rica en propiedades. Pero cuando cobraba un sueldo y dependía exclusivamente de este, Nathan y ella vivían como cualquier otra pareja: ajustando los céntimos y hablando sobre lo que harían cuando tuvieran dinero de sobra. Viven en una casa grande y encantadora que, no obstante, viene acompañada de elevadas facturas.

—He estado pensando en lo que podemos hacer —dice Kelly—, y lo he hablado con Craig. Aparte de mejorar la página web, no se nos ha ocurrido mucho más. Las redes sociales, quizá. —Hace una mueca como para demostrarle a Loveday que sabe que es una idea que a su jefa no le va a hacer ninguna gracia.

Loveday asiente.

—Tienes razón, pero no nos pega nada, ¿no? Y para ponerlo todo *online*, no sé ni por dónde deberíamos empezar. —La Librería de la Esperanza siempre ha sido del tipo de librerías a las que uno entra o llama. Su página web tiene primeras ediciones, singularidades y la clase de cosas que los coleccionistas pueden estar buscando. Loveday fue la que la configuró, hace bastante tiempo, y sabe todo el trabajo que le supuso. Catalogar y hacer una lista de todo lo que hay en la tienda para subirlo a la página web sería imposible y poco práctico.

—Entonces sigamos siendo amables con los clientes que tenemos y esperemos que esto no se prolongue durante mucho más tiempo —señala Kelly.

Nathan le quita el vaso a Loveday y saca el de Kelly de la papelera.

—Voy a echar un vistazo a la parte de atrás. Quizá podamos hacer algo.

El patio, al que tan pocas atenciones dedican, es lo que menos preocupa a Loveday. Cuando se reconstruyó la librería tras el incendio, el destartalado cuarto para el personal que había en la parte de atrás se redujo y se organizó mejor para dejar siempre despejada y a la vista la salida de emergencia, y la zona que había en el exterior dejó de ser un revoltijo de paredes falsas, cajas que sobraban y estanterías rotas. Así que, en opinión de Loveday, está mejor ahora que antes, pero tampoco tiene más energías para seguir organizándolo.

Kelly se levanta, suspira y se estira. Aunque Loveday sabe que debería decir algo más, algo tranquilizador, todo lo que consigue articular es:

—Gracias, Kelly.

—Voy a ponerme en marcha —dice Kelly. Loveday casi le pregunta que con qué, pero se da cuenta de que nunca antes de la pandemia se lo ha preguntado, así que debería dejar a su gerente en paz.

—¿A qué venía lo del patio? ¿En qué estás pensando? —le pregunta Loveday a Nathan.

—No sé —responde, y se encoge de brazos—. Si estuviera ordenado, podrías sentarte fuera a comer.

El aire libre y la luz del sol son temas de conversación recurrentes en su casa. Nathan y Vanessa se criaron como entusiastas de las actividades al aire libre, por lo que siempre están preparados para un paseo en bici o un pícnic. La madre de Loveday, Sarah-Jane, tiene sus propias razones para adorar estar al aire libre. Durante el confinamiento convirtió el jardín de su casa en su proyecto personal, hasta que el covid persistente hizo que incluso media hora de podar y quitar malas hierbas supusiera demasiado esfuerzo. Loveday no es muy partidaria de estar al aire libre solo porque sí. Le gusta ir en bicicleta a alguna parte, pasear durante todo el día por alguno de sus lugares favoritos o ir a algún sitio que tenga algún interés. Algún lugar con atractivo histórico o que esté relacionado con unas bonitas vistas o un libro. Cuando todo esto termine, Nathan le ha prometido que irán a Stoneleigh, que inspiró a Jane Austen para crear la hacienda de Sotherton que aparece en *Mansfield Park*, y que se meterán en líos junto al muro. Ambos tienen la misma cita del libro tatuada alrededor de su muñeca izquierda: «Cada momento tiene sus placeres y sus esperanzas». El tatuaje de Nathan está hecho con la letra de Loveday y el de Loveday, con la de Nathan.

Loveday se muere de ganas por visitar Whitby con su madre, cuando se encuentre mejor y la frivolidad vuelva a estar permitida. ¡Ah, su adorado mar!

Pero estar fuera por estar fuera no es lo suyo. Claro que, si limpiar el patio hace feliz a Nathan, Loveday se apunta.

Al principio, la pandemia parecía distante, como si fuera un libro que Loveday estaba leyendo: aterrador cuando le prestabas atención, pero también fácil de dejar a un lado durante una temporada.

Luego todo se volvió real: primero, la madre de Loveday cogió el covid y, después, recomendaron al padre de Kelly que se aislara por su enfisema. Los problemas financieros de la librería aumentaron por la falta de clientes de paso y de los habituales que solían acercarse a charlar. Aunque todo eso no es nada comparado con sus propias pérdidas… y con todas las muertes, por las que la pena resulta casi tangible a veces a las cinco de la tarde, minutos después de que se anuncien las últimas cifras. Pero los días en los que una tienda sin clientes era un placer pertenecen a un mundo desaparecido hace tiempo.

Nathan suele decir que no tiene sentido preocuparse por las cosas que no puedes controlar y, por supuesto, tiene razón. Pero Loveday suele pensar en las mujeres, cuyos nombres no conoce, que acudían al refugio para leer. No sabe dónde están ni a qué cosas se están enfrentando. Echa un vistazo a las palabras de Jane Austen que tiene tatuadas en la muñeca y desea que estén a salvo. La esperanza no parece suficiente, pero no sabe qué más puede hacer.

7

Kelly

Kelly llega pronto a la mañana siguiente. Craig y ella se quedaron despiertos hasta tarde hablando por WhatsApp, pero en lugar de cansada la había hecho sentir feliz, emocionada, viva.

Craig le había preguntado por su trabajo de investigación y, aunque ella hizo todo lo posible por cambiar de tema diciendo: «Es muy aburrido, seguro que no te interesa escucharlo», él se rio y le contestó que ella nunca era aburrida y que, de todos modos, acababa de verse todo el catálogo de Netflix, así que ella era ahora su mejor opción para entretenerse.

—Ya te he preguntado antes por el tema y siempre tratas de convencerme de que no me interesará —explica—. A estas alturas, ya deberías saber que me interesa absolutamente todo lo que tenga que ver contigo.

A veces, cuando habla así, parece que se echará a llorar y a Kelly se le hace un nudo en la garganta de la felicidad que le provoca sentirse así de comprendida. Nunca antes había sido capaz de ser ella misma junto a un hombre; hasta sus novios listos de la universidad necesitaban sentirse más inteligentes que ella. Pero Craig no es así en absoluto. Él simplemente… la quiere. Y punto.

De manera que Kelly empezó a explicárselo y, cuando quiso darse cuenta, era la una de la madrugada, tres horas más tarde de la hora a la que suele acostarse porque odia sentirse sola por la noche. No obstante, cuando se metió en la cama, con la voz de Craig aún sobre su piel, no le había importado que fuera tan tarde. Había dormido profundamente y se despertó antes de que sonara el despertador con un mensaje de Craig que decía simplemente: «No sé cuánto más voy a poder aguantar sin verte».

«Yo tampoco», respondió ella.

Atraviesa la puerta de la Librería de la Esperanza. Es la primera en llegar; Nathan y Loveday se han cogido la mañana libre. Nathan organiza una noche de poesía con micro abierto una vez a la semana y que ahora, por la pandemia, se hace por internet. Le ha contado a Kelly que, a la mañana siguiente, le llevará a Loveday el desayuno a la cama para mantener las viejas costumbres. A Kelly le parece que igual le está dando demasiada información, pero ¿quién sabe, estando en una situación de confinamiento?

Hay una carta sobre el felpudo. El sobre, azul, está rígido. Va dirigido a la tienda, no a Loveday o a Archie, que sigue recibiendo postales y paquetes de todas partes del mundo. Kelly, por lo tanto, la abre y la lee:

Querida Librería de la Esperanza:

Hubo un tiempo en el que éramos clientes suyos. Cuando cumplimos setenta años, dejamos de comprar libros, donamos los que teníamos y empezamos a ir más a la biblioteca. Ahora estamos tratando de quedarnos en casa y nuestra biblioteca está cerrada.

Adjunto un cheque de cien libras y espero que lo empleen en enviarnos algunos libros.

He pensado que quizá podrían enviarnos uno cada diez días, más o menos. Nos gusta leer en voz alta y nuestros ojos están envejeciendo, así que lo mejor sería que fueran volúmenes con letra grande o de tapa dura.

Imagino que debería enviarles una lista de los libros que nos gustaría leer, pero es difícil saberlo. Tengo una petición: *Persuasión*, de Jane Austen, mi libro favorito de siempre.

Por favor, envíennos libros que puedan parecernos maravillosos (¿es eso injusto? Creo que quizá pueda serlo). Nos encanta la naturaleza, las cosas que nos hacen reír y las historias de amor a la vieja usanza. Creemos en la buena comida, en estar al aire libre y en el olor del mar. Hemos sido profesores toda la vida y no tenemos familia propia. Hacemos crucigramas por la tarde y nuestro jardín es nuestra fuente de orgullo y de felicidad.

No estoy segura de para cuánto darán las cien libras, pero espero que sirvan para varias semanas. Por favor, háganmelo saber cuando se estén acabando.

Atentamente,
D.ª Rosemary Athey

Adjunto cheque

8

Conocemos el poder de los libros. Pero no olvidemos el poder de una carta. Hace lo mismo que nuestros preciados libros, solo que de una forma más específica. Consiste en coger los sentimientos, conocimientos, deseos y esperanzas, y pasarlas a un papel que, después, transmite esos sentimientos, conocimientos, deseos y esperanzas, y se los revela a otra persona. No me extraña que la gente que ama los libros también adore las cartas.

Fijémonos en Kelly, de pie en el umbral de la puerta de su querida librería.

Todo lo que tiene en sus manos es un pedazo de papel azul claro, pero, gracias a él, está evocando otro mundo. Se imagina a una mujer que se parece a su abuela; que huele a bollitos o quizá a pan recién hecho. Kelly imagina un jardín repleto de flores y una cesta en el escalón que da a él. Un bebedero para pájaros, frambuesas creciendo en espalderas, un cobertizo con una carretilla en la puerta. En su imaginación, además, un hombre silba a lo lejos mientras cava.

Todo esto, de una carta.

Y mucho más.

Kelly se imagina metiendo en cajas su colección de libros y llevándola a un colegio. Puede ver cómo los niños como ella, los estudiosos, se emocionan, y cómo los que consideran que leer es un castigo y aprender una obligación utilizarán los libros para ligar, bromear y meterse con los niños estudiosos. Podría ser peor.

Y Kelly, sin darse cuenta de lo que está haciendo, aprieta la carta contra su pecho y cierra los ojos. Buscará el ejemplar de

Persuasión con la letra más grande y clara que exista y lo tendrá listo para llevarlo a la oficina de correos esa misma tarde. Y después llamará a su padre, aunque no sea uno de los días en los que suelen hablar.

9

Jenny

Jenny ha estado repasando la historia de su matrimonio una y otra vez, preguntándose en qué momento tendría que haberse dado cuenta de quién era David realmente. O quizá —y tardará bastante tiempo en ver más allá de esto— qué es lo que le hizo para que se convirtiera en lo que era.

Como en todas las relaciones, empezó bien. David era el jefe de la inmobiliaria que gestionó la compra del piso de Jenny. Siempre hablaba con ella cuando Jenny aparecía por allí y la llamó para comprobar que todo iba bien una semana después de que le entregaran las llaves. Había empezado como una conversación formal, pero Jenny —que no se sentía sola exactamente, pero estaba poco acostumbrada a estarlo tras años en residencias de estudiantes y, después, en pisos compartidos— se había relajado y había comenzado a dar más detalles de su vida. Le había hablado a David de su trabajo como profesora de primaria y de sus planes para el piso. Cuando, al final de la llamada, David había dicho, algo dubitativo, que había disfrutado mucho hablando con ella y que se preguntaba si ella querría ir a tomar un café con él algún día, su voz había sonado insegura, vulnerable. Jenny recordó la forma en que solían sonreírse el uno al otro en la inmobiliaria y respondió que le encantaría.

Pero quizá entonces no fuera como terminó siendo después. Parecía haber ocurrido de forma natural.

Además, David, el David con el que quedó a tomar un café ese mismo fin de semana, parecía una versión más relajada de sí mismo que la que tenía en el trabajo. Se mostró atento y divertido, considerado y amable. Se pasó más tiempo escuchando que hablando y no olvidó nada de lo que Jenny le contó. Cada vez que se veían, después de aquel primer café, él iniciaba la conversación recuperando el hilo de la anterior y preguntándole a Jenny por ello (¿qué tal le había ido con sus padres por la tarde?, ¿había conseguido averiguar qué era el extraño ruido que se escuchaba en su cocina?). Así, los cafés de los fines de semana se fueron convirtiendo en una larga conversación.

Más adelante, David quiso saber si le gustaría cenar con él, tener una «cita como Dios manda», y ella le respondió que sí con cierto alivio. Había empezado a preguntarse si no estarían simplemente convirtiéndose en amigos y si no habría malinterpretado sus intenciones cuando le pidió salir la primera vez. Al final de la velada —un *pub*, acogedor bajo la lluvia, sidra, pastel de pollo y *pudding* de caramelo pringoso con dos cucharas—, él le pidió un taxi con su cuenta de Uber y ella se sintió un poco mal porque no hubiera querido acompañarla a casa a pie. Al día siguiente, David le envió flores. Eran una brisa de esperanza y color en el apagado salón que no podía permitirse decorar.

Ahora, sin embargo, se pregunta si no fue extraño que utilizara su dirección sin consultar antes con ella si no le importaba. Aunque, claramente, sabía dónde vivía y habría sido absurdo fingir lo contrario. No estaba segura de si conocería las direcciones y códigos postales de todas las propiedades de York que había ayudado a vender.

Por aquel entonces no tenía ni idea de cómo funcionaban estas cosas. Creía que los hombres controladores, los hombres violentos, aparecían en las vidas de las mujeres que, de alguna forma, ya estaban algo dañadas. No es que fuera culpa de las mujeres, pero Jenny creía que ya debía ocurrirles algo. Quizá fueran pobres…, no como ella, que se esforzaba por pagar los primeros meses de su hipoteca, sino tan desesperadamente pobres que harían cualquier cosa por conseguir una comida caliente. O quizá les hubieran roto el corazón hace poco, y era como si la carne de sus tristes cuerpos rechazados emitiera una señal que atraía a los hombres a los que les gustaban las mujeres temporalmente indefensas. O, a lo mejor, en su pasado había algún padre violento o algún padrastro maltratador, o una madre que pensaba que las mujeres solo tenían valor si un hombre las quería, y no importaba mucho de qué hombre se tratara o qué hacía cuando lo conquistabas.

Jenny no había experimentado ninguna de esas cosas. Era profesora; independiente. Sus padres vivían, gozaban de buena salud y estaban muy unidos, siempre le habían hecho saber que la querían, que era especial y que podía contar con ellos. Habían acudido en su ayuda, una o dos veces, en los típicos apuros de adolescencia, cuando se emborrachó, se quedó tirada en algún sitio y necesitaba que la fueran a buscar a las tres de la mañana; con alguna deuda de la tarjeta de crédito el primer año de facultad; cuando rompió con su novio de la universidad, todos sus planes se fueron al traste y le hacía falta un sitio para vivir. Además, se llevaba bien con su hermana. No se consideraba una persona vulnerable, o eso pensaba.

¿Cuándo empezó a sospechar, entonces, que se había metido en problemas con David? Problemas de los alarmantes, no de los de «no puedo dejar de pensar en ti».

¿Sería cuando se resbaló, en su tercera o cuarta cita, se rompió las medias y él la acompañó al Tesco más cercano para que pudiera comprarse unas nuevas tras asegurarse de que estaba bien? Ese deseo de ayudarla cuando se le rompió algo le había parecido un gesto caballeroso, pero después, cada vez que se veían, él se burlaba y le preguntaba si llevaba un par de medias de repuesto por si acaso. Desde entonces, Jenny nunca salía sin ellas.

¿O cuando, para celebrar los seis meses que llevaban juntos desde su primera cita oficial, él la llevó a cenar a un restaurante que ella no podía permitirse con su sueldo y le insistió en que pidieran el menú de degustación y el vino que lo acompañaba, a pesar de que ella le había dicho que algunos platos no le llamaban la atención y no quería beber mucho porque echaría a perder el día siguiente?

¿O cuando Jenny se marchó de crucero con su madre a un viaje que había pagado su padre porque sabía que a su madre le apetecía mucho, pero al que no podía ir porque solo de pensar en el balanceo del agua se mareaba? Jenny recuerda sentirse nerviosa por contárselo a David, y gratamente sorprendida cuando él no puso objeciones, a pesar de no estar segura de por qué no iba a parecerle bien. De hecho, David las había acercado al aeropuerto para que pudieran salir en avión desde Southampton. Cuando volvieron, Jenny descubrió que David había mandado pintar su apartamento. Tenía un aspecto estupendo y ella nunca habría podido permitirse contratar a nadie para que lo hiciera. Sí, por entonces Jenny se molestó, pero lo había justificado. Le había dicho a David que tenía intención de pintarlo; que quería poner un color más claro. Le pareció grosero decir que no habría escogido esa paleta en tonos crema y melocotón y, de cualquier manera, no tardó en acostumbrarse a vivir con ellos.

Poco después de eso, Jenny se fijó en que David llamaba por su nombre a los hombres con los que trabajaba en la inmobiliaria, pero se refería a las mujeres con motes: la maruja, la foca, la pesadilla. ¿O se dio cuenta de eso más tarde? Debió de ser más tarde porque, si hubiera sucedido al poco de conocerse, ella le habría mandado a paseo de inmediato. ¿O no?

¿Sería entonces cuando el padre de Jenny murió? David acudió al funeral, abrazó a su madre y a su hermana, les dijo todo lo que debía y no apartó ni un segundo el brazo de la espalda de Jenny. Pero después, cada vez que ella le decía que necesitaba ir a ver a su madre para ayudarla a recoger las cosas de su padre o simplemente para estar con ella, David afirmaba que era demasiado para ella. O que su madre tenía que aprender a organizarse. O que su hermana podía hacerlo, que para eso vivía más cerca.

Sí, fue entonces.

Entonces supo que David no era una buena idea. Jenny escuchaba el desconcierto en la voz de su madre al otro lado del teléfono y trababa de explicarle a su hermana sus ausencias por mensaje, pero la verdad es que no había ninguna explicación.

Y, aun así, cuando estaba con David, no terminaba de ver por qué no quería estar con él. Tras casi dos años de relación, pasaban la mayor parte del tiempo juntos. Tenía sentido. La casa de David era más grande, estaba más cerca del trabajo de Jenny y tenía un patio perfecto para leer por las tardes, aunque David prefería que hablaran o que vieran juntos la televisión en vez de que ella leyera. «Es como si te alejaras de mí», decía.

Y entonces se quedó embarazada, y se encontraba fatal. Se encontraba tan mal que le dieron la baja y apenas salió de casa y del dormitorio en tres meses. No es que David la hubiera tenido presa, es que le resultaba físicamente imposible ir más allá de la puerta principal. Dormía, vomitaba y volvía a dormirse. Y David la cuidaba. La había cuidado extremadamente bien. Con una cuchara, la persuadía para que tomara sopa o, a veces, solo agua. Le daba masajes en las manos y los pies. Le decía que lo estaba haciendo muy bien, que el niño que estaba haciendo crecer en su interior estaría fuerte y sano y que era ella, Jenny, la que lo estaba consiguiendo. David hizo que todo aquello fuera soportable para ella.

Cuando la ecografía desveló que sería un niño, David dijo: «Bien hecho».

Para cuando Jenny se sentía mejor —a los cinco meses, con seis kilos menos encima—, llegaron las vacaciones de verano. Fueron juntos a ver a la madre de Jenny y David se mostró tan encantador como siempre. La futura abuela les mostró la manta que estaba tejiendo, que tenía el mismo diseño que la que había hecho cuando estaba embarazada de Jenny, de su hermana y de los gemelos que nacieron demasiado pronto y murieron al día siguiente. David la había tocado y había dicho que estaba muy bien tejida, momento en el que Jenny supo, por la forma en que la comisura de sus labios no acompañó a su sonrisa, que aquella manta nunca se acercaría al niño. David no querría nada que fuera hecho a mano, que proviniera de su familia, que él no hubiera escogido personalmente o sobre lo que no le hubieran consultado. En ese instante Jenny decidió dejarle…, pero no lo hizo.

Bueno, eso no es completamente cierto. Lo intentó. No al día siguiente, pero dos días después sí que le dijo que no pensaba que lo suyo estuviera funcionando. A pesar de que David no solía perder los estribos, Jenny se preparó para lo peor. David, sin embargo, se ofreció a hacer té para que lo hablaran y ella accedió, en lugar de hacer las maletas y coger un taxi que la trasladara a casa de su madre como más tarde, y tan a menudo, deseó haber hecho.

David había traído poleo menta para los dos. Había propuesto que los dos dejaran la cafeína por el bien del bebé y, como él también lo estaba haciendo, Jenny no podía oponerse, a pesar de que un té bien caliente y fuerte, con tanto azúcar como para que no se disolviera y posos en el fondo de la taza, fuera lo único que le apeteciera. David se acomodó en un extremo del sofá, colocó las piernas de Jenny sobre sus rodillas, se las tapó con una manta, aunque era un día cálido de agosto, y le preguntó qué ocurría.

—No estoy segura de que encajemos el uno con el otro. Este embarazo ha acelerado las cosas demasiado. Me da un poco de miedo la velocidad que lleva todo. Quizá deberíamos…

—Sí —respondió, calmadísimo, sin apartar la vista de su rostro—. Te escucho.

—A lo mejor debería volverme a mi piso. Solo durante una temporada. Y podríamos…

—Podemos hacer todo lo que quieras —aseguró él. A través de la manta, sus manos resultaban pesadas sobre los pies de Jenny—. Pero no lo entiendo. ¿Qué he hecho mal? Pensaba que nuestro bebé había sido una suerte tremenda. Parecía una confirmación de que debemos estar juntos.

—A mí me parece que vamos demasiado rápido —había respondido ella.

—Debes de sentirte abrumada. Con todas las náuseas, preocupándote por tu madre…, y sé que te inquieta el trabajo.

—Sí, así es —había confirmado ella. David tenía razón: se había sentido abrumada. Todo era complicado. Salvo el hombre que le preparaba poleo menta, que se preocupaba por cada aspecto de su vida y que, incluso ahora, trataba de entender por qué ella se sentía infeliz, aunque solo pensarlo le hiciera infeliz.

Hacia el final del día habían decidido que Jenny se mudaría a casa de él de forma permanente. Se casarían y venderían el piso de ella. Jenny pensaba que igual debería quedárselo para alquilarlo, pero David, que, después de todo, sabía mucho más sobre el tema que ella, dijo que era un buen momento para vender y añadió, en un tono algo herido, que era como si ella quisiera mantener abiertas sus opciones.

—Pues claro que no —respondió Jenny—. Son las hormonas. Tienes toda la razón.

Pocas semanas después se casaron. David lo organizó todo. Fue uno de esos días de agosto en los que el sol ciega y hace que todo cueste demasiado. David le había comprado a Jenny un vestido de seda pálida que ella nunca habría escogido: era de un extraño tono amarillo crema que no era, para nada, su color. Pero se daba cuenta de que era bonito y caro y de que, hasta donde a ella le alcanzaba, teniendo en cuenta que no estaba familiarizada con su silueta actual, no le quedaba del todo mal. David se puso su traje del trabajo y le pidió a dos transeúntes que fueran sus testigos para que, según palabras de David, así fuera más romántico. A Jenny también se lo pareció, pero su madre y su hermana no se mostraron de acuerdo. David meneó la cabeza cuando vio los decepcionantes mensajes en los que les reprendían.

—No se dan cuenta de que no habrías estado cómoda en una boda bonita —había comentado—. Sobre todo teniendo en cuenta lo duro que está siendo el embarazo para ti.

Tenía razón. Jenny estaba más cansada de lo que le parecía posible. Las náuseas habían disminuido, pero no habían desaparecido. Tomó suplementos de hierro, durmió y vio cómo su barriga y sus pechos se redondeaban y cómo su barbilla, sus rodillas y sus muñecas se afilaban. David le frotaba la espalda, le lavaba los pies y le decía que no tenía sentido que volviera al trabajo. Así que dimitió y tuvo la sensación de que pasó el resto del embarazo durmiendo.

En el hospital, henchido de orgullo, David declaró que el chillón de su hijo tenía cara de llamarse Milo. Jenny, a la que por entonces estaban suturando, estaba demasiado cansada para recordarle que habían acordado llamarlo Joseph —Joe, como diminutivo— en honor a su padre. Una de las comadronas le preguntó si todo iba bien en casa. Jenny respondió que sí. No sabía muy bien por qué lo había hecho, salvo porque, si hubiera dicho que no, seguro que las cosas habrían empeorado.

Y, una vez que llegó Milo, las dudas, preocupaciones e intenciones de irse se volvieron irrelevantes durante las duras y empalagosas primeras semanas con el recién nacido. Estaban en noviembre y los días parecían demasiado cortos para tener tiempo de hacer nada. David volvió al trabajo después de una semana. Por muy orgulloso que se sintiera por haber sido padre, no le gustaba la realidad de los bebés. Adoraba a Milo cuando estaba limpio y contento y a Jenny cuando estaba, como él decía, «como antes».

La violencia física no apareció hasta después de que Milo naciera, pero, claro está, Jenny nunca le había negado nada a David hasta entonces. La primera vez que abusó de ella fue tres semanas después del parto, a pesar de que ella lo atribuyó a que se encontraba tan cansada y tenía las hormonas tan alteradas que no había sido lo suficientemente clara con él como para explicarle que todavía estaba dolorida. Había llorado durante todo el tiempo, pero por entonces lloraba a todas horas por las hormonas, la falta de sueño y los dolores en el pecho cada vez que Milo quería comer.

La segunda vez, se despertó cuando se le salió la leche y lo encontró ya encima de ella.

Después de eso, trató de anticiparse e incluso de seducirle. Parecía más fácil. Milo se contagiaba de su estado de ánimo y, si estaba asustada o herida, el niño se mostraba inquieto y difícil de contentar. Y, si Milo gimoteaba, David se quejaba. No abiertamente, sino intentando saber si ella necesitaba más ayuda o mencionando a las mujeres con bebés más pequeños que Milo que se cambiaban de casa o volvían a trabajar a la inmobiliaria («la vaca lechera»).

Milo tenía un año la primera vez que David le pegó. Justo detrás de las piernas, cuando se agachó para recoger algo del suelo. Al principio no estaba segura de si aquello formaba parte de su nuevo juego sexual; últimamente le gustaba cada vez más morder, abofetearla o atarla. Pero no. Le pegó y se marchó.

David tenía el único juego de llaves del coche y controlaba el teléfono de Jenny. Para entonces ya había dejado de fingir que lo hacía por bondad; para protegerla mientras dormía o para ayudarla a relajarse. Aun así, Jenny podría haber llamado a su hermana, a la que David no prestaba atención, pero a esas alturas, cuando la familia de Jenny solo había visto al bebé una vez en una incómoda visita de una hora en Navidad, su relación no era precisamente cordial. (Más adelante, cuando la orden de alejamiento se aprobó y Jenny y Milo se mudaron a casa de su hermana, esta solía decirle: «Claro que tendrías que haberme llamado. Estaba esperando a que lo hicieras para ir a verte. Nunca me atrevía a escribirte porque sabía que por entonces él podría hacerte daño si contactaba contigo»).

Así que Jenny se quedó. Se quedó y se quedó. Tras las primeras veces, a David no le importaba mucho dónde le golpeaba: o confiaba en que ella escondería los moratones o le daba igual que se le vieran. Después de que ocurriera, nunca le pedía perdón, pero se mostraba amable con ella. Desde el trabajo le escribía cosas como «He pensado en coger comida para llevar» o «Me encargo yo de acostar a Milo esta noche para que puedas darte un baño», como si estuviera enferma y la estuviera cuidando. Por lo general, no solía romper nada, aunque en una ocasión la pisó con tanta fuerza que Jenny escuchó cómo se le partía un hueso del dedo del pie. David la llevó al hospital y, de camino en el coche, le recordó que la sartén Le Creuset que tenían pesaba mucho. Jenny pilló la indirecta. Por entonces estaba tan asustada que no se atrevía a hacer nada más.

Cuando Milo creció, empezaron a quedar con otros niños para jugar, aunque Jenny se mantenía al margen. No quería tener que contestar preguntas sobre su vida ni escuchar lo maravillosas que eran las parejas de los demás, lo valorados que se sentían en el trabajo ni tampoco que —¡menuda suerte!— estaban solteros. Un día en que volvieron a casa dando un paseo más largo para que Milo pudiera recorrer las calles peatonales del centro, pasaron por una librería de segunda mano. La siguiente vez que pasaron por allí, entraron. Y la siguiente, Milo se tiró al suelo y declaró que estaba demasiado cansado, así que la mujer que estaba ordenando los libros de cocina sugirió que Milo se echara una siesta en el refugio para leer del piso de arriba. Jenny se sentó en un maravilloso sofá tapizado y su hijo se acurrucó en su regazo. Una mujer sentada en un sofá que tejía una manta a rayas la saludó y dijo que su nombre era Sarah-Jane. Le trajo una taza de té y se la tendió cuando se hubo enfriado. Milo dormía y las mujeres hablaban. Y, aunque no fue sobre nada más importante que el tiempo, libros y lo rápido que crecen los bebés, Jenny estaba tranquila —realmente tranquila— por primera vez en semanas. Quizá incluso meses.

En su siguiente visita a la librería, Sarah-Jane le dijo a Jenny cuando se marchaba: «No voy a darte un folleto por si acaso te mete en problemas, pero hay lugares seguros. Ven y te ayudaremos». El día antes de que se estableciera el confinamiento, David se pasó la tarde de malhumor, trasladando desde su oficina principal de York al cuarto de invitados las cosas que necesitaría para trabajar desde casa. La noche anterior, durante el sexo, había tratado de estrangular a Jenny de una forma que sugería que lo estaba haciendo en serio. Normalmente, cuando hacía algo así en la cama, mantenía los ojos abiertos y la mirada fija en el rostro de Jenny en busca de señales de placer (momento en el que paraba) o señales de dolor (momento en el que seguía). Pero esa noche había cerrado los ojos, como si estuviera concentrado en su esfuerzo, y Jenny había sentido un crujido en la garganta. Se vio a sí misma paralizada por un hueso del cuello roto y atrapada de muchas más formas de lo que lo estaba ahora. Asustada, por sí misma y por Milo, había luchado y pataleado en lugar de quedarse esperando a que acabara. Aún le costaba respirar cuando David le golpeó en la cara con algo. No logró ver qué había sido, pero fue algo frío y duro, y la sangre cálida empezó a caerle por la mejilla.

Jenny se pasó la noche en el sofá, sin dormir, pero hecha un ovillo, con un paño frío en la mejilla y tratando de no echarse a llorar por miedo al escozor de las lágrimas saladas y a la ira de David, al que no le gustaba que su mujer o su hijo perturbaran su sueño. Se tocó un diente, dañado y que se movía, con la lengua. La garganta le palpitaba. La cara le dolía, sobre todo el pómulo y la cuenca del ojo, pero nada parecía estar roto. De manera que se quedó tumbada en la oscuridad y trató de desenmarañar sus recuerdos para localizar el momento en el que se había desviado de la senda de una profesora feliz y segura de sí misma que acababa de comprarse su primera casa y se había convertido en una mujer sin amigos y asustada con la cara rota. Pero, en vez de dar un paso atrás, su mente insistía en acelerar hacia delante, hacia lo que sucedería después, hacia lo que les pasaría a ella y a Milo.

Al día siguiente, David salió hacia su última mañana en la oficina. En cuanto lo hizo, Jenny cogió algo de ropa para Milo, su conejo favorito y poco más. Si David la veía desde el coche, tenía que parecer que iban a salir de compras.

Entonces se dirigió hacia la Librería de la Esperanza y preguntó por Sarah-Jane.

10

Kelly

Kelly no puede dejar de pensar en la carta de Rosemary y no sabe por qué. A lo mejor es porque precisamente era una carta. No una llamada de teléfono o un correo. O quizá es porque, cuando vio el remitente, se imaginó el olor del mar.

Lleva la carta en el bolso, en el fondo, junto a las llaves, la mascarilla, el gel hidroalcohólico, el monedero que ya apenas parece utilizar y el salvamanteles de papel que conserva de la última vez que vio a Craig. Cenaron en una pizzería y él garabateó un corazón mientras hablaban del virus, de lo rápido que se estaba propagando y de que era imposible que llegara hasta allí y pusiera patas arriba sus vidas. Fue la noche en la que hablaron de irse a vivir juntos. ¡Qué poco sabían por entonces! Cuando Kelly fue al baño, Craig añadió las iniciales de ambos y una flecha y, debajo, escribió: «Kelly es la mujer de mi vida». Entonces ella dobló el salvamanteles cuidadosamente en cuartos y lo lleva consigo como si fuera un talismán.

La carta es su segundo amuleto. A veces, por la mañana, antes de irse al trabajo, Kelly abre el sobre y lee las palabras de Rosemary, que parecen darle fuerzas para recorrer el río, cruzar el puente, atravesar la ciudad y tratar de no sentirse insignificante.

Esa es una de las muchas formas en las que la pandemia la hace sentir ridícula. Otra es lo obsesionada que está con Craig, cosa que solo es comparable a la obsesión que sentía por poner bien las notas al pie en sus trabajos.

No está segura de si cada día que pasa es más o menos persona. ¿La está volviendo el mundo covid más tonta y débil? ¿La está convirtiendo en una de esas chicas del colegio a las que tanto menospreciaba y envidiaba y que solo se preocupaban por los chicos? ¿O la está ayudando a ver más allá de sus interminables objetivos intelectuales y a considerar que podía terminar su doctorado sobre mujeres en la sombra y, aun así, también sentir una profunda conexión humana con un hombre que la ama? ¿Es posible acaso que ambas opciones no se excluyan mutuamente? Mientras trata de dar con la respuesta a esa pregunta, arruga la nariz.

Loveday baja desde el refugio para leer. Su último anuncio en los periódicos, que básicamente decía: «Utilizadnos o nos perderéis», ha mejorado un poco el negocio. Las llamadas y los correos electrónicos que eran tan frecuentes los primeros días del confinamiento han empezado a aumentar de nuevo y la gente a veces se acerca, a propósito, y no solo como parte de su paseo diario, y llama a la puerta pensando que quizá un libro es lo que hará que ese día sea distinto a los anteriores. O quizá no sea el libro en sí mismo, sino la conversación. El hecho de poder volver a casa con la versión más aproximada de lo que podría ser una anécdota: «¿Conoces la librería de segunda mano pegada a las murallas? Bueno, pues hoy me he pasado por allí y…».

Pero tanto Loveday como Kelly saben que este pequeño aumento del interés no es suficiente.

—Creo que tenías razón con lo de las redes sociales —dice Loveday como si estuviera a punto de someterse a una cirugía dental.

—¿Nos damos de alta?

Por las tardes, Kelly pasa mucho tiempo en Facebook viendo lo aparentemente encantados que están sus amigos con sus competiciones familiares por ver quién se viste más elegante, o decidiéndose por fin a hacer millones de cosas, como enfoscar paredes de ladrillo o aprender otro idioma. Siempre piensa que las redes sociales la harán sentir mejor. Pero nunca es así. Así que bien podría hacer algo útil, teniendo en cuenta que parece que no puede dejarlas a un lado. Sin ellas, solo le quedaría esperar a que Craig la llamara o sentirse derrotada por su tesis.

Y, a lo mejor, así se sentiría menos prescindible.

—¿Te importaría? —Loveday parece aliviadísima. No acostumbra a dejar entrever mucho, y Kelly siempre se ha pasado una mitad de la semana pensando que su jefa la odia y la otra observándola con los clientes y llegando a la conclusión de que, en realidad, odia a todo el mundo. Craig le sugirió que igual solo tenía RBF, algo que a Kelly le sonó a enfermedad, pero que, tras buscarlo en Google, descubrió que significaba *«resting bitch face»,* una expresión en inglés que significa que una persona tiene cara de mala leche y que resultaba extraño que un hombre de treinta y siete años hubiera utilizado. Pero cuando Nathan o Sarah-Jane, la madre de Loveday, se pasan por la librería, Loveday se transforma en una persona con luz en su interior. Kelly ha llegado a la conclusión de que Loveday no es alguien a la que le gusten las personas. O, bueno, no todas las personas.

—¡Pues claro que no me importa! ¿Facebook, Instagram, Twitter?

—Sí, por favor. —Loveday suspira—. Aunque sé que no debería quejarme, no tengo fuerzas para hacerlo yo.

Y lo cierto es que parece tan derrotada que Kelly siente cómo su propia seriedad y preocupación se desvanecen, y se ríe.

—Claro que podemos quejarnos, aquí no hay nadie más. ¿Nos quejamos?

Loveday parece confundida y, por un instante, es como si no lo hubiera entendido. Entonces mira su reloj, mira a Kelly y sonríe tal como Kelly siempre se ha imaginado que lo haría Bobbie, el personaje de *Los chicos del ferrocarril:* callada, pícara y sorprendentemente.

—Vale. Durante cinco minutos. Empiezas tú.

—Estoy harta de no poder tener sexo con otro ser humano —dice Kelly, sin poder filtrar lo que iba a salir de su boca.

Loveday asiente y la expresión de sus ojos muestra placer y sorpresa.

—Empiezas fuerte, ¿eh? Yo echo de menos ver el mar.

—Yo también.

—No, eso no vale. Tienes que escoger otra cosa.

—Vale... A veces me gustaría comer algo que me sorprendiera.

—A mí a veces me gustaría que mi comida fueran tostadas con judías. Cuando te turnas para cocinar, la gente suele esforzarse al máximo para preparar algo rico que parece que siempre tiene que ser complicado.

Kelly asiente. Aunque la semana pasada comió dos veces tostadas con judías porque estaba demasiado cansada para pensar.

—Estoy hasta el moño de la puñetera tesis y creo que nunca la terminaré. Y, si lo hago, no creo que nadie vaya a leerla, y no tengo ni idea de qué haría entonces. —Kelly se había imaginado un futuro en el mundo académico, extrayendo brillantez de los alumnos y haciendo grandes descubrimientos en los márgenes de las páginas que generaciones de académicos antes que ella habrían pasado por alto. Ahora lo único que le apetece es acurrucarse en la cama y leer mientras Craig le masajea los pies y le dice que es maravillosa.

Se quedan en silencio. Loveday tiene la ligera expresión atormentada de una mujer que revuelve en sus bolsillos buscando las llaves de casa, aunque cada vez está más convencida de que se las ha dejado en el otro abrigo.

—Estoy fracasando y no sé cómo evitarlo —admite por fin.

Kelly cierra los ojos.

—A todos nos parece que estamos fracasando.

—Ya.

Loveday se vuelve, y Kelly quiere detenerla porque el juego de quejarse tendría que haberla hecho sentir mejor, no peor.

Hay algo que siempre llama la atención de Loveday: preguntas sobre libros. De manera que Kelly le hace una.

—¿Qué libros le recomendarías a alguien que... que sintiera que ha perdido el propósito en la vida?

Loveday levanta la vista hacia el techo, completamente concentrada, y cierra los ojos. Entonces los abre y empieza a moverse por las estanterías, sacando ejemplares a tanta velocidad que es como si la librería estuviera lanzándoselos sobre las manos. A pesar de todas las formas en las que Kelly se siente segura con Craig, no hay nada como contemplar cómo funciona una librería.

Loveday le entrega cuatro libros a Kelly: *Pequeños placeres* de Clare Chambers, *Mi vida querida* de Alice Munro, *¿Estás ahí, Dios? Soy yo, Margaret* de Judy Blume y *El corazón es un cazador solitario* de Carson McCullers.

—A ver qué tal te va con esos —dice Loveday.

Kelly asiente. Podría echarse a llorar. Ya se siente mucho menos sola.

—¿Qué necesitas tú? —le pregunta a Loveday.

—¿Yo? —Loveday vuelve a mostrarse esquiva, como es habitual en ella, pero Kelly recuerda lo que ha dicho: Loveday se siente como una fracasada.

—No te muevas de aquí.

Kelly se desplaza de estantería en estantería —desde la sección de viajes a la de ficción y a la de poesía— y le ofrece cuatro libros a Loveday: *La campana de cristal* de Sylvia Plath, la poesía de Elizabeth Barrett Browning, *Salvaje* de Cheryl Strayed y *Todos mis amigos son superhéroes* de Andrew Kaufman.

Loveday asiente.

—Gracias —dice, y después, con esfuerzo, añade—: Creo que estoy empezando a olvidar lo que los libros pueden significar.

11

Las librerías necesitan que las usen. Es así de simple.

El dinero mantiene las puertas abiertas, pero es la gente, las conversaciones, las que las mantienen vivas.

Si alguna vez has comprado un libro en cualquier otro sitio que los vendan, un supermercado o la tienda de regalos de una casa señorial, sabrás exactamente a lo que me refiero.

El libro, venga de donde venga, es siempre el mismo. Es decir, lo básico del libro siempre es lo mismo: la portada, el papel, las palabras cuidadosamente seleccionadas en el preocupado orden que el autor les ha concedido, la tipografía, la corrección, la consideración de pruebas, la reflexión y la planificación. Todo esto es igual en todos los ejemplares, se venden donde se vendan e independientemente de si terminan siendo atesorados, queridos, releídos, liquidados o si se quedan en alguna etapa intermedia. Es el estado mental y emocional de la persona que lo lee lo que conseguirá que el libro se convierta en algo más grande que las palabras que lleva impresas.

Pero los libros de la Librería de la Esperanza parecen diferentes. En parte porque ya han pasado por otras manos que ya han suavizado sus aristas, los han domado y comprendido, y en parte porque los años de experiencia de la librería en ofrecer el libro adecuado a la persona adecuada implican que puedes estar seguro de que el volumen que termine en tus manos está hecho para ti.

12

Hozan

El despacho que el profesor Azad, catedrático de la universidad, tiene en casa no es el santuario silencioso que fue en otra época. Solía acoger su escritorio, con la alfombra que se había traído de casa de su padre delante y sobre la que tenía la costumbre de pasear de un lado a otro, como su padre, cuando trataba de resolver algo, formular algún pensamiento o dilucidar la mejor forma de retar o inspirar a un alumno. Aunque su padre, miembro de las fuerzas armadas kurdas conocidas como los Peshmerga, tenía otros problemas en la cabeza. Cuando Hozan Azad era pequeño, su madre decía a menudo que su padre estaba «fuera». «Fuera» significaba luchando en el levantamiento kurdo. Más adelante, cuando Hozan había dejado Kurdistán para estudiar en el extranjero, su padre y sus tíos estaban escondidos en cuevas en las montañas kurdas para hacer retroceder a las tropas de Sadam Huseín que atacaban los pueblos por la noche. Estas últimas no hacían algo tan evidente como asesinar gente, sino que echaban cemento en el suministro de agua y se marchaban para que los pueblos, los animales y después la gente fueran desvaneciéndose y muriendo lentamente. Los pequeños los primeros.

El profesor Azad vino por primera vez a estudiar a York hace más de treinta años. Cuando han podido, él y su familia han regresado a menudo al Kurdistán, y sus hijos han vivido y estudiado allí. Pero su residencia está en Inglaterra. Cuando el mundo vio que el covid se extendía, la familia del profesor volvió a casa. Su hija Vaheen y su yerno Gohdar dejaron atrás su trabajo educativo con niñas en Afganistán para volver a su diminuto piso de Harrogate; por aquel entonces, al profesor no se le había ocurrido que no podría ir a verlos. Y su hijo Shwan y su nuera Sazan, junto con sus preciosísimos nietos Yad y Lana, se mudaron con el profesor Azad y su mujer. Es agradable, al menos, poder estar allí con parte de su familia.

A veces, el pequeño Yad aparece y se tira en el suelo, delante del escritorio de Hozan, a dibujar camiones, dragones y mariposas, todos alineados como si fueran, todos del mismo tamaño, partes iguales del mismo mundo. Un mundo que, extrañamente, Yad no parece encontrar nada aterrador. A la pequeña Lana le gusta más pasar los días en el jardín o en la cocina, con los dedos pringados en tierra o comida, pero, cuando el profesor Azad ha terminado de trabajar y baja las escaleras, Lana se sienta en su regazo con un libro en cuestión de segundos. Están leyendo algo titulado *Paddington* que Sazan, la nuera del profesor Azad, le asegura que es una parte indispensable de la infancia de los británicos. Un oso peruano que habla y lleva un abrigo y un sombrero le resulta raro, pero al profesor le gusta el vocabulario que emplea. A Lana le cuesta pronunciar la palabra «mermelada»; a veces dice *merlada* o le añade demasiadas sílabas y dice *mermeralada*. Al profesor Azad le pareció haber conseguido un pequeño milagro cuando compró un tarro en la tienda de la esquina para la pequeña, que ahora se la toma todas las mañanas y le ha confesado a su abuela que de mayor quiere ser un oso.

Nunca han ido más allá de la cortesía con Lorraine, la vecina. La mayoría de los días no está; el profesor Azad daba por hecho que se marchaba a trabajar, pero Zhilwan, su mujer, le asegura que no es así, que cuida de su nieto mientras su hija es la que va a trabajar. Lorraine vive sola, al igual que su hija y el niño, y el profesor Azad nunca será capaz de acostumbrarse, por mucho que viva, a esta manía que tienen las familias de separarse. Quizá por eso tanta gente parece estar tan triste y tanta otra lleva una vida terrible. Cuando la primera mujer del profesor Azad murió, tan rápida e inesperadamente, se quedó solo en la casa de Erbil, que tenían pensado llenar de hijos. Un compañero francés de la universidad le había dejado —quizá sin darse cuenta, o tal vez deliberadamente si el alcohol era su forma de sobrellevar las cosas— una botella de *whisky* cuando fue a visitarle. El profesor Azad nunca había probado el alcohol, pero le quitó el tapón a la botella e inhaló.

Y entonces miró alrededor de su silenciosa casa.

Y llamó a su madre.

Ella le envió a su hermano y este le llevó a casa.

Durante una temporada, vivió —o existió, más bien— entre los apretados y atentos brazos de su familia. Cuando su padre volvió de la guerra, ambos pasaron la noche sentados en silencio y sin poder dormir.

Entonces le ofrecieron la posibilidad de estudiar fuera y la aceptó. No sabía exactamente qué le había atraído hacia esa ciudad fría y abarrotada en la que no conocía a nadie. Pero se marchó, estudió e hizo un amigo, y luego otro, todos compañeros estudiantes tan serios y callados como él.

Y luego apareció Eid, que le invitó a casa de su amigo Khaled, y allí conoció a la hermana de este último, Zhilwan. Desprendía tanto brillo y color que resultaba casi imposible mirarla, con su *jli kurdi* verde y dorado que reflejaba la luz, y su deslumbrante sonrisa y su risa más radiante aún. Era completamente distinta a su primera mujer, callada y devota. Pero, al parecer, resultaba igual de perfecta para él. Nunca dejaría de estar agradecido por ella y nunca olvidaría sus desoladores momentos de viudedad.

Y por eso, cuando ve a Lorraine, reconoce la soledad.

Lorraine tiene una silla junto a la puerta trasera en la que se sienta a fumar por las mañanas.

Las mañanas también son el momento en el que a la nuera del profesor Azad, Sazan, le gusta ponerse a trabajar en su tesis, golpeteando el teclado sobre el escritorio adicional que han tenido que meter, como bien han podido, en su despacho. Le encantan los bolígrafos y los pósits de colores, los cuadernos y las tazas de café. El profesor Azad está orgulloso de tener una nuera tan brillante y ambiciosa —a veces bromea con su hijo Shwan que será mejor que ella no se entere nunca de que lo único que le gusta es el fútbol y que lo demás es pura fachada—, pero también opina que es mejor que ambos tengan cierto tiempo a solas para trabajar. (Una vez a la semana, camina hasta el centro de la ciudad y se detiene en uno de los puentes de York que más le gustan, el Lendal, diseñado por su ingeniero civil favorito, Thomas Page, que también diseñó el puente de Westminster. Su familia se ríe de él por tener un puente favorito, pero al profesor Azad no le importa. Se siente inspirado cada vez que se para allí, o cada vez que camina por debajo para admirar la luz del arco. Y Sazan, sin duda, encuentra inspiración en el hecho de tener un rato a solas para trabajar).

Una mañana, cuando Zhilwan echa al profesor Azad de la cocina para seguir preparando el pan, y Shwan está trabajando en el salón con su portátil mientras Yad y Lana ven los dibujos animados, el profesor Azad sale fuera con su segunda taza de café. El olor a humo de cigarrillo le recuerda a su abuelo.

—¡Hola!

—Buenos días —responde Lorraine con un gesto de la cabeza.

—¿Cómo se encuentra?

Lorraine suspira.

—Imagino que no muy mal. —Mira al profesor Azad como si pensara que es idiota simplemente por preguntar.

—Me refería a… —explica con cautela—. Supongo que quería decir que cómo se encuentra teniendo en cuenta las circunstancias.

Lorraine se levanta, tira la colilla al suelo, la pisa y exhala. Durante un solo segundo, le mira a los ojos.

—No lo sé.

Al día siguiente, Lorraine sonríe y saluda con la cabeza, pero no habla. Al siguiente, lleva puesta su bata y se envuelve bien en ella cuando el profesor Azad le habla, aunque ella solo le responde con cordialidad.

Al día siguiente, el profesor Azad tiene una reunión por Zoom a primera hora, y al siguiente, es sábado, de manera que se pone a construir torres de Lego con Lana y habla de dinosaurios con Yad. El domingo, va de paseo con Zhilwan y los niños a los jardines del museo de York y les conceden a Sazan y a Shwan la oportunidad de estar solos en casa una hora. Sorprendentemente, hay una furgoneta que vende café en la entrada a los jardines. Pasear por el césped con tazas calentitas en las manos, mientras ven cómo los niños corretean y se persiguen, es como estar de vacaciones.

—Pensaba que me había abandonado —dice Lorraine a la mañana siguiente, y el profesor Azad está a punto de defenderse cuando reconoce el famoso sentido del humor británico. Sus compañeros también recurren a él a menudo y tiene que recordarse a sí mismo que no están siendo bordes.

—Obligaciones de abuelo —responde con una sonrisa y, de inmediato, se da cuenta de que ha dicho justo lo que no debía, porque Lorraine le da una larga calada a su cigarrillo y aparta la mirada.

—Qué suerte para usted —comenta.

—Lo sé —responde él—. No es lo mismo que a través de una pantalla, ¿verdad?

Todas las semanas hablan por Zoom con las hermanas de Zhilwan —una vive en Scarborough y la otra en Silemani— y la mayoría de las veces, cuando cuelgan, Zhilwan se siente más triste y sola que antes.

—No tengo ordenador —señala Lorraine—. Nunca pensé que fuera a necesitarlo. Si tenía que hacer alguna gestión, mi hija se encargaba por mí. Tengo un móvil, pero no me aclaro con él.

—Entonces, ¿cómo mantiene el contacto con su familia?

Lorraine se encoge de hombros.

—Nos llamamos por teléfono. Aunque el mocoso es muy pequeño aún. A veces llora cuando me escucha. Mi Claire dice que no entiende por qué he dejado de ir a verle.

El profesor Azad sabe que debe apartar la mirada cuando responde:

—Debe de ser muy duro. Para todos.

—Todo es siempre muy duro para todos, ¿no es verdad? Excepto para los ricachones, que hacen las normas a su gusto —Lorraine se levanta, entra en casa y cierra dando un portazo. Durante un instante, el profesor Azad tiene la sensación de que le ha acusado de algo, pero no está seguro de qué. ¿De tener dinero? ¿O de saltarse las normas? Entonces se da cuenta de que Lorraine se refería al Gobierno.

A la mañana siguiente, el profesor Azad tiene una proposición.

—Si no le importa abrigarse y venir a nuestro jardín, hemos encontrado un portátil y podemos enseñarle a hablar con su nieto.

Lorraine le mira con los ojos entrecerrados, como si estuvieran jugando al póker.

—No le he pedido ningún ordenador.

—Lo sé —responde el profesor Azad—, pero he pensado que... —Se ríe—. Mi mujer me dice que soy un metomentodo. Que siempre me entrometo. Mis compañeros de trabajo también me lo dicen.

Sorprendentemente, Lorraine también se ríe.

—Veré cómo voy de tiempo luego —dice.

Shwan es muy agradable con la gente. Ninguna de sus tías oirá nunca una palabra en su contra, ni siquiera cuando su madre se queja de lo vago que es. De manera que, cuando Lorraine atraviesa la verja esa tarde, mirando nerviosa la casa como si esta fuera a comérsela, el profesor Azad le pide a su hijo que salga al jardín. Se acomodan, manteniendo las distancias, en unas sillas de madera que el profesor Azad tiene que lijar y volver a barnizar. Shwan le pide a Lorraine que entre en su cuenta de Facebook y le explica cómo hacer una videollamada con su hija a través de Messenger. Se produce un terrible momento en el que el pánico en la voz de la hija de Lorraine resulta evidente —«El cuidado que debemos tener ahora», piensa el profesor Azad, «para no preocupar a alguien cuando lo llamamos sin avisar»—, pero Lorraine le explica que los vecinos de los que ya le ha hablado le han prestado un ordenador.

—¿Los extranjeros? —pregunta la hija de Lorraine.

—Sí, esos —responde Lorraine sin ninguna clase de pudor.

Shwan mira con ironía a su padre, como diciendo: «No sé por qué te molestas», y dejan a Lorraine sola.

Media hora más tarde, cuando Yad y Lana están listos para corretear y gastar energía, el profesor Azad se acerca para comprobar si Lorraine ha terminado su llamada antes de abrir la puerta y dejarles salir al jardín.

Lorraine levanta la vista cuando le ve acercarse.

—El pequeño Arthur ha crecido tanto que me resulta increíble. Hace dos meses que no lo veo. Bueno, Claire me envía fotos, pero nunca le había oído hablar. Me manda vídeos, pero no puedo verlos con mi teléfono. —El profesor Azad está a punto de ofrecerle la ayuda de Shwan cuando Lorraine se levanta y sacude la cabeza—. Ha pasado de ser un bebé a ser un hombrecito.

—Por favor —dice el profesor Azad—, llévese el portátil. Se lo prestamos todo el tiempo que necesite.

Lorraine niega con la cabeza y se aleja; espera hasta que la verja se ha cerrado a su espalda para encenderse un cigarrillo.

—Probablemente no tenga internet —comenta Zhilwan más tarde, mientras se toman un té de menta fresco en *istikan*, los vasos de cristal curvados que a los dos les recuerdan a Kurdistán. Sazan y Shwan está lavando los platos. Los ronquidos amortiguados de Yad y la respiración profunda de Lana se escuchan a través del vigilabebés.

—No sabíamos que la felicidad de tener a nuestros hijos no desaparecería nunca, ¿a que no?

Zhilwan deja el vaso sobre la mesa y la coge de la mano.

—No sabíamos nada. Y seguimos sin saberlo, y así continuaremos, *insh'allah*.

—*Insh'allah* —repite el profesor Azad de forma automática.

—Si la ves mañana, podrías preguntarle si quiere que formemos parte de su burbuja —sugiere Zhilwan—. Así podría venir y utilizar internet cuando quiera. Y a lo mejor Yad y Lana la animan un poco.

—¿Qué hay de Vaheen y de Gohdar? —No poder ver a su querida hija, aunque solo viva a treinta kilómetros de distancia, le resulta imposible.

—Tienen que cuidar de los padres de Gohdar, ya lo sabes.

—Me lo pensaré —dice el profesor Azad y, a su lado, su mujer sonríe.

Es Lorraine la que inicia la conversación a la mañana siguiente.

—Claire me preguntó sus nombres ayer y me di cuenta de que no los sé. Me limito a llamarle a usted el profesor. Me sé el nombre de Jilly, claro está, pero no el de los demás.

Sazan ha introducido a su suegro en el concepto de las microagresiones. Una de ellas es ser «incapaz» de pronunciar nombres que se consideren «de fuera».

—Mi mujer no se llama Jilly, es Zhilwan. —Exagera el sonido «zh» del principio—. Se pronuncia como la «ese» en Persia.

—Persia —repite Lorraine y, a continuación, dice lentamente—: Zhilwan.

—Eso es, Zhilwan. —Se ha acercado mucho.

—Cuando usted lo pronuncia suena precioso —comenta Lorraine, que después pregunta—: ¿Y usted? ¿Cómo se llama? ¿Se lo puedo preguntar?

—Hozan —responde él.

—Hozan —repite Lorraine—. Tiene gracia, no lo sabía.

El profesor Azad está a punto de comentar que nunca se lo ha preguntado. Se siente tentado de recordarle que, cuando se mudaron, ella solo se limitaba a olisquear el aire cuando estaba en su jardín y Zhilwan estaba cocinando. Siempre les había regalado una tarjeta de Navidad, pero se la entregaba en la puerta mientras decía cosas como: «No sé en qué creerán ustedes, pero en Inglaterra todo el mundo celebra las Navidades como es debido».

Pero el profesor Azad se limita a respirar hondo y asentir.

—Hozan y Zhilwan —dice—. Llevamos bastante tiempo viviendo aquí.

Lorraine se ríe con cierta timidez.

—¿Y qué hay de los demás? —pregunta—. ¿Su hijo y su familia?

«Sazan» le resulta más fácil de pronunciar, pero para «Shwan» no parece encontrar ningún referente en inglés, de manera que lo repite y repite hasta que cree haberlo pillado. Hace rato que el profesor se ha terminado el café y tiene las manos frías. Ninguna buena acción queda impune.

—¿Y sus nietos? —pregunta Lorraine.

—Yad y Lana —responde el profesor Azad. Es incapaz de pronunciar sus nombres sin sentir una oleada de cariño y orgullo.

—¡Yad! —Lorraine se ríe—. Ese sí que es un buen nombre para un chico. Yad. Y Lana es muy bonito.

—¿Qué pasa, abuelo? ¿Qué? —Lana, que ha salido al jardín en busca del juguete que abandonó el día anterior, tiene un oído muy agudo.

El profesor Azad le tiende a su nieta la taza vacía y la levanta para que pueda mirar por encima de la valla. Cada día pesa más, pero no le importa.

—Solo le estaba diciendo a la señora que vive al lado tu nombre.

—Lana. —Se señala con el dedo en el pecho—. Significa que estoy a salvo en un pequeño nido.

—¿Ah, sí? Bueno, bueno —dice Lorraine sonriendo. El profesor Azad se fija en que, ahora que hay un niño presente, está mucho más contenta.

—¿Cómo te llamas tú? ¿Significa algo tu nombre? —pregunta Lana.

—Me llamo Lorraine. Es el nombre de un lugar de Francia al que fueron de vacaciones mis padres cuando se casaron. —Entonces le explica al profesor, que no sabe qué hacer con esa información—: Fue la única vez que salieron al extranjero. Dijeron que no les gustó mucho.

—¿*Rain*? —pregunta Lana—. ¿Como lluvia en inglés?

El profesor Azad abraza a su nieta con cariño y le sonríe mientras Lorraine le repite su nombre más despacio.

—Zhilwan y yo nos preguntábamos —empieza a decir el profesor Azad— si le gustaría formar parte de nuestra burbuja. Así podría venir y utilizar el portátil cuando quisiera, para hablar con Claire y con Arthur, y puede entrar en casa cuando haga más frío.

Si el profesor Azad era sincero —y lo es consigo mismo, pero no con su mujer; para ella es como un libro abierto y no le hace falta—, esperaba que Lorraine rechazara su oferta. Seguro que haría una burbuja con su hija, si no lo había hecho ya. O con alguien que, bueno, le gustara más de lo que ellos parecían gustarle. Pero esa tarde Lorraine llama a su puerta con un plato de pasteles de mermelada, algo que hace que Yad y Lana la quieran de inmediato. El profesor Azad está a punto de dar un seminario por internet, así que se excusa y deja a Shwan montando el portátil.

Cuando cierra la ventana de la reunión una hora después, está cansado. Mucho más que cuando da clases en persona, cuando parece que no tiene que esforzarse para que todo fluya: sus conocimientos, sus preguntas a los alumnos, las respuestas y las preguntas de estos…, así, los seminarios animados y concurridos solían alargarse. Pero por internet es diferente. Algunos de los alumnos no conectan sus cámaras. Otros no dicen ni una sola palabra durante toda la extenuante hora. A través de internet, parecen más sombríos; no hay nada brillante en sus observaciones y se escuchan pocas risas. Hablar unos por encima de otros en un aula es la expresión de un cerebro que trabaja y de ideas que surgen. Pero por internet parece un error; hay que desenmarañarlo todo. Es cierto que compartir pantalla y escribir comentarios es una maravilla, porque lo es, pero para un viejo ingeniero como él no hay nada como una pizarra blanca. El profesor Azad sabe que cuando consulte la bandeja de entrada de su correo de la universidad habrá al menos un estudiante que haya contactado con él porque tiene algún problema o dificultad: ansiedad, una enfermedad o circunstancias familiares que puedan provocar presión o estrés. Se mostrará complaciente y amable con él o ella; le tranquilizará. Pero se sentirá impotente.

Para retrasar esa impotencia, baja a la cocina, donde espera encontrar a Zhilwan preparando la cena o sentada en la isla de la cocina con una revista y un poco de té chai. Y acierta a medias: está allí, con su té. Acompañada de Lorraine, que también tiene un *istikan* lleno de té chai delante. No paran de hablar, aunque Zhilwan le dirige una sonrisa y una mirada a su marido que parecen decir: «Tú probablemente no disfrutarías mucho de esta conversación». Aun así, Zhilwan está casi sin respiración por la expectación cuando se inclina hacia Lorraine y le pregunta:

—Entonces, ¿alguien le disparó y todo el mundo pensó que había muerto en el canal, pero luego volvió? ¿Cuántos años después?

—¡Catorce! —responde Lorraine arqueando una ceja. Entonces se vuelve y saluda—: Hola, Hozan. Esto de trabajar desde casa debe de ser muy agradable para usted.

El profesor Azad se detiene antes de confesarle a Lorraine que le resulta agotador. Sabe que ella trabajaba en una de las tiendas de recuerdos para turistas de York cuando no cuidaba de su nieto. Así que aquí él es el afortunado.

—Lo es —responde.

—Lorraine ha invitado a los niños a su casa para preparar pasteles de copos de maíz y... —Zhilwan se muestra insegura—, ¿y galletas del pulgar?

—Pastas del pulgar —responde Lorraine y hace un gesto giratorio y sorprendentemente violento sobre la encimera con el pulgar—. Se hace un hueco y le pones mermelada dentro.

—¡Ah! —exclama el profesor Azad, aunque la idea le parece poco higiénica—. Estoy seguro de que les encantará.

—Y Lorraine vendrá a comer con nosotros la próxima vez que prepare la receta de *dolma* de mi madre —añade Zhilwan.

Aunque es la receta de la madre de Zhilwan, la ha hecho suya. Coloca alubias blancas en el fondo de la olla para que absorban los jugos del guiso y después añade capas de cebolla, berenjena y calabacín rellenas de cordero, hierbas y especias.

El profesor Azad cierra los ojos mientras piensa en ello. Ahora que cuidan de los niños preparan platos más sencillos.

—Le encantará, Lorraine: ya lo verá.

Ella asiente con lo que al profesor Azad le parece el mismo nivel de convicción que él empleó antes, cuando escuchó lo de las galletas del pulgar.

—Por mucho que lo intente, soy incapaz de imaginarme una cebolla rellena —señala.

—Voy a empezar a ver *EastEnders* —comenta Zhilwan—. Así Lorraine tendrá alguien con quien comentarlo.

—Echo de menos a mis compañeras —confiesa Lorraine—. Si en la serie pasaba algo interesante, nos moríamos por llegar cuanto antes al trabajo para ver qué opinaban las demás.

El profesor Azad se da cuenta entonces de que eso es lo que él también echa de menos. Da igual las veces que Zhilwan y él se repitan lo afortunados que son. O que Sazan diga —y en eso tiene razón— que los niños desarrollarán fuertes vínculos con sus abuelos por todo el tiempo que están pasando con ellos ahora que viven juntos, más que si los vieran solo un día cada tres semanas aproximadamente. No importa que él pueda hablar con sus compañeros por internet o rezar con su familia en el salón. No puede pasar dos minutos con Mo en el cuarto de control de seguridad de la universidad hablando sobre las noticias de Irak; ni con Katya, que limpia los despachos y suele ponerle al día sobre cómo van sus prácticas de enfermería. Echa de menos hablar con sus compañeros del último documental que ha visto; escuchar cómo les va en sus entrenamientos para los triatlones, qué tal sus resacas y sus ahijados recién nacidos. Aunque tiene mucho por lo que sentirse agradecido laboral y personalmente —los pilares de su vida, intactos—, se da cuenta, allí de pie en la cocina, de que lo que echa de menos son las pequeñas cosas. No ocurre nada si no están, pero todo resulta… plano. Sin texturas. Más lúgubre de lo que debería.

Esa tarde, Lana trepa al regazo del profesor Azad con su libro; huele a fresas sintéticas y tiene los rizos aún húmedos del baño.

—La señora Rain dice que el niño con el que habla por la pantalla no ha leído *Paddington.* —Lana le mira con los ojos bien abiertos, esperando que él se muestre tan escandalizado como ella.

—¿Su nieto? Bueno, no a todo el mundo le gustan los mismos libros —responde el profesor Azad con suavidad.

Lana asiente con energía para mostrarse de acuerdo.

—Al niño de la pantalla le gustan los dibujos animados sobre granjas —explica—. Y la señora Rain dice que ella no tiene libros en su casa salvo uno con... «planos» de galletas.

—Recetas. —El profesor Azad sonríe y empieza a leer. Paddington se está familiarizando con el vecindario y haciendo amigos. Está sacando su punto de vista como oso/niño al mundo y, al hacerlo, lo está cambiando. Por eso, sin duda, le gusta a Lana.

—Lana dice que Lorraine no tiene libros en su casa —le comenta el profesor Azad a su mujer esa noche mientras toman té.

Han pasado un par de horas difíciles: Sazan se ha atascado con su tesis doctoral y lo único que se le ha ocurrido decir a Shwan para animarla ha sido que no importa si no la termina. El profesor Azad sabe que su hijo tenía buena intención, pero así no ayuda en absoluto a su brillante y ambiciosa mujer. Zhilwan habló con Shwan, pues le comprende mucho mejor que el profesor. Sazan y el profesor se sentaron en su despacho —ahora el de ambos— para que Sazan le explicara cuál creía que era el problema. Tras pensar en lo que les diría a sus propios alumnos, el profesor Azad se dio cuenta de que, aunque Sazan es socióloga y él es ingeniero civil, su consejo seguía valiendo: «Si te atascas, pero antes ibas bien, a lo mejor acabas de dar un paso en la dirección incorrecta. Comprueba lo último que escribiste, retrocede en tu hipótesis, tómate un respiro incluso». Sazan escuchó todo lo que el profesor le contó con la cabeza entre las manos, pero, cuando él dejó de hablar, lo miró y dijo:

—Gracias. Tendría que haber sabido que usted me entendería.

Ese comentario le hace sentir que no es un suegro terrible.

Ahora Sazan y Shwan están en su cuarto y, tras unas lágrimas, todo está en silencio. No es la primera vez que Zhilwan le ha explicado a su hijo cómo ser un buen marido que apoya a su mujer. Ojalá sus palabras hayan calado esta vez. A Vaheen parece estar yéndole mucho mejor con Gohdar, que siempre ha considerado su relación con la hija de Zhilwan y el profesor Azad como algo que debe cultivarse.

Zhilwan suelta una risita y dice, como si le estuviera explicando algo a Yad:

—Algunas personas no tienen libros, cariño, y Lorraine es una de ellas.

—Ya lo sé —replica el profesor—. Pero… —Se pone a pensar en Yad, en cuando, poco después de que Lana naciera, Zhilwan y él fueron a buscarlo a su casa, a un pueblo a las afueras de Leeds, para llevarlo a ver una película a la ciudad. Tras atravesar la periferia poco después de las tres de la tarde, se detuvieron cuando el guardia de un cruce escolar se lo indicó y Yad le señaló y exclamó: «¡Pensaba que no eran de verdad! ¡Que solo salían en los cuentos!».

—Pero nada —replica Zhilwan con decisión—. Lorraine está en su derecho de no querer leer. Que se haya unido a nuestra burbuja no significa que nos haya invitado a que la mejoremos. —Retuerce los dedos cuando pronuncia esta última palabra. Zhilwan ha trabajado en una guardería desde que sus hijos crecieron, y el profesor sabe que ella ha visto muchos más tipos de personas que él, que se pasa los días rodeado de profesores y personal universitario, de alumnos, de su familia y de la gente que acude a la mezquita. Zhilwan ha pasado tiempo en el mundo real. Está acostumbrada a que la desprecien y la ignoren en las tiendas, a que algunos de los padres de los niños de la guardería den por hecho que vale menos que ellos porque su piel es morena y se cubre el cabello. Ella es la que, veinte años antes, volvía al colegio una y otra vez para repetir los insultos que recibían sus hijos en el patio e insistir en que el asunto se tratara como un incidente racista grave en lugar de como «cosas de niños» o que «los niños simplemente repiten lo que escuchan». El profesor Azad es consciente de que ella sabe más cosas del mundo, pero es incapaz de olvidar el tema.

—¿Qué hace durante todo el día?

Zhilwan se encoge de hombros.

—Ver la televisión, cocinar tartaletas de mermelada. Antes estaba ocupada y ahora no lo está. No es que elija voluntariamente no leer, sino que es muy probable que eso nunca haya formado parte de su vida.

—Ya me imagino —admite el profesor Azad. Entonces decide que al día siguiente llamará a sus amigos de la Librería de la Esperanza. Siempre le consiguen manuales académicos y textos de investigación, así que dar con algo para Lorraine es algo que también deberían saber hacer.

13

George, ahora

Ha pasado una tarde muy atareada en el jardín. Los esquejes del parterre estaban empezando a descontrolarse, y este año no tienen a quién darle las flores. Rosemary ha hablado de ponerlas en tarros vacíos de mermelada y colocarlas junto a la puerta de la valla para los transeúntes, pero parece que todavía no se han decidido. Y, además, no hay transeúntes. El jazmín está creciendo alegremente entre la madreselva, y las lilas, que no florecen todos los años, han escogido este para impregnar con su fragancia el ambiente y atraer a las mariposas en lo que parecen nubes. Ayer mismo, George se quedó absorto e inmóvil contemplándolas. Rosemary se había preocupado por él y había bajado a buscarle desde donde estaba podando el romero, pero se encontraba perfectamente. Le respondió que estaba observando las mariposas, y así era. Pero también estaba intentado… Era difícil de explicar. No trataba de retenerlas en su memoria; quería, más bien, recordar todas las sensaciones que le rodeaban: el viento, el aroma, la sensación de sentirse ocupado y el completo ensimismamiento que producía el ajetreo de los insectos.

George no cree que vaya a vivir para ver otro verano. No le ha mencionado esa parte a Rosemary. Es lo bastante lista —y los dos son lo bastante mayores— como para tratar de animarle y sacarle de la cabeza la idea de que morirá pronto. Pero, si George intenta sacar el tema, el rostro de Rosemary se oscurece, y él no puede soportar ser la persona que nuble el sol que brilla en su interior.

George padece de insuficiencia renal crónica, y no es solo un hombre mayor que va mucho al baño, como Rosemary le ha repetido hasta la saciedad. «Lo que ocurre con la insuficiencia renal —había dicho la especialista— es que no presenta síntomas en las primeras etapas. De manera que, cuando uno los nota —la frecuente necesidad de orinar, la pérdida de peso, el insomnio, la falta de aire—, ya es...». A George no le había hecho falta mirar a Rosemary para saber que se estaba preparando mentalmente igual que él. Las noticias que no querían escuchar estaban al caer, y no podían hacer nada para evitarlo. La especialista había mirado entonces a George directamente y había añadido: «Cuando vemos síntomas como los suyos, George, sabemos que el tratamiento es más complicado, porque la enfermedad está más avanzada».

George había entendido perfectamente a la especialista: no había nada que hacer en realidad. Le hicieron una ecografía y una biopsia y se volvieron a casa. Regresarán al hospital una semana después para escuchar el diagnóstico oficial. Hasta entonces, les quedan el jardín, los libros y la compañía del otro.

George abre *Persuasión* por donde le espera el marcapáginas. Tanto él como Rosemary son grandes defensores de un buen marcapáginas: nada de doblar las esquinas. Años y años de prestar libros de texto con esquinas dobladas, manchados o con garabatos inmorales en los márgenes les habían enseñado que el papel recuerda el trato que se le ha dado. E, incluso aunque él no fuera tan proclive a ello, Rosemary cuida tan bien los libros que cualquiera pensaría que se trataba del undécimo mandamiento: «No doblarás las esquinas».

Han llegado casi al final de la historia de Anne Elliot. Les ha llevado algo de tiempo acabar el libro porque cada capítulo les ha traído a la memoria cosas de cuando estuvieron en Lyme Regis durante su luna de miel, hace tantos años.

Rosemary aparece con la cesta: el termo, las tazas de hojalata y la leche en un frasco con tapón. También trae un paño, por si algo se derrama, y un paquete de galletas de chocolate. George se ha dado cuenta de que, desde que fueron al hospital, ya no toman las que no llevan nada. A él siempre le han gustado las galletas Rich Tea, pero se ha percatado de que, hasta que llegue el final, Rosemary solo le dará lo mejor de lo mejor, porque es lo que ella necesita. La noche anterior, le pidió una patata asada con judías para cenar y, cuando la abrió, se dio cuenta de que había mantequilla de la buena bajo la guarnición. George no puede soportar la idea de que vaya a dejarla.

—Toma, cariño —dice Rosemary, y George coge la taza y una galleta. Hay un patrón alegre en la conversación que normalmente mantienen durante el té: el color del mar ese día, si el tráfico está aumentando, cómo se las ingenian sus antiguos compañeros de trabajo para hacerlo todo por ordenador en lugar de en el aula. Pero George no encuentra la forma de empezar. En su interior habitan muchas cosas que disgustarían a su mujer. Y ella no quiere hablar sobre la muerte. Al menos, no de la suya. A diario, escuchan los comunicados de las crecientes cifras de fallecidos por covid mirando al suelo, como si estuvieran frente a un monumento a los caídos el Día del Recuerdo. Y después hablan de todas las familias que deben estar destrozadas y de las pocas que conocen en su reducido círculo social. Pero Rosemary evita hablar de la posible muerte de George, como si mencionarla fuera a acercarla.

—Hace calor —comenta Rosemary cerrando los ojos y levantando la cabeza. George la habrá visto hacer ese gesto miles de veces.

—¿Y si leo un par de páginas mientras se enfría el té? —propone él.

—Estupendo —responde ella sin abrir los ojos. Si ha notado el temblor en la voz de su marido, no lo menciona.

George comienza con voz insegura. Las palabras se confunden, y estos personajes lejanos le parecen una molestia cuando tiene tantas cosas importantes en las que pensar. Hoy, más que nunca, le resulta difícil dejar a un lado el temor a lo que está por llegar. Sin embargo, poco a poco, las palabras de Jane Austen encuentran el ritmo en sus labios. El olor del mar del Norte en Whitby se convierte en el olor del canal de la Mancha en

Lyme Regis; el sonido de las olas que chocan contra los muros del puerto de Whitby se funde con el agua que golpea contra los ladrillos de The Cobb. A su lado, la respiración de Rosemary se regula como siempre que lee o duerme.

Entre las hojas del libro, Frederick ha escrito su carta y Anne la está leyendo.

—«Me debato entre el sufrimiento y la esperanza» —escribe Frederick y lee George en voz alta.

—No olvides tomarte el té —le recuerda Rosemary con voz ligeramente entrecortada mientras le pone una mano en el brazo.

George baja el libro y coge su taza.

—Vieja sensiblona —bromea.

—Oye, que no soy tan vieja. —Normalmente se reirían, pero el silencio les rodea. George se bebe el té y se come la galleta. Las de chocolate no se empapan muy bien.

—He pensado en preparar un pastel de carne picada y cebolla —dice Rosemary mientras guarda las tazas.

—Estupendo. —La verdad es que George no tiene mucho apetito. No está seguro de si es por la enfermedad o porque su viejo cuerpo sabe que ha llegado la hora de ocupar menos espacio, pero, cuando Rosemary le coloca un plato delante, normalmente consigue comer algo. Ella cocina y él friega los platos, y Rosemary todavía no ha intentado impedírselo, a pesar de que se queda revoloteando por allí, observándole, por si estar de pie frente a la pila fuera demasiado para él. Podría sentirse molesto, pero, cuando ella se cayó en 1984 mientras visitaban la zona de The Dales en bicicleta, él se comportó igual: merodeaba a su alrededor, la vigilaba y deseaba que ella le dejara encargarse de las cosas.

—¿Vienes dentro?

—Creo que voy a quedarme aquí sentado un poco más.

—No cojas frío —dice Rosemary mientras le acaricia la mejilla con la palma de la mano.

—Tranquila, me he puesto los calcetines gordos.

George se queda escuchando mientras Rosemary atraviesa el jardín. Sabe, sin mirarla, dónde está cuando se detiene y qué está haciendo. Está contemplando el manzano en busca de los verderones que anidan allí. Después da unos pasos, recoge unas clemátides y las enrolla alrededor de las ramas del sauce para enderezarlas. Casi en la puerta de atrás, se detiene para retirar las babosas de los altramuces y, a continuación, se escucha el golpe seco de la madera de la puerta al abrirse.

George contempla el mar. Es consciente de que está guardándose un pedazo de esa constante masa de agua en su interior, por si acaso termina en el hospital y no puede volver a escucharlo, verlo u olerlo. Y, de cualquier modo, se siente mejor estando al aire libre.

El canto de los pájaros parece más fuerte desde que apareció el covid. No lo es, por supuesto, pero, desde que el ruido de fondo ha disminuido, se puede escuchar con más claridad. Además, no hay tanta gente alrededor para interrumpir el vuelo de los pájaros, para asustarlos y hacerlos callar. George es incapaz de distinguir el sonido de cada pájaro, pero no importa. Lo fundamental es que, por el momento, sigue aquí con ellos.

Debatiéndose entre el sufrimiento y la esperanza.

14

Rosemary, 1969

A Rosemary y a George no les gusta ser el centro de atención, de manera que su boda fue modesta. Se celebró en la iglesia del padre de Rosemary y provocó un delicioso escándalo cuando su madre la llevó al altar para que su padre pudiera oficiar la ceremonia. Lo que más recordará Rosemary de aquel día es el olor a lavanda y romero de su ramo, que recogieron en el jardín de la vicaría esa mañana; eso, y el rostro de George, radiante de felicidad y con más lágrimas en los ojos que ella, cuando pasaron unos momentos a solas en la sacristía antes de entrar en el salón parroquial para la recepción.

Al día siguiente, salieron para su luna de miel. George conducía el nuevo Ford Cortina verde oscuro que se habían comprado y, transitando por carreteras sinuosas, tardaron un día en llegar a la costa sur y a Lyme Regis. Rosemary miraba por la ventanilla, interpretaba el mapa y se echó algún sueñecito. Está cansada y parte de ella se muere de la vergüenza al pensar en lo que hicieron la noche anterior; en lo extraño, distinto a cómo se lo imaginaba y, aun así, lo maravilloso que fue. George dice que mejorarán con la práctica. Rosemary contempla el paisaje campestre a su izquierda y después mira a su marido, a su derecha, y se pregunta cuántos kilómetros conducirán a lo largo de su vida y si alguna vez dejará de valorar su semblante. El silencio entre ellos es agradable y está repleto de sonrisas y ruidos suaves cuando se mueven en sus asientos y se miran el uno al otro, para, quizá, asegurarse de que todo va bien: sí, nos hemos casado; sí, me hace feliz; sí, esta es nuestra vida ahora. Con el dolor entre sus piernas, Rosemary se siente, al fin, una mujer adulta, despierta, viva. Los modernos años sesenta se habían notado en las grandes ciudades, pero en 1969 el pueblo en el que Rosemary se crio seguía anclado en la década de los cincuenta. Y las revoluciones culturales no estaban permitidas en los terrenos de la vicaría.

—¿Quieres que te lea algo? —pregunta Rosemary.

—Sí, me encantaría —responde George.

Y Rosemary saca *Persuasión* de su bolso.

En Lyme Regis, se alojaron en un pequeño y curioso hotel que, supuestamente, tenía vistas al mar, «solo si te pones de pie en lo alto de la chimenea», bromeaba George. Se asoman a la ventana de puntillas y Rosemary —que está aprendiendo a arriesgarse— se gira de medio lado para besar a su marido en el cuello, justo detrás de la oreja. Siente cómo exhala algo parecido a un gruñido. Rosemary ha decidido que le gusta el sexo, y mucho, y que no tiene por qué ser la prueba de resiliencia que su madre le dio a entender.

El último día de su estancia, se vistieron —su ropa de casados también es más relajada— y pasearon por The Cobb por última vez. Rosemary, poco sensible para la mayoría de las cosas y práctica en todas, insistió, sin embargo, en recorrer los peligrosos escalones por los que Louisa Musgrove se cae en la novela de Jane Austen. George la espera abajo para cogerla y ella salta dando un grito; estar en el aire con los brazos de George extendidos para atraparla la hace sentirse intrépida, aunque solo haya saltado desde una altura de tres escalones. Quizá así es como va a ser su matrimonio, piensa mientras regresan al pueblo: George recogiéndola cuando caiga y ella haciéndole reír. Hasta que lleguen los hijos, con eso bastará, y será maravilloso.

De camino al hotel compraron, como recuerdo, una acuarela de The Cobb (aún no tenían cámara de fotos).

Cuando llegaron a la habitación, Rosemary desenrolló el cuadro y lo colocó sobre el alféizar de la ventana; se tumbó en la cama para observarlo y, sin saber por qué, se echó a llorar. George quitó de la pared el cuadro de flores en un jarrón y en su lugar colgó la nueva pintura. Se sentó al lado de su mujer y le cogió la mano.

Esa imagen de The Cobb decora el salón de su casa de campo desde que se mudaron.

15

Hay dos cosas que no sabíamos de las pandemias hasta que nos tocó vivir una. La primera es que, si eres uno de los afortunados —no estás enfermo, no tienes miedo por nadie en particular y solo tienes que sobrellevar, como todo el mundo, el miedo que supone la nueva normalidad—, las pandemias son aburridas. No son lo que nos podríamos haber imaginado. Con un poco de suerte, quizá recordemos la pandemia como los meses que pasamos delante de una pantalla o trabajando con mascarilla, manteniendo la distancia de seguridad, cuando los fines de semana limpiábamos, solos, los armarios, y cuando no soportábamos ver otro episodio de la serie que todo el mundo estaba viendo, por muy buena que fuera. O en los que hablábamos alegremente con parientes lejanos y nos volvimos sistemáticos al hacer la compra para no cargarnos el sistema de caminar en un solo sentido. Al parecer, vivir un momento histórico puede resultar profundamente poco interesante.

La segunda es que las pandemias son solitarias. El tiempo que suele dedicarse a mirar ropa en las tiendas, a hablar con un vecino cuando coincides casualmente con él en la escalera, a ir al cine, a deambular por el supermercado, a jugar al *netball*, a correr cinco kilómetros el sábado por la mañana o a recoger la casa porque va a venir algún amigo, todos esos pequeños instantes aguardan, vacíos, bostezando, a que los ocupen.

Como es natural, los libros se encargarán de llenarlos. Leer los cargará de palabras distintas a las que moran en tu cabeza y, antes de que te des cuenta, será como si todos esos ratos muertos nunca hubieran existido, tan olvidados como un guante en una parada de autobús.

Todo esto teniendo en cuenta que se trate del libro adecuado, por supuesto.

Y siempre y cuando la pandemia no te haya arrebatado la capacidad para concentrarte, centrarte o dedicar una porción de tu cerebro a la historia de otra persona. Si ese fuera el caso, lo lamento. Pero no te preocupes; los libros siempre te estarán esperando.

16

Kelly

Cuando llaman a la puerta, Kelly está inmersa en varias conversaciones en Instagram. Ha creado la cuenta de la Librería de la Esperanza, le ha preguntado a la gente qué está leyendo y está sorprendida por la cantidad de respuestas que está recibiendo. Se acuerda de cuando le preguntó a Nathan cómo podrían hacer dinero con un certamen de poesía y espera de todo corazón que las redes sociales supongan un antes y un después. De momento no ha habido visitas a la página web, ventas o consultas, pero solo tienen treinta y cinco seguidores, y en Twitter la cosa no es muy distinta. Si las redes sociales van a salvarlos, tendrían que haber empezado con ellas mucho antes de llegar a esa situación.

El sonido del teléfono es como un bote salvavidas.

—Librería de la Esperanza. Le atiende Kelly.

—Ah, ¡hola! —dice una mujer con voz suave, madura y algo formal—. Soy Rosemary Athey. Les escribí una carta hace tiempo y me enviaron…

—*¡Persuasión!* —exclama Kelly—. Me preguntaba qué tal les iba con él. —Formula así la frase porque le parece que suena más normal que decir: «Llevo su carta conmigo a todas partes como si fuera mi amuleto».

—¡Estupendamente! Ya lo habíamos leído hace años. Bueno, yo lo leí cuando era pequeña y después se lo leí a George en voz alta cuando nos casamos. Fuimos a Lyme Regis de luna de miel.

—Cuánto me alegro. —La imaginación de Kelly fusiona el mundo de la novela con el de Rosemary y George y se imagina a una joven Rosemary, con un vestido de estilo Regencia, mirando con serenidad a través de una ventana mientras un esperanzado George permanece de pie a su lado, con el libro abierto: «Me debato entre el sufrimiento y la esperanza»—. ¿En qué puedo ayudarla hoy?

—Pues verá, querida, lo cierto es que no quiero nada salvo darles las gracias —dice Rosemary—. George y yo tomamos muchas pastillas. —A Kelly le parece que la voz de Rosemary se quiebra, pero no está del todo segura—. Pero creo verdaderamente que esta es la mejor medicina que hemos tomado en mucho tiempo.

—Qué placer escucharla decir eso. Ayer mismo le envié una cosa por correo; algo que espero que le guste a su lado más divertido. Me encantaría saber qué le parece.

Rosemary se sorprende.

—Es usted muy amable al querer saber la opinión de una vieja boba como yo.

Ese es uno de los tormentos de Kelly, y la pandemia no ha conseguido cambiarlo.

—Nada de lo que usted nos ha dicho o escrito me hace pensar que sea boba —asegura.

Se escucha un suspiro al otro lado del teléfono.

—Qué razón tiene. Antes era directora de un colegio, pero cuando el cerebro envejece, cometes errores. Y el cuerpo empieza a dolerte y a funcionar mal y es difícil no sentir que ya no eres la que eras.

Ahora le toca a Kelly suspirar. Trata de cuidar su cerebro haciendo sudokus, el crucigrama de los fines de semana y con su tesis cuando saca fuerzas para ello. Pero debería empezar a correr de nuevo. Quizá no lo disfrute al principio, pero cuando sea mayor le alegrará tener unos huesos fuertes y densos.

—¿Tienen a alguien que les ayude? ¿Familia?

—Siempre nos hemos apañado. Si alguna vez pasa por Whitby, la invitamos a que venga a saludar y a comprobarlo por usted misma.

—Mi padre vive en Whitby —empieza a decir Kelly, pero se detiene cuando siente un nudo en la garganta al pensar en él.

—Vaya, eso es estupendo —responde Rosemary—. Adiós, querida.

Se escucha un clic y el zumbido le indica a Kelly que Rosemary ha colgado. Vuelta a las redes sociales.

Veinte minutos después, Kelly está tan concentrada en las redes que pega un brinco cuando escucha un golpecito en la ventana. Y lo mismo le vuelve a ocurrir cuando ve que Craig está al otro lado, saludando y sonriendo. Kelly abre la puerta de la librería y se muere de ganas de tocarlo, pero aprieta los puños y se obliga a que sus pies no abandonen el interior de la tienda mientras siente cómo sus ganas de atravesar el espacio que les separa se unen a las de él y vuelven a ella. Tiene la boca húmeda y nota un cosquilleo en las manos, que quieren extenderse hacia él. Hace dos meses que no se ven en persona y llevaban semanas soñando con la idea de dar un paseo manteniendo las distancias.

Pero aquí está él.

—Me alegro de verte —saluda Craig. Está más pálido de lo que Kelly recordaba, aunque, ahora que lo piensa, quizá nunca se vieron de día, puesto que sus citas siempre fueron en invierno, después del trabajo, y Craig nunca se quedó a pasar la noche.

—Yo también. —Entonces el miedo sustituye al deseo—. ¿Estás...? ¿Pasa algo? —Aunque, si está allí, delante de ella, y ambos están bien, no puede ocurrir nada malo. Al menos en su mundo.

—Sí, estoy bien, mucho mejor que bien, de hecho. —Levanta un brazo como si fuera a tocarla, pero entonces lo recuerda y se mete la mano en el bolsillo—. No ha pasado nada. —Esa sonrisa...—. En el trabajo nos han dado una hora libre de una a dos para alejarnos del ordenador, que se nos quite la cara de pantalla y nos dé un poco el aire. Y venir hasta aquí dando un paseo me parecía la mejor forma de ocupar esa hora.

—Pero habrás tenido que venir en coche hasta York, ¿no?

Craig se ríe.

—Sí. Aunque yo lo consideraría un viaje necesario.

Kelly no está de acuerdo. Si todo el mundo se salta un poco las normas, todos lo pagarán. Pero le ha echado tanto de menos... Con su sonrisa, su olor a champú de hierbas, la forma que tiene de mirarla. No puede evitar sonreír de oreja a oreja.

—Me hace mucha ilusión verte.

—A mí también —responde Craig.

Se miran durante un buen rato. Y sonríen, mucho más.

Entonces Craig desvía la vista hacia sus zapatos. Lleva zapatos elegantes y un traje que Kelly ya ha visto otras veces. Solía ponérselo cuando quedaban después del trabajo, cenaban y caminaban de vuelta a casa de Kelly siguiendo la trayectoria del río. La corbata es la misma que Kelly ha buscado y buscado en el caos que formaba la ropa abandonada de ambos en el suelo de su dormitorio. El deseo invade dolorosamente la parte baja de su vientre, se clava en sus muslos. Ha pasado mucho tiempo. Craig levanta la mirada y la centra en un lado del rostro de Kelly, como si su pendiente fuera la cosa más interesante que ha visto en su vida.

—La cuestión es, Kelly, que no puedo dejar de pensar en ti. Y... dime si es una mala idea, pero..., bueno, me preguntaba si...

Kelly sabe lo que va a decir una centésima de segundo antes de que lo diga: va a sugerirle que se vayan a vivir juntos. A pesar de que ella nunca ha estado en su casa —está demasiado lejos del centro de la ciudad como para que hubiera tenido sentido—, ahora, con las carreteras sin tráfico...

—Me preguntaba si podría mudarme a tu casa. Es que... los dos nos sentimos muy desgraciados, ¿no? Por no estar juntos, me refiero. Así que he pensado que tendría sentido. Y no quería preguntártelo por FaceTime, no me parecía adecuado.

—Hemos hecho muchas cosas por FaceTime —comenta Kelly con una sonrisa.

Él también sonríe, incluso se ruboriza un poco.

—FaceTime y tú me habéis mantenido cuerdo, créeme. Pero esto… quería ser capaz de mirarte a los ojos y comprobar que estabas segura.

Le quiere por su honradez. Es la clase de cualidad que su padre también apreciaría. Habla con él por Zoom al menos dos veces por semana, pero, por mucho que él lo asegure, no es lo mismo. Kelly se ha dado cuenta de que apenas nombran a su madre en esas llamadas, cuando, de haber estado en la cocina, comiendo pan tostado con queso y resolviendo juntos, como siempre, un crucigrama, alguno de los dos la habría mencionado tarde o temprano. De alguna manera, habría estado presente en la habitación, en el ambiente. Puede que el mundo sea digital, pero los seres humanos tienen su forma de hacer las cosas.

Parece que Craig está confundiendo su silencio con dudas o un rechazo.

—Nunca olvidaré la noche en que, justo aquí, nos dijimos que nos queríamos. Y ojalá nos hubiéramos mudado juntos cuando empezó el confinamiento. Yo… —Aparta la mirada, pero después vuelve al rostro de Kelly—. Creo que pensaba que, si estábamos todo el rato juntos, dejaría de gustarte.

Kelly alarga un brazo y Craig le coge la mano y se la aprieta con cariño. Es una sensación abrumadora, tocar y que te toquen.

—¿Por qué ibas a dejar de gustarme?

Craig no responde. Se queda mirando sus manos entrelazadas y le acaricia la piel con el pulgar.

—Tengo un piso enano.

Craig sonríe.

—Es acogedor —responde—. Además, en tu casa sí que reparten comida, yo no consigo que venga nadie a la mía.

—¿No acabaremos tirándonos al cuello del otro? —Entonces Kelly se ríe—. Bueno, eso, en otro sentido, es justo lo que quiero.

Craig vuelve a contemplar sus zapatos.

—Mi casa me da un poco de vergüenza. Es un vertedero, está sin decorar y hay moho en el baño y la cocina. No me parece el sitio adecuado para ti.

Kelly se acuerda de que se lo contó en una de sus primeras citas. Más tarde pensó que nunca antes se había reído tanto hablando de pintura impermeabilizante y aislamiento de paredes. Los albañiles tendrían que haber empezado a trabajar en febrero, cuando apareció el covid y el confinamiento, y ahora todo parece estar pausado indefinidamente.

—No quiero presionarte —señala Craig—. Pero ¿te lo pensarás?

—Ya me lo he pensado —responde Kelly.

Pues claro que podrán apañárselas en el piso de Kelly.

Craig le da un beso en la frente y le dice que la quiere y que se verán a las siete. Kelly lo mira mientras se aleja. Está a punto de subir corriendo a contarle la noticia a Loveday, pero la tentación de guardársela para sí misma se impone.

De manera que vuelve a enfrascarse en las redes sociales, pero mira cada dos por tres el reloj. Cuando termina de trabajar, a las cuatro, tiene tiempo de sobra para volver a casa, recoger las braguitas y sujetadores más viejos de los radiadores en los que se estaban secando, limpiar el baño y hacer algo de espacio en el armario para Craig. A lo mejor también le daría tiempo a ir al supermercado a comprar... ¿qué, exactamente? ¿Qué comen las parejas? ¿Camembert? ¿Tiramisú? ¿Cosas con hierbas frescas por encima? Hace la lista de la compra, con Instagram y Twitter olvidados, cuando suena el teléfono. Es el profesor Azad, uno de sus clientes favoritos.

—Kelly, querida —dice—, espero que todo vaya bien.

—Todo va bien —contesta esta, y, por primera vez, siente que está dando una respuesta sincera a esta pregunta tan ubicua—. ¿Y usted cómo está? ¿Qué tal la familia?

—Pues... —Se echa a reír con su risa cariñosa—. La mayor parte del tiempo estamos muy agradecidos de estar juntos. Y nuestros nietos nos rejuvenecen.

Kelly echa un vistazo al reloj.

—¿Qué puedo hacer por usted? —El profesor Azad da clases en la universidad y su especialidad es la ingeniería civil. Siempre está interesado en libros sobre puentes y siempre quiere oír hablar sobre los libros de historia kurda, política o geografía que llegan a la librería. Loveday, a la que le encantan esta clase de retos, a menudo suele encontrar cosas que maravillan al profesor Azad. O solía hacerlo, mejor dicho. Dada la situación por la que están pasando, quizá ahora le atraigan peticiones más rentables.

—Pues a ver, no es lo que suelo pedir, pero me gustaría que me ayudaran a dar con algo para mi vecina —pide el profesor.

17

Trixie

Los compañeros de piso de Trix salieron pitando hacia sus casas cuando vieron que se acercaba el confinamiento, cosa de la que no puede culparlos. Los padres de Philippe viven en una granja en el sur de Francia y la familia de Izzy está forrada, así que ambos estarán más cómodos allí que aquí. Izzy le había preguntado a Trix si quería acompañarla.

—Voy a vivir en el anexo de mi abuela, así que puedes quedarte con mi dormitorio en la casa principal.

Pero, por aquel entonces, el confinamiento parecía que solo iba a durar seis semanas; demasiado tiempo para vivir con una familia a la que Trix apenas conocía y demasiado corto como para preocuparse. Además, Trix es ya una adulta. Le gusta estar sola y tener su propio espacio.

O eso creía entonces.

Después de todo, se había tomado admirablemente bien —o eso dice ella— el hecho de que Caz aceptara un trabajo en Gales. Por entonces, Cardiff no parecía estar tan lejos, y Trix no quería dejar su trabajo y empezar de nuevo. Ni siquiera vivían juntos, al menos no del todo.

Dirigir un restaurante quizá no sea la cúspide del éxito, pero Trix había ido ascendiendo desde el puesto de camarera cuando estaba terminando el bachillerato al de supervisora, cuando repitió los exámenes finales, hasta llegar al de subdirectora como medida temporal, hasta que decidiera qué hacer, ya que no había conseguido las notas que necesitaba para estudiar veterinaria. En los cinco años que han pasado desde entonces, ha ganado confianza y habilidades, es buena con los clientes y mejor aún con el personal. En la empresa se la considera una estrella emergente: es la gerente más joven del país. Además, ahora apenas recuerda que ser veterinaria era lo que realmente quería hacer.

Trix conoció a Caz cuando esta empezó a venir sola a comer tarde. A Caz le gustaba el turno de las dos y media porque el restaurante estaba tranquilo. Ella y Trix empezaron a mirarse, después a hablar y, por último, Caz le dejó su tarjeta en la mesa un día cuando pagó la cuenta y le dijo:

—No sé cuál es la política de relaciones entre la gerencia y la clientela, pero me gustaría que nos viéramos fuera de aquí alguna vez.

Eso fue hace dos años, y las cosas empezaron a avanzar rápido. Trix se sentía como si Caz fuera la primera persona adulta con la que salía, y eso hizo que ella también madurara rápido. Les gustaban las mismas comidas, las mismas películas, la misma música. Caz siempre iba vestida de negro, lo que hacía que sus ojos marrones brillaran en la oscuridad de su rostro; cuando Trix la miraba vestirse por las mañanas, se sentía como si estuviera viendo la transformación de su pálida y desnuda amada en otra mujer a la que quería de igual modo, pero de una forma más discreta. Cuando iban a algún concierto, Caz siempre le compraba a Trix una camiseta, y Trix se la ponía para dormir esa noche. Cuando iban al cine, a Trix le gustaban las butacas del pasillo para poder ir a por palomitas y café cuando encontraban sus asientos. Aunque tanto Trix como Caz rondaban los veintitantos cuando se conocieron en 2017, su idea de divertirse consistía en pasar el día en Fountains Abbey, donde comían bollitos con mermelada en la terraza de una cafetería con vistas al río e improvisaban conversaciones entre los patos y los cisnes (Caz es la única persona de su edad que Trix haya conocido nunca que también sea miembro del National Trust).[*]

* El National Trust es la organización encargada de proteger el patrimonio británico y cuenta con numerosas propiedades y espacios naturales. *(N. de la T.)*

Enseguida, las noches que pasaban separadas se convirtieron en una excepción. Trix conoció a la familia de Caz —una acogedora y destartalada coalición de primos, cuñados y tíos y tías que realmente no lo eran— en la boda del hermano de Caz. Esta se puso sus *piercings* más discretos en la ceja y la nariz para visitar a la abuela de Trix, que ahora vive en una residencia. Caz llevaba fuera del armario, según sus palabras, toda la vida, y su familia recibió a Trix sin apenas parpadear. La abuela de Trix ya había perdido el contacto con la realidad. Cuando tenía dieciséis años, Trix le contó a su abuela que era homosexual. Su abuela emitió un sonido de asentimiento y no volvió a mencionar el tema, pero al menos tampoco volvió a hablar de los «chicos guapos de la iglesia».

Y entonces Caz recibió una oferta de trabajo en Cardiff.

Bueno, seamos concretos: Caz se apuntó a una oferta de trabajo en Cardiff. No se lo contó a Trix, pero le dijo que había sido porque no pensaba que lo conseguiría y porque tampoco se lo había tomado en serio. Pero después acudió a la entrevista. Le contó a Trix que iba a visitar a una amiga en Cardiff, lo cual no era mentira: se quedó con una amiga la noche antes de la entrevista que no le había mencionado a Trix, a la mujer con la que compartía cama, cuyo cuerpo adoraba, cinco noches a la semana.

De alguna forma, durante la discusión y la reconciliación que vinieron después de que a Caz le ofrecieran el trabajo, ninguna de las dos mencionó la posibilidad de que Trix se mudara con ella. A Trix le gustaba pensar que había sido por respeto. Ambas entendían que el trabajo de Trix era importante para ella y no eran una pareja heterosexual en la que la persona que más dinero ganaba marcaba el camino que seguiría su pareja.

Alquilaron una furgoneta y condujeron hasta el piso en Cardiff que Caz compartiría hasta que averiguara cómo funcionaba el mercado inmobiliario. Esa fue la única noche, cuando Trix se quedó a dormir antes de volverse con la furgoneta a York, en que Caz lloró y le confesó a Trix que no podía soportar perderla. De manera que Trix se marchó con cierta esperanza. Y la esperanza se mantuvo. Caz y ella hablaban sin parar por WhatsApp mientras Caz se habituaba a su nueva ciudad y trabajo. Caz no trabajaba los fines de semana, de manera que se acercaba a York cada dos viernes. Trix tenía que trabajar el día de Navidad, pero cuando terminó su turnó y volvió a casa, Caz la estaba esperando; después de la llamada de esa mañana para desearle una feliz Navidad, había conducido hasta York para darle una sorpresa.

Al principio, la pandemia no parecía gran cosa. Una hipótesis, una ocurrencia exagerada. Caz fue la primera en agobiarse porque la empresa para la que trabajaba tenía oficinas en China y empezaban a escucharse cosas. Para Trix, que se recuperaba de su habitual ajetreo del mes de diciembre y estaba aprovechando enero para hacer inventario, limpiar a fondo y tratar de no preocuparse por el hecho de que, cada quince días, se abría otro restaurante nuevo en York, el covid no era una noticia muy interesante.

Pero entonces…

Hubo un intervalo de tiempo, tal vez de una semana, en el que Caz podría haber decidido volverse a York o Trix podría haberse marchado a Cardiff. El viento soplaba con decisión en una dirección muy concreta. El restaurante iba reduciendo el suministro de productos perecederos lo mejor que podía; nadie parecía tener ganas de salir a comer fuera. Trix acudía cada día a los bancos de comida con las cosas que sabía que no utilizarían a tiempo. Caz hacía complicados análisis de las cadenas de suministro y se pasaba horas hablando con preocupados gerentes de oficinas de todas partes del mundo.

Un viernes bien avanzada la noche, hablaron de la posibilidad de irse a vivir juntas. Caz estaba un poco borracha y Trix estaba atontada del agotamiento. Coincidieron en que se acercaba una especie de confinamiento y que querían estar juntas; se echaban de menos.

—Podrías venirte —propuso Caz—. El restaurante tendrá que cerrar, ¿no?

—Sí. —Últimamente, la reunión telefónica semanal de los gerentes no era ya tanto una obligación como esperar instrucciones y planes de contingencia—. Pero, aun así, igual tengo que quedarme por aquí. Podrías venir tú. Dijiste que todo el mundo se está preparando para trabajar desde casa durante una temporada.

—Cierto —coincidió Caz, y Trix empezó a sentir mariposas en el estómago ante la perspectiva de tener a Caz al alcance de la mano, todo el día y todos los días, si el mundo entero debía quedarse en casa durante un tiempo—. Pero mi piso aquí es más bonito que el tuyo, y Philippe me odia.

—Philippe se vuelve a Francia —dijo Trix.

Se produjo una pausa. Solo faltaba que una de las dos dijera: «Hagámoslo» o «Iré yo» o «Creo que me sentiría mejor si me quedara aquí, pero quiero que encontremos una forma de solucionarlo». Pero entonces Caz espetó: «Bueno, parece que necesitas descansar» y, de alguna forma, nunca volvieron a hablar del tema.

Más adelante, Trix pensó que, si ninguna de las dos estaba convencida, entonces lo mejor que podían hacer era quedarse donde estaban. Caz dijo algo parecido durante la primera semana del confinamiento, mientras comparaban listas de la compra, y Trix se ofreció a enviarle por correo algunos de sus sobres de levadura.

Si por entonces hubieran sabido que aquello duraría meses y no semanas, ¿habrían tomado una decisión distinta? Las dos estaban de acuerdo en que así habría sido.

18

Medicina. Entendemos la medicina como algo que tomamos para curar el cuerpo; algo para solucionar un malestar concreto. Tomar paracetamol para el dolor de cabeza, antidepresivos para que la vida sea más soportable o para que todo lo demás suponga menos..., bueno, simplemente suponga menos y punto. Explicar el problema a alguien cualificado y dejar que responda con onomatopeyas («mmm», «ah»), que clave los dedos y presione. Dar una muestra de sangre, mostrarse alegre mientras se permanece tumbado, vulnerable con una bata de papel, en una máquina que pita y fingir valentía. Cuando estén los resultados, hacer un número aceptable de preguntas y tomarse la medicina. Alegrarse de estar vivo. Sobre todo ahora. Podría ser peor. Sobre todo ahora.

La medicina no es lo único que utilizamos para curarnos.

O quizá haya más cosas que te curen que la medicina.

Está la ósmosis del amor, que pasa del uno al otro a través del abrazo, si puedes darlo, y a través de las sonrisas y las miradas, si no puedes. Está el cerrar la puerta, desinfectarse las manos y saber que estás lo más seguro posible. Está la magia de las experiencias compartidas: qué alivio saber que hay algo impersonal en este sufrimiento; ¡tener la esperanza de que llegue el final!

Y están los libros. Los lectores saben que, cuando les duele el corazón por la pérdida o la ausencia, un libro que ya hayan leído antes puede aliviar esa aflicción. Los lectores que se enfrentan a una experiencia nueva descubren libros que les ayudan a lidiar con ella: una guía de viaje de una nueva ciudad, por ejemplo, aunque también una novela ambientada allí.

Los lectores recomiendan libros a otros lectores diciéndoles: «Este te hará reír» o «Léete esto, por favor, para que podamos hablar de ello». «Toma —dicen los lectores—: no sé por qué, pero este libro me ha hecho pensar en ti».

Pero ¿qué ocurre cuando el dolor es generalizado, muy agudo o demasiado extraño como para que podamos autodiagnosticarnos? ¿Qué sucede cuando esa nueva dolencia no puede curarse con las medicinas de las que ya disponemos? ¿O cuando el problema parece demasiado trivial como para mencionarlo —no nos estamos muriendo, ni siquiera tosemos, ni tenemos derecho a expresar que sufrimos— o es demasiado grande como para solucionarlo?

¿Y si leer se convierte en una obligación o alguien que siempre ha encontrado consuelo en los libros de repente no encuentra la energía o la empatía como para coger su libro favorito?

Ahí es cuando los libreros pueden ayudarte.

19

Loveday

Cuando Loveday baja las escaleras, Kelly se está despidiendo y colgando el teléfono.

—El profesor Azad te da recuerdos —dice levantando la vista—. Quiere que pensemos en algo que le pueda gustar a su vecina, que no lee. Y un par de cosas más. —Kelly frunce el ceño ante el papel que tiene en la mano, como si no pudiera creerse lo que ha escrito en él—. Le dije que podríamos acercárselos al final de la semana.

—Por supuesto. —A Loveday le encanta recorrer en bicicleta las calles casi sin tráfico de York, aunque tiene la sensación de que no debería encontrarle algo positivo a la pandemia. Y el profesor Azad es uno de los pocos clientes a los que Loveday echa verdaderamente de menos. Estaría bien hablar un rato con él, aunque solo fuera un saludo rápido desde la acera—. ¿Podemos hablar un segundo? He tenido una idea.

—Claro, siempre tengo tiempo para las ideas.

—Me he puesto a pensar en cuando antes me has pedido que te recomendara libros y creo... Creo que ya sé por qué no vendemos más.

Kelly aguarda en silencio. A Loveday le encanta que haga eso; siempre le da tiempo para que formule lo que tiene que decir. Kelly se había presentado al puesto de gerente de la tienda poco después de la reinauguración de la Librería de la Esperanza tras el incendio. La entrevista había estado cargada de silencios. Los otros candidatos no paraban de hablar, pero Kelly esperaba.

—Cuando la gente nos pregunta por los libros, me refiero a cuando vienen a la tienda, la mayoría de las veces no nos dicen: «¿Tenéis algo de Charlotte Perkins Gilman?», sino que más bien dicen: «Ya me he leído todos los libros de Virginia Woolf y ahora no sé qué leer» —explica. Se queda en silencio para ver si Kelly lo entiende. Desde que Loveday empezó a trabajar en La Librería de la Esperanza —cuando era una adolescente y tuvo que pagar la deuda por robar un ejemplar de *Posesión* de A. S. Byatt—, se había fijado en que, por cada cliente que tenía una lista de libros o una petición, había otro que no paraba de dar vueltas, sin saber exactamente qué necesitaba, como buscando una respuesta a algo. Estas últimas son las personas a las que los libreros pueden ayudar. Y esta es la parte que Loveday echa tanto de menos con la tienda cerrada.

Antes de añadir nada más, Kelly se yergue en su asiento. Señala a Loveday con las dos manos en un gesto de «ya sé por dónde vas».

—Sí, tienes razón. Rosemary dijo que *Persuasión* era mejor que los medicamentos y el profesor Azad quiere algo para ayudar a su vecina. Esto es lo que solíamos hacer.

Loveday asiente. Menos mal que su idea no le parece descabellada.

—Solíamos… recetar libros. Como si fueran medicamentos. Solíamos hablar con la persona, diagnosticar el malestar y dar con algo que lo curara. —Archie, con su energía de maestro de ceremonias victoriano y su amistad con todas y cada una de las personas, parecía capaz de encontrar el libro adecuado para cada persona con solo ver cómo entraba a la librería. Loveday desearía, como cada día, que estuviera allí. Él sabría qué hacer con una pandemia.

Pero también esperaría que Loveday hiciera cosas por sí misma. Por la tienda. Por los lectores. Por este extraño y dolorido mundo. No esperaría que fuera a inventar una vacuna o a liderar una marcha hasta el Parlamento, pero sí que supiera cómo transformar La Librería de la Esperanza en una fuerza del bien en el mundo.

—Así que creo que lo que tenemos que hacer —resuelve Loveday— es abrir una farmacia de libros.

20

Hozan, ahora

Tal como el profesor Azad había deseado en silencio, es Loveday la que le acerca el paquete. Hay algo en esta joven que le recuerda a los muchos huérfanos que ha conocido en Kurdistán, cuyos padres Peshmerga cayeron en manos del régimen de Huseín y cuyas madres perdieron por enfermedades o incluso algo peor. Loveday no sonríe mucho y muestra una clase de diligencia que sugiere que siempre siempre está intentando aferrarse a su sitio en el mundo porque está convencida de que no siempre será suyo.

Loveday se queda de pie junto a la valla tras colocar el paquete en el suelo y dar un paso atrás. Ha recogido su bicicleta y apoya la cadera en el sillín mientras sujeta el manillar. Hoy en día todo el mundo está preparado para una huida rápida.

—No es lo que suele pedir, profesor —dice.

Se ríe al abrir el paquete. Había pedido algo para ayudar a su mujer a que sepa quién es quién en la dichosa *EastEnders,* que ahora ocupa sus vidas —el profesor solo la ve para hacerle compañía a Zhilwan—, y, a pesar de las advertencias de su mujer sobre juzgar e interferir, también había encargado un libro para Lorraine. A lo mejor todo lo que le faltaba en su vida era alguien que le pusiera un libro en las manos. Y también ha pedido un ejemplar de *Paddington.*

En un movimiento que intenta que no le afecte, Lana le ha cedido a Lorraine el privilegio de leerle su libro. Las dos han empezado a leerlo por FaceTime con Claire y Arthur. «Lorraine *es más buena* que tú poniendo voces, pero a ti se te da mejor llevarme en brazos», le dijo Lana cuando el profesor se ofreció a empezar la siguiente aventura de la colección de Paddington con ella. Sazan se rio y, por primera vez, no corrigió la gramática de su hija. A lo mejor todos están aprendiendo algo.

Aparte de *Paddington*, el paquete contiene una enciclopedia de *EastEnders* para Zhilwan y un libro titulado *Before the Year Dot,* la autobiografía de alguien llamado June Brown. El profesor Azad está deseando hablar de todo esto con Tim, de Ciencias de la Comunicación, cuando regresen al campus.

—Gracias —responde el profesor.

Loveday asiente.

—Me mantendré alerta también por si, cuando la gente pueda empezar a traernos libros de nuevo, aparece algo interesante sobre ingeniería civil. Seguro que se van a vaciar muchos pisos.

—Quién tenga esos tesoros —comenta el profesor, sonriendo.

—Nunca se sabe.

—¿Cómo estás, querida? ¿Qué tal tu madre? ¿Y tu mago?

Loveday sacude la cabeza.

—Mi madre no se ha recuperado del todo del covid. Lo cogió justo al principio. Pero ninguno de los demás lo hemos tenido. No parecía que le estuviera afectando mucho, más allá de la tos, pero aún se siente agotada a todas horas. —El profesor se queda contemplando la forma en que Loveday se mira las manos, que sujetan el manillar de la bicicleta—. El médico dice que todo esto es desconocido y tenemos que ser pacientes.

—La madre de Zhilwan solía decir para todo: «Espera y verás». —El profesor se ríe al recordarlo.

—Y Nathan está bien. Se ha puesto a limpiar el patio trasero de la librería para mantenerse ocupado. Ahora mismo no hay mucha demanda para ver magia de cerca.

—¿Y antes sí?

Loveday se ríe y Yad se acerca al umbral de la puerta para ver quién es la señora con la que está hablando su abuelo.

—Antes sí, por mucho que me haya sorprendido siempre. Eventos corporativos, fiestas… Nathan ganaba más en una tarde que la librería en una semana. —La risa desaparece por completo de su rostro—. O, tal como están ahora las cosas, en un mes.

—La paciencia es la madre de la ciencia —dice el profesor, quien de inmediato se imagina lo mucho que le habría tomado el pelo Zhilwan si le hubiera escuchado decir eso, porque suele ser ella la que a menudo le da ese consejo. Sacude la cabeza y añade—: Perdóname, debería haber dicho que espero que todo empiece a ir bien, Loveday.

Loveday baja la vista hacia sus propias manos.

—Sí, yo también. Se me ha ocurrido una idea, pero, si no funciona, no estoy segura de qué más puedo hacer.

Y antes de que el profesor pueda pronunciar otra palabra, Loveday se monta en su bicicleta y se aleja.

21

York Herald

LA LIBRERÍA DE LA ESPERANZA, UNA DE LAS LIBRERÍAS FAVORITAS DE YORK, ABRE LA PRIMERA FARMACIA DE LIBROS DE LA CIUDAD

La Librería de la Esperanza, una de las instituciones culturales más longevas de York, ha encontrado la forma de ayudar a aquellos que lo están pasando mal durante la pandemia.

La librería de segunda mano, situada en el centro de York, ya tiene disponible un «servicio de prescripción de libros». Según palabras de la propietaria, Loveday Cardew: «Cuando la librería estaba abierta, muchos clientes no entraban buscando un libro en concreto. Querían una solución para algún problema o alguna lectura que les hiciera sentir mejor. Puesto que, de momento, no se nos permite tener clientes presenciales, hemos encontrado otra fórmula que esperamos que ayude a colmar esas necesidades».

Cualquier persona que visite la página web de la Librería de la Esperanza encontrará una sección de «recetas generales»: libros para el aburrimiento, libros para la ansiedad, libros para personas que echan de menos a su familia, etc. No son libros de autoayuda, aunque hay una sección para libros de este tipo. «Encontrar el libro de autoayuda que necesitas es fácil —explica Loveday—, pero localizar la novela o el libro de no ficción que puede cambiar tu estado de ánimo o ayudarte a pensar de otra manera es más complicado. Ahí es donde nuestra farmacia de libros puede ayudarte». Y eso no es todo: también ofrecen un servicio más personalizado. «Si alguna persona quiere que un libro le ayude con algún problema en particular —añade Loveday—, estaremos encantados de que contacte con nosotros a través de nuestra página web o por teléfono. No cobramos por recetar libros, que se pueden enviar a domicilio o recoger en la librería del centro de York; también hacemos envíos por correo. Tenemos muchas ganas de ayudar a la gente».

22

Casey

«Querida Librería de la Esperanza»

Casey no recuerda la última vez que durmió. Es decir, no recuerda la última vez que disfrutó de un sueño profundo, sin pesadillas, y se despertó con la sensación de estar lista para el día, o la noche, dependiendo del turno que le tocara. Ni siquiera cree que alguna vez haya sido capaz de hacerlo.

Pero sí, hubo un tiempo en el que podía dormir. Durante los primeros días de la pandemia, se tambaleaba del trabajo a la ducha del lavadero. Sus padres la habían instalado originalmente para su padre, que se aseaba antes de entrar en casa los días que se ensuciaba particularmente en el trabajo: se había pasado treinta años limpiando residuos peligrosos para una empresa de construcción. Más tarde, cuando se jubiló anticipadamente por problemas de espalda, la ducha servía para quitarles a los perros todo el barro que se les pegaba durante los paseos en invierno.

Ninguno se habría imaginado nunca que Casey la utilizaría, sobre todo porque tenía su propio baño en la habitación. Pero, cuando la pandemia se descontroló, empezó a lavarse con el agua dos grados más caliente de lo que podía soportar, se ponía el pijama limpio que había dejado preparado sobre el lavabo del lavadero antes de irse al hospital, echaba el uniforme a la lavadora, se volvía a lavar las manos y, solo entonces, atravesaba la puerta hacia la vivienda principal. Dependiendo de los turnos, sus padres podían estar despiertos o dormidos; podían estar dentro o fuera. Casey no tardó en preferir que no estuvieran allí para recibirla porque no sabía cómo responder cuando le preguntaban qué tal había ido el día. No encontraba las palabras y, aunque las hubiera encontrado, no quería que las escucharan.

En esos primeros días se comía lo que le había dejado preparado su madre, saludaba a los perros y se metía en la cama. Se ponía los auriculares, elegía una meditación para dormir, metía casi por completo la cabeza bajo las sábanas y dormía profundamente hasta que sonaba el despertador. Por entonces podía dormir diez horas del tirón. Su cuerpo no sabía cómo seguir adelante después de un turno largo, y solo tenía que preocuparse de sus propias necesidades. Se había vuelto a vivir con sus padres tras su divorcio en 2019. Habían hablado de que sería algo temporal, pero pronto encontraron el ritmo de cómo era su vida familiar antes de que Casey se casara con Josh.

Aparte del tiempo que pasó en residencias y pisos compartidos mientras estudiaba, Casey había vivido en su casa hasta que se casó. Y, durante el divorcio, se dio cuenta de que le gustaría volver a estar en casa. Su familia seguía siendo el triángulo feliz que siempre había sido. Además, le gusta poder centrarse en su trabajo, que siempre ha sido la mejor parte y la más gratificante de su vida. Lo que, según Josh, era parte del problema, a diferencia de su adicción al juego, que, claro, no lo era en absoluto. Aun así, todo eso quedó atrás. El día que se dictó la sentencia de divorcio se compró un coche, un pequeño BMW deportivo, y, en ocasiones, cuando terminaba su turno en mitad de la tarde o temprano por la mañana, se alejaba de la ciudad y recorría los páramos a toda velocidad y con la música muy alta.

23

Kelly

Querida Rosemary:

Este libro no es exactamente lo que nos pidió, pero es una edición preciosa y, de alguna manera, cuando la vi, pensé en usted.

No recuerdo la primera vez que leí *Alicia* o, mejor dicho, la primera vez que me lo leyeron. Recuerdo la primera vez que leí un montón de cosas —¡incluso mi primera aventura de Malory Towers!—, pero esta historia debe de haberme acompañado casi desde que nací. No me di cuenta de lo extraña que es hasta que lo leí de adulta. Pero bueno, la vida es extraña, o al menos no es como nos la imaginábamos. He recibido una agradable sorpresa, por una vez, y estoy tratando de disfrutarla en lugar de darle demasiadas vueltas.

Espero que tanto usted como su marido se encuentren bien (o tal vez debería decir tan bien como deba esperarse).

Con cariño desde la Librería de la Esperanza,
Kelly

P. D.: Loveday, la propietaria, y yo hemos estado hablando de Whitby y de lo mucho que echamos de menos ver el mar.

Craig ha adquirido la costumbre de hacerle la comida a Kelly para que se la lleve al trabajo. La prepara a la vez que la suya mientras Kelly se ducha y se viste. Su primera reunión suele ser a las 9:30, de manera que Kelly trata siempre de irse de casa antes de esa hora, y le da un beso de despedida en la cabeza mientras él coloca el portátil.

Si Kelly hubiera tenido tiempo para reflexionar sobre lo de vivir juntos, se habría preocupado por las cosas que podía perder: tiempo para trabajar en su tesis o para darse un largo baño, su costumbre de preparar todos los ingredientes de la comida con antelación y de colocarlos en pequeños cuencos (algo por lo que un antiguo novio se reía de ella y que, desde entonces, le da vergüenza). Pero lo cierto es que Craig le ha dado más tiempo del que tenía. A veces, cuando llega a casa, él sigue trabajando, de manera que Kelly puede pasarse una hora en su escritorio en lugar de tirada frente al televisor o leyendo a Agatha Christie hasta que le entre el hambre suficiente como para ponerse a cocinar, lo que seguiría haciendo si viviera sola. Craig friega los platos después de cenar, así que Kelly puede darse un baño si quiere; además, a veces, él se une a ella cuando ha terminado de recoger. A Craig le gusta, incluso, la técnica de preparar las verduras primero.

Así que hoy por la mañana le da un beso, coge su comida y se dirige al trabajo por el camino que discurre junto al río. Siente un hormigueo en los dedos de los pies por las ganas que tiene de ponerse a saltar. Estar así de feliz no parece justo, pero ¿por qué fingir y añadir más tristeza a la carga que está sufriendo el mundo?

Cuando Kelly llega al trabajo, Loveday está con el portátil.

—Está funcionando —anuncia cuando Kelly atraviesa la puerta—. Nos han entrado quince solicitudes de recetas desde ayer.

—¡Qué maravilla! —Para Kelly, esta es otra señal de que su vida va en la dirección correcta. Parece que no tendrá que buscar otro trabajo, al fin y al cabo.

—La verdad es que sí —responde Loveday—. He impreso los correos para que podamos incluir nuestras ideas.

Kelly asiente.

—Vale. —Y a continuación, como no puede decir nada más, suelta de golpe—: Nunca antes había estado enamorada y había sido tan fácil.

Loveday la mira y Kelly recuerda, demasiado tarde, las cosas que sabe sobre la familia de Loveday, sobre su pasado. Pero Loveday sonríe y dice:

—Lo sé.

24

Mo

Querida Librería de la Esperanza:

Cuando empezó el confinamiento, pensaba que no me afectaría. Estoy acostumbrada a vivir sola, a trabajar desde casa y no formo parte de ningún grupo de riesgo. Mi único pariente, mi hermano, vive en Londres con su familia y estamos acostumbrados a vernos de vez en cuando.

Al principio me iba bien, pero ahora he redecorado el piso y soy capaz de correr cinco kilómetros. He visto todo lo que se suponía que era estupendo en la televisión y me he leído todos los libros que tenía por aquí y que nunca conseguí abrir. Mi bandeja de entrada del correo se queda a cero al final de cada día de trabajo.

Nunca he tenido ningún problema con estar soltera (mucha gente dice que soy egoísta, pero yo creo que lo que es egoísta es comprometerte a medias en una relación cuando solo te gustan ciertos aspectos de ella). Me he dado cuenta, sin embargo, de que echo de menos las pequeñas interacciones del día a día: hablar con la gente en el gimnasio, conversar con los compañeros de trabajo... Cualquier cosa que pudiera parecer agradable o meramente interesante en persona resulta del todo trivial por Zoom. Y egoísta, además, cuando otras siete personas tienen que escucharlo.

Supongo que lo que quiero decir es que no me pasa nada malo y no tengo nada de lo que quejarme, pero, si tuvierais algún libro que pudiera ayudarme, os lo agradecería.

Atentamente,
Mo

Querida Mo:

¡Ay, sí! Estamos vivos, así que no podemos quejarnos. Sé justo a lo que te refieres. Hasta hace poco me encontraba en una situación muy similar a la tuya. Pensaba que me encantaría disfrutar de tanto tiempo libre y que por fin me pondría a hacer cosas. Parece que te ha ido mucho mejor que a mí en este último aspecto, pero me identifico contigo perfectamente.

Te sugiero estos cinco libros. Sospecho que has leído mucho en tu vida, así que no me ofenderé si ya los has leído todos ¡y tengo que enviarte otra lista! Encontrarás una mezcla de clásicos y novelas más modernas. Hazme saber cuáles concuerdan más contigo y te las enviaré lo más pronto posible. Dependiendo de dónde vivas, te las enviaremos por correo postal o te las acercaremos en bicicleta a tu puerta.

Con cariño,
Kelly

Middlemarch, de George Eliot. Es una novela sobre una comunidad y sobre todas las formas, pequeñas pero poderosas, en las que los habitantes de un pueblo están unidos entre sí. Como todas las grandes novelas (creo yo), se centra en el día a día, pero versa sobre las cosas que van mucho más allá.

Un rincón del mundo, de Christina Baker Kline. Trata sobre una mujer que está atada a su casa por culpa de una enfermedad y sobre su relación con la vida y el arte.

Las aventuras de Tom Sawyer, de Mark Twain. Lo he releído hace poco y me ha encantado. Evoca maravillosamente el mundo de los niños y me atrapó por completo con cuestiones como cómo encontrar una canica perdida.

Un hombre llamado Ove, de Fredrik Backman. Quédate con este. Va sobre un hombre que al principio quizá te disguste, pero espero que conecte contigo.

La lista de mis deseos, de Grégoire Delacourt. Una costurera de una pequeña ciudad francesa gana la lotería, pero no está segura de querer que su vida cambie.

25

Los lectores pueden albergar en su mente pensamientos complejos, contradicciones y oposiciones morales sin que esto les suponga ningún problema. Es una de las habilidades que nos enseñan las palabras sobre el papel. Puedes estar de parte de Emma Bovary y a la vez ver que es egoísta y desagradable. Y seguro que le gritaste a tu ejemplar de la novela cuando… nada de *spoilers,* digamos que cuando hace alguna de las cosas que hace. Puedes sentir nostalgia tanto por Henry Tilney como por Edmund Bertram si lees *Mansfield Park.* Katniss Everdeen puede resultarte insoportable, pero le afilarías las flechas si pudieras.

Así que aquí tengo una contradicción para ti: puedes adorar los libros y, aun así, decidir no terminarlos.

Claro que puedes.

Los libros no te juzgan.

Los libros pueden contener, y evocar, todos los sentimientos posibles. Pueden provocar rabia, hacerte llorar, darte felicidad, o los tres a la vez en una rápida sucesión. También pueden tener un impacto tan profundo en tus emociones que pueden cambiar el curso de tu vida. ¿Cuántos abogados ha creado *Matar a un ruiseñor?* ¿Cuántos veterinarios han surgido de los libros de James Herriot? ¿Cuántos profesores lo son por *Matilda,* de Roald Dahl?

Así funcionan los libros. Revelan todo su contenido, añaden lo que llevas dentro y la mezcla, por lo general, te lleva a querer coger otro libro en cuanto puedas. A veces, su poder es tan amplio que te quedas despierto toda la noche; otras, tienes que cancelar alguna cita para poder terminarlo (y sí, lo digo en serio).

Pero, a veces, no hay química. O hay algo en el libro que no funciona para ti. Quizá el supuesto héroe romántico tiene el mismo nombre que el ex del que nunca has logrado recuperarte del todo. O tal vez la puesta en escena no te llama la atención, o hay algo en la forma en que se relacionan los personajes que no encaja como a ti te gustaría.

A veces te da tan igual que no quieres seguir leyendo.

Los libros lo entienden. Y los escritores. Y el resto de los lectores. Es ley de vida. No a todos los amantes de la buena comida les gustan los plátanos.

Y, si tú mismo no lo has entendido todavía…, párate a reflexionar. Respira. La próxima vez que hayas leído cincuenta páginas y, en lugar de coger el libro, estés entretenido con el móvil, deja de leer esa historia. Puedes donar el libro o pasárselo a otra persona y empezar con otro distinto.

Leer debería ser un placer y un divertimento, una forma de educación y una promesa, una vía de escape y una fuente de libertad. Nunca deberías sentir que los libros que eliges por propia voluntad son un castigo o una tarea.

26

George, 1980

George y Rosemary pensaron en formar una familia cuando se cumpliera su quinto aniversario de boda, en 1974. Rosemary dejó de tomar anticonceptivos —aunque después resulte difícil creerlo e imaginarse siquiera que fue verdad— y ambos dieron por hecho que los niños no tardarían en llegar.

Pero eso no es lo que sucedió.

El quinto aborto de Rosemary coincidió con el principio de las vacaciones escolares de verano de 1980. George fue a buscarla al hospital. La acomodó con cuidado en el asiento del coche, medio esperando a que Rosemary le mandara a paseo por preocuparse por pequeñeces. Pero esta se limitó a cerrar los ojos y dejó que George le pusiera el cinturón y le cubriera las rodillas con una manta a pesar de que era un día caluroso de julio. A George no se le ocurrió qué más podía hacer.

Cuando llegaron a casa, Rosemary subió lentamente las escaleras hacia el dormitorio, se metió vestida en la cama y se quedó profundamente dormida. George está pendiente de ella. Cuando se despertó, le ofreció toda la comida que se le ocurrió, pero ella se lo quedó mirando.

—George, no quiero nada —dijo—. No quiero nada que no sea mi bebé. —La piel de su rostro se arrugó alrededor de la tristeza de su boca y cerró los ojos con fuerza—. Aunque solo sea uno.

George nunca se ha sentido tan desesperado.

Tras los primeros cuatro abortos (uno que fue más un retraso que otra cosa y los otros entre las nueve y las doce semanas),

Rosemary se había vuelto reservada, por dentro y por fuera. Después hablaron, solo un poco, sobre lo que habían perdido, y habían estado de acuerdo en que no era fácil para algunas personas, en que así estaban las cosas y en que valdría la pena el esfuerzo cuando finalmente tuvieran a su hijo.

George había hecho comentarios como «depende de ti» y «no puedo soportar verte pasar por esto». Su médico les había hecho unas pruebas y ambos, juntos y por separado, se habían aguantado las humillaciones. Pero no tenían ningún problema. «Sigan intentándolo», fue el consejo que les dieron, y eso hicieron. Su vida sexual, antes tierna y feliz, había dejado de ser un placer en sí misma para convertirse en un medio para alcanzar un fin. En cuanto terminaban, en lugar de acurrucarse contra el pecho de George, Rosemary se daba la vuelta, colocaba las caderas sobre la almohada y las piernas sobre la pared y cerraba los ojos. George le tendía la mano y, en ocasiones, ella se la cogía.

Esa quinta pérdida, a las quince semanas y después de habérselo comunicado a familiares y amigos, no ya solo a sus padres, resultaba insoportable. Lo fue para George, que ni siquiera era el que estaba enfermo ni el que sintió cómo su cuerpo cambiaba y se preparaba para acoger a un bebé. La madre de Rosemary dijo que el bebé había agarrado bien fuerte y Rosemary asintió, radiante, y respondió que lo sabía. Habían empezado a hacer planes, a tener esperanza. Fuera, sobre todo en el colegio, George veía que Rosemary trataba de seguir siendo la misma de siempre. Sabía —quizá tan solo él— que por dentro, su mujer bullía en una mezcla de cansancio y entusiasmo. Por las noches, mientras cenaban, Rosemary hablaba sobre lo que estaba ocurriendo en el interior de su cuerpo: los vasos sanguíneos de su útero que se extendían hacia los de la placenta, los nutrientes que cruzaban de su cuerpo al del bebé para que él o ella empezara a ensamblar sus articulaciones, órganos y cerebro. También le confesó a George que, en clase, les daba a los alumnos ejercicios de lectura y de debatir con el compañero para así poder elaborar listas con nombres de bebé.

—Nombres de flor —dijo George—. Rose, Lily… ¿Zinnia?

Rosemary se rio.

—¿Zinnia? ¿Crees que somos tan valientes como para ponerle ese nombre? Zinnia Athey… Parece una chica muy especial.

—Lo es.

George se quedó pensando en cómo, a pesar del malestar y el cansancio, hacía mucho tiempo que no escuchaba reírse tanto a su mujer. Se rió incluso más cuando él sugirió el nombre de Basil, si era un niño, y ella pensó que le estaba tomando el pelo. A George no le importaba. Estaba seguro de que tendrían una niña y, de cualquier modo, después de todo lo que había pasado Rosemary, lo que menos importaba era el nombre del bebé. Cuando los dolores empezaron, a diferencia de con los abortos anteriores, Rosemary abandonó cualquier intento de estoicismo y se pasó llorando toda la larga noche y el día siguiente.

Dado que se mostraban cada vez más supersticiosos con cada embarazo, en esa ocasión no habían comprado nada de ropa para el bebé. Pero Rosemary sí que había comprado libros. Y, claro está, uno de ellos era de Lewis Carroll.

27

Rosemary

Cuando Rosemary abrió el paquete de la Librería de la Esperanza y vio que *Alicia en el país de las maravillas,* en una edición con ilustraciones de Helen Oxenbury, estaba dentro, su impulso fue meterlo directamente en la bolsa de cosas para donar y fingir delante de George que la llamada del cartero en la puerta en realidad era la de otro vecino para comprobar si estaban bien. Pero lo cierto es que nunca —o casi nunca— le ha ocultado nada, y hoy no parece un buen día para soltar mentiras.

Baja hasta el banco para reunirse con él. El viento sopla con fuerza, así que coge una manta y el libro. George está callado desde el día anterior y sigue en silencio. Cómo no iba a estarlo. La visita al hospital no resultó como esperaban.

Había empezado bastante bien. Mientras caminaban por el amplio pasillo hacia las consultas, se encontraron con una enfermera que los recordaba del colegio (de hecho, llamó a Rosemary por su apellido de soltera por el pasillo hasta alcanzarles). De primeras, con la mascarilla cubriéndole la parte inferior del rostro y la tira de la pantalla sobre la frente, no la reconocieron. Pero no dejaba de repetir: «¿señorita Bell?».

—Soy Carol, Carol Johnson, usted era mi profesora de lengua.

Rosemary regresó entonces al primer curso al que dio clase, cuando aún buscaba su sitio y su forma de hacer las cosas, y prefería que los alumnos representaran la escena inicial de *Romeo y Julieta* en lugar de ir leyendo frases una detrás de otra.

—¡Carol! —exclamó Rosemary—. ¡Cuánto me alegro de verte!

No pudieron hablar. Era evidente que Carol tenía que marchase corriendo a algún sitio.

—Espero que los dos estén bien —dijo Carol en un tono de voz que parecía confirmar que, seguramente, no lo estaban. Todos sabían que no les habrían invitado a atravesar las puertas del hospital si se encontraran bien.

—No veníamos tanto al hospital desde… —comentó George mientras aguardaban sentados en la sala de espera bajo la pizarra blanca que decía: «Las consultas van con 35 minutos de retraso».

—Sí, lo sé —respondió Rosemary. Su mano encontró la de él. Resultaba increíble que los hospitales siguieran oliendo como entonces, pero el aroma era inconfundible: lejía, caramelos y fluidos corporales, de fondo.

Aunque las palabras de la especialista de mirada amable sonaron amortiguadas por la pantalla que llevaba puesta, el diagnóstico era inequívoco. Rosemary se dio cuenta de que las palabras «tratamiento conservador» en realidad querían decir que nada revertiría la enfermedad de George, no le curaría. George cogió la mano de Rosemary y ambos se las apretaron. Alguien había dicho «lo siento». No, alguien no, Rosemary. Se echó a llorar y el rostro de George se mantuvo inmóvil.

—No estoy preparada. —Las palabras de Rosemary sonaron desesperadas, como una súplica, y se obligó a guardar silencio. Ella no era la protagonista. Se trataba de George; el fuerte y resuelto George, que se merecía algo mucho mejor que esto.

—Bueno, eso es perfecto porque yo tampoco lo estoy —respondió George.

Y ahora, aquí están, veinticuatro horas después y todo sigue estando en silencio. Apenas han intercambiado palabras. Es como cuando perdieron al último de sus bebés… (Perdieron…, ¿por qué la gente utiliza ese verbo?).

Rosemary sirve el té y le pasa una taza a George. Está a punto de preguntarle qué tal se encuentra, pero se da cuenta de que hoy ha debido de hacerlo al menos cuatro veces por hora. George se limita a asentir, como diciendo: «Solo sé que estoy aquí».

—La Librería de la Esperanza nos ha enviado otro libro —comenta, entonces, Rosemary.

—¿Ah, sí?

Rosemary se lo da y George pasa las páginas, despacio.

—No son las ilustraciones que recuerdo —señala.

—No, es una versión más reciente —explica Rosemary—. Nosotros teníamos la de las ilustraciones de Tenniel. —Rosemary aún recuerda cómo, mala y apesadumbrada por la tristeza, metió a escondidas los libros del bebé en una bolsa de basura y los tiró al cubo por la noche. Nunca había tirado ningún libro, ni antes ni desde entonces—. Nunca te conté que tiré los libros del bebé.

—Ya me di cuenta. Un día estaban allí y al siguiente habían desaparecido.

Rosemary está a punto de reírse. Años guardándose ese secreto y resulta que nunca lo había sido.

—Lo siento —se disculpa.

—No tienes que disculparte por nada. Yo lamento que no hayamos sido padres —confiesa George, que cierra el libro y la coge de la mano—. No sé si por entonces te lo dije.

—Ya da igual.

Pero no es cierto. Tendrían que haber hablado de ello. Ahora se ofrecía asesoramiento, pero por entonces solo les dieron unos folletos sobre adopción que Rosemary también tiró.

Tras el último aborto, algo había muerto en el interior de Rosemary y, quizá, si hubiera dejado que George la ayudara, podría haber surgido alguna otra cosa.

Rosemary se queda mirando a su marido mientras este observa el mar. A lo mejor es a ella a la que ahora le toca ser testigo, como él ya lo fue cuando ella sufría. No sabe qué está pensando su marido, pero entonces se vuelve y extiende el brazo por el respaldo del banco. Rosemary ve que hace un gesto de dolor cuando su cuerpo se flexiona.

—Si vamos a leerlo —dice George—, tendrás que acercarte para que los dos podamos ver las imágenes.

28

Loveday

Las quince solicitudes de recetas del primer día fueron solo el principio. La farmacia de la Librería de la Esperanza es lo más parecido a alcanzar el éxito de la noche a la mañana en un mundo en el que todo se ha ralentizado por la enfermedad y la distancia social. El formulario *online* se cumplimenta al menos treinta veces al día y la gente también se acerca a la puerta, buscando alguna vía de escape, algo que les ayude con el aburrimiento o, simplemente, algo que les obligue a dejar de ver las noticias. Las preguntas más personales llegan por internet, y Loveday lo comprende. A ella tampoco le gustaría contarle a un desconocido en plena calle que está empezando a odiar a su madre o que está convencida de que todas las personas a las que quiere van a morir. Ni siquiera querría rellenar un formulario y mandarlo por correo contando esas cosas, pero mucha gente no opina igual. «No todo el mundo tiene tanta suerte como yo», se recuerda a sí misma, y piensa en su madre, sana y salva en casa, y en Nathan, al que tiene al alcance de la mano. Tener éxito le resulta indiscreto, pero Loveday se alegra de todos modos. Nunca se habría perdonado a sí misma si el negocio que había heredado de una de las mejores personas que había conocido hubiera fracasado seis años después de su muerte.

La noticia en la prensa local se convirtió en un reportaje sobre sociedad en la página web de BBC News. Las historias agradables no abundaban, así que la noticia de la farmacia de libros se había extendido por toda la geografía.

La revista *The Bookseller* llamó para solicitar una entrevista, lo que emocionó a Kelly, a pesar de que Loveday no terminaba de entender en qué ayudaría a todos los libreros del país regalarles la idea que habían tenido. No obstante, expresarlo en voz alta habría sido una grosería, así que no lo hizo.

Lo principal es que están ocupadas. Es un alivio tener una forma de pasar el día que no sea contando las horas —por mucho que te guste leer poesía, solo puedes ordenar la sección hasta cierto punto— o echándolas a perder. Disfrutar de las cosas parece estar mal cuando hay tantas cosas en el mundo que no van bien. Pero el trabajo es gratificante. Las recetas de libros listos para recoger están colocadas en bolsas de papel a la izquierda de la puerta; los que irán a la oficina de correos esperan, en sacos, a que alguien venga a recogerlos. Los días en los que Loveday acudía a correos con las cestas llenas se han terminado, aunque todavía le gusta hacer las entregas locales en bicicleta.

—Craig dice que puede venir a ayudarnos el sábado, si quieres —comenta Kelly desde el otro extremo de la tienda, donde está empaquetando libros de recetas en papel de estraza para alguien que está harto de los platos que prepara y no sabe por dónde empezar para cocinar algo nuevo.

Loveday emite un sonido que no es ni un sí ni un no. Le ha cogido, sin tener un motivo, un poco de tirria a Craig. Lo que es completamente ridículo, porque todavía no le conoce. Nathan dice que es lo que hace siempre: odiar a la gente hasta que esta le demuestra que merece la pena, y no le falta razón.

—Es estupendo estar con alguien que de verdad se preocupa por mí —añade Kelly.

—Lo sé —se sorprende respondiendo Loveday.

Kelly sonríe.

—Y expresa lo que siente y no parece pensar que nada sea complicado o difícil mientras estemos juntos. Siempre dice: «El mundo está al otro lado de la puerta y ahí puede quedarse».

—Me alegro de que seas feliz. —Y lo dice de veras.

Loveday se acuerda de la noche anterior, en el sofá, con las piernas entrelazadas con las de Nathan, los dos leyendo. Vanessa había estado lavando los platos al ritmo de «Tareas domésticas», su lista de reproducción. Durante la cena, Vanessa y Nathan habían repasado sus frases para la especie de maratón ciclista que planeaban hacer por las calles locales. Loveday no está segura de cómo se las han apañado para conseguir que Fun Pandemic (o la pandemia divertida) funcione, pero se les da bien. Mejor de lo que lo haría ella.

Cuando Vanessa se mudó con ellos, a Loveday le preocupaba que todos terminaran tirándose de los pelos; lo máximo que habían pasado juntos había sido una comida familiar. Pero Vanessa es tan despreocupada como Nathan, y Loveday no tardó en descubrir que le caía bien sin tener que esforzarse. Sarah-Jane dice que son como las hermanas Dashwood de *Sentido y sensibilidad,* a pesar de que Loveday temía que su relación fuera a parecerse más a la de Elizabeth Bennet y Caroline Bingley en *Orgullo y prejuicio.*

Los periódicos estaban repletos de lúgubres relatos sobre el aumento de las búsquedas en internet sobre «divorcio rápido», y daba la impresión de que casi todos los programas de radio no paraban de hacer chistes sobre cómo tu pareja debía de estar volviéndote loca después de todo este tiempo. Aun así, Loveday, con su novio, su libro y su rostro dolorido de tanto reírse con los chistes de Nathan y Vanessa, estaba muy contenta. O lo estaría si su madre se pareciera más a la que era antes del covid. Pudo aislarse como es debido en su habitación, que tenía su propio baño, desde el primer instante en que empezó a sentirse febril. De manera que nadie más en la casa se había contagiado o, si lo habían hecho, no lo sabían; por entonces no había test disponibles. Loveday recuerda lo aliviada que se sintió. Y sí, a su madre no la hospitalizaron ni tampoco había muerto, pero esta incesante enfermedad sigue siendo dura para Sarah-Jane, que la padece, y para Loveday, que es testigo de ello.

Loveday había levantado la vista de su libro para contemplar a Sarah-Jane, que estaba ojeando, apática y pálida, las páginas de una revista, a pesar de que parecía haber disfrutado de la cena esa noche, a diferencia de otras que solo mueve la comida de un lado a otro del plato y dice: «Seguro que está delicioso, pero la comida no me sabe a nada de nada».

—Mamá, ¿estás bien? —le preguntó Loveday.

Sarah-Jane levantó la vista y respondió:

—No me puedo quejar.

Y Loveday sabía a qué se refería. El padre de Loveday había sido —aunque no al principio, claro está— un hombre violento. Cuando descubrió que su mujer tenía intención de dejarle, la pelea que se desencadenó terminó con su vida. Sarah-Jane fue a la cárcel, Loveday entró en el sistema de protección de menores y madre e hija tardaron años en reunirse de nuevo, en perdonarse mutuamente los largos años de silencio, en reconstruir su relación y transformarla, una vez más, en algo significativo. Así que, evidentemente, Sarah-Jane no podía quejarse. Estaba cómoda y a salvo, en la misma habitación que su hija. El confinamiento sigue representando la libertad para ella.

—Claro que puedes, mamá. —Loveday dejó a un lado su libro y se sentó a los pies de su madre. Sabía que, si se recostaba, su madre le acariciaría la cabeza, y Sarah-Jane, con sus dedos de piel seca entrelazados entre el pelo de su hija, lo hizo—. Tienes derecho a sentirte enferma y también a expresarlo.

Sarah-Jane asintió.

—Lo sé, lo sé. Pero, incluso aunque tenga que pararme a descansar en mitad de la escalera cada vez que la subo, sigue siendo el mejor momento de mi vida.

En la librería, el teléfono de Loveday pita cuando recibe un mensaje de Nathan: «Llego en diez minutos. Me pondré a hacer más cosas en el patio, ¿te parece? Besos, te quiero».

A Loveday le encanta que le siga diciendo que la quiere. En cada mensaje, cada noche, cada mañana. Es la clase de costumbre que, antes de que empezara a formar parte de su día a día, Loveday pensaba que llegaría a hartarle. Podría haber empezado a cuestionarse si hacía falta que todos los días afirmara que la quería. Evidentemente, si lo sabes, lo sabes, y, una vez que lo has dicho, se queda grabado en piedra. Pero tampoco ha resultado ser verdad. Decirle a Nathan que le quiere —a veces es incluso ella la que lo dice primero— es como releer alguna de sus páginas favoritas una y otra vez.

29

Bryony

Para: La Librería de la Esperanza
De: Bryony

¡Ayuda! Vi el artículo sobre vuestra farmacia en el *York Herald*. Necesito algo que me suponga una completa vía de escape. Siempre me ha gustado la novela negra, en todas sus versiones: basada en crímenes reales, de investigaciones policiales, cualquier cosa con un asesino en serie. Ahora estoy confinada sola y no puedo dormir. Las mujeres solas que mueren asesinadas mientras duermen en sus camas no me proporciona el mismo placer que antes. ¡No estoy convencida de que los psicópatas y los asesinos estén a salvo del covid! Aunque nunca se sabe. Mi presupuesto son 20 libras y puedo pasarme por la tienda.

Para: Bryony
De: Kelly, La Librería de la Esperanza

Querida Bryony:

El mundo está patas arriba, ¿verdad? Yo pensaba que el confinamiento significaría que por fin sería capaz de ponerme con Dostoyevski, pero lo cierto es que apenas tengo tiempo para leer. La vida nunca es como uno se la imagina.

Le he echado un vistazo a nuestra sección de libros a cuatro libras. Todos son libros de bolsillo en buenas condiciones y te enumero seis de ellos a continuación. Hazme saber los que más te gustan (si es que te gusta alguno) y te los reservaré. Puedes recogerlos en la puerta de la tienda. Por el momento solo aceptamos pagos con tarjeta.

Cuídate,
Kelly

Libros para una aficionada al crimen que no puede dormir:

La hija del tiempo, de Josephine Tey. Un agente de policía que se recupera de una pierna rota empieza a obsesionarse con la idea de que quizá Ricardo III no fue tan terrible.

El gallo negro, de C. J. Sansom. Primer tomo de una serie de detectives ambientada en la época de los Tudor. Es novela negra, pero no de las que te quitan el sueño durante la noche.

El esplendor de la señorita Jean Brodie, de Muriel Spark. Una profesora ejerce una gran influencia en una escuela para chicas en el periodo de entreguerras. Es divertido y espeluznante, y envidio a todas las personas que todavía no lo han leído.

Birdcage Walk, de Helen Dunmore. Este es difícil de describir. Es una mezcla de novela de misterio sobre un asesinato histórico y *thriller* psicológico que me encantó.

La mujer de blanco, de Wilkie Collins. Este autor es, prácticamente, el inventor de la ficción detectivesca. Esta historia es retorcida y absorbente ¡sin resultar aterradora!

Perdida, de Gillian Flynn. Este quizá no te deje dormir pero por una razón diferente: yo no pude dejar de leerlo desde que lo empecé. Una mujer desaparece, su marido es sospechoso…, pero nada es lo que parece.

30

Loveday

Una hora después, Loveday sale al patio para ver qué está haciendo Nathan. Parece haber quitado todo el polvo, los hierbajos y la basura que había por ahí tirada y habérselos restregado por el pelo. Loveday le adora por la confianza que siempre desprende; por lanzarse siempre a hacer cosas.

Nathan le sonríe cuando la ve. Siempre lo hace.

—Hola —la saluda.

—Hola.

Nathan se rasca la cabeza.

—Te diría que te sentaras, pero no creo que haya ningún sitio que no sea un peligro por aquí. O que esté limpio.

Loveday se encoge de hombros y se sienta en el suelo, donde puede apoyar la espalda en la pared.

—De todas formas tengo que echar a lavar estos vaqueros.

Nathan se sienta a su lado.

—Este espacio podría convertirse en algo agradable, ¿sabes?

Loveday mira a su alrededor. El viejo cobertizo no sobrevivió al incendio de hace cinco años. Hay suelo de hormigón, un par de cubos de basura y, aunque la cafetería de al lado ha estado prácticamente cerrada desde que empezó el confinamiento y ahora solo ponen bebidas calientes para llevar y preparan bizcochos para venderlos en la puerta, el ambiente ha mantenido el olor a leche cortada y patatas grasientas. O a lo mejor es que necesitaban limpiar los canalones (o lo que sea que se haga con los canalones).

—¿Agradable para las ratas?

Nathan se ríe y le da un golpecito en el hombro con el suyo.

—No, para los frikis de los libros. Podríamos construir una especie de enrejado para tapar la vista desde el callejón. —Sus manos de mago hacen gestos en el aire, creando formas—. Y podríamos poner unos asientos para que la gente pudiera salir a leer. Si pintamos el muro de un buen color, será como una habitación. Y podríamos comprar muebles exteriores a prueba de agua y un contenedor para almacenar los cojines... —Se queda mirando a Loveday—. ¿Qué te parece?

Loveday suspira. No le gusta nada tener que ser la que diga que no, pero suele ser su trabajo en lo referente a Nathan, tan acostumbrado a hacer que las cosas sucedan gracias a una combinación de entusiasmo y la expectativa general de que el mundo dirá que sí. Nathan le ha enseñado que hay más cosas que pueden ser posibles. Y, si Loveday quiere hacer algo, ha aprendido que la mejor forma de conseguirlo es mencionárselo a Nathan y dejar que su positividad le dé energías suficientes para disipar sus propias dudas.

Además, en ocasiones, Nathan tiene razón.

Pero esta vez no.

—No tenemos tiempo. Bueno, yo no lo tengo. No me gusta dejar sola a mi madre tanto como antes. Y no creo que sea el momento de ponernos a gastar dinero. No hasta que... —Los gestos de Loveday no son tan fluidos como los de Nathan, pero aun así consigue transmitir el mensaje: no hasta que empecemos a ganar dinero, sepamos a ciencia cierta si la farmacia de libros es algo más que una novedad y la librería consigue sobrevivir a la pandemia, o la pandemia acabe. O no hasta que Loveday tenga las energías suficientes para pensar en algo que vaya más allá de esta nueva realidad que nadie ha escogido.

—Pero no te importa si sigo trabajando aquí fuera, ¿verdad? ¿Si sigo dejándolo bonito para el descanso de la hora de comer?

—Pues claro que no. —Aunque Loveday pretende decir: «No se me ocurre ninguna cosa que hagas y que pueda molestarme», recuerda el certamen de poesía por el que no mostró ningún entusiasmo. Dirigir un negocio —incluso una librería tan querida— es complicado. Hay muchas cosas que hacer. Sobre todo en lo que respecta a elegir a qué dedicas tus esfuerzos, porque nunca hay suficiente tiempo para todas las cosas que quieres hacer, y nunca sabes si has tomado la decisión adecuada.

Pero, en lugar de decir algo, Loveday le aprieta la mano y le da un golpecito en el hombro con el suyo (algo que él suele denominar su movimiento de pingüino). Loveday cierra los ojos y Nathan exhala a su lado.

—Te quiero —dice Loveday.

Alguien aporrea con fuerza la puerta de la librería. O, si no la aporrea, desde luego llama con decisión.

Aunque ya no tiene nada que temer, Loveday se sobresalta como solía ocurrirle siempre. Nadie puede hacerle daño o asustarla aquí dentro. Lo peor que puede ocurrirle hoy en día es que aparezca un cliente con alguna queja sobre un libro. Nathan le coge la mano y se la aprieta con cariño.

—¿Quieres que me vaya?

—No —responde Loveday, mientras se pone en pie—. Pero gracias.

Loveday va hacia la puerta principal de la librería. Hay una chica esperando al otro lado, se asoma por el cristal. Bueno, una adolescente. Con el pelo planchado, un intento de hacerse la raya del ojo y los dientes aún demasiado grandes para el tamaño de su cara.

—Hola —saluda Loveday cuando abre la puerta. Sospecha, por la expresión seria de su rostro, que es de la clase de adolescentes que no quieren que la gente esté encantada de verlos, así que Loveday no se lo demuestra—. ¿Qué puedo hacer por ti?

—He visto la movida esa.

—¿Lo de la farmacia de libros? —pregunta Loveday.

—Menuda chorrada de nombre.

Loveday no responde. Deja la puerta abierta y empieza a repasar en el papel que hay sobre el mostrador los libros que aún no se han recogido y la hora aproximada a la que los compradores se acercarán a por ellos. No es que obliguen a los clientes a que se comprometan a nada, y tampoco van a rechazar a nadie por no venir a la hora acordada, pero Loveday no quiere arriesgarse a que se forme una cola en la puerta. Si termina siendo responsable de un rebrote de la pandemia, nunca se lo perdonará.

Levanta la vista y después la aparta. Tiene un sexto sentido para los adolescentes como esta chica.

—Me llamo Loveday, así que me gusta esa chorrada de nombres.

La muchacha se ríe, lo que hace que se parezca a otra persona: a un duende feliz.

—Yo soy Madison —responde—. La gente dice que es una chorrada de nombre.

Loveday se encoge de hombros con un gesto de «¿y ellos qué sabrán?».

—Yo creo que es un nombre muy chulo —opina, antes de caer en la cuenta de que quizá «chulo» ya no significa lo mismo que hace unos años—. ¿Necesitas algún libro?

Madison se le queda mirando un instante.

—Un libro no va a solucionar nada —repone.

—No lo solucionará todo —dice Loveday, casi de acuerdo.

—En realidad no me gusta leer, pero mi madre solía traer revistas del trabajo. Dice que está harta de ver la televisión y ha dejado de leer el periódico porque suficientes problemas tiene ya ella sola.

—Chica lista. ¿Qué clase de libros le gustan?

Madison aparta la mirada.

—No suele leer mucho. Ninguna de las dos, la verdad.

A Loveday no le gusta mostrarse afectuosa con los extraños. Prefiere el modo en que el distanciamiento social ha conseguido que las personas a las que apenas conoces no puedan lanzarse sobre ti a abrazarte. Pero ahora mismo le gustaría agarrar a Madison por los hombros y darle un buen achuchón. Qué coraje se necesita, con catorce o quince años, para atreverse a plantarse en la puerta de una librería y tratar de comprarle un libro a tu madre, a pesar de que ninguna de las dos lee. Loveday no tiene ni idea de qué sería de ella si no leyera, pero sabe que no habría sobrevivido a su infancia.

—Vale, ¿qué suele ver tu madre en la tele?

Madison hace una mueca.

—Ahora que mi padre se ha ido puede ver lo que quiera. Tonterías: *Emmerdale, Casualty...* Y le gusta cualquier cosa con... —Madison hace un gesto en dirección a la cabeza de Loveday, coronada por su moño—... sombreros.

—¿Sombreros?

Madison coloca la mano sobre su propia cabeza, plana y desprovista de un sombrero, y la mueve hacia arriba.

—Sombreros altos. Y vestidos grandes. Caballos.

—¡Ah! —exclama Loveday, que lo comprende. De pronto le han entrado ganas de renombrar toda la sección de novela histórica por «Sombreros altos, vestidos grandes y caballos»—. ¿Dramas de época? ¿Como *Downton Abbey?* ¿O *Los Bridgerton?*

—Sí. —Madison pone los ojos en blanco y Loveday la corresponde con el mismo gesto. Parece que no es la única persona que podría vivir felizmente sin volver a ver una tarjeta de visita en una bandeja de plata.

—Espera.

Loveday vuelve a la puerta con *Jinetes,* de Jilly Cooper, y con *La indomable Sophia,* de Georgette Heyer.

—Este —dice, sosteniendo en alto el de Cooper— es básicamente un *Emmerdale* pijo con caballos. —El de Heyer es una edición vieja de tapa blanda de la editorial Pan, con las esquinas agradablemente redondeadas por el paso del tiempo y con Sophy en la portada, ataviada con un vestido de satén color crema y apoyada sobre una chimenea decorada, abanicándose e ignorando con decisión a un hombre con bombachos color melocotón que la mira lascivamente—. Y este es sobre una mujer que tiene que sacar adelante a toda la familia.

Madison los coge y titubea.

—Te los regalo —dice Loveday—. Espera un segundo... —Desaparece rápidamente hacia la sección de *young adult* y saca *Solitario,* de Alice Oseman—. Este es para ti.

—No me gusta leer. —Madison, sin embargo, contempla la portada con cierto interés. Esa atrevida franja roja que recuerda a un cuchillo, si te concentras—. ¿De qué va?

Loveday se encoge de hombros.

—Lee la primera página a ver si te gusta.

Madison mete todos los libros en su bolso con brusquedad mientras Loveday se esfuerza por no hacer un gesto de dolor y quedarse quieta.

—¿Quién más trabaja aquí? —pregunta Madison pasados unos segundos.

—La gerente de la tienda y yo. Bueno, y un par de voluntarios —responde Loveday, a la que, de repente, golpea la inspiración—. ¿Estás buscando trabajo?

Madison se la queda mirando con una paciencia mordaz.

—Tengo quince años. Tengo que ir al colegio.

—Estoy buscando a alguien que nos ayude los sábados. Habría que empaquetar libros, organizar, esas cosas.

Madison titubea; después se encoge de hombros.

—Vale. No puedo empezar hasta las doce. Tengo que coger el autobús para venir… y peinarme.

—Nos vemos el sábado, entonces —se despide Loveday, y Madison se cruza el bolso por delante y se aleja.

—Buen trabajo —dice Nathan, que aparece por la puerta que conduce al patio a través de la sala de los empleados.

Loveday se ríe.

—¿Cuánto tiempo llevas escuchando?

—Estaba justo entrando por la parte del «tengo colegio». El sarcasmo de los adolescentes viaja grandes distancias.

—Kelly y yo justo habíamos hablado de que íbamos a necesitar ayuda —explica Loveday. Nathan sonríe y le da un beso en la cabeza.

31

Casey

«Querida Librería de la Esperanza:
No leo mucho, pero...»

Los sueños aparecieron casi dos meses tras el comienzo de la pandemia, y Casey asumió que el agotamiento estaba dando paso a la ansiedad. Conocía a muchos compañeros a los que les estaba pasando lo mismo.

Pero los sueños no eran precisamente sueños. Eran más un batiburrillo de recuerdos, sin orden ni sincronía. Casey soñaba que formaba parte de un círculo de médicos que aplaudía mientras observaban cómo intubaban a los pacientes. Soñaba también que llevaba a un paciente en silla de ruedas a la morgue en lugar de a la entrada principal del hospital, donde su familia lo estaba esperando para llevárselo a casa. Soñaba que sacaba sangre y que esta se coagulaba y se transformaba en algo vivo, algo con pinchos y ojos, en la propia ampolla del vial. Un sonido estridente que terminó siendo su propia respiración. Soñaba que no estaba cualificada y que nadie se daba cuenta, ni siquiera ella, hasta que se encontraba en la entrada de su ala del hospital y todo el mundo se quedaba esperando sus instrucciones. Soñaba que ingresaba a su padre, a su madre, inconscientes y con los niveles de oxígeno desmoronándose como una piedra desde un acantilado.

Y lo peor de todo: soñaba que trataba de intubarse a ella misma porque no quedaba nadie más que pudiera hacerlo.

32

Zoe

Para: La Librería de la Esperanza
De: Zoe
Re: Recetas de libros

Hola:

He visto vuestras recetas en internet y me pregunto si podríais ayudarme. Tengo un niño de cuatro años y un bebé de tres semanas. Mi marido es un trabajador indispensable (paramédico) y hemos decidido que lo mejor es que de momento no viva con nosotros por si se infecta.

Se suponía que mi madre vendría a quedarse con nosotros para ayudarnos cuando naciera el bebé, pero mi padre no se encuentra bien y ella no puede viajar.

Os cuento todo esto porque no quiero que penséis que soy una floja; conozco a muchísima gente que lo está pasando mucho peor que nosotros. Es solo que… no tengo a nadie a quien preguntar ni a nadie que me ayude (no me estoy compadeciendo de mí misma).

Me preguntaba si podríais buscar algún libro para mi hijo, para ayudarle a sentirse valiente. Solo tiene cuatro años, tiene una hermanita nueva, echa de menos a su padre y no puede ir al colegio ni ver a sus amigos. Lo estoy haciendo lo mejor que puedo, pero estoy bastante cansada… Al bebé le gustan más las siestas que dormir varias horas y no he dormido más de tres horas seguidas desde que nació. Utilizo mucho la televisión para entretener a Tommy, aunque sé que no debería.

Tengo algunos libros en casa, pero solíamos acudir a la biblioteca (no tenemos mucho dinero y nuestro piso es pequeño).

¿Podéis creer que he tardado dos días en escribir este correo electrónico entre las tomas del bebé y todo lo demás? Ayer fuimos al parque, pero me asustó un poco la cantidad de gente que había y nos volvimos directos a casa. Tommy rompió a llorar desconsoladamente, pero creo que si no puede ver a su padre por si todos cogemos el covid, no quiero que se monte en un tobogán con un montón de niños que a lo mejor no se han lavado las manos. Debería haberlo pensado antes de sacarle a la calle. No puedo controlarle con el patinete cuando llevo a Ellie en el cochecito y no lo conduce tan bien como él se piensa.

Gracias,
Zoe

P. D.: No sé cuánto cuestan los libros, pero ¿qué podría conseguir por veinte libras? ¿Y qué hacéis para que vuestros libros resulten seguros antes de enviarlos?

En cuanto Zoe pulsa el botón de enviar, le gustaría recuperar el correo. Lo único que tendría que haber dicho era: «Por favor, envíenme libros adecuados para un niño de cuatro años por un precio total de veinte libras». Al menos en la librería no tienen ni idea de quién es y, si pasa por delante, no tendrá que identificarse. El centro de York es bastante agradable para pasear ahora que no hay mucho tráfico. Cuando tiene suficiente energía, juega con Tommy a un juego llamado «veo cosas interesantes». Se turnan para escoger y después el otro le da puntos del uno al cinco. Gracias al juego, Zoe ha descubierto las cosas que a Tommy le parecen más interesantes: la caca de perro sobre una doble línea amarilla, una mascarilla colgando de un árbol («¡como una fruta, mamá!»), una piel de plátano... Literalmente, la basura. La máxima puntuación es para Tommy: un póster de un arcoíris pegado en la ventana de un segundo piso, que solo consigue ver cuando su madre le aúpa, y un gato en un muro que meneaba la cola adelante y atrás con cara de irritación. ¡Ojalá Zoe fuera una niña!

Ahora mismo, a las cuatro de la tarde de un jueves gris que resulta demasiado húmedo para ser junio, los dos niños están durmiendo. Zoe sabe que después se arrepentirá, cuando se caiga de cansancio y Tommy siga dando vueltas arriba y abajo, sacando la casa de muñecas o la caja de los coches, y todo lo que a ella le apetezca sea tumbarse a oscuras y dejar que algún programa de televisión anodino la envuelva. Si cerrase los ojos en ese momento, se imaginaría que está en compañía de personas adultas. El «intervalo de los lloriqueos», como Will lo ha denominado, ocurre, infaliblemente, entre las siete y las diez de la noche. La única vez que Zoe se aventuró a pedir consejos a otras madres por internet, se arrepintió. La mayoría de las madres de las clases prenatales de Zoe eran primerizas y se notaba: no hacían más que hablar sobre «las ganas» que tenían de que llegara el parto y se preguntaban si podrían llevarse la plancha del pelo al hospital. Aun así, el grupo de WhatsApp que comparten es el único sitio en el que está garantizado que haya alguien conectado. De manera que había puesto una pregunta y las respuestas no la habían ayudado en absoluto.

SCARLET:
Cariño, ¿te has parado a pensar que, si esperas que Ellie se ponga nerviosa, terminará poniéndose nerviosa? ¡No subestimes el vínculo que os une!

BEX:
¿Ha sido después del baño? A lo mejor el agua estaba muy caliente o muy fría. ¿Le estás poniendo pijamas

que quizá hayas lavado con productos que no son orgánicos?

JUDE:
¿Qué has comido? A lo mejor se está pasando a tu leche. ¡Estoy encantada de que nos pasáramos a una dieta limpia cuando nos enteramos de que estaba embarazada!

A Zoe solo le pareció útil una de las respuestas. Está, hasta donde a ella le alcanza, tensa a todas horas; utiliza el mismo detergente de siempre para toda la ropa, y ni siquiera puede permitirse pensar en la comida orgánica; el simple hecho de ponerle mantequilla al pan del sándwich de patatas fritas que se toma para comer ya le parece un lujo.

LOUISE:
¿Solo tres horas de lloriqueos? Te cambio a Ellie por Cate. Ella se tira así las veintiuna horas restantes. Deja a Ellie en la puerta y me pasaré a por ella en diez minutos.

Zoe se rio al leerlo, y le pareció un sonido maravilloso. Tommy se volvió para mirarla.

—¿Has leído un chiste? —preguntó.

—No —respondió Zoe—. Es que la mamá de Cate dice que deberíamos cambiar a Ellie por su bebé porque Cate llora muchísimo más que Ellie.

Tommy mira la mecedora en la que Ellie arrugaba el rostro como si mantuviera una discusión interna (aunque lo más probable era que se estuviera preparando para mancharse de caca propulsada desde la parte de atrás del pañal el *body* y el pelo castaño claro y fino como los filamentos).

—Si Cate llora más que Ellie, no creo que debamos hacerlo —respondió Tommy, y su tono pragmático y sincero de niño de cuatro años cansado del mundo hizo reír de nuevo a su madre.

Zoe sabe que también debería intentar dormir, aunque ya sea mitad de la tarde. Pero no puede permitirse cerrar los ojos más de medio segundo. Los momentos de silencio son los únicos en los que realmente puede echar de menos a Will; en los que puede pensar en él como es debido, y no solo preocuparse ligeramente por él a todas horas, por si se da el caso de que alguien a quien no le gusten las mascarillas le escupa o se le muera un paciente. Su marido se responsabiliza de todas y cada una de las personas que se mueren a su cuidado, independientemente de las posibilidades que tuvieran. Zoe, por lo tanto, siempre aguarda con impaciencia el momento de poder ponerse a pensar en él. La última vez que le vio fue cuando le dio un beso en la cabeza a Ellie, otro a ella y después se marchó de la sala de partos con lágrimas en los ojos. Habían acordado que él se quedaría con un compañero de trabajo tanto como ambos consideraran necesario. Algunas personas que conocen —enfermeras, médicos, otros paramédicos— han instalado duchas en el jardín para poder lavarse antes de entrar en casa o han convertido los cuartos de la colada en zonas de riesgo para la familia y se lavan, cambian y desinfectan antes de retomar su vida doméstica. Will y Zoe no disponen de tanto espacio en el piso y, de cualquier modo, tienen un vestíbulo compartido en el piso inferior. De manera que tomaron una inteligente y sensata decisión por el bien de toda su familia y de su comunidad. Pero sí, duele. Zoe tiene amigas que tratan a sus maridos o parejas como si fueran cargas, incordios o niños de más. Will y ella no son así; nunca lo han sido.

Es como si lo hubiera conjurado. De repente la pantalla de su móvil cobra vida.

—Hola, Zo. —Su rostro, su hermoso rostro—. ¿Puedes hablar?

FaceTime es una maravilla, pero, ¡uf!, parece cansado. Además, Zoe no puede acostumbrarse a verle sin su enorme y hermosa barba, que lleva acariciando suavemente desde que están juntos. Tenía que quitársela para poder colocarse adecuadamente la mascarilla PPE. Zoe lloró, sin embargo, cuando se la afeitó, y después se sintió como una idiota. No tenía motivos para llorar, al menos, ninguno de verdad.

—Claro, siempre —responde en un susurro aunque no sea verdad. Las últimas veinticuatro horas han estado plagadas de llamadas perdidas y mensajes de texto mientras intentaban sacar cinco minutos—. Están los dos dormidos desde hace media hora.

Will mira la hora en su reloj y Zoe sabe que está haciendo el mismo cálculo que ella: paz ahora, falta de sueño después.

—No me importa —dice Zoe—. Creo que a partir de ahora voy a pasar del tiempo. Además, mira. —Le da la vuelta a la cámara y apunta hacia su pecho con el móvil, donde Ellie está extendida, con cara de estar llena de leche y la mejilla y la nariz aún aplastadas contra el pecho de Ellie. Tommy está a su lado en el sofá, durmiendo como un tronco, en la misma postura de siempre: de lado, con las rodillas pegadas y los puños cerrados bajo la barbilla como si fueran pequeñas pezuñas. Tuvieron que esforzarse para dejar de llamarle «ratoncito» cuando cumplió un año por miedo a que se convirtiera en su nombre.

Zoe vuelve a girar la cámara hacia ella y se pregunta, de repente, al ver que Will tiene los ojos rojos, si esto le ayuda. Siempre ha dado por hecho que mantener el contacto era algo bueno, pero quizá, si no se vieran, no se tendrían presentes y, de esa forma, ambos podrían seguir adelante con sus quehaceres respectivos sin hacerse tanto daño. Los políticos hablan de la pandemia como si fuera una guerra. Si no pudiera hablar con Will, se sentiría como si lo fuera. Y quizá en una guerra se sentiría más valiente.

Will la está estudiando y ella, de repente, querría tener mejor aspecto. Aunque no sabe cómo sería eso. La última vez que pensó en maquillarse, las Navidades anteriores, se le había secado el rímel y el brillo de labios se había dividido en un pringue oscuro y espeso y un líquido transparente. Se ríe de sí misma.

—¿Qué tiene tanta gracia?

Zoe sacude la cabeza.

—Solo estaba pensando que me gustaría tener mejor aspecto para ti.

—Para mí no hay nada mejor que tú y los niños, Zoe. No lo olvides.

Y, aunque Zoe no pretendía que le dijera nada de esto, se queda esperando a ver qué más añade. «Para mí siempre tienes buen aspecto», «no tendrías mal aspecto ni aunque te esforzaras» o «los niños y tú sois lo más bonito que he visto nunca». Pero no dice nada de eso.

—Zoe, tengo que contarte algo —dice, en su lugar—. Y no te va a gustar.

Lo peor ha sucedido al fin.

En lugar del temor a que el covid alcanzara a su familia, de vivir con un nudo en la garganta y la sensación de que las sombras se ciernen sobre ellos, Zoe puede afrontarlo. Bueno, más o menos. Al menos ahora, Will y ella saben que hicieron lo correcto al separarse, a pesar de que la madre de él opinara que eran unos dramáticos y de los chasquidos de lengua que su padre emitió de fondo, cuando ambos les enseñaron a una Ellie recién nacida por Zoom para que conociera a sus abuelos, y les explicaron que no, que nadie iría a visitarlos y que, de hecho, Will se marcharía a vivir con otro paramédico cuando Zoe volviera a casa con Ellie. Tommy se había quedado con la vecina del piso de abajo, la «tita» Julia, que formaba parte de su burbuja, y, aunque no había sido la solución ideal, les había parecido un triunfo. Como lo había sido el parto de Ellie, que se produjo a la una de la tarde y sin epidural, por lo que Zoe pudo volver a casa, agotada pero más o menos erguida, hacia la hora de acostar a Tommy.

Will le ha prometido que la llamará en cualquier momento que le apetezca, o cuando las cosas cambien, y que no se preocupará por si la está molestando o no. Además, también será sincero con ella: no le ocultará sus sentimientos y no la protegerá de lo peor. A cambio, le ha hecho prometer a Zoe que se mantendrá alejada de Google y de las noticias.

Su mensaje de texto de las cinco de la mañana le informa de que Will ha tenido tos toda la noche, pero que no hay señal alguna de la fiebre. Su compañero de piso provisional, Barney, se ha marchado a hacer su turno y le ha dejado cereales, leche, un termo con té y una caja de galletas en la puerta del dormitorio. Will solo va del baño a la habitación y esteriliza todo lo que toca cuando sale. Zoe extiende el brazo sobre el lado de la cama de Will. Tommy todavía no ha aparecido para hacerle compañía entre las sábanas y Ellie está dormida en el moisés con los brazos sobre la cabeza y lo suficientemente cerca como para que Zoe la oiga respirar suavemente. Zoe nunca se había imaginado que pudiera darse la situación en la que algún miembro de su familia cayera enfermo y no pudiera cuidarlo.

Así que, si Will está siendo sincero, lo único que Zoe puede hacer es ponerse en marcha con el día. Se levanta, le hace fotos a Ellie y a Tommy —este último, acurrucado y respirando fuerte, a pesar de ser casi las ocho, puesto que la noche anterior no se acosó hasta las doce— y se las envía por WhatsApp a Will, que no está conectado. Zoe tiene la esperanza de que esté durmiendo. El hecho de no saber nada le revuelve el estómago.

33

George, 1983

George nunca estuvo seguro de cuándo decidieron no tener familia. O, mejor dicho, no está seguro siquiera de si llegaron a hablarlo. Un buen día, unos seis meses después del quinto y último aborto, quedó clarísimo que estaban solo ellos dos y que así se quedarían. Se habían convertido en una «pareja sin hijos».

El deseo de George de ser padre era minúsculo en comparación con la necesidad de asegurarse de que Rosemary no volviera a sufrir nunca jamás como lo había hecho con los abortos. Así que le parece bien. Lamenta que no lo hayan hablado, pero, como su madre suele decir con casi todo: «No digas nada de lo que te puedas arrepentir».

Y, hasta donde a George le alcanza, eso han hecho. Duermen bien, comen como si estuvieran hambrientos y sienten las cosas. Bueno, las cosas marchan como George imagina que lo haría un negocio que has tratado de mantener a flote durante años y que al final se ha venido abajo. Rosemary no habló realmente sobre ello salvo en una ocasión, cuando dijo que se sentía como si se hubiera quitado unos zapatos que durante todos los días de un largo y frío invierno le habían hecho rozaduras.

Rosemary repinta el salón verde apagado de un amarillo prímula. George pinta las juntas de los azulejos de la cocina. Hablan de remodelar el baño. Rosemary lo había escogido originalmente e incluía un lavabo color melocotón claro en forma de concha, con el que George había supuesto que aprendería a convivir. Pero no solo no había sido así, sino que, cada mañana, el proceso de afeitarse le recordaba a los «dos minutos de odio» de *1984,* la novela de Orwell.

George se lo comentó a Rosemary un domingo mientras estaban en la cocina esperando a que se hicieran las zanahorias y los guisantes. Era el día en el que Rosemary habría salido de cuentas y, aunque ella no lo mencione, está callada, y George se desespera por distraerla del dolor que debe estar sintiendo.

Al principio, Rosemary parece a punto de llorar y George se maldice por agitar las aguas apenas apaciguadas. Pero Rosemary se echa a reír, se abraza los costados y se apoya sobre la encimera de la cocina.

—Perdona —se disculpó entre jadeos, sacudiendo la cabeza como si no tuviera ni idea de lo que le hacía tanta gracia.

George también se rio. Un instante que les permitió ser felices.

La reforma del baño les mantenía distraídos. Ojeaban algunos catálogos, pero la verdad es que no tenían ni idea de por dónde empezar. El otoño avanzaba y los obligaba a pasar menos tiempo en el jardín y, para cuando llegó el invierno, el lavabo les pareció semejante tontería que solo podían sentir cariño por él.

Aun así, el año que siguió al último aborto pasó despacio. Para cuando terminó, el trabajo que han realizado en su casa y el tiempo que han disfrutado juntos les recuerda que pueden ser felices. Durante ese primer invierno, mientras Rosemary visitaba a su padre enfermo, George sacó las cosas que habían guardado en un cajón para los distintos bebés y las subió al desván en una caja de cartón. Si Rosemary se dio cuenta, no lo dijo. George no le preguntó y tampoco mencionó la desaparición de los libros infantiles. En su lugar, fingía que esta situación entre él y su mujer —esta precaución, esta falta de preguntas, este agotamiento— no era algo nuevo. Cerraron la puerta de la habitación del bebé y así se quedó, y cuando, en ocasiones, Rosemary tardaba una hora en acostarse y aparecía en el dormitorio con los ojos rojos, George se limitaba a levantar la vista de su libro y sonreírle de una forma que esperaba que le hiciera saber que la comprendía. Rosemary empezó, entonces, a buscarle por la noche, de nuevo, y George entendió que estaban empezando a recuperarse.

Rosemary siempre fue una profesora concienzuda e incansable, y tenía maña no solo con los niños, sino con los padres y el resto de profesores. A George también se le daban bien sus alumnos, sobre todo los que sentían que la mera mención de las matemáticas era una maldición o los que llegaban a secundaria convencidos de ser tontos. Se ganaba la simpatía de los padres por su inagotable fe en sus hijos, pero no se unía a la sala de profesores. El resto de docentes se mostraba receloso con él por miedo a que le contara cosas a Rosemary, a la que nombraron subdirectora con treinta y ocho años, poco después de que volviera al trabajo tras la pérdida del último bebé. Y George prefería hacer crucigramas antes que intervenir en una conversación sobre un partido de fútbol que no le interesaba o sobre un programa de televisión que no tenía intención de ver. No obstante, se llevaba bien con sus compañeros y, cuando Rosemary y él llevaban verduras de su jardín (incluso ellos se cansaban de tanto calabacín), disfrutaba siendo el centro de atención en la conversación. Aun así, prefería guardarse sus cosas para él.

Más adelante, Rosemary consiguió su primer puesto de dirección y George estaba orgullosísimo de ella. Fue en un pequeño instituto de Ripon, lo que les obligó a comprarse su segundo coche, de segunda mano, y, por primera vez desde que estaban juntos, trabajaban en lugares distintos. Es algo extraño, aunque no terrible. A veces George escuchaba Radio 3 en el coche de camino al colegio. Tenían cosas nuevas en sus vidas y personas nuevas sobre las que hablar.

Personas nuevas… A George no siempre le han hecho mucha gracia.

Se dio cuenta de que Rosemary hablaba mucho sobre Glenn, el subdirector. Era profesor de geografía y, por lo que parecía, de los que llevaban calcetines con sandalias. Tenía planes para crear algo llamado «ecojardín», en el que los alumnos podrían planificar y trabajar la jardinería enfocándose a la vez en la sostenibilidad.

—Pero los jardines ya son sostenibles de por sí —contravino George, más enfadado de lo que pretendía—. Recoger agua de lluvia en un barril y utilizarla para regar las plantas, hacer abono con los residuos del jardín y volver a enterrarlo para alimentar el suelo, comerte la comida, conservar las semillas, propagar y seguir plantando.

—No te pongas así —dijo Rosemary, y George se calló.

Cuando Rosemary volvió a casa con todas las ideas que Glenn tenía para esto y aquello, George se esforzó por no reaccionar o, al menos, por no enfadarse. «Qué interesante», dijo sobre los parterres de espinacas, o «Deberíamos tratar de plantar espárragos en una zanja». Glenn tenía consejos incluso sobre el uso de campanas protectoras, algo que George había utilizado sin aspavientos desde que tenía un jardín. Pero intentó contentarse con el hecho de que Rosemary parecía entusiasmada con la vida de nuevo y procuró no ponerse celoso por lo que estuviera haciendo sin él. Aunque no siempre lo conseguía.

Los fines de semana, Rosemary estaba demasiado cansada u ocupada para ayudar en el jardín, así que George trabajaba la tierra solo y pensaba en lo mucho que su mujer hablaba de Glenn sin reservas.

Si hubiera el más mínimo atisbo de impropiedad cuando Rosemary y Glenn se quedaban trabajando hasta bien entrada la tarde, sin duda esta habría sentido que no podía contárselo a su querido marido.

Y Glenn tenía su propia familia.

A diferencia de Amber.

Amber era una estudiante que hacía sus prácticas para ser profesora en el colegio de George. Lo primero en lo que George se fijó cuando les presentaron fue en que no había nada ambarino en ella: era pálida, tenía el pelo negro y los ojos grises, llevaba vestidos azul oscuro o gris y, en ocasiones, se ponía una bufanda plateada que solo la hacía parecer más cansada. George tenía lo que asumía que eran sentimientos paternales hacia ella; durante mucho tiempo, así lo pensó. Parecía perdida. Tenía una programación excelente de las clases y estaba muy al tanto de la teoría educativa. Se licenció en matemáticas con sobresaliente en Goldsmiths y estaba decidida a convertirse en profesora, a pesar de que George estaba convencido de que podría estar diseñando sistemas operativos para submarinos nucleares o haciendo proyecciones sobre el crecimiento económico global para la Hacienda pública.

Pero no, Amber quería ser profesora.

Por desgracia, Amber parecía estar, si no asustada por los niños, desde luego sorprendida con ellos y su comportamiento cuando se convierten en manada aburrida y cansada al final del día. Llevaba preparada su meticulosa programación de las clases y empezó con confianza y cierta vacilación. Pero nunca dura. Normalmente las cosas se torcían en los primeros tres minutos, sobre todo si cuarto y quinto curso se ponían a hacerle preguntas desde el principio: «Señorita, ¿le parece que es lo suficientemente mayor como para ser profesora?», «Señorita, ¿tiene novio?», «Señorita, ¿por qué nunca se maquilla?», «Señorita, ¿cuál es su número favorito? ¿El sesenta y nueve?». Y Amber se plantaba delante de la clase, perdida y en silencio. Una mancha rojiza le subía por un lado del cuello y le recorría el rostro. Sus alumnos se ponían a hablar entre ellos, incluso los días en los que George estaba presente en el aula para evaluarla.

—No lo entiendo —le dijo después—. Si simplemente lo intentaran...

George niega con la cabeza.

—Tienes que engañarles para que lo intenten —respondió.

—De verdad que no lo entiendo —admitió Amber, sacudiendo la cabeza.

—Lo sé. —George se sentó a su lado y le dio unas palmaditas en el hombro para apoyarla—. Bueno, veamos qué se puede hacer.

Amber fue ganando confianza, pero parecía que solo la obtuviera de George; como si fuera por ósmosis. Se sentaba a su lado en la sala de profesores, escribía listas de preguntas cuando repasaba por las noches cómo había ido el día, se las traía a la mañana siguiente y las repasaba, una por una, con George antes de que sonara el timbre de la primera clase. Remitía alguna de las preguntas a Charles, su jefe de departamento, pero este siempre le decía: «No hay nada sobre matemáticas que George no pueda contarte». George no sabía si sentirse halagado o no. O, al menos, no miraba las cosas con suficiente atención como para verlas.

A Amber le gustaban los crucigramas y veía *Newsnight*. Le preocupaba la situación del mundo. Tenía un lado abstracto —opuesto al pragmatismo de Rosemary— que atraía a George, pero, cuando pensaba en ello, se le cerraba el estómago como si tratara de disolver la vergüenza que sentía.

A pesar de la demacrada primera impresión que causó, Amber era guapa. Hermosa, incluso, vista desde el ángulo correcto. George lo reconoció interna y audazmente, como si, al hacerlo, se declarara inmune (a estas alturas ya estaba acostumbrado a la vergüenza, por lo que apenas reconocía su existencia).

Se la mencionó a Rosemary de pasada. «Amber, la estudiante en prácticas», la llamaba, y hablaba de ella como mucho una vez a la semana. Rosemary le respondía con anécdotas de su propio estudiante en prácticas, que no sabía ni hacer la *o* con un canuto, lo que no importaría mucho si no enseñara biología. Se rio de su propio chiste, pero George se quedó callado. Rosemary dice «trasero» en vez de «culo». Es como si fuera el chiste de otra persona, aunque no hay premio por adivinar de quién se trata.

A George, sin embargo, no le preocupaba pensar en Amber porque estaba convencido de estar felizmente casado. Y Amber solo estaría en la escuela durante el trimestre de sus prácticas. Cuando se marchó, le dio a George un abrazo y una tarjeta de agradecimiento que contenía tanta corrección en los sentimientos mostrados («Aprecio todo lo que has hecho por mí y, algún día, espero ser tan buena profesora como tú»), que se la llevó a casa para enseñársela a Rosemary.

—Ha tenido mucha suerte de contar con tu apoyo —afirmó ella, y le sonrió de esa forma que conseguía que George pensara que su mujer lo quería de verdad y que había sido un idiota por imaginarse lo contrario.

Glenn seguía apareciendo en las conversaciones con Rosemary. Siempre con buenos consejos; del tipo de consejos que George nunca se habría atrevido a darle al director de su propio colegio. Ni, ya puestos, a Rosemary. Un viernes, George se lo mencionó, envalentonado por la cerveza que se tomaba al final de semana y por el hecho de que eran las nueve y media de la noche y todavía seguían con el relato detallado del nuevo planteamiento de Glenn sobre la noche de los padres (o «Conferencias entre padres y profesor», como las llamaba, para sugerir que había una igualdad en las aportaciones y que se esperaba que algo saliera de ellas). Un destello de pánico y dolor atravesó el rostro de Rosemary, y George solo pudo pensar que tendría que haberse callado. Después de esto, Rosemary no habló con él sobre temas del colegio, a no ser que fuera para contestar a alguna pregunta. George no estaba seguro de haber ganado o perdido la discusión, por lo que apartó a Glenn y a Amber de su mente.

Entonces Amber solicitó un puesto permanente en el colegio de George. Charles le preguntó a George al respecto, y le guiñó un ojo: «He pensado que debía aclararlo contigo, muchacho».

Esta situación pilló por sorpresa a George, relajado tras pasar el fin de semana en Whitby con Rosemary y después de que acordaran que sus ancianos padres podían arreglárselas un día sin ellos. Tal vez se debió a la mención del nombre de Amber o a la suposición que Charles estaba haciendo, pero, sin contenerse y con la dureza normalmente reservada para los alumnos a los que se les daba el último aviso por copiar los deberes, le preguntó: «¿Por? ¿Qué te hace pensar eso?».

Charles le dio una palmada en la espalda y se inclinó hacia delante: «Venga ya, George, todos tenemos ojos. Y nadie te culpa, con Rosemary tan ocupada y yéndole tan bien…».

George se dio la vuelta antes de seguir escuchando nada más.

A Amber le ofrecieron el trabajo y ella lo aceptó.

Ese fin de semana, George se dedicó a hacer dobles excavaciones en el jardín.

Amber se quedó un año en el colegio y después se marchó. George fue impecablemente educado con ella y le ayudó en todo momento. Ya no hacía crucigramas durante la hora de la comida, sino que leía libros. Por entonces Rosemary y él ya tenían más ahorros: tenían dos buenos sueldos, pagaban un plan de pensiones y no tenían una familia a la que mantener. Compraban dos o tres libros a la vez en lugar de tener que decidir cuál elegirían después para leérselos en voz alta el uno al otro. A veces, George se quedaba sentado en el coche por la mañana y contemplaba a Amber mientras cruzaba el *parking*, con la cabeza gacha, los libros pegados al cuerpo y un nuevo abrigo a cuadros azules y blancos que le quedaba muy bien, a pesar de que George nunca se lo diría. Cuando Amber se marchó, en esta ocasión, no hubo ninguna tarjeta.

34

Rosemary, ahora

—Creo que nunca lo hemos leído, ¿verdad? —le preguntó George cuando llegó el libro. Rosemary levantó la vista para mirar a su marido, que había abierto el paquete de la Librería de la Esperanza y sostenía un ejemplar de *La edad de la inocencia,* de Edith Wharton, en alto.

Ahora ya casi lo están terminando, a pesar de que, cuando Rosemary se dio cuenta de lo que era, deseó que nunca se lo hubieran mandado.

Ella sí lo había leído; lo recordaba claramente. Se lo había recomendado la jefa del departamento de lengua cuando consiguió su primer trabajo como directora. Había empezado a leerlo por sentido del deber y por dejar clara su posición —Glenn le había informado de que la jefa del departamento de lengua también había solicitado el puesto de directora—, pero no tardó en meterse de lleno en la historia. Era la primera novela de Edith Wharton que Rosemary leía y no sería la última. Por entonces le había impresionado lo refrescante y moderna que era aquella novela que había ganado el Premio Pulitzer en 1921. Pero quizá no se lo mencionara a George.

«Vamos, Rosemary —se dice a sí misma—. Puede que hoy en día se te olviden los nombres, pero sabes perfectamente por qué no has hablado de esto con George».

—Yo la leí cuando conseguí mi primer puesto de directora —explica.

—Ah. —George no muestra ninguna expresión.

Entonces se acuerda, cómo no hacerlo. Lo recuerda todo. A Rosemary le invade el pánico y el dolor: ¿qué ocurrirá cuando él no esté allí? ¿Cuántas partes de ella desaparecerán cuando no tenga a nadie al que preguntarle: «¿Cómo se llamaba…?» o «¿Te acuerdas de…?»?

Rosemary no tuvo que fingir entusiasmo con la jefa del departamento de lengua con respecto al libro. De hecho, dio lugar a la sugerencia de crear una sección aparte en la biblioteca para novelas ganadoras de premios y a que apoyara la iniciativa de la profesora de lengua de que el instituto también debía crear un grupo de lectura y de debate, que quizá incluyera a otras escuelas, y un premio de ensayo. Por aquel entonces, Rosemary trabajaba hasta tarde y se sentía sola: George no podía, o quería, hablar sobre la pérdida de sus hijos y, cuando ella entraba en el dormitorio tarde por la noche, tras sentarse en el cuarto infantil que nunca utilizaron, George se limitaba a sonreírle y asentir, como si no pudiera reconocer con palabras el lugar en el que Rosemary había estado. Su marido había sacado incluso los calcetines y pequeños *bodies* de los cajones. No había querido hablar de ello y ella no había tenido fuerzas para obligarle, porque tampoco era un tema que quisiera tratar. Aun así, le había parecido que debían hacerlo. Aunque quizá se equivocara. Ahora solo recuerda la soledad visceral de sus brazos vacíos.

Desde la visita al hospital, Rosemary ha visto cómo su marido se niega a hablar de las semanas y meses que le quedan de vida. Y se ha dado cuenta de que la forma en la que él actuó entonces no es algo que tuviera que haberse tomado personalmente. Es la forma que él tiene de tomarse las cosas, y ella lo sabe. Durante los abortos, George se mostró solícito, cariñoso, amable; no había nada que no hiciera por ella.

Rosemary recuerda verlo cavar en el jardín cada fin de semana, incluso cuando a ella le parecía que no hacía falta. Ella estaba atrapada con el papeleo del trabajo y pensaba en Glenn, que pasaba los fines de semana, como él mismo decía, «llevando a sus hijas de un lado para otro». Estaba casado, tenía tres niñas y nunca pronunció ni una mala palabra de ellas. Algunos de los profesores se quejaban de las necesidades y deseos de sus mujeres e hijos, como si pagar clases de baile o de fútbol, casetas para el jardín y excursiones al cine fuera alguna clase de castigo o penitencia. Pero Glenn nunca fue uno de ellos. Adoraba a su familia de la misma manera que Rosemary y George habrían hecho con la suya.

El ejemplar de tapa blanda de *La edad de la inocencia* que les envían desde la Librería de la Esperanza es una edición clásica de Penguin con una mujer delgada en la cubierta —delgada hasta tal extremo que parece absurdo, la verdad, y con una diminuta cintura encorsetada— que está sacando una flecha para dispararla con un arco. Está rodeada de otras mujeres con vestidos de estilo eduardiano y se desprende la enérgica sensación de que están de fiesta en una casa. Es la clase de portada sobre la que la jefa del departamento de lengua les habría pedido a sus alumnos que debatieran. ¿Es una cubierta adecuada para esta novela? Asumimos que están disparando hacia una diana, pero ¿qué implica en un sentido más amplio? ¿Le habría gustado a Edith Wharton como portada de su novela? Rosemary siempre ha tratado de mantener el contacto con sus antiguos compañeros. No logra recordar el nombre de esta profesora en particular, aunque sí sus gafas de carey y sus uñas mordidas. Murió de un derrame cerebral con apenas cincuenta años.

Releer la novela ha apaciguado el corazón de Rosemary. Newland Archer, el héroe de Wharton, hizo lo correcto solo cuando se vio obligado, pero Rosemary lo hizo siempre. Ni una sola palabra inadecuada salió de su boca ni de la de Glenn. Sabía las cosas que murmuraba la gente y conocía los murmullos de su propio corazón. Pero quería a George. Nunca dejó de amarle. Ni siquiera cuando le dio la impresión de que se había enamorado de aquella estudiante en prácticas.

Han llegado a la parte en la que Newland y su mujer están celebrando una fiesta de despedida para la condesa. Resulta abrumador: la tensión, la emoción, la idea de tanta gente en una sola estancia. Todo ese aire compartido. Rosemary deja a un lado el libro y desliza su mano sobre la de George.

—Siempre te he querido —dice.

—Lo sé —responde él. Parece cansado y débil, pero la presión de su mano sobre la de Rosemary es la misma de siempre.

La brisa esa tarde es cálida y tranquila; la vista sobre el mar, clara y perfecta. Se escucha el sonido de un coche acercándose colina arriba. Los coches parecen mucho más ruidosos ahora. En el taxi en el que volvieron a casa el día anterior, Rosemary se sintió abrumada hasta tal punto por el ruido del motor, de la radio, del conductor hablando por encima de la música y de la mascarilla que llevaba puesta que era como si la zarandearan. Miró por la ventanilla, localizó el mar entre los huecos de las casas, y tuvo lo que solo podría describirse como una premonición tan fuerte que fue como si se le parara el corazón. ¿Y si George se acostaba esa noche y decidía, en alguna parte de su interior, no despertarse? ¿Y si la idea de las humillaciones que estaban por llegar fuera suficiente para que su diafragma dejara de introducir aire en sus pulmones?

Aun así, ahí estaban. Se había despertado dos veces esa noche para ponerle la mano sobre el pecho, de la misma forma que solía hacerlo sobre su propio vientre para pasarles fuerzas a sus hijos.

35

Kelly

Kelly se siente ridícula por la forma en que vuelve corriendo a casa del trabajo. No es una niña de camino a una fiesta de cumpleaños; es una adulta, en una relación seria con otro adulto, por lo que debería dedicar tiempo a disfrutar del aire fresco o quizá darles vueltas a cuestiones filosóficas sobre cómo la primavera se está transformando en verano.

Sin embargo, desde que Craig se mudó, Kelly camina a paso ligero por el camino junto al río, pensando en las mejores partes de su día y en las más divertidas, en la forma en que hará reír a Craig y en la que él la escuchará. ¡Qué rápido se pasará la velada! Una copa, un baño, uno de los dos cocinando o quizá pidiendo comida para llevar, hablando, leyendo con los pies sobre el regazo de Craig mientras él ve la televisión. Se meterán en la cama, no demasiado tarde, y disfrutarán del sexo, que no ha dejado de ser excitante, sino que es incluso mejor que antes porque saben que se dormirán y se despertarán juntos. Kelly apenas recuerda cómo era su vida antes, sin la presencia de Craig. Y tampoco tiene necesidad de recordarlo. Esta mudanza es un cambio permanente. Ambos han reconocido estar de acuerdo.

Hoy es sábado y a Kelly no le hace falta repasar su día para decidir qué contarle a Craig.

Cuando llega a casa, Craig ha limpiado la cocina y el baño, y ha puesto la lavadora. A Kelly no le gusta demasiado que amontone las cosas sobre los radiadores para que se sequen, sobre todo cuando no están encendidos, y, si no tienes cuidado, todo se arruga y huele a humedad. Pero las ventanas están abiertas, el piso huele a limpio, Craig la abraza con fuerza y le dice que la ha echado de menos.

—¿Qué tal te ha ido el día? —pregunta Craig. Se acomodan en lo que se han convertido en sus extremos respectivos del sofá. Él le masajea los pies, algo que se le da muy bien porque aplica la fuerza necesaria: entre una caricia y una presión firme.

Kelly se ríe y niega con la cabeza.

—¿Recuerdas que Loveday había contratado a alguien para que trabajara los sábados? Bueno, pues ha empezado hoy.

Craig también se ríe.

—Por la expresión de tu cara me da que vamos a tener anécdotas para rato.

—Digamos que sí, porque la cría me odia.

—Eso es imposible; eres la mejor persona del mundo.

—Tienes razón, pero aun así me odia. Ha sido como si simplemente me mirara y… lo decidiera: Kelly no es mi amiga. Todo lo que le dije fue: «Hola, tú debes de ser Madison. Yo soy Kelly. Solemos empezar el día con bollitos de canela».

—¿Madison? —pregunta Craig.

—Sí, así se llama. Por lo visto se acercó a la librería para comprar unos libros para su madre y Loveday debió de sentir pena por ella. —Kelly mueve los dedos de los pies para que Craig vuelva a masajeárselos y este lo hace, pero con demasiada fuerza.

—¿Y qué te dijo?

—Nada. A mí, literalmente, nada. A Loveday le estuvo haciendo preguntas todo el día, así que no es que sea tímida. Pero, cada vez que se acercaba a mí, se miraba los pies y fingía que yo no estaba allí. Qué raro, ¿verdad?

Craig asiente y después sacude la cabeza, lo que Kelly interpreta como un gesto de «Sí que es extraño, ¿cómo podría alguien odiarte?».

—¿Va a volver?

Kelly se encoge de hombros.

—Imagino que sí. Preparó todos los paquetes y a Loveday parece que le cae bien.

—¿Podrías pedirle a Loveday que se librara de ella?

De repente Kelly quiere un baño, una cerveza fría y no tener que pensar más en la cría que ha decidido pagar su rabia adolescente con ella.

—No le haría eso. Si quiere ignorarme, adelante.

Craig asiente.

—Quizá tengas razón, pero…

—Pero ¿qué? —Kelly se levanta y se estira. Se pregunta qué clase de dolencias padecen los libreros. A veces siente el cansancio en el cuello y los hombros mucho antes que en el resto de su cuerpo. Craig sacude la cabeza.

—Nada. Voy a prepararte la bañera para que puedas olvidarte de ella.

36

Tengamos en cuenta a los autores.

Muertos o vivos, todos han hecho lo mismo: escribir palabra tras palabra para construir una historia.

Tienen muchas formas de hacerlo. Algunos crean las historias como si estuvieran tejiendo una bufanda: un punto está compuesto del anterior y así, despacio, poco a poco, a través del trabajo y la paciencia, el libro —la bufanda— va creciendo.

Algunos autores crean sus relatos a partir de un momento frenético de actividad corto, intenso y agitado, como si ellos mismos y su idea fueran dos enamorados que se reencuentran. Otros abordan su trabajo con precaución y escuchan más que escriben, a veces durante años, a la espera de que los susurros y las palabras se asienten.

Los hay que comienzan con el esquema sobre el que han trabajado, o persiguen un pensamiento o un sentimiento sobre la página, o escriben con la esperanza de sacar lo que les revuelve las entrañas y los hace separarse de los demás, por muy difícil que les resulte encajar.

Hay autores que escriben para un público hambriento y expectante, y autores que escriben palabra tras palabra sin ninguna esperanza de que nadie vea nunca su trabajo.

El resultado es el mismo: un libro en tus manos. Y, detrás de él —quizá siglos atrás en el tiempo—, hay un autor. Cuando lees la primera frase, estás completando su trabajo.

Aunque no a todos los autores les preocupan sus lectores. Algunos escriben por el bien de sus almas y otros, a pesar de su vívida imaginación, nunca consiguen ver su trabajo publicado.

También hay muchos otros, sin embargo, para los que los ojos del lector sobre la página llena de las palabras que han escrito es un sueño hecho realidad.

Gracias.

37

Zoe

Vuelve a llover, pero las tres cuartas partes de la familia salen a pasear. Zoe se ata a Ellie al pecho y convence a Tommy para colocar la barra de aprendizaje en la parte de atrás de su bicicleta para que pueda montar en ella. Tommy lleva puestas unas botas de agua y un mono impermeable sobre los pantalones cortos y la camiseta. Zoe también protege a Ellie, pero se olvida de su propio gorro. Por primera vez, el parque está tranquilo. Zoe piensa en todas las madres que conoce cuyas casas tienen cuartos de juegos, dos salas de estar o una cocina lo suficientemente grande como para celebrar reuniones sociales por la mañana; por supuesto, no se mueren de ganas por salir. Tommy se baja de la bicicleta y salta sobre los charcos mientras que Ellie llora y después se duerme. Cuando vuelvan a casa, Zoe decide que tomarán un chocolate caliente y que le pondrá una película a Tommy. Entonces se dará un baño con la puerta abierta. Todo esto teniendo en cuenta que Will vuelva a ponerse en contacto con ellos. Si no lo ha hecho, Zoe esperará con la ropa mojada, no dejará de mirar el teléfono y procurará no ponerse en lo peor.

Lo prometió, así que no puede hacerlo.

Pero sí que se permitirá preocuparse… y asustarse.

Se quedan en la calle hasta que Zoe tiene la cabeza helada por la lluvia y los ojos le escuecen el agua que le entra constantemente. Su impermeable no es lo bastante fuerte y nota la piel de los brazos y los hombros húmeda y fría. «No tienes fiebre —se dice a sí misma, enfadada—, solo necesitas un abrigo mejor o que el tiempo mejore».

Para cuando llegan a casa, sigue sin saber nada de Will. No está conectado y Zoe se lo imagina durmiendo, con una de las comisuras de su boca arrugada y la frente relajada. Siempre que está enfermo, de lo que sea, se queda dormido.

Solo son las cuatro de la tarde, pero le quita a Tommy la ropa empapada y le pone directamente el pijama: a nadie le va a importar si le da un baño esa noche o no. Zoe se olvidó de comprar leche, así que no hay chocolate caliente, pero tampoco se lo había ofrecido, así que no pasa nada. Da de comer a Ellie y Tommy monta su granja de juguete, desperdiga los animales por todo el piso y empuja un tractor entre ellos. Ellie abre los ojos cuando termina de comer, estira los brazos y las piernas y bosteza. ¡Ay!, ¡tiene unas manitas tan diminutas! Zoe no es muy sentimental, pero de repente tiene miedo de todo lo que Ellie se ha perdido hasta ahora: sus abuelos, los brazos de su padre, que la familia y los amigos se la pasaran de unos brazos a otros cuando vinieran a conocerla… Ni siquiera ha disfrutado de toda la atención que Tommy tuvo las semanas después de nacer, cuando Zoe le daba de comer, le tumbaba a su lado y se lo quedaba mirando, durante horas, como si fuera la mejor película que había visto nunca. No hay nada de eso para Ellie. Zoe le da de comer, hace que eructe, la acuesta o la lleva consigo mientras hace otras cosas. Y eso sin contar con el covid. Zoe tiene miedo de que su leche esté llena de la ansiedad que siente. Se imagina que sabe a gel hidroalcohólico. La pobre Ellie…, ¡a menudo mundo ha venido! Pero Zoe aparta ese pensamiento de su cerebro. Apenas puede contener el amor y la preocupación que siente.

Suena el timbre; es un sonido casi olvidado. Como es evidente, ya nadie viene a verlos y el cartero suele llamar al timbre de Julia si hay algún paquete para cualquiera de los tres pisos del edificio porque sabe que Zoe está ocupada con los niños y Jay, el vecino de arriba, se ha ido a casa de sus padres por el momento. Zoe deja abierta la puerta de la calle para poder escuchar a Tommy y baja con los pies descalzos y aún mojados y sujetando a Ellie. «No pueden ser malas noticias —se dice—. Nadie tendría tiempo de venir a verme. Me llamarían por teléfono». Se lleva la mano al bolsillo; ahí está su móvil.

Cuando abre la puerta, hay un paquete en el escalón y una mujer, con una bicicleta con una cesta delante y unas alforjas detrás, aguarda en la esquina para mantener las distancias.

—¿Zoe? —le pregunta la mujer.

—Sí, soy yo. —Zoe se percata de que había esperado, tonta, absurda e irracionalmente, que fuera Will o alguien con noticias suyas.

La mujer hace un gesto con la cabeza en dirección al paquete.

—Siento haberte hecho bajar. No estaba segura de cuánto aguantaría el paquete sin mojarse en la escalera. —A pesar de que hay un tejadito sobre la puerta, no mantendría seco el papel de estraza del envoltorio durante mucho rato.

Zoe mira el paquete y después a la mujer de la bicicleta, a la que le cae la lluvia sobre los ojos a pesar de —o quizá por culpa de— la capucha que lleva puesta. A veces hay días que solo quieren que te mojes.

—Perdona —dice Zoe—, no creo que yo…

—Es de la librería. De la Librería de la Esperanza. Nos mandaste un correo electrónico.

—¡Ah! —Aquel largo e inconexo correo cargado de autocompasión. Y todo eso antes de que Will enfermara—. Lo lamento mucho.

La mujer de la bicicleta sacude la cabeza y lanza gotitas de agua horizontalmente a través de la lluvia incesante que cae en vertical.

—No, no tienes por qué sentirlo. Está siendo duro para todos. —La mujer sonríe y contempla el paquete que Zoe tiene junto a los pies—. Espero que los disfrutes.

Zoe estudia la logística que conllevaría doblarse y tratar de coger el paquete mientras sujeta a Ellie y decide no hacerlo. En su lugar, lo atrae hacia dentro con el pie para que no se moje. Llamará a Tommy en un minuto para que baje a recogerlo.

—¡Gracias! —dice—. Se me había olvidado.

La mujer de la bicicleta asiente.

—Sé que no es asunto mío, pero…

«Ay, Dios… —piensa Zoe—. Que la única interacción humana que he tenido hoy no sea sobre que necesito crearme una rutina».

—No te preocupes demasiado por lo de ser valiente —dice la mujer, que baja la mirada hacia sus manos sobre el manillar antes de volver a levantarla—. No creo que ninguno debamos siquiera intentarlo. Solo tenemos que seguir adelante.

Podría ser una crítica —si viniera de parte de su madre o de la Will, lo sería—, pero Zoe mira a los ojos a la desconocida y sabe que está tratando de ayudarla.

—Gracias —dice.

—De nada —responde la mujer. Pone recta la bicicleta, coloca un pie sobre el pedal y dice—: Me llamo Loveday. Espero que te gusten los libros. Llámanos o mándanos otro correo si necesitas más. Te los puedo traer sin problema.

—Gracias —repite Zoe, y entonces suelta de golpe—: Mi marido es paramédico. Ha cogido el covid.

Loveday vuelve a colocar el pie sobre el suelo.

—Vaya, lo siento. ¿Estás bien? ¿Necesitas algo?

—No vive con nosotros. —Oh…, a Zoe se le ha olvidado cómo hablar con los adultos—. Me refiero a que ahora mismo vive con un compañero de trabajo. Para que nosotros no nos contagiemos y él pueda trabajar.

—Dios, lo siento —repite Loveday—. Eso es… —Se detiene.

—Lo sé. —Zoe se guarda el sentimiento que le transmite el rostro de Loveday de que no está sola en esto, así como el hecho de que Loveday sabe que no hay nada que pueda decir para hacer sentir mejor a Zoe.

Entonces la voz de Tommy resuena a través de la escalera.

—¿Mamá? ¿Todavía estás en la puerta?

—¡Baja! —grita Zoe por encima de su hombro—. ¡Mira lo que nos ha llegado! —Y a Loveday le explica—: No lo sabe, lo de su padre.

La mujer asiente.

—Lo siento. La verdad es que no sé qué decir. Mi madre lo ha tenido y está mejorando, si eso te ayuda.

—Gracias por recordarme que no tenemos que ser valientes —dice Zoe, y entra y sube las escaleras tras Tommy. Qué cosa tan terrible pensar que eso era lo que necesitaba su hijo. Como si ser valiente pudiera salvar a alguien.

Se da cuenta, demasiado tarde, de que tendría que haber puesto en cuarentena los libros, pero Tommy ya está abriendo el paquete. Y entonces se acuerda de Will, febril y débil, limpiando el baño de Barney después de haber tirado de la cadena y haber tocado los grifos y el tapón.

Will.

Zoe echa un vistazo a su móvil; nada.

Se prohíbe a sí misma pensar en Will y coloca a Ellie en la mecedora. Todavía no se ha cambiado de ropa, así que se quita los vaqueros, empapados, y se sienta en el suelo con Tommy solo con las braguitas y la camiseta mojada. Se percata de que es la primera vez que consigue sentarse con facilidad desde el parto; esa sensación de que los puntos no aguantarán y de que se partirá en dos ha desaparecido. Aun así, se sienta sobre un cojín. La curva de su estómago se desploma hacia delante y se la masajea de la misma forma que cuando Ellie crecía en su interior.

Hay cinco libros. Tres son para Tommy: *Lola y el dragón*, de Nadia Shireen; *El pequeño trol Mumin, Mymla y la pequeña My,* de Tove Jansson y *Sapo y el ancho mundo,* de Max Velthuijs. Hay uno para Ellie —un mullido libro blanco y negro con páginas que suenan y cascabelean— y otro que podría ser para Zoe, o que quizá podría leerle en alto a Tommy: *Ana de las Tejas Verdes,* de L. M. Montgomery. Cree recordar que lo tenía de pequeña.

Tommy se pone a gritar con sus libros. Zoe respira hondo, aparta el mundo exterior de su cerebro y empieza a leerle a su maravilloso hijo, al que no le hace falta ser valiente, sino solo él mismo.

A las ocho, Tommy ya está dormido, y el reloj interno de Ellie debe de haberse roto porque gimotea de siete a ocho y después se queda frita mientras Zoe se sienta con Tommy en la oscuridad. En ese instante, le suena el móvil. Lo tiene al menor volumen posible, pero aún está lo suficientemente alto como para que Tommy abra un poco los párpados antes de que vuelva a invadirle el sueño. Ellie sorbe, se retuerce contra el hombro de su madre y vuelve a quedarse tranquila.

«Will» aparece escrito en la pantalla.

—Espera un segundo —susurra Zoe—, voy a acostar a Ellie.

Zoe se lleva el teléfono al salón y entorna la puerta.

—Estaba preocupada por ti, cielo. —añade— ¿Has estado durmiendo todo el día?

—¿Zoe? Soy Barney.

Dios… A Zoe se le hace un nudo en la garganta y tiene que esforzarse por que le salga la voz—. ¿Qué está pasando?

—No te asustes, Zoe, pero cuando volví de mi turno hace una hora le oí toser. Me quedé con la mascarilla puesta y le examiné. Tiene una fiebre muy alta…

—¿Cómo de alta? —Zoe no es una niña. Protegerla no la ayudará; no en ese momento.

—Treinta y nueve y subiendo, y su nivel de oxígeno en sangre era de ochenta y tres.

—Eso es malo, ¿verdad? —Will le ha inculcado que, si alguno de ellos se encuentra mínimamente mal, tienen que ponerse el oxímetro y, si los niveles bajan de noventa y tres, deben pedir ayuda.

—Es malo. Le he llevado directamente al hospital y… —Zoe escucha la vacilación en la voz de Barney y se adelanta antes de que él pronuncie las palabras, de manera que, para cuando lo hace, ya está murmurando «no, no, no»—. Lo siento Zoe, vamos a tener que ponerle un respirador, es la única forma.

Tiene que ser un error.

—Hablé con él esta mañana.

—Yo también. —Escucha el miedo en la voz de Barney—. A algunas personas les ocurre así.

Zoe se obliga a respirar.

—Tengo que verle.

—Dame un minuto y activo el FaceTime desde la UCI. Espera que vuelvo a entrar.

Barney cuelga y Zoe se levanta, mira al teléfono, y piensa en Will, en su voz esa mañana, en la forma en que le dijo que no se preocupara. Tenía razón. Preocuparse no habría hecho que mejorara. A lo mejor, en lugar de coincidir en cuál era la mejor forma de mantener a los niños a salvo, tendrían que haber hablado de la mejor forma de mantener a la familia unida. Will podría haber dejado de ser paramédico y haber conseguido trabajo de repartidor o en algún almacén. Se las habrían apañado y habrían estado juntos. Podrían haberse mudado a casa de los padres de él, por el amor de Dios. Maldito Will con su maldita filosofía de salvar el mundo…

Que, en realidad, es una de las razones por las que le quiere.

Cuando la pantalla se ilumina con la petición del FaceTime, Zoe titubea a la hora de aceptarla. Aparece entonces el rostro de Barney, con un visor y una mascarilla.

—Hola —dice—. Voy a sujetar el iPad a Will, ¿preparada?

—Sí —responde Zoe, aunque sabe, por la angustia en los ojos de Barney, que seguramente no lo está. Pero qué importa, necesita ver a Will.

—Hola —dice Will. Tiene el pelo empapado en sudor. La piel bajo sus ojos está blanquecina y el resto de su rostro tiene un tono rojizo poco natural.

A Zoe se le escapa un sollozo que no puede controlar.

—Hola —consigue articular.

Will empieza a toser y Zoe se da cuenta de que le duele y de que, además, tiene miedo. Entonces la preocupación que siente se duplica, se triplica incluso. Esto es, claramente, lo que significa un crecimiento exponencial.

—Todos estaremos bien, no te preocupes —asegura Zoe—. Tú solo tienes que ponerte bueno.

Will hace un ligero gesto de asentimiento y Zoe se da cuenta de que le cuesta moverse. Se escucha una voz reconfortante de fondo, pero Zoe sabe lo que Will está intentando: lanzarle un beso con la mano. Zoe se besa sus propios dedos y se lo manda y él cierra los ojos. Y entonces —pronto, demasiado pronto, porque Zoe sabe lo valiosísimo que es ver dormir a alguien querido—, el rostro de Barney copa la pantalla.

—Están cuidando de él —asegura.

Zoe asiente. No puede hablar. Quiere preguntarle si lo van a hacer ya; si ya le están sedando y si están preparando los tubos para metérselos por la garganta. Pero no encuentra las palabras.

Barney la mira como si le estuviera leyendo la mente.

—El hospital te mantendrá informada —añade—, y yo vendré a verle cuando pueda. Estará bien, Zoe. Tú aguanta, tienes que ser fuerte por los niños.

Zoe termina la llamada, deja el teléfono a un lado, se lleva las manos a la cabeza y empieza a sollozar. La leche gotea de sus pechos; tres semanas después del parto, aún sigue sangrando. Cada penique de sus ahorros está contado, no ha visto a su madre en cinco meses y las únicas conversaciones adultas que ha mantenido han sido con Will, con su amado Will, con el que, ya puestos a pensarlo, podría no volver a hablar.

Valor... Zoe no tiene ni idea de cómo va eso.

Sabe que debería llamar a los padres de Will, pero en su lugar se sienta en el suelo y empieza a pasar las páginas de *Ana de las Tejas Verdes*.

38

Loveday

Las tardes de los sábados en la librería nunca eran tranquilas. Solían ser un refugio para los solitarios y los aburridos, los acaparadores de dinero suelto y los curiosos, los buscadores y los que se merecían un capricho los fines de semana. Loveday echaba un vistazo a su reloj a mediodía y de repente eran las cuatro y media; el tiempo se había llenado de pedidos, solicitudes y numerosas ventas, y el mostrador estaba repleto de notas manuscritas y tazas de té sin terminar. Incluso cuando la Librería de la Esperanza se encontraba en horas bajas antes de la pandemia, se podía confiar en el ajetreo, el alboroto y los ingresos de las tardes de los sábados. Loveday se resignaba a pasar la tarde ayudando a todo el mundo sin parar y, cuando llegaba a casa, Nathan le preparaba un baño y le decía que había hecho un buen trabajo. Entonces cerraba los ojos y se zambullía en el agua caliente, y después se ponían a ver una película a pesar de que nunca aguantaba despierta hasta el final.

Los domingos, se imaginaba a todas las personas a las que Kelly y ella habían atendido el día anterior acurrucadas en sus sofás con sus nuevos libros, pidiéndose otro té en algún establecimiento para así tener otra media hora extra para leer, pelando patatas a toda prisa porque lo que realmente les apetece es abrir sus libros.

Pero, en plena pandemia, es como si las personas hubieran decidido que salir por la tarde es algo frívolo, sobre todo los sábados. Las mañana están más o menos ocupadas, con la gente que viene a recoger sus pedidos, y la calle adoquinada se llena de personas paseando a sus perros o mirando melancólicamente hacia los restaurantes cerrados. Hacia el mediodía, Richard, en el establecimiento de al lado, ya ha vendido todos sus sándwiches, tartas y galletas. Cree que, a pesar del interés que se ha desarrollado por la repostería, la gente está desesperada por comer algo que no hayan hecho ellos mismos. Y Loveday sospecha que tiene razón.

Este sábado, el segundo de Madison en la librería, parece más tranquilo, fuera de lo normal, pero hay bastantes recetas de libros que preparar. Madison se encarga de empaquetarlas, de añadir las etiquetas con las direcciones y de imprimir las nuevas recetas a medida que van llegando; Kelly y Loveday, tanto por separado como consultándose la una a la otra, hacen todo lo que pueden por encontrar libros que cumplan con las necesidades de los clientes. Loveday todavía no puede creerse lo bien que les está yendo. Le gusta pensar que Archie estaría orgulloso de ella, o al menos trata de imaginárselo. Pero sabe que él lo habría hecho mejor, que habría hecho más.

Madison aprende deprisa y tiene muchas ganas de hacer un buen trabajo. Charla con Loveday sin parecer darse cuenta de que esta no le sigue el juego; aun así, Loveday le responde a todas las preguntas sobre el funcionamiento de la tienda con paciencia y algo parecido a la satisfacción. Le explica que parte del *stock* proviene de los libros que les vende la gente que quiere deshacerse de ellos, de cuando la gente hace una limpieza a fondo de sus casas o de las subastas. Le cuenta que no hay forma de saber qué libros van a venderse y cuáles no, pero que mejoras a medida que te dedicas a ello, lo que le recuerda a Loveday lo mucho que sabe; lo mucho que le ha enseñado Archie, sí, pero también toda la experiencia que ha adquirido ella sola, todo lo que ha trabajado y de lo que le ha servido.

Madison se muestra desconfiada con Nathan, que está armando escándalo de nuevo en el patio. Loveday piensa que quizá le preocupe verse arrastrada hacia alguno de los proyectos de Nathan, que tiene intención de construir muebles con unos palés, algo que suena agotador, pero que parece hacerle feliz. Vanessa ha encontrado un trabajo como repartidora en un supermercado, así que han tenido que poner en pausa muchos de los planes y pasatiempos de Nathan.

Madison y Kelly, sin embargo, no han hecho buenas migas. Madison suspira, se da la vuelta o empieza a conversar con Loveday cada vez que Kelly aparece. El lunes anterior, Kelly le aseguró a Loveday que podía lidiar con una adolescente que estaba descargando su angustia sobre ella y que no se preocupara. Desde que Craig se mudó con ella, Kelly está cada vez más serena. Loveday reconoce la satisfacción cuando la ve, solo que Kelly la exhibe de una forma distinta a ella. Por el momento, Loveday confía en la palabra de Kelly y trata de mantener a Madison alejada de Kelly. Recuerda a la perfección lo duro que es ser adolescente y sabe que Madison podría no tener sus reacciones completamente bajo control.

Cuando llegan las tres y media ya lo tienen todo hecho. La tienda está organizada, la zona de empaquetado está vacía y el saco con los paquetes está listo para que pasen a recogerlo el lunes. Kelly ha lavado incluso las tazas.

—¿Te ha dado tiempo a leer algo? —le pregunta Loveday a Madison mientras cierra el portátil. Le dio unos libros para que se los llevara a casa y, cuando Madison cayó en la cuenta de que eran un añadido y no su único sueldo, esta los aceptó bastante contenta.

—El del chico en el campo de maíz me pareció un tostón. Me gustó el de todos esos hombres ricos espantosos y las mujeres divididas en categorías. Aunque no estoy muy segura del final. No sé por qué los escritores no pueden decirte sin más qué ha pasado.

Buen trabajo entonces con *El cuento de la criada,* pero mejor aún con *El guardián entre el centeno.* A Nathan le encanta Holden Caulfield y está ansioso por que Loveday y él se hagan un nuevo tatuaje: «Asegúrate de casarte con alguien que se ría de las mismas cosas que tú». Loveday no está segura de que le haga tanta gracia como para justificarlo.

—¿Y qué tal los libros de tu madre? —pregunta.

Madison se encoge de hombros.

—Dice que en uno de ellos hay demasiado sexo y que en el otro hay demasiados nombres bonitos para una novela de vestidos y carruajes.

—Ya —conviene Loveday—. En ese caso, ve a buscar *Círculo de amigos,* de Maeve Binchy. Seguro que le gusta. Y, si a ti te gustó *El cuento de la criada,* creo que también lo hará *Nunca me abandones,* de Kazuo Ishiguro.

—Vale —responde Madison mientras va a buscar los libros y su voz se va difuminando—. Aunque la verdad es que me mola el del sexo y los caballos que a mi madre no le gustó.

—Creo que hoy nos merecemos acabar antes —dice Loveday cuando Madison regresa con los libros. No se siente con fuerzas para ponerse a pensar en lo que estará aprendiendo Madison leyendo a Jilly Cooper. Le dijo a Nathan que pensaría en qué quiere hacer con el espacio de la parte trasera de la tienda ahora que ya está limpio y libre de desperdicios, pero puede hacerlo igualmente mientras se da un baño. No hay ni un milímetro de este negocio que no conozca, pero introducir cambios le hace pensar en Archie, mirándola por encima del hombro. No es que fuera a impedirle cambiar las cosas, sino que necesita alejarse un poco para poder pensar sin que una oleada de nostalgia hacia su viejo mentor la destroce.

—¿Aun así me pagarás? —pregunta Madison.

—Aun así te pagaré —responde Loveday. Se suponía que Madison debía quedarse hasta las cuatro.

Kelly, que acaba de bajar la escalera, pone los ojos en blanco, pero Loveday finge no darse cuenta. En lo referente a las relaciones entre sus empleadas, solo le importa el texto, no el subtexto. Y a Madison claramente le preocupa el dinero. A lo mejor su sueldo forma parte de la economía familiar —hay mucha gente que está atravesando un mal momento— y Loveday no va a ponérselo más difícil recortándole media hora. Y si se equivoca y Madison se está gastando el dinero en zapatillas y en lo que quiera que sea que se echa en el pelo y que huele a flores y a chicle, mucho mejor.

Se acerca a la mesa de los pedidos y coloca bien uno de los paquetes. Es el último que han preparado para Rosemary y George y contiene: *El castillo soñado,* de Dodie Smith; *Expiación,* de Ian McEwan y *La vida secreta de las abejas,* de Sue Monk Kidd. No está segura de por qué los ha escogido, salvo porque no existe nadie al que no le guste el primero, el segundo es absorbente y le invade una sensación de calidez solo de pensar en el tercero. Además, ahora que lo piensa, el lento ritmo de vida que aparece en todas las novelas, denotando que todo tiene que ocurrir en su momento, podría ser del agrado de Rosemary y George.

De repente, la idea de ir a Whitby se impone. Hace un bonito día.

—A lo mejor entrego este yo misma —dice.

Por la mañana estaba lloviendo, así que se trajo el coche; aparcar en York es mucho más sencillo ahora que antes. Podría estar en Whitby a las cinco y disfrutar de una hora y media de conducción y de no tener que hablar con nadie: un sueño. Lo cierto es que necesitó tres intentos para sacarse el carné, pero ahora le encanta. Además, a veces se imagina a Archie a su lado mientras conduce sola. Podría verle con solo girar la cabeza, pero nunca lo hace.

—¿Vas a ir a Whitby? —pregunta Kelly.

—Sí, lo estaba pensando. —Loveday, quizá impulsada por los recuerdos de Archie, hace lo correcto y añade—: ¿Quieres venir? ¿Te llevo?

—Si pudieras dejarme en casa de mi padre…

El padre de Kelly vive a las afueras de Whitby, pero se ha estado aislando, y Loveday sabe que Kelly lleva meses sin verle.

—Madison, podemos dejarte en casa si quieres —propone Loveday.

—Claro. —Madison titubea. Es solo un segundo, pero lo suficiente como para que Loveday comprenda que no todo va bien en casa. Piensa en el padre de Madison, ausente, y en su madre, viendo *Los Bridgerton* y dejando a un lado a Jilly Cooper y Georgette Heyer.

—O puedes venir, si a tu madre no le importa —propone Loveday—. Dejaremos las ventanillas bajadas.

—Voy a escribirle.

Ya están en el coche cuando Loveday recuerda que le prometió a su madre que no volvería a Whitby sin ella. De manera que pasan por casa para recoger a Sarah-Jane y, por fin, ponen rumbo hacia la costa. Sarah-Jane y Kelly van en la parte de atrás y Madison, que se marea, va delante.

Loveday espera que Madison se tire hablando todo el viaje —parece pensar que todo el mundo que la rodea está interesado en escuchar historias sobre sus amigos, su música y el gilipollas de su padre—, pero permanece callada y con los ojos cerrados. A lo mejor así no se marea tanto. En los asientos de atrás, Kelly y Sarah-Jane hablan sobre el covid persistente, sobre Craig —Loveday está impresionada con lo mucho que le interesan a su madre las vidas sentimentales de los demás teniendo en cuenta lo mal que terminó la suya— y también sobre el padre de Kelly.

—Deberías venir a conocerle —propone Kelly—, si no te importa estar sentada en el jardín.

—Iba a esperar en el coche —dice Sarah-Jane—. Estoy a punto de terminar un libro.

La madre de Loveday se pone nerviosa cuando está con gente, pero, cuando llegan a casa del padre de Kelly, un coqueto adosado en una urbanización de la década de 1950, Kelly le dice que su padre tiene una hamaca en el jardín en la que estaría más cómoda que leyendo en el coche, y Sarah-Jane, para sorpresa de su hija, se baja del coche, coge su ejemplar de *Bitter Greens,* de Kate Forsyth, y se despide con la mano de Loveday y Madison.

39

Paul

Querida Librería de la Esperanza:

Mi padre, Frank, era un tipo muy inteligente. Desde que lo recuerdo, siempre estaba leyendo.

Yo nunca he leído libros. Siempre prefería pasar el tiempo con mis colegas y dejé los estudios en cuanto pude. Trabajé en la construcción durante una temporada, después como repartidor y terminé consiguiendo mi propio taxi. Es una buena vida y creo que mi padre estaba orgulloso de mí.

Mi padre murió de covid. Tengo la sensación de que fue uno de los primeros, pero probablemente no sea cierto. Más bien fue el primero con el que caí en la cuenta de lo que estaba sucediendo. Aunque sí que fue pronto, en febrero, y me afectó bastante. Evidentemente, por entonces yo no trabajaba, salvo para trayectos puntuales, llevar a la gente a sus citas médicas y cosas así. Tenía mucho tiempo libre. Mi mujer trabaja en una farmacia, así que está muy liada. Nuestros hijos no pueden volver a casa y están ocupados con sus familias. Yo era el que estaba sin hacer nada subiéndome por las paredes.

Así que metí los libros de mi padre en cajas. Tenía estanterías y estanterías de libros, cientos de ellos. Me los llevé todos a casa y ahora los estoy leyendo. Todos y cada uno de ellos.

Como he dicho, mi padre era un tipo muy listo. Y le gustaba la historia, sobre todo la Segunda Guerra Mundial y todo lo que estuviera relacionado con la política, sobre todo cualquier cosa que tuviera que ver con los sindicados, el partido laborista, el socialismo y esas cosas. Yo sabía bastantes cosas al respecto, imagino, de escucharle hablar de ellas y de ver documentales y el canal de historia, pero no tenía ni idea de cómo se relacionaba todo entre sí. De cómo una cosa lleva a la otra. De lo detallado que es todo, cuando lo miras con detenimiento, de la forma en la que los libros te hacen verlo.

Tengo suficientes libros como para varios años. La mayoría son sobre hechos reales, como he dicho, pero también hay unas cuantas novelas de John le Carré. Las novelas me están ayudando. De alguna forma, lo convierten todo en realidad y las cosas tienen más sentido. Así que me preguntaba, tras ver vuestra farmacia de libros en el periódico, si podríais recomendarme alguna otra novela. Por las tardes me cuesta concentrarme en temas concienzudos y, cuando termino de ver las noticias, no me apetece saber nada más de la realidad.

Atentamente,
Paul Pritchard

Querido Paul:

Qué forma más estupenda de honrar a tu padre. Lamento mucho su pérdida. No puedo imaginármelo. No veo a mi padre desde que empezó el confinamiento y está siendo muy duro. No puedo imaginarme cómo sería saber que no volveré a verle.

Me encantan las novelas de Le Carré. Además, curiosamente, fue mi padre el que me las recomendó. Estaba muy estresada con los exámenes finales de bachillerato y no paraba de leer clásicos, así que me dijo: «¿Por qué no le das unas pequeñas vacaciones al cerebro?» Después de aquello, me puse a leer a Le Carré todas las noches antes de acostarme y me pasé el verano entero leyendo todo lo que había escrito mientras esperaba los resultados de los exámenes. Me daban envidia los jóvenes que pasaban el tiempo con sus amigos dando vueltas por la calle.

Aquí te envío una lista de libros que espero que te gusten. Puedo enviarte los que creas que disfrutarás.

Cuídate,
Kelly

Union Jack, de Val McDermid. Se produce un asesinato en una reunión sindical del Trades Union.

A Very British Coup, de Chris Mullin. Uno de los favoritos de mi padre, sobre un primer ministro socialista que trata de rebatir a su partido (aunque no lo parezca, es ficción).

House of Cards, de Michael Dobbs. A lo mejor has visto las adaptaciones en televisión, pero el libro siempre es mejor (¡al menos a mí me lo parece!).

La luz que no puedes ver, de Anthony Doerr. Está ambientada en la Segunda Guerra Mundial y sigue a un chico alemán y a una chica francesa a lo largo del conflicto. Me hizo sentir como si estuviera allí con ellos. No sé muchos detalles de la Segunda Guerra Mundial, pero estoy segura de que, como tú sí, el libro te parecerá incluso mejor.

Transcription, de Kate Atkinson. Es la historia de una mujer que empieza a trabajar como transcriptora (¿se dice así?) en el MI5 y se ve involucrada con espías y nazis. Es divertida y absorbente a partes iguales.

Mar de amapolas, de Amitav Ghosh. Está ambientada a principios del siglo XIX, en los albores de la Primera Guerra del Opio, y te ruego que la leas, ¡es buenísima! Como es evidente, se sale de las áreas de interés de tu padre, pero trata sobre las extrañas formas en las que los acontecimientos y las personas están conectadas y se influyen entre sí.

40

Casey

«Querida Librería de la Esperanza:
No consigo afrontar la realidad y...».

Casey sabía que no necesitaba ir al terapeuta para que le dijera qué significaban sus sueños. Y también sabía que no era la única que estaba sufriendo. Lo veía en el rostro de sus compañeros, difuminados tras los visores protectores. A veces, su equipo le decía, a través de las mascarillas que amortiguaban sus voces, que no sabían cuánto más podrían aguantar. Y Casey, con la garganta dolorida de tener que hablar siempre a través de una barrera, les contestaba que lo sabía, que sentía lo mismo y que debían seguir adelante con el día.

No era una estrategia deliberada, a pesar de que, antes de la pandemia, Casey había asistido a cursos prácticos de gestión y de empatía en los que aprendías a decir «sí, y» en lugar de «sí, pero» como método para desarrollar el entendimiento con personas con las que no estás de acuerdo. Casey coincidía en lo que expresaban sus compañeros porque era cierto: ella tampoco sabía cuánto más aguantaría. Pero no había otra opción. Así que soñaba, lo intentaba, hacía todo lo que podía, y cada día todo parecía ir a peor.

Casey procuró contarles a sus padres lo suficiente como para mantenerlos a salvo sin asustarlos y les quitó la tentación de acercarse a ver cómo estaban todos los vecinos y amigos de la parroquia.

—Por favor —les dijo—. Por favor, recordad que solo porque haya personas más vulnerables que vosotros no significa que seáis inmunes. No vayáis a casa de nadie, hablad con ellos desde el jardín.

No les contó el número de personas que habían muerto ese día en su planta. Lo que suponía tener que sostener un iPad en alto para que una familia en casa pudiera despedirse balbuceando de su padre, su hermana o su hijo ya casi desaparecido. La cuenta que llevaba siempre en su cabeza de la cantidad de ventiladores y camas en la UCI que tenía disponibles, y la forma en que una parte fría y analítica de su cerebro no paraba de recalcular el orden de la cola de pacientes potenciales, que no estaban tan mal como para conectarlos a un ventilador, pero que en unas horas podrían estarlo. No se lo contó porque no quería pensar en eso cuando salía del trabajo. Aunque ya no le parecía trabajo. Cuando estaba allí, parecía la única realidad posible, y, cuando se marchaba, parecía algo peor que un sueño por la fiebre alta; algo tan inimaginablemente extraño que no podía ser verdad. Y entonces volvía a la UCI para su siguiente turno.

41

Loveday

Whitby nunca ha estado tan tranquilo. No hay turistas, grupos de amigos en los muelles ni tampoco tráfico. Loveday aparca en la calle, justo delante de la casa de George y Rosemary. Es un adosado victoriano con la puerta principal orientada a la calle, una fila de plantas extendiéndose por el alféizar de la ventana de la cocina y raíces nuevas expandiéndose en tarros de mermelada con agua turbia.

Ahora que está aquí, a Loveday le parece que está entrometiéndose. Ni siquiera han llamado para avisar y no pueden entrar. No puede hacer que dos personas mayores salgan a la calle para hablar con ella. Tendría que haberlo pensado mejor.

Antes de que Loveday sugiera que podrían hacer otra cosa, Madison, que ha vuelto a la vida ahora que ya no están en el coche, se acerca a la puerta y llama.

Rosemary tarda un rato en salir a la puerta. Es más alta de lo que Loveday se había imaginado y tiene un aspecto severo. Madison se guarda el móvil en el bolsillo en cuanto la ve, como si se lo fuera a confiscar, y la propia Loveday se yergue. Pero, en cuanto Rosemary comprende quiénes son, sonríe y suelta una ligera exclamación de sorpresa, como si se tratara de una tarta de cumpleaños que no se esperaba.

Hay un callejón al final del adosado que conduce a Loveday y a Madison al jardín, así que ni siquiera tienen que atravesar la casa. Pasan por delante de dos franjas de césped sin cortar con muebles de exterior de aspecto solitario antes de alcanzar la puerta al final del jardín de George y Rosemary. Se aprecian el olor y los colores del verano y, para cuando entran, Rosemary se ha unido a George en un banco de madera que ha visto mejores épocas.

—Estas son nuestras amigas de la librería de York, George. Loveday y… Madison, ¿no?

—Sí. —Loveday se da cuenta de que la beligerancia habitual de Madison se ha esfumado ahora que está delante de Rosemary y de George. Seguro que habían sido buenos profesores: de los que te dejan quedarte en clase durante la hora de comer con el pretexto de hacer deberes, cuando saben que realmente estás allí porque no quieres salir para que se metan contigo.

George parece preocupado.

—Espero que no se nos olvidara que ibais a venir. Hemos estado muy liados.

—No, no —niega Loveday que, ahora que está aquí, se siente ridícula; egoísta. ¿Qué derecho tiene a sentarse en el jardín de unos extraños cuando tiene el suyo propio? ¿Cuando la oficina de correos podría haberles entregado el paquete sin tanto jaleo y sin interrumpir su tarde?—. Llevamos todo el día en la librería, vimos su paquete y… hacía tanto que no veíamos el mar.

—Bueno —dice Rosemary—, nos alegramos de que hayáis venido. —Baja la mirada hacia la cesta que tiene junto a los pies, en la que asoma un termo—. Creo que no puedo ofreceros un té ni nada por el estilo.

—No pasa nada —le asegura Loveday. Pero de repente siente un sarpullido al recordar la cantidad de gente que ha pasado por la librería y que ha esperado en la puerta: respirando, hablando, tocando el marco de la puerta, recogiendo paquetes, dando golpecitos con sus tarjetas de crédito a pocos centímetros de los dedos de Loveday. En presencia de George y Rosemary, el gel hidroalcohólico que huele a limones sintéticos y las mascarillas hechas de algodón no parecen suficientes.

—Se te olvida que no hemos tenido compañía desde que todo esto empezó —comenta Rosemary.

—Tampoco es que antes viéramos a muchas personas —añade George, como para corregir la idea preconcebida de Loveday y Madison de que llevan una vida de fiestas y barbacoas—. Pero solíamos hablar con los vecinos y ver a algún viejo amigo.

Loveday se dice a sí misma que, si vuelven —cuando vuelvan—, lo harán como es debido. Les avisará de que van de camino, para empezar, para ver si les viene bien. Le pedirá a su madre que hornee algo y traerán más libros además de los que la pareja ha pagado. Ahora mismo, cualquier interacción es extremadamente valiosa.

—Yo trabajo en la librería los sábados —se aventura a decir Madison, que rompe el silencio. Es como si todo el mundo hubiera olvidado cómo se conversa. No paran de mirarse, sonriéndose como si fueran los invitados de una boda a los que todavía no han presentado—. Me encargo de buscarles libros.

La primera carta de Rosemary está colgada en el cartel de anuncios junto a la mesa de embalaje, y cualquier libro que Loveday, Kelly y Madison consideran apropiado para ellos se coloca debajo, en un montón. Madison los recopila con más entusiasmo que conocimientos, pero por alguna parte hay que empezar. Loveday ha descartado *Crepúsculo* («Hay mogollón de gente en clase que lo ha leído y dicen que es muy bueno») y *La casa de campo mágica,* de James Herbert («¿Cómo va a ser de miedo? Se titula *La casa de campo mágica»).*

—Pues estás haciendo un gran trabajo —dice Rosemary—. ¿No te parece, George? Todos los libros nos han encantado.

—Así es, Rosie. —George cambia de posición en el banco, como si le doliera algo, y la expresión de su mujer flaquea con preocupación.

—Yo no solía leer mucho, pero Loveday me ha propuesto muchas cosas para que pruebe —explica Madison—. Me gustan las historias en las que todo es terrible. ¿Han oído hablar de Margaret Atwood? Escribió un libro que se titula *El cuento de la criada.* Hay una adaptación en la televisión, pero yo creo que el libro es mejor.

Rosemary sonríe.

—El libro siempre suele serlo.

—Tienen un jardín precioso —comenta Loveday. No siempre siente la satisfacción de haber hecho el comentario oportuno, pero esta es una de esas ocasiones.

George asiente.

—Lo cuidamos con cariño —dice Rosemary.

—Se nota. —Estar sentado en ese jardín es como leer un buen libro. Los olores y los sonidos se coordinan a la perfección, y George y Rosemary parecen haber crecido allí mismo. Todo tiene sentido y nada existe más allá de estos límites. Loveday cierra los ojos y piensa en la Librería de la Esperanza, en Nathan, y sabe qué haría Archie con el patio trasero.

—Antes disponíamos de un refugio para leer en el piso de arriba de la librería —empieza—, pero, claro, ahora no podemos tener allí a nadie y no estamos seguros de cuándo se nos permitirá volver a usarlo. Así que vamos a montar una especie de… santuario en la parte de atrás de la tienda, en el exterior.

—Qué idea tan estupenda —dice George.

—Un jardín de lectura —añade Rosemary.

—¡Sí, exacto! En realidad ha sido idea de mi pareja —matiza Loveday—. Me preguntaba si podrían ayudarme a escoger el tipo de plantas que necesitamos.

Es como si hubiera dado con la tecla adecuada —dos veces en la misma conversación—, porque George sonríe y se pone recto, y Rosemary mira a Loveday a los ojos llena de gratitud. Loveday no comprende al cien por cien qué es lo que ha provocado, pero está claro que ha ocurrido algo.

Media hora más tarde, cuando el sol desciende y las sombras empiezan a aparecer, Loveday está repleta de ideas y de posibilidades. George le ha hecho varias preguntas sobre la luz y el espacio y sobre hacia dónde estará orientado el jardín, y le ha enseñado varias zonas con flores y verduras. Rosemary y Madison se han quedado sentadas en el extremo más alejado del banco y se han puesto a hablar de…, lo cierto es que Loveday no las escuchaba, pero ambas parecían contentas.

—No sé cómo darles las gracias —se despide Loveday desde la puerta de la valla; Madison y ella están listas para volver por el callejón hacia el coche. Ha llegado la hora de recoger a Kelly y a Sarah-Jane, pero se habría quedado allí para siempre.

—Me he quedado dormida en la hamaca —dice Sarah-Jane—. ¿No te parece espantoso? Pero Neil me hizo sentir que no importaba en absoluto. —Bosteza en cuanto se abrocha el cinturón de seguridad—. Tenía que irse, pero dijo que lamentaba que no hubiéramos tenido la ocasión de hablar. Le toca presentar un concurso esta noche en Zoom.

—Zoom... —dice Madison, y pone los ojos en blanco. Loveday está de acuerdo con ella, pero no lo comenta.

Cuando Kelly se monta, Loveday la ve a través del espejo y se fija en que está llorando.

—¿Estás bien? —le pregunta, e inmediatamente se siente como una idiota. Pues claro que no lo está. ¿Quién llora cuando está bien? Incluso cuando lloramos de felicidad lo hacemos porque estamos aterrados de que lo que tenemos en ese momento no vaya a durar.

—Me ha hecho mucha ilusión verle —dice—. Y no poder abrazarle es durísimo.

La voz de Sarah-Jane se escucha en un murmullo desde el asiento delantero.

—Ver a alguien que hace tiempo que no ves resulta muy emotivo.

Loveday sabe que está pensando en los años que ambas estuvieron separadas y solo puede asentir para darle la razón. No quiere ponerse a llorar; aquí no. No cuando es responsable de una menor, tiene que conducir de vuelta a casa y Kelly es, con razón, la que está disgustada y ella no tiene más que girarse en el asiento para cogerle la mano a su madre.

—Me muero de hambre —comenta Madison, que bosteza.

—Sé que las tiendas de *fish & chips* están cerradas, pero a lo mejor hay alguna furgoneta en el puerto —dice Loveday. Comida es lo que necesitan. Además, así podrá contarles a Nathan y a Vanessa que cenaron frente al mar, y eso, aparte de sus ideas para el jardín, le dará puntos en el peculiar sistema de bienestar de los hermanos donde «estar al aire libre es bueno».

Encuentran una furgoneta.

Madison, Loveday, Sarah-Jane y Kelly se sientan en fila en un murete bajo y contemplan el mar. La luz hace que la superficie brille con un color que oscila entre el azul oscuro y el gris plateado. Las patatas están bastante calientes, el olor punzante del vinagre se le mete a Loveday en la nariz, y la sal se nota. Loveday come muy rápido, pero no le importa. Nota, además, que el resto hace lo mismo. Las gaviotas se acercan paseando, pero, cuando se percatan de que no habrá sobras, vuelven a alejarse.

Kelly se levanta, se sacude, recoge los cartones y los tenedores de madera de todas y los tira a la basura. De vuelta al coche, estira los brazos sobre su cabeza mientras camina —por un instante parece que está a punto de dar una voltereta lateral—, sacude el pelo y dice:

—Ha sido estupendo, todo. Gracias, Loveday.

Partiendo de la base de que su plan original era escapar de todo el mundo, Loveday no cree que se merezca tal halago.

—Tendríamos que haberlo planificado mejor. Podríamos haber traído a Craig. ¿Conoce ya a tu padre?

—No, y creo que se caerían bien. Pero antes de la pandemia no íbamos tan en serio y... —Se encoge de hombros—. Ya habrá tiempo.

—¿Y ahora sí vais en serio? —pregunta Madison.

—Nos hemos mudado juntos y nos queremos, así que... sí.

—Pues todo es extrañísimo durante la pandemia. —Madison se muestra seria bajo el peso de sus quince años de acumulada sabiduría—. Yo no me fiaría de un tío que ha decidido mudarse así tal cual.

Sarah-Jane sonríe un poco triste.

—Uno nunca sabe lo que hará, Madison. —Loveday se acerca a su madre para que sus hombros se toquen.

—Le he contado lo de los tatuajes de Loveday y Nathan —dice Kelly, no exactamente a Madison, pero sí dirigido hacia ella—. Craig estaba leyendo *Matar a un ruiseñor* en nuestras tardes sin televisión, y llegó a la parte esa de que… —Hace un gesto como para indicar que no lo dirá bien, pero ahora sabrán a lo que se refiere—… «si etiquetaran el amor como veneno, nos lo beberíamos igualmente», y le dije que ese debería ser nuestro tatuaje.

—No sé por qué a la gente mayor os van tanto los tatuajes.

—Tengo treinta años, Madison, y Craig tiene treinta y siete. Ni siquiera somos tan mayores.

Madison da unas paraditas sobre el suelo.

—Solo porque él se haga un tatuaje no significa que le gustes tanto —señala—. Mi madre dijo que debía volver hacia las ocho y media, ¿podemos irnos?

42

Trixie

Al principio, a Trixie y a Caz les va bien. Ven los mismos programas de televisión a la vez, picotean las mismas cosas y beben el mismo vino. Resulta tierno, al principio, pero no después del primer mes. La novedad del sexo por teléfono y de los juguetes sexuales también se desvanece. Trix, que no tiene absolutamente nada que hacer, recopila en una hoja de cálculo todas las listas de «películas que debes ver antes de morir» y la comparte con Caz. Las repasan siguiendo un esquema: una película que ninguna de las dos haya visto, una que Caz no haya visto, una que Trix no haya visto, y vuelta a empezar. Eso las mantiene ocupadas durante unas seis semanas, a tres películas por semana, pero, cuando Trix confiesa que está harta de ver «películas excelentes», Caz admite que suele dormirse antes de que terminen y que tiene que buscar el argumento por las mañanas en Google. Entonces las dos empiezan a jugar a un juego en el que sus avatares tienen una granja, pero se les olvida que tienen que dar de comer a las gallinas y nunca se ponen de acuerdo sobre qué comprar con las monedas.

Cuando todo deja de ir bien, no les va mal. Trix se familiariza con todo lo que hay que saber sobre la vida laboral de Caz y no tarda en aprender a calcular la diferencia horaria sin esforzarse. A Caz se le da bastante bien fingir interés por los intentos de Trix de hacer macramé mientras esta última le enseña el revoltijo de hilos y trata de explicarle dónde cree que se ha equivocado.

Luego deja de no irles mal para empezar a irles fatal. Se escriben que no es culpa suya después de otra conversación concisa; es solo que no tienen nada que contarse. No hay nada que hacer, ninguna anécdota. Caz dice que no puede soportar ni un minuto más delante de una pantalla ahora que se pasa todo el día en casa haciéndolo. Trix intenta no perder la motivación, pero estar de permiso es como si te pagaran por no hacer nada, de manera que, gradualmente, va dejando de hacer cosas. Cuando hablan hay un desequilibrio de energías, de experiencias. Caz está cansada y agotada emocionalmente, y Trix lleva esperando todo el día para escuchar la voz de su novia.

—Ojalá pudiéramos vernos —se dicen, una y otra vez—. Ojalá pudiéramos tocarnos.

—¿Y si lo hiciéramos? —propone Caz una noche mientras Trix llora desconsoladamente por lo sola que se siente—. ¿Y si las dos cogiéramos el coche y nos encontráramos a mitad de camino? —Por la expresión de la cara de Caz, Trix sabe que ya está mirando en Google Maps—. En alguna parte al norte de Birmingham. ¿En Tamworth?

—No habrá nada abierto —se queja Trix, pero deja de llorar—. ¿Qué vamos a hacer?

Caz sonríe abiertamente. Es una expresión que Trix no ha visto en bastante tiempo.

—Nos meteremos mano en el coche, comeremos unos sándwiches y haremos pis detrás de un arbusto.

Y eso hicieron.

La sensación de tocar a alguien —de que alguien te toque— resultó sobrecogedora. Trix, que se había frotado una y otra vez la piel en la ducha, como si estar sola le hubiera formado una costra, rompió a llorar cuando Caz colocó una mano sobre su mejilla. Se había imaginado que querrían comerse la una a la otra, pero se acurrucaron en el asiento trasero del coche nuevo de Caz —que aún olía a ambientador, goma y plástico—, Trix colocó la cabeza sobre el regazo de Caz y se quedaron dormidas. Compartieron unos sándwiches y la tarta que Trix había preparado, Caz bromeó sobre las migas en el asiento trasero y se sintieron felices.

Y, cuando Trix regresó a casa, todo empeoró.

No podía dormir.

Echaba de menos a Caz más que antes y encontraba menos cosas de las que hablarle.

Entonces la despidieron. Los días se alargaron y se dio cuenta de que la esperanza de volver a trabajar había cubierto una gran parte de su tiempo libre. Solo había trabajado en un sitio en su vida. Se sentía abandonada.

Claro que…

Gracias al dinero del despido y a su nueva libertad, podía mudarse a Cardiff.

Escribió a Caz.

Caz no le respondió, a pesar de las dos marcas azules, que demostraban que el mensaje se había entregado y leído, aparecieron casi de inmediato.

La llamó esa noche. Bueno, la llamó por Zoom, lo que Trix tendría que haber sabido interpretar como una mala señal. Hablaron con el altavoz, sobre todo porque a Caz le entraban dolores de cabeza de tantas videollamadas.

—Sabes que te tengo mucho cariño, Trix —empezó—, pero que te mudes aquí no me parece lo más adecuado para nosotras.

—¿Qué es lo más adecuado para nosotras?

Trix no pregunta, sin embargo, qué coño quiere decir con lo de «te tengo mucho cariño». Se ha tirado toda la tarde buscando trabajos en Cardiff y, claro, no había muchos, pero, cuando los restaurantes empiecen a reabrir, seguro que encontrará trabajo en un abrir y cerrar de ojos. Había falta de personal por todas partes, tiene ocho años de experiencia y un historial impecable. La gerente de zona, que parecía más enfadada que la propia Trix por su despido, le había prometido unas referencias tan brillantes que la deslumbrarían.

Caz desvió la mirada.

—Me gusta esta versión de lo nuestro.

Trix resopló.

—¿Enrollándonos en aparcamientos vacíos? ¡Por favor! Creo que nos merecemos algo mejor que eso.

—Cuando esto termine…

—Cuando esto termine, tú seguirás en Cardiff y yo en York.

—Estaba funcionando, Trix.

Parecía indiscutible. Habían sido felices hasta la pandemia. Pero luego llegó el confinamiento y muchas parejas dejaron de ser felices. Las tensiones eran extrañas y provenían de muchos sitios. Trix no se dedicaba a lo que había soñado, pero, cuando por fin había aceptado una vida en la hostelería, se había sentido satisfecha. Nunca se le habría ocurrido que no sería capaz de coger un tren o que tendría un día libre para salir de la ciudad en coche y no tendría ningún sitio al que ir. Nunca pensó que se gastaría el dinero en que le trajeran té de burbujas a casa o que se tiraría meses sin ver a su abuela. El mundo entero estaba patas arriba e incluso las cosas que antes no costaban ahora suponían un esfuerzo. Con razón su relación también estaba siendo un problema (que Caz no quisiera que Trix se mudara a Cardiff ¿era una señal de problemas? ¿O Trix le estaba dando demasiadas vueltas? Nunca antes había tenido tanto tiempo libre).

—Sí —responde—, estaba funcionando.

Sabe que su tono ha sonado deliberadamente apagado, plano; que lo está haciendo para que Caz la consuele y le diga todas las formas en las que la adora. Antes jamás se habría comportado de esa forma. Habría dicho; «Mira, me siento como una mierda con esto», o «Parece que ya no te importo». No se habría mostrado pasivo-agresiva con su novia de casi cuatro años para que le demostrara algo de amor.

—Tengo que colgar, estoy destrozada —dice Caz. Aunque es cierto que la luz de Zoom no siempre resulta favorecedora, la piel que rodea sus ojos está oscura y en su rostro se nota el agotamiento. Trix le pregunta si bebe suficiente agua, pero Caz ya ha colgado.

«Todo va bien —se dice Trix—. A nosotras, al menos, nos va bien».

Le manda un mensaje a Caz; otro que añadir a sus meses y meses de conversaciones durante el confinamiento: «Lo siento.

190

Yo también estoy cansada. Te echo de menos y quiero estar contigo».

Caz no contesta.

Trix se queda despierta y, en algún lugar del profundo silencio en la oscuridad, se le ocurre una idea. Cierra los ojos y se duerme, sin soñar nada, hasta las diez de la mañana. Cuando se levanta, desayuna, se ducha, se lava y se seca el pelo —que, a estas alturas, sobrepasa la mitad de su espalda; no lo había tenido así de largo desde los diez años—, comprueba si su idea sigue siendo buena... y lo es.

Está a punto de llamar a Caz en vez de escribirle, pero sabe que por la mañana tiene muchas reuniones por Zoom con la oficina de Shanghái.

TRIX:
Podría mudarme a Cardiff de todos modos. No tiene nada que ver contigo. Es una ciudad estupenda y podría venirme bien un cambio. Besos.

Dos marcas azules, de inmediato, pero la respuesta tarda tres horas en aparecer. No deja de ser un día laborable para Caz. Trix pasa la aspiradora por el salón a conciencia, retirando el sofá de la pared.

Recibe el mensaje a las cinco.

CAZ:
Creo que eso sería un poco raro.

Trix se da cuenta de que no envía ningún beso. Y de que no hay signo de interrogación, así que se trata de una afirmación.

TRIX:
¿Por qué? Besos.

CAZ:
¿Te mudarías a Cardiff si yo no viviera aquí?

TRIX:
Pero sí que vives allí, Caz.

Silencio.

La tarde pasa de largo. Trix se pone a ver una película de la lista que ninguna de las dos ha visto: *El cocinero, el ladrón, su mujer y su amante.* No le gusta demasiado.

Justo cuando Trix se va a la cama, a unos minutos de la medianoche, su móvil se ilumina con un mensaje.

CAZ:
Me estás presionando, Trix.

Después de eso, nada vuelve a ser lo mismo.

43

Bella

Querida Librería de la Esperanza:

No sabría expresar con palabras lo que necesito de un libro ahora mismo. Imagino que, si tuviera que resumirlo, diría que estoy asustada. Podría buscar eso en Google y seguramente aparecería *Aunque tenga miedo, hágalo igual*, que es un libro estupendo, pero no quiero que me ayude un libro de autoayuda. Quiero algo que comparta mis sentimientos; camaradería en forma de una novela. Y creo que los libreros suelen ser mejores con los algoritmos que una página web (¡al menos de momento!).

Soy actriz, cantante y dobladora y tengo cuarenta y cinco años. Salvo por temas de trabajo, he residido en York casi toda mi vida. Nunca he conseguido un éxito rotundo (¡mis pobres sueños rotos!), pero no me ha ido nada mal. A pesar de que mi yo de diecisiete años que obligaba a sus padres y abuelos a que la escucharan mientras ensayaba para las audiciones no estaría de acuerdo, me gustaría pensar que soy más lista que ella (¡y, sin duda, más mayor!).

No he hecho mucha televisión. En una ocasión, a mi agente se le escapó que un director de *casting* había dicho que tengo «el tipo de cara incorrecto para la pantalla», ¡el muy capullo! Pero he realizado muchas giras con el teatro a lo largo de los años e incluso interpreté a Dorcas (una de las novias) en *Siete novias para siete hermanos* en 1998, cuando era la suplente de la primera actriz. Que, por desgracia, ¡tenía una salud de hierro! Siempre la dama de honor, pero nunca la novia, no sé si entendéis por dónde voy.

Normalmente me tiro de gira la mayor parte del año y el resto del tiempo trabajo en el *pub* de mi barrio. Les gusto porque ya me conozco los entresijos y les doy más confianza que los jóvenes. Durante los últimos quince años mi vida ha consistido en: ir de gira, hacer un buen trabajo, volver a casa, dormir durante una semana, llamar a Jack al *pub*, volver al trabajo, donde actúan como si nunca me hubiera ido, y hacer algún trabajito de dobladora de vez en cuando (¡salgo en los dos últimos anuncios de Marks & Spencer!). Me gusta mi vida. O al menos me gustaba antes.

Mi peor miedo es estar sola. Es decir, vivo sola desde siempre, ¡una no puede mantener una relación con una vida como la mía! Pero, claro, ¡nunca estaba en casa! Me marchaba a trabajar fuera o me ponía al día con gente a la que había echado de menos. Cuando estás en la carretera haces muchos amigos, así que siempre había alguien que venía de visita o alguien al que visitar.

De manera que podéis imaginaros el *shock* que le ha causado a mi cerebro esto del confinamiento.

Al principio lo pasé fatal. Me sentía muy triste. Estaba todo el día en Zoom, entre unas cosas y otras, pero no era lo mismo que ver a la gente en persona. Además, tampoco sé cocinar —o, bueno, no sabía por entonces—, así que comía muchas tostadas y sopa enlatada. Entonces me dije: «Arabella, no puedes pasar por esto y terminar pareciéndote a una pordiosera. Mueve el culo y aprende a cocinar». Y ahora ya tengo un pequeño recetario. ¡Incluso sé preparar una salsa holandesa medio decente!

Hice lo que siempre he hecho cuando estoy desanimada: mantenerme ocupada. Es lo único que me sirve. Limpié a fondo el cuarto de invitados, ordené el armario e incluso me compré una trituradora y destruí todas mis declaraciones de la renta antiguas (¡hacía veinte años que las conservaba!). También ordené los armarios de la cocina, donde descubrí una lata de judías que caducó ¡en 2008! Lo único que me queda por hacer es organizar mi vieja correspondencia, y no estoy segura de estar preparada para hacerlo todavía.

Un día me percaté de que llevaba tres días sin hablar con nadie. Ni en persona cuando salía a correr, ni por Zoom, ni por teléfono. Y lo más curioso de todo es que ¡me dio completamente igual! Si tenemos en cuenta que antes del dichoso covid nunca había pasado ni un solo día sin ver a nadie en casi diez años…, bueno, me quedé bastante impresionada.

Desde ese momento, cada día paso menos tiempo hablando con la gente. La novedad de tomar algo por Zoom parece haberse desvanecido, pero, si alguien me invita, digo que coincide con alguna otra cosa ¡y la gente siempre te cree! No he dejado de hacer mis ejercicios vocales, por supuesto; uno no puede permitir que su instrumento se oxide.

No estoy segura de en qué se me van las horas. Bueno, está claro que algunas en redactar correos electrónicos innecesariamente largos. Hace tiempo os habría llamado por teléfono o me habría acercado a la librería dando un paseo. Ahora la idea me revuelve el estómago. Mi viejo amigo Archie pensaría que soy tonta.

En ocasiones escucho ópera por las tardes y me veo películas por las noches, pero me siento como si ya no tuviera tiempo para el mundo exterior. No logro imaginarme maquillándome, saliendo y quedando con gente, algo que para alguien como yo resulta impensable. Mi medio de vida consiste en deslumbrar al público, y creedme cuando os digo que servir tras una barra requiere el mismo nivel de interpretación que actuar en el London Palladium.

Pero centrémonos en el problema. Jack, mi querido amigo del *pub*, me escribió un mensaje. Cree que podría reabrir pronto, se ha pasado el verano construyendo una especie de enorme carpa para que la gente pueda estar fuera y quiere que vuelva. Y, claro, yo le contesté que sí, que volvería, pero entonces pensé: «Bella, ¿cómo demonios vas a hacerlo? ¡Si ni siquiera puedes coger el teléfono!».

Sé que el médico podría darme pastillas para arreglarlo todo, pero siempre te piden que dejes de fumar y se ponen muy pesados con la presión sanguínea. ¿No se dan cuenta de que algunos somos un manojo de nervios por naturaleza?

Con cariño,
Bella

Querida Bella:

No sé si te acuerdas de mí, pero yo sí te recuerdo. Soy Loveday. Trabajé con Archie durante diez años y me dejó el negocio tras el incendio. Recuerdo que le encantaba que vinieras. Los días que venías estaba mucho más alegre de lo habitual; siempre decía que erais almas gemelas.

Yo no soy una persona extrovertida, pero reconozco la ansiedad que describes. La idea de que no haya distancia de seguridad entre la gente también me produce esa sensación. Fuimos a ver a unos amigos —al aire libre y alejados unos de otros— y me puse muy nerviosa.

A continuación te detallo una lista con algunas ideas. Son libros cotidianos sobre cosas cotidianas, lo que creo que puede darte seguridad. Te los puedo acercar, si quieres, y podemos saludarnos desde la distancia.

Loveday

Dónde estás, Bernadette, de Maria Semple. Una mujer con agorafobia se desvanece y su hija va en su búsqueda. Me reí muchísimo con él, y también me hizo pensar en lo mucho que, casi por accidente, nos puede oprimir nuestro entorno. Pasé una larga temporada de mi vida sin ir más allá de la librería y mi piso, pero la vida se agrandó cuando conocí a Nathan. Me he quedado con su familia, hemos ido a muchos recitales de poesía que me gustaron bastante (aunque no siempre). Ahora voy de la librería a casa, además de a hacer las entregas de los libros, y me pregunto si algún día, cuando todo esto termine, podré ir más allá. Quizá podría alquilar una autocaravana para unas vacaciones. La idea me pareció mucho más plausible tras leer esta novela.

El asesino ciego, de Margaret Atwood. Creo que te gustará por su complejidad y dramatismo.

La inquilina de Wildfell Hall, de Anne Brontë. Una mujer se muda a una remota mansión y parece feliz de convertirse en una ermitaña. Algunos dicen que es la primera novela feminista. Es mi favorita de las hermanas Brontë y trata muy bien asuntos complicados (alcoholismo, violencia, reputación). Aunque también me gustaría que todo el mundo dejara a la protagonista en paz.

Nella Last's War: The Second World War Diaries of «Housewife, 49», de Nella Last. A lo mejor has visto la adaptación en la televisión; recuerdo que Archie habló maravillas de ella y dijo que conocía a Clifford Last, el escultor e hijo de Nella. Desde 1939 hasta su muerte en la década de 1960, Nella Last escribió un diario para el proyecto Mass Observation. Creo que fueron cerca de doce millones de palabras en total. La madre de Nathan me lo recomendó; es su libro favorito. Si te soy sincera, me lo leí por cortesía y solo iba a avanzar hasta la página cincuenta para ver de qué iba y dejarlo. Pero nunca antes había leído nada semejante. Te habla del día a día y, al mismo tiempo, te atrapa por completo. Me hizo pensar en las millones de cosas que no valoro.

La historia de Murasaki, de Liza Dalby. Es un libro dentro de otro libro y creo que te gustará por lo en serio que se toma el arte. Es una novela sobre Murasaki Shikibu (una persona real), una muy buena lectura y creo que, además, te apetecerá hablar de él (yo siempre desvío las conversaciones hacia los libros si no sé muy bien qué decir).

El papel pintado amarillo, de Charlotte Perkins Gilman. No es el relato más alegre del mundo, pero merece la pena leerlo. Es sobre una mujer a la que encierran en una habitación, con un (horroroso) papel de pared amarillo, de la que no puede escapar. Cada vez que lo leo, me provoca ganas de salir corriendo hacia la salida más cercana.

Y, por último, *Flores para la señora Harris*, de Paul Gallico. Es sobre una mujer que limpia casas en Londres y está ahorrando para comprarse un vestido de Dior. Creo que te encantará (me resulta imposible pensar en alguien al que no vaya a gustarle).

Querida Loveday:

¡Pues claro que me acuerdo de ti! ¡La pequeña y delgaducha descarriada y protegida de Archie!

Lamenté mucho no haber podido ir a su funeral, pero estuve gran parte del año de gira por Australia (¿no te parece inaudito? ¡Eso solía ser algo normal!). La última vez que vi a Archie fue en Florencia durante una cena estupenda con un par de viejos amigos. Yo estaba con ensayos, nuestros amigos estaban intentando abrir un restaurante (nunca lo consiguieron) y Archie estaba de camino a alguna parte. ¿A Sicilia, tal vez? ¡Era imposible seguirle la pista a Archie! Nos hizo reír como nunca, y yo no tenía ni idea de que sería la última vez que le vería. Es una buena forma de recordarle. Creo que bebimos mucho *limoncello* esa noche...

¡Qué gran idea tuviste al pensar en la farmacia de libros! Todos los que me has sugerido tienen una pinta estupenda. Ya he leído *El asesino ciego*, aunque fue en un espantoso autobús viejo mientras trotaba por Escocia de gira con una producción de la compañía Scottish Play (pero no se me habría ocurrido quejarme porque ¡estaba interpretando a la mismísima *lady* Macbeth!).

Tráeme los libros cuando tú quieras, ¡siempre estoy en casa!

Con cariño,
Bella

44

Kelly

CRAIG:
¡Te has dejado la comida!

KELLY:
¡Mierda!

CRAIG:
¿Quieres que te la acerque?

KELLY:
Sí, sería estupendo.

CRAIG:
Mientras Madison no esté, claro…

KELLY:
Creo que solo me odia a mí.

CRAIG:
Mejor curar que prevenir. ;) ¡Luego te veo! Besos.

Cuando llaman a la puerta de la librería, y Kelly levanta la vista y ve que es Craig, el corazón se le acelera, y no por la comida.

En sus descansos ha estado leyendo *Al diablo con las dietas*, de Caroline Dooner, y se muere de ganas por que llegue el momento en el que se mire al espejo y no se juzgue a sí misma, o en el que no consiga abrocharse los vaqueros y no se sienta como si hubiera fracasado como ser humano. Todavía no está en ese punto. Su madre, como muchas otras personas de su generación, había adoptado las pautas de Weight Watchers como una religión —obsesionada con los puntos, las recompensas y la idea de que algunos alimentos no pueden consumirse—, y Kelly no podía quitarse de la cabeza el concepto de que estar delgada es bueno.

—Gracias —dice—. ¿Quieres pasar al patio? Bueno, el jardín de lectura. Podemos compartirlo.

Craig sonríe, pero parece dubitativo.

—¿Puedo?

—Solo estoy yo.

Nathan y Loveday se han llevado todos los desechos al vertedero municipal después de limpiar con agua a presión, de una forma entusiasta aunque *amateur*, el enladrillado y la pavimentación. Un montón de palés esperan, además, a que los conviertan por arte de magia en muebles. Kelly saca un par de sillas plegables que utilizaban, cuando hacía sol, para el club de lectura y el taller de cuentacuentos. Resulta extraño pensar en lo habitual que era que la gente se sentara al lado de desconocidos, sin que les preocupara lo más mínimo.

—Cuando me hablaste de esto —comenta Craig—, pensé que sería más pequeño.

Kelly mira a su alrededor.

—Imagino que antes lo parecía; estaba lleno de trastos. Loveday y Nathan creen que, con la distancia de seguridad, podrían caber cinco personas y doce cuando levanten las restricciones.

—Para... ¿leer?

—Esa es la idea. O para dormir, hablar o lo que necesiten, la verdad. Sería igual que lo que teníamos arriba.

Craig asiente. Kelly le ofrece uno de sus sándwiches y él lo coge.

—¿Y la gente se sentirá segura estando aquí fuera?

201

—A lo mejor no tanto como dentro —reconoce Kelly. Trata de imaginarse el miedo que deben de sentir algunas de las mujeres a las que han ayudado—. Pero sí más que de donde vengan.

Craig no sabe preparar sándwiches. Les pone mantequilla de la nevera y agujerea el pan. Además, piensa que el queso es suficiente relleno y no le pone pepinillo, tomate ni nada húmedo. Pero, tras meses y meses de hacerse su propia comida, Kelly disfruta de los mediocres sándwiches que no ha tenido que preparar.

—¿Qué me recomendarías? —pregunta Craig—. De libros, me refiero.

—¿Cuál es su dolencia, caballero?

Craig se ríe y después se pone serio.

—Estoy enamorado de alguien y creo que no puedo sacármela de la cabeza. Me asusta que pueda cambiar de opinión con respecto a mí.

—Ahora mismo vuelvo —repone Kelly con una sonrisa que es como un rayo de sol.

Se bebe un vaso de agua en la cocina y después se dirige a las estanterías. Coge *El amor en los tiempos del cólera,* de Gabriel García Márquez; *El profeta,* de Khalil Gibran; *Bel canto,* de Ann Patchett, y *Euforia,* de Lily King.

—Aquí tienes —dice—. Este es sobre querer a una persona durante toda la vida, este es el libro más sabio que conozco, este es sobre sentirse acorralado y este es sobre enamorarse en circunstancias rocambolescas.

Pero Craig se ha dormido, con la cabeza contra la pared y la barbilla echada hacia atrás para que le dé el sol en la cara. A Kelly le parece ver un atisbo de cómo era de pequeño, con la frente lisa y los carrillos regordetes. Cuando por fin conozca a su familia, cuando les permitan volver a salir al mundo, pedirá que le muestren fotografías de cuando era un bebé.

Kelly deja los libros al lado de Craig.

—Yo también estoy fuera de mí —dice.

45

Jennifer

Querida Librería de la Esperanza:

Me llamo Jennifer Kingdom y creo que os debo la vida. Vuestro refugio para leer me proporcionó un sitio seguro y, cuando me hizo falta escapar, Sarah-Jane nos sacó a mi pequeño y a mí del peligro. No creo que hubiéramos sobrevivido al confinamiento con mi marido.

Estoy mejorando. Vivo en casa de mi hermana con mi hijo. Todavía tengo la clavícula y una costilla fracturadas, pero no tengo ni la nariz ni la cuenca del ojo rotas. A veces me duelen, pero creo que es cuando pienso en los golpes. Es como si mis huesos tuvieran memoria.

He empezado el proceso de divorcio y tenemos una orden de alejamiento. De momento, David no tiene acceso a Milo y, si lo quiere, debe probar que no es un peligro para él y demostrar que está tratando de cambiar su temperamento violento. Mi contacto en la policía dice que, incluso si consigue acceder a Milo, todo se organizará y se supervisará. Lo cierto es que me aterra pensar en ello.

Perdonad, estoy compartiendo demasiada información.

Gracias por todo lo que hicisteis.

Ahora que estamos un poco más asentados, me pareció que sería agradable volver a tener algunos de nuestros libros favoritos. Estoy segura de que David ha destruido todo lo que pensaba que me sería preciado y, sinceramente, no quiero nada que él haya tocado.

Con cariño y nuestra gratitud eterna,
Jennifer y Milo

Peticiones de Jennifer:

Ancho mar de los Sargazos, de Jean Rhys
El secreto, de Donna Tartt
Tess, la de los D'Urberville, de Thomas Hardy
Beloved, de Toni Morrison
El molino de Floss, de George Eliot

Peticiones de Milo para la hora de dormir:

Donde viven los monstruos, de Maurice Sendak
Si le das una galletita a un ratón, de Laura Numeroff
Madeline, de Ludwig Bemelmans
Moomin and the Wishing Star, de Tove Janson

46

Te pediría que te imaginaras al lector, pero no te hace falta imaginarte a ti mismo. Ya sabes cómo funciona, cómo va esta asombrosa transacción cotidiana: palabras más espacios en el papel, más luz que rebota en tus ojos, más un cerebro, dan como resultado un lugar que puede resultarte más real que la propia realidad.

Ahora imagínate la visión que tiene cada lector del mundo que está leyendo. Algunos detalles los fija el autor: los páramos de Emily Brontë en *Cumbres borrascosas,* la Florencia de E. M. Forster en *Una habitación con vistas,* el Londres de Zoë Heller en *Diario de un escándalo.* Pero otros son... más abstractos. El reloj que te imaginas a los trece años no es como el que yo me he imaginado. La taza en la que tomarías té en el número 221B de Baker Street tiene un diseño alrededor del borde distinto al que tiene la mía: la tuya tiene, quizá, una línea azul oscura ondulada y la mía está compuesta de rosas amarillas entrelazadas con hojas de hiedra.

¿Acaso importa?

No, indudablemente, y, por suerte, no importa en absoluto.

El sonido que hace tu señora March con la boca antes de lanzarse a entonar *Onward, Christian Soldiers,* lector, es perfectamente válida. La forma en que te imaginas Hobbiton es la correcta, a pesar de que difiera de la de la película. Una mujer que viviera en Londres en la década de 1950 tendría una relación diferente con *Pequeña isla,* de Andrea Levy, a la que tiene una mujer que viva allí ahora o a una adolescente que todavía no haya salido de York.

En resumen: querido lector, estás en lo correcto; siempre lo estás.

No solo con lo que te imaginas, sino con lo que sientes. Se te permite no amar una novela que está siendo alabada por el resto del mundo; se te permite detestar con todas tus fuerzas al autor favorito de tu hermana. Leer no es un examen. El hecho de que te guste o no un libro no es objeto de debate y no es algo sobre lo que te puedan convencer.

Los libros son la magia de tu día a día y de nadie más.

Sigue leyendo y disfruta.

47

Jonno

Querida Librería de la Esperanza:

Ya no hay nada que consiga hacerme reír. El humor solía ser mi vida. Iba a clubes de comedia a todas horas.
A veces incluso participaba en las noches de micrófono
abierto. No era muy bueno, pero, como mi padre suele
decir, «al principio nadie es bueno en nada». Además me
gustaba; me encantaba.

A pesar de no dedicarme a la comedia (que eso depende de la idea que uno tenga del sector de los seguros,
¡ja, ja, ja!), me parecía que mi trabajo no estaba mal. Ahora, sin embargo, me doy cuenta de que lo soportaba para
poder pagarme las cosas que me importaban. Todos los
años me iba de vacaciones al Festival de Edimburgo, así
que, bueno, creo que entendéis a qué me refiero.

Hay muchos programas de humor y de monólogos
en televisión, así que creía que me iría bien durante la
pandemia. Pero nada me parece divertido. Es como si ya
hubiera escuchado todos los chistes del mundo.

No leo mucho, más allá de biografías sobre comedian-
tes, y, como probablemente os imaginaréis, ya las tengo
todas, así que ¿podríais recomendarme algo? No tienen
por qué ser libros divertidos. De hecho, en estos momentos, quizá sea mejor que no lo sean. No sé si es que he pasado demasiado tiempo sumergido en la comedia y ya me

he cansado, o es que la pandemia le ha quitado la gracia a todo. Podrían ser ambas.

Gracias,
Jonno

Querido Jonno:

Gracias por ponerte en contacto con nosotros. Si te sirve de algo, creo que muchas personas están descubriendo que sus trabajos eran mucho peores de lo que se creían ahora que no tienen otra cosa que hacer (yo no, claro está, porque trabajo en una librería ;)). Además, me parece que todos nos hemos pasado de rosca haciendo las cosas que nos hacían sentir especiales. ¿Sabes esa sensación, tres días después de Navidad, de que solo te apetece comerte una naranja y unas gachas? Pues creo que todos nos sentimos un poco así ahora mismo.

A continuación, te detallo algunos libros. Si nos indicas cuáles te gustaría probar, puedes avisarnos para pasarte a recogerlos en el centro de York o te los podemos mandar por correo.

Me temo que no he podido resistirme a incluir algunas novelas divertidas (espero que me perdones).

Con mis mejores deseos,
Kelly
La Librería de la Esperanza

El color de la magia, de Terry Pratchett. Si Terry Pratchett no se ha cruzado antes en tu camino y te gusta, tienes el trabajo hecho porque este es el primer volumen de una larga y divertida saga de fantasía.

Los hermanos Sisters, de Patrick deWitt. Wéstern sobre dos hermanos que, aunque son para darles de comer aparte, cuando los ves por sí mismos, son muy diferentes.

Mi año de descanso y relajación, de Ottessa Moshfegh. Oscuro, mordaz y extrañamente absorbente.

Mi vida en rose, de David Sedaris. Un libro de ensayos sobre la infancia de Sedaris en Carolina del Norte y su traslado a Normandía. Es ingenioso y está muy bien estudiado.

Mi hermana, asesina en serie, de Oyinkan Braithwaite. Lo leí en cuanto salió y, por raro que parezca, me produjo una extraña sensación de satisfacción. Me hizo reír, pero, más que eso, me hizo pensar. Y todos tenemos ahora mucho tiempo para eso, ¿verdad?

El señor Fox, de Helen Oyeyemi. Imposible de explicar, y te garantizo que te dará qué pensar. Es como leer un puzle, y quizá disfrutes con una novela sobre la naturaleza de la inspiración.

48

Loveday

El siguiente sábado, Loveday y Nathan llegan a la Librería de la Esperanza a primera hora.

Hay una carta sobre el felpudo, escrita con la clara caligrafía de Rosemary. Dentro hay una lista de las plantas que George y ella consideran más apropiadas, y han incluido un asterisco junto a aquellas de las que podrían proporcionarle un esqueje. Loveday no es una desagradecida, pero la idea de mantener con vida unas plantas pequeñas le parece más trabajo extra («oh, es sencillísimo», había dicho su madre antes de ponerse a detallar una lista de pasos que a Loveday no le había apetecido escuchar). Además, si iba a ser un jardín de lectura, debía ser un jardín. Y, en la cabeza de Loveday, un jardín no es una fila de envases de yogur reutilizados en un alféizar, por muy rápido que su madre y George aseguren que van a crecer.

Allí de pie en el patio, además, es como si se encontraran a kilómetros de las plantas. Todo está limpio y recogido y tiene un aspecto apagado y gris.

—¿Qué te parece? —pregunta Nathan, con el brazo sobre los hombros de Loveday.

Loveday suspira.

—Creo que, si alguien describiera un jardín en un libro para que yo lo copiara, sería mucho más fácil.

Nathan se ríe.

—Oh, vamos, eso está chupado. Cierra los ojos. —Está mucho más animado desde que la idea de las recetas de libros tiene éxito, y Vanessa y él se han comprado un tándem de segunda mano que planean arreglar y conducir por las calles mientras hacen malabares y escupen fuego. O algo parecido. Loveday le escuchó cuando se lo contó, pero está muy cansada y todo le recuerda a Archie. Nathan se está encargando de las redes sociales —Kelly está demasiado ocupada— y lo está haciendo como si nada, de la misma forma que entra en una habitación llena de extraños y se siente cómodo de inmediato.

Loveday cierra los ojos.

—Háblame de algún jardín de lectura de un libro.

—No hay ningún jardín de lectura en los…

—Voy a besarte —dice Nathan; sabe que a Loveday no le gustan las sorpresas. Después, añade—: Si hubieras leído un libro sobre un jardín de lectura, ¿cómo sería?

—Cálido, confortable. Olería bien. Nadie sabría que estás en él. Las hojas se moverían con el viento. Con un muro de piedra. —Loveday abre los ojos.

—Genial —asegura Nathan—. Ha sido fácil. Me pondré a ello.

—No podemos gastar dinero —le recuerda Loveday.

La confianza de Nathan en que saldrá algo bueno de todo eso es tan fuerte como el convencimiento de Loveday de que solo es cuestión de tiempo antes de que ocurra algo malo.

—No te preocupes. —Les da unos golpecitos a los palés, se hace daño y se examina los nudillos. Loveday se echa a reír, le coge la mano y se la besa. ¿Por qué las cosas no pueden ser tan fáciles como lo es con Nathan?—. Todo esto son trastos a la espera de convertirse en muebles. Y tenemos que pensar en algo para calentar el sitio sin cargarnos el planeta, y que además sea barato. ¿Botellas de agua caliente y mantas?

Loveday asiente. Tienen media estantería del cuarto de la colada repleta de las distintas mantas de cuadros de Archie. Sería lo suyo aprovecharlas para esto.

—Hablando de olores… —dice Loveday. El aroma a canela caliente se acerca desde el edificio de al lado. Son las nueve y media: hora de tomarse un café antes de que empiece el jaleo.

Cuando Loveday regresa, Madison acaba de llegar. Aunque amenazó con no empezar a trabajar hasta las doce, normalmente aparece antes, y Loveday nunca lo comenta. A Madison no le gustan ni el té ni el café —parece sobrevivir a base de bebidas energéticas y plátanos—, pero coge un bollo y le da las gracias a Loveday.

—Estuvo bien lo de ir a Whitby —comenta.

—Sí. —Loveday se ha planteado decirle algo a Madison sobre lo borde que es con Kelly, pero esta no le ha mencionado nada y llevan toda la semana trabajando juntas. «En boca cerrada no entran moscas», piensa Loveday.

—La señora era maja —sigue diciendo Madison—. Me contó que antes era directora de colegio, pero no me sentí como si estuviera hablando con una profesora.

—¿De qué hablasteis?

—De libros, sobre todo. —Madison se encoge de hombros. En un abrir y cerrar de ojos, su bollito de canela ha desaparecido, se limpia las manos en los vaqueros y después se las mete en los bolsillos de su sudadera con capucha—. Me dijo que daba igual lo que leas mientras leas y que le diera una oportunidad. —Madison cierra los ojos—. Algo de un pájaro enjaulado.

Loveday sonríe.

—Maya Angelou.

Madison parece fascinada durante unos segundos, pero después su expresión vuelve a la neutralidad adolescente de siempre.

—Sí. Le pregunté qué le parecía lo de la farmacia de libros y respondió que estaba bien porque a veces no sabes qué te conviene y necesitas que alguien te lo diga.

Loveday asiente.

—Completamente cierto.

—Me pidió que le consiguiera un libro —continúa Madison.

—¿Cuál?

—*¿El jardín secreto?* Era de alguien con tres nombres. Creía que me acordaría, pero no es así. —De repente no parece una adolescente engreída, sino una niña que ha perdido su juguete favorito.

—Frances Hodgson Burnett.

—¿Estás segura?

—Sí. —Loveday se remanga el jersey. En el interior del antebrazo lleva tatuadas las palabras: «De alguna forma, no se sentía sola en absoluto»—. Es de *El jardín secreto*. Creo que tenemos varios ejemplares.

—¿Dónde?

—En la sección de clásicos.

Madison desaparece y vuelve sacudiendo la cabeza.

—Están en la B, no en la H —explica Loveday.

—Lo sé. Bueno, primero miré en la H. Pero Rosemary me dijo que debía ser un ejemplar especial. Me contó que a George le encantaba de pequeño y que debía ser el que su madre solía leerle. Tiene una niña con un abrigo rojo y un petirrojo en la portada. No tenemos ninguno de esos.

—Entonces lo buscaremos más tarde en internet, cuando las cosas se hayan calmado —dice Loveday.

—Iré a ver qué quiere Kelly que haga —informa Madison. La forma en la que pronuncia su nombre está cargada de oscuridad. Loveday no consigue imaginar por qué alguien odiaría a Kelly. Sarah-Jane, después de presenciarlo el sábado anterior, dijo que a lo mejor Madison solo necesita odiar a alguien.

Nathan entra entonces por la parte de atrás de la tienda, pálido.

—Loveday —dice—, mira esto.

Le pasa el móvil y Loveday ve la noticia del *York Gazette*. «Paramédico muere de covid», dice el titular. Debajo aparece una fotografía de un hombre que Loveday no reconoce, pero la crónica continúa: «Will Chambers deja mujer, hijo y una hija recién nacida a la que apenas conocía, puesto que había decidido compartir piso con un compañero de trabajo durante la pandemia para proteger a su joven familia».

Y entonces aparece una imagen de Zoe y los dos niños. Están en la puerta en la que Loveday les dejó los libros.

Loveday le hace un gesto de asentimiento a Nathan. Un escalofrío le recorre la espalda y se le seca la garganta.

—Son ellos.

—Eso me había parecido. —Nathan la abraza con fuerza y ella se deja caer sobre él, escuchando su respiración y tratando de igualarla.

—Le dije que no tenía que ser valiente. —Las palabras de Loveday pesan en su boca.

Nathan respira hondo sobre su cabeza y Loveday sabe que lo entiende. Antes de que pueda decirle «No me dejes nunca», aparece el primer cliente del día.

49

Anónimo

¿Vais en serio? Hay un virus suelto por el mundo ¿y pensáis que los libros van a solucionarlo todo? Habrá fosas comunes y destrucción a nivel global cuando la gente se pelee por la poca comida que quede. El mundo tal como lo conocemos se desmoronará y, tarde o temprano, todos moriremos. ¿Y vosotros pensáis que los libros lo van a arreglar? Despertad de una vez. Buscaos una vida. Haced algo útil en lugar de perder el tiempo con vuestras mierdas liberales.

Hola:

No has firmado tu carta, así que no puedo dirigirme a ti por tu nombre.

No estamos sugiriendo que los libros puedan curar la enfermedad o devolverle la vida a la gente. Desde luego que no.

Aunque una de nuestras creencias liberales es que, si la gente que toma las decisiones fuera culta y abierta intelectualmente, podríamos mantener mejores conversaciones sobre las cosas que necesitamos que ocurran.

Lo que estamos haciendo es lo que está a nuestro alcance. Podemos ayudar a otras personas que se sienten solas, que tienen miedo o que están aburridas o perdidas. Podemos ocupar un poco su tiempo libre.

Antes de la pandemia, la Librería de la Esperanza era un lugar que ofrecía seguridad, comodidad y ayuda. Seguimos tratando de hacerlo de la única forma que podemos.

Los libros no son lo tuyo, perfecto. Pero, por favor, déjanos en paz para que podamos hacer lo que esté en nuestras manos para que la gente tenga días menos aterradores.

Un saludo,
Kelly

50

Rosemary

En el jardín, en el banco con vistas al mar, Rosemary le pasa a George su té y le dice:

—¿Alguna vez te has parado a pensar lo extraño que es que nuestra primera casa se nos quedara pequeña y que ahora vivamos en una más pequeña aún?

George la mira. Rosemary sabe que, todavía después de tanto tiempo, se muestra receloso con cuánto puede decir sobre los años que trataron de tener una familia y la lúgubre época que le siguió, cuando fingieron que nada había cambiado.

Hoy en día, cuando las mujeres no logran quedarse embarazadas o abortan, a los padres también se les trata como si hubieran sufrido una pérdida. Pero antes no era así. George cuidó de Rosemary y esta se acurrucó alrededor del espacio en su propio cuerpo, lloró, atravesó un duelo y sintió el dolor, pero no recuerda haber pensado nunca en George, salvo para decirse que él no sentía el mismo dolor que ella. Después de todo, él no había estado allí cuando los restos sangrientos que podrían haber sido sus hijos salieron bruscamente de su cuerpo.

George sonríe.

—Tenemos mucho más cielo y el mar del Norte —responde.

Rosemary asiente. No tiene sentido reabrir viejas heridas. No puede hacer que George se sintiera menos solo entonces. Ni borrar todas esas tardes en las que se quedaba trabajando hasta tarde con Glenn (nada ocurrió nunca entre ellos, pero podría haber pasado).

Rosemary cree que, desde entonces, ya le ha compensado todo ese tiempo y, sin duda, lo seguirá haciendo ahora. Durante el tiempo que le quede a George, se asegurará de que está cómodo y feliz y que no se arrepentirá de ningún instante que hayan pasado juntos. Ya tendrá tiempo de sobra para derrumbarse cuando él no esté.

Lo más lógico sería donarles alguna de las plantas que más han crecido a Loveday y a la librería, desde luego; Rosemary no será capaz de encargarse de un jardín tan grande ella sola. Pero, mientras George siga aquí, quiere mantener su jardín completo.

George ha cogido el ejemplar de *El castillo soñado*, de Dodie Smith, que venía en el paquete que Loveday y Madison les trajeron.

—Estamos casi al final, ¿leo?

Rosemary aparta, de una vez por todas, el pensamiento de su cabeza y trata de recordar por dónde iban de todas las dificultades de las hermanas Mortmain: Cassandra y Rose. Está segura de que, si hubieran tenido una hija, George y ella la habrían llamado Rose.

—Lee —dice. No tenía derecho a sentirse menospreciada cuando George eligió no hablar del pasado. Durante muchos años, fue imposible hablar con ella sobre ningún tema, y lo sabe. Solo porque ahora sienta la urgencia de hacerlo, no significa que George deba corresponderla. Sobre todo cuando carga con su propio dolor; algo que ella no puede compartir. Hasta este momento, no ha sabido lo que se siente al ver sufrir a un ser querido, al no ser capaz de ayudarlo. George nunca está malo; nunca lo ha estado. Hasta ahora.

George asiente, abre el libro y empieza a leer. Con la primera frase, su voz parece insegura, se quiebra, pero no tarda en encontrar el ritmo. Rosemary cierra los ojos y se lleva la taza a los labios; no bebe su contenido, solo siente el calor que desprende su piel.

George sigue leyendo hasta el final. Después cierra el libro y coge a Rosemary de la mano.

—Siempre me ha gustado el final —comenta.

—¿No te gustaría que fuera más definitivo? —A Rosemary no le gustan del todo los libros que se difuminan poco a poco en vez de terminar y punto.

—A mí me parece bastante definitivo —comenta George mientras le aprieta la mano y sonríe.

Y Rosemary lo comprende. Le está diciendo que, cuando la historia acaba, los temas que se quedan sin tratar no son temas sin resolver. Y que, si había alguna fisura en alguna relación, esta, simplemente, no habría sobrevivido. Le está diciendo que todo está bien entre ellos y que siempre lo ha estado.

51

George, 1987

A George y a Rosemary les gustaba pasar dos sábados al mes en Whitby. Se levantaban pronto, aparcaban en lo alto, junto a la abadía, y después bajaban los ciento noventa y nueve escalones de la iglesia de Santa María hacia la parte principal del pueblo. Entonces deambulaban por las calles y echaba un vistazo a los escaparates con joyas y baratijas azabaches para los turistas, en todo momento respirando hondo, inhalando el aroma del mar y exhalando el estrés laboral de la semana.

Iban al puerto para comprar lo que George llamaba su almuerzo temprano de *fish and chips* —como no desayunaban antes de salir, para cuando daban las once y media, se morían de hambre— y, a continuación, se sentaban en un banco en el paseo marítimo.

—Somos como los viejos —dice Rosemary, y George le aprieta con cariño la mano.

—Justo lo que nos faltaba, ¿no? —responde.

Rosemary se ríe; siempre habían sido viejos de espíritu.

Ese sábado hacía muy buen tiempo —el sol brillaba y apenas soplaba el viento—, así que se quedaron sentados un buen rato contemplando a las gaviotas picotear y a los niños correr. Hubo una época en la que George pensaba que Rosemary nunca sería capaz de volver a mirar a un niño sin irradiar dolor y anhelo…, pero da la impresión de que ha encontrado algo parecido a la aceptación.

Ambos cumplirán cuarenta y cinco ese año, y su centenario, como ellos lo llaman —es decir, cincuenta más cincuenta—, de repente se otea en el horizonte. Rosemary le había prometido a George durante su luna de miel que ambos vivirían cien años y que morirían la misma noche mientras dormían. Por entonces, la idea de cumplir incluso los cincuenta les había parecido ridícula, razón por la que quizá a George le diera ahora por preguntar:

—¿Y si viviéramos aquí?

—¿Aquí? —Rosemary miró a su alrededor.

—Bueno, no en este banco específicamente, pero sí, en Whitby.

Rosemary se puso de pie de inmediato.

—Antes hemos pasado por una inmobiliaria.

Todas las casas en el escaparate parecían ser nuevas, perfectas, de imitación al estilo Tudor, etc. George miró de reojo a Rosemary y, tras la expresión imperturbable y callada de su rostro, vio que la idea de mudarse también es la respuesta a este no se sabe qué que mantienen. No es infelicidad; quizá solo se trate del típico hastío de la casi mediana edad. Pero, como no se pasan las tardes ayudando con las lecturas ni los fines de semana acudiendo a las fiestas de otros niños (la imaginación de George no llega más allá cuando piensa en cómo habría sido criar a un hipotético hijo o hija de siete años), tienen más tiempo para darse cuenta de ello.

Aunque su comentario de «¿y si viviéramos aquí?» era casi una mera pregunta lanzada al aire, en ese instante se dio cuenta de que, si una mudanza hacía más feliz a Rosemary —e incluso a él mismo—, era justo el momento.

Abrió la puerta de la inmobiliaria.

—¿George? —dijo Rosemary a su espalda.

—Por preguntar no perdemos nada —respondió este, quien, sin necesidad de darse la vuelta, sintió que Rosemary le seguía.

En el interior solo había una mujer con aire cansado que, por su aspecto, parecía preguntar a voces si todavía no eran las cinco. Sin dejarse amedrentar, George se sentó en la silla que había al otro lado de su mesa y Rosemary hizo lo mismo.

—¿Puedo ayudarles? —les preguntó la mujer.

Entonces George le mostró su sonrisa más encantadora, esa que se reservaba para los padres que acudían en busca de pelea porque sus hijos habían sacado mala nota en el simulacro de examen.

—Sí —respondió—. Queremos mudarnos a Whitby. Nos gustaría que no fuera una casa nueva y que tuviera un gran jardín.

La mujer se quedó mirándolos, evaluándolos, y supo que no iban a hacerle perder el tiempo.

—¿Algo más?

—Con vistas al mar —añadió Rosemary—. Y lo habitual, claro está: dormitorio, cocina, salón.

—Baño dentro de la casa —indicó George con una sonrisa.

Sorprendentemente, la mujer se rio.

—Tenemos algo, aunque necesita algunas reformas —dijo, y a continuación, asustada, añadió—: quiero decir arreglos. Está vacía, así que podría acercarles a las cuatro, cuando el señor Bennett esté de vuelta en la oficina.

Rosemary y George se tomaron un café y un pastel de chocolate en una cafetería mientras esperaban a las cuatro. Les echaron un vistazo a los planos de la casa que se vendía y trataron de recordar cómo de grande era la suya. ¿Cuánto son cuarenta y tres metros cuando se habla de un salón? Cuando piensas en todas las cosas que hay que poner, ¿es muchísimo o muy poco? Incluso aunque no tenían ninguna pista —no sabían la dirección y no reconocían la casa de la fotografía—, George y Rosemary especularon sobre dónde se encontraría para tener vistas al mar.

—¿Recuerdas las vistas en nuestra luna de miel? —le preguntó Rosemary.

Se echan a reír y le acaricia a George la rodilla por debajo de la mesa. Él le coge la mano y se la aprieta con cariño. Cuando están en público, Rosemary se comporta todo el rato como si la hubieran programado los miembros más hostiles de la Asociación de Padres de Alumnos o los parroquianos más fervorosos de la congregación de su difunto padre. Las muestras de cariño en público son, por lo tanto, escasas. Pero a George nunca le había importado. Entiende lo que se siente cuando los alumnos te hacen la vida imposible porque has hecho algo que se considera motivo de burla. Lo cierto es que siempre se había librado —que tu apodo sea Mates Athey no está mal—, hasta que apareció en el periódico local con sus galardonadas zanahorias y chirivías, momento en el que empezaron a llamarle Raíces Cuadradas. Lo cierto es que le parecía gracioso, pero también apreciaba el valor de mantener la cabeza gacha. Además, era un profesor de matemáticas bastante querido en un colegio muy respetado. Rosemary luchaba en todos los frentes como directora desconocida de un instituto al que no le iba bien.

Pero ahí estaba, sonriendo y apretándole la mano con cariño.

La casa de campo formaba parte de un adosado. La puerta principal, que da a la calle, muestra al abrirse un pequeño y oscuro recibidor. A la cocina se llega a través de una puerta a la derecha. El linóleo se está doblando hacia arriba por los bordes y los muebles son de una mugrienta melamina verde. George le coge la mano a Rosemary, quien mantiene una expresión decidida en el rostro. George pensaba en los meses y años que tardaron en convertir su primera casa en su hogar y no está seguro de tener la energía suficiente para hacerlo de nuevo.

La cocina recorre la casa a lo largo: la ventana de delante, donde se encuentra el fregadero, da a la calle, y la de la parte de atrás está cubierta de hiedra. George suspira. La hiedra puede suponer un peligro para el enladrillado.

—Lleva vacía un par de años —les informó la mujer de la inmobiliaria cuando Rosemary abrió los armarios y los volvió a cerrar. Pero George no se movía. La cocina estaba para tirar, así que no le importaba el espacio de los armarios.

—¿Y eso por qué? —preguntó Rosemary. Es una calle bonita y está bien ubicada: no muy lejos del pueblo y subiendo un poco una colina (algo imposible de remediar si vives en Whitby porque siempre hay alguna colina empinada).

La mujer se encogió de hombros.

223

—La mujer que vivía aquí murió y la familia no sabía qué hacer con la vivienda. Se habló de convertirla en una casa de veraneo, pero desecharon la idea. Sigamos adelante —dijo, probablemente sintiendo que ya habían pasado demasiado tiempo en la deplorable cocina. Los guio hasta el salón, que tenía mejor aspecto y era más luminoso. Sí, había una moqueta vieja y sucia y las paredes estaban cubiertas de un aglomerado de madera barnizado que costaría muchísimo quitar, pero no había muebles, así que podían percibir el espacio disponible.

Además, había luz.

Y unas puertas acristaladas que daban al patio.

El jardín, por supuesto, estaba abandonado: había una valla rota, zarzas y hiedras, y lo que en su momento sería césped pero ahora era una pradera descuidada. Aun así, era grande, recto y lo suficientemente ancho como para poner un terreno para sembrar a cada lado del camino. El suelo sería arenoso, desde luego, pero, si George añadía suficiente compost y utilizaba mucho mantillo, seguro que podría cultivar lo que quisiera. Había espacio para un invernadero. George se volvió y contempló la casita de campo. Sí, está cubierta de hiedra, pero de alguna forma la agradable estructura de ladrillo sigue allí. El corazón empezó a latirle con fuerza.

—Rosie... —dijo, pero ella no le estaba escuchando. O, mejor dicho, no podía oírle. Se había abierto camino entre la maleza hacia el fondo del jardín, donde hay una valla, un camino y las vistas al mar más allá de los tejados del pueblo. George se acercó y, tras situarse a su espalda, la abrazó por la cintura. Estaba llorando.

—Podríamos vivir aquí —dijo Rosemary—. Sería perfecta para los dos.

—Sí —coincidió George, y pensó que este podría ser el lugar en el que siempre, y exclusivamente, serían ellos mismos. En esta casa proclamarían que ellos dos son suficiente.

No, eso no era del todo cierto. Primero lo recordarán y después lo proclamarán a través de la felicidad de su vida y la belleza de su jardín.

—Podríamos poner una pequeña zona pavimentada aquí —comentó George, y marcó la tierra bajo sus pies—. Tendremos que nivelarlo, pero podemos colocar un banco para contemplar el mar. —Puso la barbilla sobre el hombro de su mujer y sintió cómo sonreía.

Le vendieron su antigua casa a una familia con un niño pequeño y otro en camino, que querían salir de su apartamento en un último piso antes de que llegase el nuevo bebé. («¡Imagínate! ¡Todas esas escaleras!», le dice Rosemary a George, a lo que él contesta: «¡Pues sí!», pero ninguno de los dos se lo imagina realmente).

Y, antes de que termine el año, George y Rosemary Athey se han instalado en Whitby, en una casita de campo con vistas al mar.

Y son felices.

52

Casey

«Querida Librería de la Esperanza:
Hay tanto que hacer… y me siento como si esto
nunca fuera a terminar y no puedo…».

Entonces Casey dejó de dormir por completo. Se metía en la cama, escuchaba música y fingía que todo era lo mismo, que descansar era casi tan bueno como dormir. Que cerrar los ojos y respirar la calma de la oscuridad era una especie de meditación, una recarga de energías más rápida que dormir. Se decía que igual se había dormido. Pero sabía, cuando se levantaba de la cama ocho o diez horas después, para comer y prepararse para volver al trabajo, que ni había dormido ni había descansado. Le dolían los hombros y los riñones, se raspaba las manos secas con la ropa y su cerebro nocturno se había peleado consigo mismo tratando de no pensar en nada y a la vez tratando de recordar los nombres y rostros de todos los muertos que había visto.

53

Adjoa

Siete mensajes esta mañana… Adjoa siente que se le revuelve el estómago. Como costumbre, debería dejar de mirar el móvil antes de empezar el día.

Siete mensajes significa que, en alguna parte del mundo, algo lo suficientemente malo como para colmar los titulares de las noticias le está sucediendo a una persona de color. Significa que, antes de que Adjoa haya tenido tiempo de leer la noticia, de asimilarla —o incluso de decidir si era lo que necesitaba hoy o si tendría que haber esperado a mañana—, tiene que asegurarles a sus amigos que no le ha afectado. Cosa que parece imposible, pero así es como actúan siempre (mira, si no):

De Tom, su compañero de trabajo: «Ads, ni me imagino lo que debes de estar sintiendo. Estoy aquí si quieres hablar».

De Ruthie, su amiga de la universidad: «¡Qué espanto! No dejo de pensar en ti».

Y en el grupo de WhatsApp de la calle —idea de Adjoa, al principio de la pandemia, así que solo puede culparse a sí misma— alguien ha puesto un enlace a la noticia con el comentario: «Esto es terrible. Me gustaría escuchar la opinión de Adjoa para ver qué podemos hacer».

Adjoa deja el móvil a un lado antes de que le dé por contestar: «Desmantelar el sistema judicial estadounidense y reconstruirlo desde el principio, basándonos en criterios que difieran de la idea de que los hombres blancos necesitan protegerse de sus "esclavos"». Se mete en la ducha y se acuerda de la semana en la que cinco personas distintas le preguntaron si se lavaba las piernas, porque habían leído en internet que las mujeres negras lo hacían, pero las blancas no.

Así que no es más que otro día en el que los amigos bienintencionados de Adjoa están comprobando cómo está.

Empezará con «Dios mío, ¿has visto lo que ha ocurrido? Es espantoso. Espero que estés bien», y tres mensajes después seguirá con «¿Crees que ellos...?» o «No entiendo por qué...» o «¿Acaso la policía no...?» o «Seguro que...». Y Adjoa se pasará otro día más dando su informal, pero interminable, seminario sobre «Cómo funciona el racismo». Con los módulos extra, para el que los quiera, de: «El privilegio no es tener cosas, por eso no puedes verlo», «El trabajo de tu amiga negra no es educarte» y «Solo porque acabes de descubrir el racismo, no significa que sea algo nuevo».

Desde el asesinato de George Floyd, todo ha ido a peor. Aunque, bueno, Adjoa sabe que al menos ha mejorado en el sentido de que ahora se tratan estos temas. Sus amigos y compañeros de trabajo son personas con buenas intenciones y sin un gramo de racismo en su cuerpo. Sin embargo, Adjoa sabe que ni eso detiene sus manos cuando quieren tocarle el pelo, ni dejan de confesarle, cuando han bebido, que su piel es tan bonita que les resulta cautivadora, como si ella misma no existiera más allá de su otredad. Sabe también que, si les rebatiera, le responderían cosas como: «Pero tú me dijiste que este corte de pelo me quedaba bien» o «me dijiste que el color de este vestido resaltaba el color de mis ojos, ¿qué diferencia hay?». Regañar a las personas por cada maldita cosa que dicen no solo es agotador, sino que además la hace parecer «sensible» y «delicada». Sonríe, amiga negra, sonríe.

No lo hacen a propósito y ella lo sabe, lo que solo lo empeora.

Además, también se han producido disculpas inesperadas. Una antigua amiga del colegio le envió un mensaje a Adjoa por Facebook para pedirle perdón por los chistes sobre su pelo; le dijo que ahora era consciente de que no estaba bien y que se está asegurando de que sus hijos lo hagan mejor que ella. Su jefa se ha puesto en contacto con ella para asegurarle que tomará medidas drásticas con respecto a todas las «conversaciones» inapropiadas que escuche en el futuro, en lugar de dejarlas pasar porque le parezca que a Adjoa no le molestan o piense que son graciosas. Su vecina se esfuerza por mirarle a los ojos cuando se encuentran por la calle en lugar de mirarse los pies.

Adjoa es la única mujer negra —la única persona negra— de su equipo en el trabajo. No era algo que se le pasara por la cabeza cuando iba a la oficina, pero, con seis cuadraditos en la pantalla de Zoom, es evidente que ella es la intrusa. Vale, sí, Duncan es el único hombre, pero a Duncan le quedan tres años para jubilarse y no ha pasado ni un solo minuto de su vida de hombre blanco cuestionándose el espacio que ocupa, literal y metafóricamente. Empieza todas las llamadas con su «Hola, señoritas», a pesar de que, cada vez que lo hace, Lara replica en el chat: «Con un hola es suficiente, Duncan» o «Alerta: lenguaje pasado de moda». Lara es la becaria y a Adjoa le gusta muchísimo. Hay algo en su forma de actuar que a Adjoa le hace pensar que su vida no ha sido fácil y que se ha ganado todo lo que tiene. Lara nunca ha expresado mucho interés por Adjoa como mujer negra y el único comentario que ha hecho sobre las noticias es que «el mundo está hecho una mierda», por lo que Adjoa siente cierto respeto hacia ella.

Adjoa llama a su madre.

Catherine es una mujer blanca de la zona rural de Yorkshire que se casó con Kwadjo, un ghanés, en 1985, así que no hay mucho que no haya experimentado con respecto a la elegante clase de racismo que tantísimos británicos opinan que está bien. Solo la habían escupido una vez: de vuelta de su luna de miel, cuando se bajó del tren en la estación central de Leeds. Lo primero que Catherine pensó, según le contó a Adjoa años después, fue que, si Kwadjo hubiera ido tras el tipejo que lo hizo, lo habrían considerado a él el responsable y un historial de antecedentes criminales, más el color de su piel, habría puesto punto y final a su sueño de convertirse en médico. De manera que se agarró al brazo de su marido, que mostró en su rostro el dolor que ella sentía. En ese momento entendió por qué a él le costaba tanto cogerla de la mano en público: era para protegerla.

De alguna manera, el escupitajo no fue tan terrible como los murmullos, las miradas de reojo o las palabras que le gritaban a Catherine cada vez que salían juntos a la calle. No ocurría siempre, sin embargo. Si se limitaban a las calles con estudiantes, los clubes de *jazz*, las zonas bajas en las que era normal ser negro o mantener una relación interracial, estaban a salvo. Conocían a otras parejas en las que había más de un color. Y, cuando estaban solos, Kwadjo estudiando y Catherine escribiendo correspondencia y eslóganes para una agencia en la que había encontrado trabajo como autónoma, eran ellos mismos.

Kwadjo aceptó un trabajo de médico de cabecera en un pequeño pueblo de los Yorkshire Dales. Instalarse no fue sencillo. Catherine se sentía sola mientras Kwadjo trabajaba hasta tarde y se establecía. Enseguida empezaron a llamarlo Joe. A veces regresaba a casa con historias de éxito; razón por la que había escogido medicina general: la diabetes de tipo 2 sin diagnosticar que había convencido a una mujer de que tenía cáncer por lo cansada que se sentía; el hombre que nunca antes había hablado con nadie por su depresión. Pero, al menos dos veces a la semana, llegaba con otro tipo de historias. El hombre que permaneció sentado junto a su mujer durante toda la consulta porque era «protector». A Kwadjo le había preocupado que se tratara de un posible caso de violencia de género, pero había resultado que el marido no se había visto obligado a acudir a las consultas de su mujer con ningún otro médico. La mujer que abrió la puerta de la consulta miró a Kwadjo y se marchó sin pronunciar palabra. Se quejó en el mostrador de que tendrían que haberla avisado de lo que era el doctor Addo. La recepcionista hizo una pausa, avergonzada, cuando se lo contó a Kwadjo, pero este le respondió que no pasaba nada. Catherine se indignaba con esta clase de cosas en el lugar de su marido. «Fue él el que tuvo que decirle que no se preocupara», le contó a Adjoa cuando esta era adolescente, y mantuvieron muchas, muchísimas, conversaciones sobre las formas en las que el mundo iba a ser mucho más complicado para ella que para el resto de coetáneos blancos que componían la mayor parte de sus compañeros de clase.

—Hola, mamá —dice Adjoa cuando Catherine responde.

—¡Adjoa! —Su madre siempre está encantada de saber de ella—. ¿Todo bien? Tu padre y yo justo estábamos hablando de que tendrías que haber venido a casa.

—Estoy perfectamente —contesta Adjoa; y es cierto, desde que su novio Nick y ella decidieron mudarse juntos. Ambos son hijos únicos, así que tardaron un poco en decidirse. En parte porque se sienten igualmente responsables de sus padres y se preguntan si deberían volverse a casa con ellos, y en parte porque ambos estaban acostumbrados a disfrutar de su propio espacio. Pero ya han pasado seis semanas y les va bien. Nick va a trabajar, a un colegio que solo abre para los hijos de los trabajadores esenciales, así que eso ayuda—. Y Nick también está bien. ¿Está papá en casa?

—No, está en la consulta. ¿Hoy no trabajas?

Son las diez de la mañana. Catherine, que nunca ha trabajado en una oficina, está convencida de que todos los trabajos empiezan a las nueve y terminan a las cinco.

—Sí, pero no tengo la primera reunión hasta dentro de media hora y tengo algunas horas extras acumuladas, así que me lo estoy tomando con calma.

Su madre suspira.

—¿George Floyd?

—Y Breonna Taylor y los demás.

—Lo sé, cariño, lo sé. —Su madre es probablemente la única persona blanca a la que a Adjoa no le importa escuchar que diga eso. Porque, sí, su madre lo sabe—. Tu padre y yo estamos igual.

—¿Y a él también le pregunta todo el mundo por ello?

—¡Pues claro! —Su madre se ríe—. Porque un médico de cabecera de Yorkshire, que es el único hombre negro del pueblo, es lo más cercano a una autoridad sobre el racismo institucional estadounidense. Que Dios no permita que alguien investigue algo por sí mismo.

—Gracias, mamá. —Adjoa se siente mejor con solo escuchar la risa de su madre. Aunque esté cerca de los cuarenta, ahora mismo la echa tanto de menos que su ausencia es como un dolor de muelas. Se imagina el olor a lavanda, pan y café de la casa de sus padres; la cocina, oscura con una pequeña ventana y un conjunto de estanterías con tarros y tarros de esto y de aquello, todos en fila. Su padre en la puerta, diciendo: «¡Ya estoy en casa!», y su madre chillando como si fuera lo mejor y más sorprendente que le ha pasado en la vida.

—Procura hacer algo agradable hoy —propone Catherine.

Adjoa, como todos los buenos hijos, hace lo que se le ordena.

No puede evitar pensar que lo es porque su padre se lo decía todos los días cuando era pequeña. Sospecha que podría haber sido una carga —Nick ha acudido a terapia para tratar de desentrañar quién es y no la persona que sus padres desean que sea—, pero a Adjoa le gustaba ser la niña buena de papá ,y siempre se sentirá así. Cuando suspendió el examen de conducir, fue una niña buena por intentarlo; cuando se metió en problemas en el colegio por pelearse, fue una niña buena por defenderse a sí misma, a pesar de no haberlo enfocado correctamente. Su madre era más proclive a hablarle con dureza, pero ninguna de sus palabras eran para herirla y, cuando su padre le decía que era una niña buena, su madre siempre sonreía y meneaba la cabeza, como diciendo: «Cómo quiero a estos dos». Estos dos…

No hay muchas cosas agradables que hacer. Hace tiempo que Adjoa ha dejado de pensar en los baños de burbujas como algo agradable —son más una necesidad diaria—, y Nick y ella se esfuerzan por pasar tardes entretenidas porque, de lo contrario, ¿qué sentido tiene nada? Así que Adjoa se devana los sesos hasta que se le ocurre algo. En cuanto termina de trabajar, sale a buscar los platos para preparar en casa lo que ha pedido en un restaurante al que normalmente solo iban para celebrar cumpleaños. «Instrucciones completas», anuncia la página web, junto a numeras valoraciones de cinco estrellas.

Adjoa se da un baño y después recoge sus papeles de la mesa del salón, que se ha convertido en su escritorio cuando tiene reuniones. El resto del tiempo, trabaja desde la cama o el sofá.

Enciende unas velas, localiza las servilletas en el fondo del «cajón para todo» de la cocina, como Nick lo llama, y saca los ingredientes.

—¿Qué es todo esto? —pregunta Nick cuando llega a casa poco después de las seis.

—Mi madre me ha dicho que haga algo agradable —explica Adjoa—, así que vamos a disfrutar de una experiencia culinaria de estrella Michelin en casa.

—¿Y a qué hora viene el chef con la estrella Michelin? —pregunta Nick mientras se echa un vistazo a la lista de instrucciones y todos los paquetitos.

—Se me olvidó encargarle que viniera —responde Adjoa—. ¿Cómo es una sartén para saltear?

—Creo que si tienes que preguntarlo es porque no tenemos ninguna.

Los pasteles de setas están buenos pero un poco secos; Adjoa localiza el *coulis* que debía ir con ellos cuando saca la salsa de los filetes de la nevera. Se le olvidó dejar las patatas gratinadas *dauphinoise* calentándose en el horno, así que se comen primero los filetes y se inventan un nuevo tipo de plato: el de las patatas. Esto le recuerda a Adjoa que también se le ha olvidado el sorbete, que terminan tomándose antes del pudin. Como no se molestan en montar este último, se comen el merengue, la crema y la compota de frutas directamente de los tarros en los que venían.

El vino es excelente. Y la comida también, aunque quizá se deba a todo lo que se han reído tratando de asemejarla a las imágenes de los platos en las instrucciones.

Cuando terminan, ignoran el desorden que han dejado en la cocina y se tumban en el sofá. Nick mete unas palomitas en el microondas cuando Adjoa admite que, aunque sabe que ha comido, no lo parece.

—Hacía meses que no te oía reírte tanto —dice Nick, mientras le da un beso en la cabeza.

—Hay una pandemia global, cielo.

—Bueno, ya, pero debe ser agotador ser la persona negra de referencia para todo el mundo.

Adjoa se permite relajarse sobre él.

—Sí, la verdad es que lo es.

Ese fin de semana, Adjoa apaga el teléfono el viernes por la noche y no lo enciende hasta el lunes por la mañana. No ve las noticias. Nick sale a comprar el periódico la mañana del sábado, como es habitual, pero Adjoa se queda con los suplementos, en los que lee cosas sobre plantas en maceteros, festivales de humor virtuales y cocina con ingredientes básicos. Ven *El castillo ambulante* y juegan al Scrabble, al que Nick gana en una competición del mejor de cinco. A Adjoa no le importa que gane; siempre prefiere jugar con la palabra «máscara» por pura satisfacción, en lugar de conseguir una puntuación triple de treinta y tres con el término «chi».

—En tu cabeza has ganado, ¿a que sí? —le increpa Nick mientras recogen el tablero.

Adjoa se ríe del placer de ver que la conoce hasta ese punto.

Cuando enciende el móvil el lunes por la mañana, la mayoría de los mensajes son las típicas preguntas bienintencionadas de «¿Estás bien, cielo?» o enlaces a vídeos de brutalidad policial. Mientras los lee, siente que se le tensionan los músculos de los hombros.

Y entonces se acuerda del recorte del periódico local gratuito que se guardó porque a su madre siempre le interesa todo lo que tenga que ver con las librerías. Adjoa quería habérselo enviado por correo, pero sigue en la nevera junto a los folletos caducados de comida a domicilio y una postal de los padres de Nick, que estuvieron de vacaciones en Portugal el verano anterior.

Vacaciones… Adjoa no logra recordar cuándo se consideraban algo normal. Su mundo se ha convertido en parte aislamiento, en parte representante de todas las personas negras.

A lo mejor necesita que le receten algún libro.

Querida Librería de la Esperanza:

Soy una persona de origen birracial (mi padre es ghanés y mi madre, blanca, es británica), pero me identifico como negra. Siempre he sido un poco peculiar en Yorkshire. Imagino que he logrado gestionarlo porque no sé qué se siente al formar parte de la mayoría. Últimamente, sin embargo, soy la persona negra de referencia/consultora sobre temas raciales/defensa contra la acusación de ser un racista de todo el mundo, y ESTOY HARTA.

Cada vez que leo una historia en la que aparecen personajes negros, parece que su única característica es que son negros o son novelas sobre esclavismo u opresión, que sí, son importantes, pero me gustaría verme representada en las páginas de algún libro y sentir que hay algo de alegría en él y no solo PROBLEMAS. O leer algún libro que me parezca sincero y real, pero que no trate sobre negros que sufren. Quiero que me recomendéis algún libro de la misma forma que lo haríais con una mujer blanca que no tiene la necesidad de verse reflejada en ellos.

Gracias,
Adjoa

54

He aquí una pregunta que nadie debería hacer:

¿Cuál es tu libro favorito?

Pero, si alguna vez te la hacen, estás en tu pleno derecho de negarte a responderla.

Algunas preguntas razonables sobre los libros serían:

¿Cuál es tu libro favorito cuando estás triste?

¿Cuál es tu libro favorito para sentirte a gusto?

¿Qué libro te hace reír siempre?

¿Qué libro es el que te acompaña desde hace más tiempo?

¿Qué libro te ha mantenido en vela toda la noche?

¿Qué libro te gustaría que conociera más gente?

¿Qué libro cambió la visión que tienes del mundo?

Estas sí que podrías responderlas, si quieres.

55

Adjoa

Querida Adjoa:

Gracias por ponerte en contacto con nosotras.

Sé que no es lo mismo ni de lejos, pero a mi jefa no le gusta nada la forma en que se representa a los cuidadores en la ficción. Según ella, siempre están afligidos, tienen miedo o son la causa de los problemas. Yo no me había dado cuenta hasta que me lo señaló, pero así son las cosas, ¿no es verdad?

A continuación te detallo una serie de libros; si nos haces saber cuáles te interesan, los prepararé para que pases a recogerlos. Quizá algunos te parezcan demasiado obvios, así que perdóname si los has leído. Algo que estoy aprendiendo cada día más con esta experiencia es que los clásicos de una persona son los grandes descubrimientos de otra. La semana pasada hablé con alguien que quería probar algo nuevo y ahora se está leyendo a Marian Keyes por primera vez (en caso de que no hayas leído nada suyo, es muy divertida y entusiasta, pero puede hacerte llorar en un abrir y cerrar de ojos; mi preferido es *Sushi para principiantes*).

Cuídate,
Kelly

Volver a casa, de Yaa Gyasi. Tengo el terrible presentimiento de que seguro que te lo han recomendado en varias ocasiones y que cada persona blanca bienintencionada que conoces ha hablado de él contigo, pero lo incluyo por si acaso, porque me encantó. Cuenta la historia de una familia a través de ocho generaciones, empezando con dos hermanas a las que separan en Ghana a principios del siglo XVIII.

Niña, mujer, otras, de Bernadine Evaristo. No era capaz de dejar de leerlo, en serio. No sé si será el adecuado para ti ahora mismo, claro, pero lo han descrito como una canción de amor coral a la mujer negra moderna en Gran Bretaña, y he pensado que podría llamarte la atención.

Días sin final, de Sebastian Barry. Narra la historia de dos jóvenes (uno de ellos, un inmigrante irlandés) que se convierten en soldados durante las guerras indias y la guerra de Secesión de Estados Unidos. Es una de las cosas más emotivas que he leído nunca. Trata temas de identidad y de pertenencia, pero, más que nada, es muy humano.

Una educación, de Tara Westover. Son las memorias de una joven, criada en una secta religiosa en Estados Unidos, que lucha por conseguir una educación. No estoy segura de por qué se me ocurrió para ti, salvo porque, de alguna manera, a mí me llenó de esperanza.

Confesiones de una criada. La autora, Sara Collins, lo describe como «un romance gótico sobre alguien que resulta ser una esclava». No estoy segura de dónde encajaría en tus parámetros, pero me lo leí en un día y todavía sigo pensando en él.

El lenguaje de las flores, de Vanessa Diffenbaugh. Me encantó. Es una novela estadounidense sobre una joven que emplea el lenguaje y el significado de las flores para crear arreglos y ramos con significado. Existe un libro complementario de no ficción sobre el lenguaje de las flores en la época victoriana de la misma autora.

Las abejas, de Laline Paull. Está ambientado en una colmena y trata sobre abejas; abejas de verdad. Resulta muy complicado explicar por qué resulta cautivador, pero lo es.

Querida Kelly:

Has acertado, tengo siete ejemplares de *Volver a casa*. O los tenía. Cuando salió a la venta, mi madre nos compró a mi padre y a mí la edición de tapa dura. El resto se los regalé a las personas que me decían que no sabían nada sobre Ghana.
    Los demás que comentas me valen.

Gracias,
Adjoa

Querida Adjoa:

Los tendrás listos para cuando quieras.
    He estado pensando en el primer correo electrónico que nos mandaste y en si habría algo que pudiéramos hacer nosotras aquí en la librería, para…, bueno, para evitar que las personas blancas interesadas en este asunto tan difícil no esperen que sus amigos no blancos la resuelvan por ellos. Estaba contándoselo a mi novio (solo en términos generales), que utiliza internet para todo, así que me sugirió que pusiéramos una sección en la página principal de la página web llamada «¿Preguntas sobre el movimien-

to Black Lives Matter?», pero yo creo que «Edúcate sobre el movimiento Black Lives Matter» es mejor. Mi jefa opina que, cuando le dices a la gente que se eduque, se ofende, así que todavía no nos hemos decidido. Dispondremos de una sección también en la librería, visible desde la puerta, para que a la gente le resulte fácil y accesible preguntar mientras esperan.

56

Simone

Querida Librería de la Esperanza:

Estoy hasta el moño de esta isla abandonada de la mano de Dios. Mi pareja y yo no podemos dejar de ver las noticias y hablar sobre lo terrible que es todo. Las únicas personas con las que hablamos son nuestros vecinos y, bueno, digamos que no vamos en el mismo barco en lo referente a política. ¡Ayuda! ¿Qué puedo leer que me aleje de aquí, al menos en mi cabeza?

Simone

Querida Simone:

No estoy segura de si esto ayuda, pero tú y tu pareja no estáis solos en lo de sentiros así. Es evidente que existen montones de libros ambientados en otros sitios, pero, en un caso como el tuyo, te prescribiría novelas traducidas. Aquí están algunas de nuestras favoritas.

Cuídate mucho,
Kelly

Lujuria, precaución, de Eileen Chang. Está ambientada en la Shanghái de mediados del siglo XX, es corto, sorprendente y te absorbe por completo.

La Odisea, de Homero, traducida por Emily Wilson. No solo se trata de una traducción alegre y vívida, sino que, literalmente, un viaje...

Antes de que se enfríe el café, de Toshikazu Kawaguchi, traducido por Geoffrey Trousselot. Está ambientado en una cafetería de Tokio en la que es posible viajar atrás en el tiempo. Lo leí antes de que empezara la pandemia y no puedo dejar de pensar en él.

Salir a robar caballos, de Per Petterson. Ambientado en Noruega durante la Segunda Guerra Mundial y la posguerra. No es el libro más alegre del mundo, pero creo que merece la pena.

57

Bella

Querida Loveday:

¡Muchísimas gracias por pasarte! Bueno, por pasarte y quedarte fuera, porque realmente no fue una visita en condiciones, ¿verdad? Espero no haberte hecho esperar mucho. Lo del jardín de lectura suena maravilloso.

Sé que para ti soy otra clienta más, pero, si quieres hablar en cualquier momento, aquí estoy. ¡Podría hablar sobre mi querido amigo Archie hasta que las ranas críen pelo!

Estoy leyendo el libro de Anne Brontë y no puedo dejar de pensar en la espléndida obra de teatro que sería, con tantísimo drama y libertinaje, ¡y una protagonista tan potente! (Demasiado joven para que yo la interprete, lamentablemente). Además, me ha hecho darme cuenta de que no puedo quedarme encerrada para siempre, ¡qué lista!

Le he dicho a Jack, el del *pub*, que me encuentro un poco floja y me ha contestado que todo lo está y que no espera que vaya a haber mucho jaleo. Me ha propuesto que empecemos poco a poco. ¡Espero que tenga razón!

Mientras tanto, voy a enfrentarme a la caja de la correspondencia. ¡Deséame suerte!

Con cariño,
Bella

Querida Bella:

Me encantó verte. No hay mucha gente en mi día a día que recuerde a Archie como tú. Mi familia entiende lo que significaba para mí y le querían. Archie era una especie de complemento encantador para mucha gente; un capítulo extra. Era el que conducía la trama que me mantenía con vida, a pesar de que yo no era consciente de ello por entonces. No creo que nadie lo haga. Pero Archie era la persona que me hacía posible la vida y, por mucho que me gusten las historias que la gente tiene sobre él, disfruté mucho hablando de él contigo como se merece.

Espero sinceramente que te gusten el resto de libros. Helen Graham, de *La inquilina*, es uno de mis personajes preferidos. Tengo un tatuaje con una frase del libro: «Nadie puede ser feliz en la soledad eterna». Me llevó mucho tiempo aprenderlo.

Un beso,
Loveday

Querida Loveday:

Siéntete completamente bienvenida cuando te apetezca hablar de Archie. Del Archie entre bambalinas, del que aparecía cuando se bajaba el telón. ¡Ya sabes a qué me refiero!

Estoy de acuerdo sobre lo de Helen Graham. Gilbert Markham, sin embargo…

Con cariño,
Bella

58

Adjoa

Las empleadas de la librería parecen buenas personas. Es como si allí dentro nadie fuera a querer tocarle el pelo, aunque la pandemia ha ayudado en ese aspecto. Se le están soltando las trenzas; se pregunta cuánto faltará para que pueda acudir a su habitual y pequeña peluquería especializada. Sin duda se pondrá a la cola con el resto de mujeres negras de York. A lo mejor se las podría hacer su padre, cuando pueda verle. Adjoa no lo recuerda, pero, cuando era pequeña y su familia fue de visita a Ghana, su padre le pidió a una de sus tías que le enseñara a trenzar el pelo de Adjoa al estilo ghanés. Según lo cuenta su madre, las tías dieron por hecho que Catherine no había querido aprender, pero más bien era que Kwadjo había querido compartir esa tradición. Pasaron muchos años hasta que Adjoa comprendió la verdadera razón por la que no iba al mismo peluquero que sus amigas.

Adjoa deja a Nick en la cama. Se acostaron tarde; tuvieron sexo y vieron una película a la que siguió otra más porque, sorprendentemente, ninguno podía dormirse. Se encamina hacia la Librería de la Esperanza. Hace calor, aunque no es un día particularmente veraniego, aún es agosto, de manera que se cruza con un hombre con pantalones y chanclas de dedo y con otro con una cazadora sin abrochar y unos vaqueros. Con sus arriesgadas combinaciones de disfraces de superhéroes, pijamas y botas de agua, es capaz de distinguir a los niños a los que se les ha permitido vestirse como quieran. Le sonríe a la madre de una niña con una brillante capa amarilla. Algunos adultos tienen aspecto de no haber salido mucho al exterior, con la piel cenicienta y unos andares por los que se adivina que parecen haber olvidado qué se siente al llevar puestos unos zapatos. Adjoa se pregunta cuántas de esas personas habrán perdido a alguien… o irán a perderlas. Tiene que apartar ese pensamiento de su mente; se detiene delante de una puerta y saca el móvil, así nadie le preguntará si está bien. No encuentra nada en él salvo un mensaje de un compañero de trabajo: «Madre mía, Ads, ¡¡¡no me creo lo que está pasando en Estados Unidos!!!». Adjoa podría responderle de tantas formas…: «¿A qué escándalo racista en particular te refieres? Considérate un afortunado por sorprenderte»; o tal vez «¿Les has escrito también a tus amigos blancos?» o «No me llamo Ads». Decide no contestarle, pero le manda un corazoncito a su padre para que sepa que se acuerda de él.

Adjoa nunca ha estado en la librería. Hace bastante que no se acerca a ninguna, la verdad, sin tener en cuenta la pandemia; no suele leer mucho y Amazon es tan cómodo… Pero, cuando gira la esquina, la reconoce: es el sitio que casi se quema por completo unos años antes. Ya hay un cliente esperando junto al mostrador improvisado en la puerta, de manera que se mantiene alejada y mira a través del escaparate. Distingue un montón de libros sobre una mesa, a una cría envolviendo paquetes y pegándoles etiquetas y, más allá, estanterías y estanterías de libros, de esas que confunden al cerebro porque te hacen perder el sentido de la perspectiva. Está tan organizada, tan limpia, y a la vez resulta tan acogedora. Hay un cartel en el escaparate sobre un grupo de lectura. ¿Le gustaría a Adjoa unirse? Siempre había dado por hecho que lo detestaría; la sola idea de que alguien le diga qué tiene que leer le recuerda al colegio, al profesor que fingía que no podía entender su acento cuando leía en voz alta, incluso aunque ella también fuera de Yorkshire como el resto de alumnos. Pero lo cierto es que Kelly le ha dicho lo que tiene que leer y le ha parecido reconfortante y emocionante. Como si alguien estuviera cuidando de ella. Como si tuviera una cosa menos de la que preocuparse.

El hombre de delante se retira de la puerta, sonríe a Adjoa, abraza un paquete de libros y se va en la dirección opuesta. Adjoa avanza hasta el lugar que ha dejado vacío. La mujer al otro lado del mostrador le da la bienvenida con una sonrisa; el pelo castaño le cae sobre los hombros. Adjoa se pregunta si alguna vez le han preguntado si se lo pueden tocar.

—Adjoa, ¿no? Soy Kelly. Tengo tus libros preparados —dice la mujer antes de que Adjoa pueda pronunciar palabra.

—Gracias.

Van en una bolsa de papel marrón y Adjoa se pregunta si aguantará. Pero seguro que esta gente sabe lo que se hace.

—Me alegro mucho de conocerte —añade Kelly—. No sé si puedes verlo desde aquí, pero esa estantería vacía de allí es donde pondremos la nueva sección.

—También deberíais tener algunos libros para niños —sugiere Adjoa.

—Me lo estaba planteando —reconoce Kelly—. Hay muchos libros estupendos para niños y jóvenes.

—Qué bien.

Adjoa no añade mucho más. Como dice su padre, tienes que elegir tus batallas. Hasta que Adjoa no cumplió los treinta, no se dio cuenta de que tenía razón; su vida fue mucho más sencilla después de eso. Dejó de tomar antidepresivos y encontró un trabajo que le gustaba lo suficiente como para dedicarle treinta y cinco horas de su vida cada semana. Conoció a Nick. Cuando se mudaron juntos, no formaron una vida, sino más bien un hogar; y le encanta.

Pero algunas batallas —las que quizá puedes ganar— merece la pena lucharlas.

Adjoa acerca la tarjeta de crédito al datáfono, aparta el bolso y pregunta:

—¿Por qué has dado por hecho que soy Adjoa?

59

Kelly

—¿Podrías reemplazarme un rato, Loveday? —exclama Kelly a través de la tienda cuando Adjoa se marcha.

Loveday y Nathan están construyendo muebles y, por los sonidos que se escuchan hoy desde el patio, no es tan sencillo como en internet. Nathan ha estado allí solo toda la mañana, hasta primera hora de la tarde. Cuando las cosas se calmaron en la tienda, Loveday salió a ayudarlo, pero le dijo a Kelly que la avisara si la necesitaba. Madison está arriba, contando cuántos ejemplares les quedan de los libros que más les piden; a causa de la pandemia, nadie se acerca a vender libros viejos y las páginas de las recetas de la página web están teniendo mucho éxito. Después de lo que Madison dijo en Whitby, Kelly se niega en rotundo a pedirle ayuda. Craig se mostró comprensivo cuando Kelly se lo contó; le recordó que los adolescentes pueden ser complicados y que igual sería buena idea tener paciencia con ella. Kelly había estado de acuerdo porque tenía razón, pero sigue sin entender por qué Madison tiene que pagar con ella su frustración. Para Craig es fácil comprender a Madison porque no tiene que verla todas las semanas. Kelly esperaba que Loveday dijera algo, pero, al parecer, todas van a fingir que no ha pasado nada. ¡Bien…!

También podría ser que le hubiera hecho algo sin querer a Madison como lo que le acababa de hacer a Adjoa: hacer conjeturas y hacerle daño por no haberlo pensado bien. Aquí está, haciendo listas de libros sobre los privilegios de los blancos, y va y da por hecho que la mujer negra que está en la puerta es la mujer negra que hizo un pedido. Cierra los ojos, llenos de lágrimas. Si se lo cuenta a Craig la tranquilizará, pero no cree que se merezca tanto. Tiene que aprender.

Aun así, le gustaría que fuera la hora de irse a casa.

Loveday se acerca desde el futuro jardín de lectura. Lleva puestos unos viejos pantalones de chándal y una camiseta que debe ser de Nathan porque le cubre prácticamente las rodillas y porque, sinceramente, Kelly no puede imaginarse a su jefa en un concierto de Imagine Dragons. Kelly piensa en su relación con Craig y en cómo, a pesar de estar tan cómodos juntos, Kelly sigue durmiendo con su mejor pijama, que no es demasiado elegante pero al menos hace juego. Craig no trajo mucha ropa consigo, pero a menudo se acerca a su antigua casa los sábados, c Kelly está trabajando, para ver cómo está todo, y se trae más cosas. Aun así, todavía no ha aparecido con ningún pantalón de chándal viejo y andrajoso o unos calcetines con tomates. En ocasiones, cuando Kelly va a coger sus viejos vaqueros favoritos —que dejó de ponerse en público cuando su padre se ofreció a comprarle unos nuevos, pero que no se quitaba ni un segundo cuando no tenía que salir a la calle—, piensa, con tristeza, que a lo mejor Craig es elegante por naturaleza y que debería aprender a aceptar que Kelly no lo es ni remotamente. Pero las palabras de Madison la han hecho dudar de él y, por eso, se sigue poniendo rímel en las pestañas antes de desayunar, a pesar de sentirse ridícula por ello.

—¿Va todo bien? —pregunta Loveday.

—Sí —responde Kelly y señala hacia la puerta—. Es solo que… he dado algo por hecho y necesito un minuto.

—Tómate tu tiempo. —Una de las mejores cosas de Loveday es que no te obliga a hablar—. ¿Qué hago?

—Esta mañana recibimos una llamada sobre un libro de recetas en el que haya dolmas. Para una mujer llamada Lorraine. Tienes el papel en la mesa. Iba a empezar con los libros sobre cocina de Medio Oriente, pero todavía no he podido ponerme.

60

Loveday

Loveday se alegra de poder alejarse de los palés. Hacia las once de la mañana se dio cuenta de que las personas que hacen esta clase de trabajos no son las que ven por primera vez todo el arsenal de herramientas del cobertizo heredada y se preguntan por qué hay tantos tipos de sierras. Pero Nathan estaba cien por cien decidido y, cuatro horas y cero muebles después, sigue estándolo, según Loveday, a un sesenta por ciento. Ojalá no se hubiera puesto tan seria con lo de ceñirse a un presupuesto para el jardín de lectura. Podrían haberse metido en internet —a comprar, no a ver cómo se hacen las cosas—, y lo habrían tenido todo solucionado en quince minutos.

—Hola —saluda Nathan, que aparece desde el patio—. Voy a necesitar más clavos. Y quizá un par de palés más. Vuelvo en un rato.

—Hasta luego.

Loveday se dirige a la sección de cocina y da con tres libros con recetas de dolmas: uno de Claudia Roden, que incluso a Loveday le suena, y otros dos más recientes y lujosos. Los lleva a la mesa con intención de llamar a Lorraine, pero se descubre a sí misma pasando las páginas y preguntándose si podría preparar algunos de estos platos la próxima vez que le toque cocinar. Todo el mundo parece estar hartándose de sus salchichas con puré de patatas, aunque Loveday las comería felizmente hasta el final de sus días.

Lorraine no contesta, así que Loveday le deja un mensaje.

Ya han recogido la mayoría de los paquetes preparados para ese día. El lunes empezarán con las peticiones que les han llegado por correo electrónico el fin de semana; parece que las recetas le hacen falta a más y más personas y Loveday se alegra. Se alegra de poder ayudar a la gente; de haber encontrado la forma de que la tienda prospere. De los paquetes que quedan, hay uno para una mujer que dijo que no sabía si se pasaría hoy o el lunes, uno que lleva allí dos semanas y otro para una tal Jennifer. El nombre le suena, pero Loveday no termina de localizarla. Madison tiene el portátil arriba, así que no puede mirarlo. Sin nada más que hacer, Loveday se pone a cuatro patas, se mete bajo la mesa de empaquetar y empieza a recoger el jaleo que tienen ahí debajo: el papel brillante donde estaban pegadas las etiquetas, el tubito interno del rollo de celo, los gratificantes restos de papel de burbujas y el ruidoso papel de estraza.

—¿Hola? —El problema de que la puerta de la librería se quede abierta es que no hay ninguna campana que te avise de que debes levantarte del suelo.

—¡Un segundo! —exclama Loveday. Se pone en pie y piensa en sacudirse el polvo de las rodillas, pero, dado el aspecto que tiene en general, no tiene mucho sentido. Un hombre está apoyado sobre el marco de la puerta con una medio sonrisa.

—¿Había algo interesante allí abajo?

Loveday se ríe. Es la clase de comentario que Archie habría hecho antes de lanzarse a contar una historia sobre la vez en la que encontró, en una alfombra de piel de tigre, los pendientes que menos le gustaban a la princesa Margarita.

—No, hoy no. ¿En qué puedo ayudarle?

El hombre lleva traje y corbata, que no suele ser lo habitual en los clientes que se acercan los sábados por la tarde a la librería, pero allá cada uno. A lo mejor viene de trabajar.

—Dije que me pasaría por aquí —explica—. Mi mujer encargó unos libros para pasar a recoger. Tenía que llevar a nuestro hijo a una fiesta de cumpleaños por la tarde y quería recogerlos de camino a casa, pero le dije: «Mira, Jenny, Milo tendrá el pelo manchado de tarta y a ti te estará empezando el dolor de cabeza, así que, ¿por qué no voy yo?»

Loveday asiente y decide, aunque no sabría decir por qué, que ese hombre no le gusta lo más mínimo. Ha pasado de encontrarle gracioso a sentir que algo... no encaja.

—Un segundo, iré a mirar —dice—. ¿Cómo se llama su mujer?

—Jenny. Jenny Peterson. Aunque a veces utiliza su apellido de soltera: Jenny Kingdom. —El hombre le sostiene la mirada a Loveday unos segundos más de los necesarios y después se ríe—. Le sigo el juego... Ustedes, las mujeres.

Loveday revisa los paquetes que quedan por recoger. Uno de ellos va dirigido a una tal Jennifer Kingdom. ¡Pues claro! Es la mujer que les escribió para agradecerles la ayuda que les prestaron para huir de su marido. A Loveday se le hiela la sangre y se obliga a sonreír. Vuelve a meter el paquete en la caja de debajo de la mesa.

—No está aquí —dice—. Ha sido una semana de mucho lío, voy a comprobar si lo hemos preparado. Además, creo que tuvimos que pedirle algo para que nos lo trajeran.

La carpeta sobre la mesa de empaquetar contiene todas las recetas. En ocasiones, Nathan ha hecho elegantes fotos para Instagram, en las que difumina los nombres, y ha sugerido que deberían imprimir las de más éxito y colocarlas en el escaparate. Loveday, sin embargo, sigue prefiriendo los arcoíris.

Pasa las páginas de la carpeta despacio, como si estuviera mirando, y su mente repasa las opciones. La más sencilla es declarar que el paquete no está listo, dejar que el hombre se vaya, contactar con Jennifer y hacerle saber que él ha estado aquí.

¿Qué haría su madre? Loveday cierra los ojos. Su madre le diría que se mantuviera a salvo —siempre es lo primero que debes hacer— y que después se asegure de no poner en peligro a nadie.

El hombre se está dando unos golpecitos en los dientes con las uñas; un sonido rítmico que concuerda con el pulso de Loveday.

—¿Puede ser que ya lo haya recogido? —pregunta Loveday.

—Usted debería saberlo.

Loveday se encoge de hombros como diciendo: «Tiene usted razón» (¡protégete!).

—Esto me pasa por haberme tomado la mañana libre —comenta.

El hombre se ríe.

—Si quieres que algo salga bien, tienes que hacerlo tú mismo.

Loveday se yergue para mirarle.

—No lo tengo, lo siento. Es posible que su mujer ya lo haya recogido. ¿A lo mejor de camino a la fiesta? ¿Puede llamarla para comprobarlo?

—Oh.

El hombre pone una cara de confusión que sería completamente convincente si Loveday no hubiera recordado la carta de Jennifer con tanta claridad.

—Oh —repite, aunque no se mueve. Loveday reza por que entre otro cliente, pero la calle ya ha alcanzado la tranquilidad típica de mitad de la tarde. Se obliga, por tanto, a sonreír y se da la vuelta.

Cuando el hombre da un puñetazo sobre la mesa, Loveday se sobresalta a pesar de haber esperado una reacción parecida. Un marido que ha hecho tantos cálculos como este hombre para tratar de localizar a su mujer no sería tan fácil de engañar. A lo mejor le sonaba que su mujer mencionara el nombre de la librería o vio el nombre en los extractos bancarios antes de que Jennifer se marchara. Es una posibilidad remota para él, así que debe estar desesperado.

—No se marche, no hemos terminado —dice.

Loveday escucha pasos en las escaleras (Madison) y la puerta de la cocina se abre y se cierra (Kelly). Se da la vuelta y se yergue.

—No tengo los libros de su mujer —afirma.

—¿Ya los ha recogido?

Kelly aparece junto a Loveday y se pone un poco por delante de ella.

—Esa información es confidencial según el juramento de los libreros —le hace saber—. Lo lamento.

La sonrisa desaparece un segundo del rostro del hombre y prácticamente pone cara de desdén.

—A nadie le gustan las listillas —dice.

Kelly no se mueve y no dice nada; se queda esperando, aunque Loveday no está segura de a qué. A lo mejor piensa que, si no reaccionan, se marchará. Parece la estrategia más segura. Entonces Loveday escucha que Madison, detrás de ella, emite un ligero sollozo.

—¿Podrías ir a buscar a Nathan, Madison? —le pregunta, sin apartar la mirada del hombre en la puerta. Nathan no estará allí, pero Madison no lo sabe. Al menos así la muchacha estará fuera del alcance de este hombre, a quien puede no gustarle la idea de que un tal Nathan se una al posible enfrentamiento.

—Hijas de puta —dice el hombre, que escupe las palabras. A continuación se vuelve y avanza por la calle, alejándose de la tienda.

—Y a mucha honra —dice Kelly cuando el hombre ya no puede escucharla, y Loveday se da cuenta de que a su compañera le tiemblan las manos. Aparta la mesa de la entrada, cierra la puerta y le da la vuelta al cartel para que ponga «cerrado». Además, echa el pestillo.

Más tarde, en casa, cuando ya han comido, Loveday se lo cuenta todo a Sarah-Jane. Nathan está dándose un baño para tratarse los dolores que le han producido sus peleas con los palés y Vanessa está haciendo un taller *online* de papiroflexia.

—Estuve a punto de dárselo, mamá —cuenta—. Y entonces habría averiguado dónde vive. Todo ese buen trabajo que hiciste para ponerla a salvo y yo casi vuelvo a ponerla en peligro.

Sarah-Jane asiente.

—Los hombres así son listos, manipuladores. Saben cómo obligarte a hacer lo que ellos quieren.

Loveday sabe que, en momentos como este, ambas están pensando en su padre. En el marido de su madre, que murió cuando esta se defendía de su temperamento, sus celos y su inhabilidad para procesar las decepciones de su vida de cualquier otra forma que no fuera pagándolos con su mujer. Nunca hablan de él. La mayoría de los recuerdos que Loveday conserva sobre él son buenos. En gran parte era un padre cariñoso y generoso y, aunque, al volver la vista atrás Loveday ve las formas en que ponía nerviosa a su madre, después la asustaba y finalmente la aterraba, no puede evitar acordarse de él con cierto cariño. Cariño que se guarda para sí misma a pesar de que sabe que su madre no la envidiaría por ello.

—Me siento mal porque Madison estaba presente —añade Loveday transcurridos unos segundos.

—La protegiste —dice Sarah-Jane.

—Ya, pero trabaja en una librería, mamá.

—Una librería que tiene un refugio para leer. Saben lo que pretendes.

Loveday no está segura de que Madison lo sepa; entró cuando empezó el confinamiento.

Sarah-Jane vuelve a acariciarle el pelo a Loveday, algo de lo que Loveday nunca en su vida se cansará. Durante muchos años, esta había sido la única caricia que quería y no había podido tenerla. Para ella, la sensación de su madre pasándole la mano por la cabeza es como lo que debe de sentir un libro al leerlo.

—Esto no hace más que confirmarlo —dice su madre un instante después—. Las mujeres necesitan un refugio; tengo que volver al voluntariado.

—Pero, mamá, todavía no estás recuperada del todo.

—Estoy cansada, Loveday —confirma Sarah-Jane—, pero me canso cuando me tiro todo el día sentada en el sofá, así que bien podría cansarme mientras hago algo útil. Y las mujeres con las que trabajamos lo están pasando mucho peor.

—Lo sé, pero… —Loveday casi suelta: «Pero no te he tenido el tiempo suficiente como para arriesgarme a perderte. Además, no sabemos nada de este odioso virus como para asumir que estás a salvo, solo porque no empeoraste y empeoraste y te moriste en tres semanas»——. Pero no quiero que empeores. ¿Por qué no vienes a ayudarnos a Nathan y a mí con el jardín de lectura? De momento parece que lo único que hacemos es liar más y más las cosas. Así que necesitamos un capataz y a alguien que pueda decirnos cómo crear un espacio que parezca seguro.

No puede dejar de pensar que Jennifer los conoce porque en su momento podía venir a la tienda; no quiere ni imaginarse a las mujeres atrapadas en casa, asustadas, sin una sola librería a la que acudir. Las noticias están llenas de estadísticas sobre el aumento de la violencia machista durante la pandemia y cada vez que las escucha en la radio Loveday se siente peor. Y piensa en Zoe, con su niño pequeño, su bebé y un marido que ya nunca volverá a casa. Estaba convencida de que esos libros la ayudarían, pero aparta ese pensamiento de su mente todo lo que puede. Porque, si Loveday no cree en que los libros pueden ayudar y curar, entonces no sabe qué está haciendo con su vida.

Sarah-Jane no contesta y pone la mano sobre la cabeza de su hija. Loveday tiene *A Long Way From Verona,* de Jane Gardam, al alcance de la mano, así que empieza a leer las historias de cómo Jessica Vye se desenvuelve a través de la adolescencia y se pregunta si a Madison le gustaría o si le tocaría demasiado de cerca. El peso de la mano de su madre sobre su cabeza cada vez es mayor hasta que se desliza y cae sobre su hombro, donde descansa.

61

Jennifer

Querida Jennifer:

Estamos contentas de tener todos los libros que nos pediste y esperamos que puedan ayudarte a empezar a sentirte como en casa en tu nueva vida. Hay una sorpresita para Milo también: *El topo que quería saber quién se había hecho aquello en su cabeza*. Ha sido un claro favorito del taller de cuentacuentos de la Librería de la Esperanza desde que Kelly lo montó cuando empezó a trabajar aquí. Todos esos padres y niños, apretujados y sentados sobre una alfombra, era tan… normal, por entonces. Esperamos que tu nueva normalidad sea feliz.

Este fin de semana ocurrió algo en la librería que pensamos que deberías saber. Vino un hombre a la tienda que aseguraba ser tu marido y que quería recoger unos libros tuyos. No le dijimos que te conocíamos, ni tampoco le dimos los libros ni tu dirección. De hecho, no conservamos tu dirección; siguiendo el consejo de Sarah-Jane, nos hemos llevado de la librería la primera carta que nos enviaste. Así, si él vuelve, entra y se pone a buscarla, puedes estar segura de que no encontrará nada. También hemos borrado tu dirección de correo electrónico de nuestra base de datos. Nos parecía, sin embargo, que debías saber que ha estado aquí. No queremos molestarte, pero pensamos que contártelo era lo mejor. Podemos confirmar con la policía lo ocurrido si necesitas ayuda con tu caso.

Por favor, cuídate mucho y ten cuidado. Sarah-Jane te envía su cariño y nos pide que te digamos que está seleccionando una serie de libros para completar la biblioteca del centro de mujeres. Parece que cada vez lee más gente. Haznos saber si Milo y tú necesitáis más libros.

Loveday, Kelly y Madison,
La Librería de la Esperanza

62

Casey

«Querida Librería de la Esperanza:
Hay tanto que hacer... y me siento como si esto nunca fuera a terminar, y no puedo dormir ni desconectar. No quiero...».

Casey empieza a ir al trabajo andando. No vive lejos del hospital, todo está tranquilo y le gusta la sensación del aire limpio en la cara. Les asegura a sus padres que es porque necesita aire fresco. Cuando su padre se ofrece a ir a buscarla al final del turno, Casey le grita, furiosa y de manera desagradable. No puede remediarlo. Todos estos meses tratando de que sus padres comprendan que deben tener cuidado y aquí está su padre, ofreciéndose a recogerla en el hospital cuando se ha pasado casi doce horas metida en una unidad de covid. No vuelve a proponérselo. Hace un gesto con la mano desechando su disculpa, pero Casey nota en su mirada que le ha hecho daño. No le cuenta que ya no se fía de sí misma a manos de un volante. No se le ocurre pensar que, si no está en condiciones de conducir, tampoco lo está para hacer ninguna de las pequeñas tareas que realiza en el hospital. Porque necesitan a todas las enfermeras que puedan encontrar.

63

Jamie

Querida Librería de la Esperanza:

Algunos de mis compañeros de trabajo me comentaron
lo buenos que sois buscando libros para ellos y sus familias, así que me pregunto si podríais ayudarme.

Soy gerente de supermercado.

Como es evidente, durante los últimos meses he estado… bastante hasta arriba. Dirijo una tienda grande,
con más de doscientos empleados y un área de servicio
bastante amplio. Nos hemos enfrentado a un montón de
retos (se supone que no podemos utilizar la palabra «problemas»), pero creo que nos hemos apañado muy bien
(todo el equipo de la tienda). Mis compañeros son increíbles y me esfuerzo al máximo para apoyarlos. Para algunos de nuestros clientes, además, somos las únicas personas con las que pueden hablar: viven solos y nosotros
somos, en más de un sentido, como un bote salvavidas.

No me quejo en absoluto por nada de esto. Me siento afortunado de poder servirles, aunque imagino que eso
normalmente se dice de los militares, ¿no? Me encanta estar en el trabajo y ser de utilidad. Algunos de mis empleados han perdido a personas cercanas por el covid, muchas
veces solos, pero a mí no me ha sucedido nada parecido. Ni
un solo estornudo. De verdad que soy un afortunado. No
tengo problemas de salud ni de dinero. Estoy siendo útil.

Pero cuando llego a casa sí que tengo un problema.

En el trabajo estoy bien. Sé que hago todo lo que puedo.

Cuando llego a casa, como algo, quizá veo algo en la televisión (las noticias no, creo que suficientes me llegan hablando con la gente durante el día) y, cuando estoy tan cansado que no puedo abrir los ojos, me voy a la cama. Duermo durante una hora… y después estoy completamente despierto. Empiezo a pensar en toda la gente que va a la tienda, en los clientes que se bajan la mascarilla cuando tosen o en los que no parecen tener ni la más remota idea de qué son dos metros de distancia. Pienso en la gente de mi equipo, que viene a trabajar en autobús con personas que podrían estar enfermas. Muchos de mis compañeros de trabajo tienen una situación económica complicada y me da miedo que no anuncien que tienen síntomas o que no se aíslen porque necesitan hacer horas extra para mantenerse a flote. Muchos de nuestros repartidores son nuevos, y algunos parecen cansados o como si no tuvieran claro qué están haciendo. En ocasiones desearía, cuando se marchan con el camión, detenerlos y obligarles a descansar.

Básicamente, cuando me meto en la cama, empiezo a obsesionarme con la idea de que hay un brote masivo de covid a punto de llegar a York y que será por mi culpa. Me quedo despierto hasta las cuatro de la mañana desde hace tres meses y mi alarma suena a las seis la mayoría de los días.

Por las mañanas me encuentro un poco mejor. Me ducho, me recuerdo que si fuéramos un foco alguien habría venido a echarnos el cierre, y me pongo en marcha.

Se me ha ocurrido que, si me voy a tirar despierto tres o cuatro horas cada noche, igual podría ponerme a leer. Sé que a mucha gente le encantan los pódcast, pero me tiro todo el día escuchando hablar a la gente, así que no puedo hacerlo también de noche.

¿Podéis ayudarme?

No he tenido mucho tiempo para leer desde mis años universitarios y por aquel entonces eran sobre todo libros de texto sobre sociología y psicología. Pero ahora creo que un libro es justo lo que necesito.

Gracias,
Jamie

Querido Jamie:

Lo primero de todo, gracias por mantener el supermercado en marcha. Las primeras semanas, cuando las estanterías estaban vacías, fueron muy extrañas. En casa somos cuatro personas, así que elaborábamos un menú y una lista de la compra y, hasta que no llegábamos al supermercado, no nos dábamos cuenta de que, durante un tiempo, la cosa no sería tan sencilla. No es que pensáramos que fuéramos a morirnos de hambre, pero nos hizo apreciar más las cosas que dábamos por hecho. Antes, cuando no nos apetecía cocinar o estábamos demasiado cansados para preparar algo más interesante, solíamos tomar huevos revueltos. Ahora, cada vez que los comemos, hablamos de cuando no lográbamos encontrarlos. Mi madre cree que deberíamos conseguir unas gallinas, pero a mí me da la impresión de que son mucho más complicadas de cuidar de lo que parece.

Te adjunto una lista de libros más abajo. Dime cuáles te parece que podrían gustarte y te los enviaré a casa o al trabajo, lo que mejor te venga.

Aunque dirijo una farmacia de libros, no soy una médica colegiada, así que, por favor, tómate lo que te voy a decir como un simple consejo. ¿Crees que podrías tener ansiedad? A mí me pasaba. Hace cinco años, mi amigo más antiguo murió, nuestra tienda se quemó y me reencontré con mi madre tras años y años separadas. Durante el día estaba bien; había tantas cosas que hacer. Pero, cuando me acostaba, me pasaba exactamente lo mismo que a ti. Dormía durante una o dos horas, pero después me quedaba toda la noche pensando en si estaba haciendo las cosas tan bien como mi amigo o en si mi madre y yo podríamos arreglar las cosas. Lo cierto es que no podría haberme esforzado más en la tienda o con mi madre, pero, por la noche, no parecía importar. Pensaba que, para alguien de luto, era algo normal. Y entonces una noche mi novio se despertó y se dio cuenta de que yo también lo estaba. En ese momento me vine abajo y le conté todo.

Me dijo que todo iría bien y que algo estaría mal en mi interior si estas cosas no me resultaran difíciles. Y me animó a acudir al médico. Estuve con medicación durante una temporada y, aunque no puedo decir que me sintiera mejor enseguida, me costó menos lidiar con las cosas. Además, cuando lo peor de la ansiedad desapareció, fui capaz de dormir. Y, cuando logré dormir, todo se fue simplificando.

Creo que lo que quiero decir es: los libros son geniales y estoy segura de que estos te ayudarán, pero también podría haber otras cosas que podrías probar.

Loveday

P. D.: Ahora mismo el mundo es un lugar terrible, así que sería una locura no sentirse así.

Libros para leer en mitad de la noche:

None of This is Real, de Miranda Mellis. Es una recopilación de historias cortas; una buena forma de volver al mundo de la ficción. La historia que le da título es sobre la ansiedad.

Nightwalk, de Chris Yates. Parece que no has visto mucho del mundo exterior últimamente, así que he pensado que quizá este libro podría gustarte. Es sobre la naturaleza vista de noche (yo personalmente prefiero la naturaleza en los libros, y no en el mundo exterior, y este es muy bueno).

Salvaje, de Cheryl Strayed. Son las memorias de una joven en un momento oscuro de su vida que se lanza a hacer la larga (larguísima) ruta del sendero de la Cresta del Pacífico. Mi compañera, Kelly, me lo recomendó y me gustaron tanto el libro como la autora.

El circo de la noche, de Erin Morgenstern. El realismo mágico no es para todo el mundo, pero este puede gustarte. Todas las cosas importantes suceden de noche, y es bastante largo, lo que quizá también te ayude. Cuando estoy cansada o deprimida, muchas veces no me apetece empezar un libro nuevo. Prefiero disfrutar de uno largo que me dure una temporada.

Cometas en el cielo, de Khaled Hosseini. Es una novela sobre la supervivencia y la aceptación de la culpa. En parte trata sobre estar en el sitio correcto/incorrecto en el momento correcto/incorrecto, que parece ser de lo que va la vida ahora mismo.

64

Loveday

El sábado siguiente, Madison llega justo después que Loveday, Nathan y Sarah-Jane, y coge la lista de libros que quedan por localizar. Loveday se ha dado cuenta de que no debería hacer conjeturas sobre las cosas que Madison sabe o no sabe, así que imprime una lista con sugerencias de libros y anota al lado la sección en la que se encuentran. Hacer sentir a un crío como un ignorante en lo referente a los libros no es la mejor forma para hacer que se enamore de ellos.

Darle libros parece estar ayudando, no obstante. A Madison le gustó *Jane Eyre,* aunque tiene ciertas opiniones sobre los hombres que encierran a sus esposas en los áticos y sobre las mujeres que les perdonan por ello. Se ha leído el primer volumen de la saga de Terramar de Ursula Le Guin y les ha pedido el segundo, «pero no enseguida, porque salen muchos magos y no soy de esas personas a las que solo les van las cosas de magos y ya está». Así que, mientras descansa de los magos, Loveday le ha dado *Falsa identidad,* de Sarah Waters. La primera frase del libro («Mi nombre, en aquellos tiempos, era Susan Trinder») fue el último tatuaje que Loveday se hizo antes de que la pandemia consiguiera que la idea de que un ser humano se acercara a otro, con tinta y una aguja que vibra en la mano, fuera impensable. Aquellos primeros y horrorosos días, por lo tanto, vio las noticias con un picor cicatrizante en el omoplato izquierdo. La televisión retransmitía imágenes de calles desiertas en Wuhan, gente con mascarilla en las largas colas de los aeropuertos, reporteros hablando —directamente a cámara, con voces tranquilas pero miradas casi de pánico— sobre la posibilidad de que la vida se detuviera. Y Loveday cerraba los puños con fuerza para no rascarse en la zona donde la piel se le estaba curando. Ahora, cuando ve las noticias, la sombra de ese picor sigue allí.

Madison, sin embargo, no tiene nada que decir cuando llega al trabajo. Es tan poco propio de ella que esté callada que Loveday le pregunta qué ocurre.

—Estoy un poco cansada —responde sin mirar a Loveday a la cara, y se encoge de hombros.

Loveday la deja estar. A primera hora de la tarde, los libros ya están seleccionados y empaquetados; Loveday ha descubierto que la ventaja de tener a alguien trabajando en la Librería de la Esperanza que no sea un lector habitual es que no se para a leer las contraportadas de todos los libros que saca de las estanterías. Nathan y Sarah-Jane han sido vistos y no vistos. La madre de Loveday se ha dado una vuelta por el espacio, ha hablado de verjas que mantengan a los demás fuera en lugar de hacerte sentir encerrado y después se ha sentado, de repente, sobre un montón de palés con la apariencia de una silla.

—Entonces, ya hemos hecho suficiente por hoy —ha dicho Nathan.

Sarah-Jane se ha reído y Loveday, una vez más, ha deseado tener la desenvoltura de Nathan para hacer que todo el mundo a su alrededor se sienta a gusto. Lo primero que ha hecho Loveday es comprar los bollitos de canela, así que prepara el té y Madison y ella se sientan en el piso de arriba. Kelly está abajo con el portátil, poniéndose al día con las solicitudes de las recetas que han recibido a través de las redes sociales.

Madison le baja un bollo a Kelly y Loveday escucha cómo le pregunta a Kelly si necesita algo más. Esto supone un gran avance en la relación de Madison y Kelly, y Loveday no está segura de si debe atribuirlo al poder apaciguador de la lectura o al vínculo generado por el hecho de enfrentarse a ese horrible hombre la semana anterior.

—Tengo que hablar contigo de algo de *El jardín secreto* —le comenta Loveday a Madison cuando esta regresa.

Rosemary ha sido muy específica sobre la edición que quería regalarle a George: en la cubierta hay una niña con pelo rubio y rizado, lleva un abrigo rojo y un sombrero y se inclina hacia delante para meter una llave en una cerradura secreta mientras un petirrojo la observa desde una rama justo encima. Ha sido bastante fácil de localizar. Era una edición de 1911, lo que según Loveday y Madison tenía sentido, puesto que era un libro que pertenecía a la madre de George cuando era pequeña. El problema era el precio, que ascendía hasta las cuatrocientas libras, y solo por un ejemplar que ya daba la impresión de que se desintegraría en el instante en que George lo mirara, así que no digamos si fuera a pasar las páginas.

—He encontrado un facsímil. —Loveday ve la expresión vacía del rostro de Madison—. Es cuando las editoriales reproducen una cubierta antigua de un libro famoso. Básicamente es para que las personas que recuerden esa edición de cuando eran pequeñas la compren de nuevo.

Madison asiente.

—¿Y lo has encargado?

—Todavía no. Es mucho más barato que los originales, pero sigue siendo bastante excepcional. Se publicó en los ochenta, en tapa dura, y probablemente no se imprimieron muchos ejemplares. Está en buenas condiciones y cuesta sesenta libras. Me preguntaba si Rosemary te dijo algo sobre el presupuesto.

Madison se encoge de hombros.

—No. ¿Acaso no podemos… dárselo y ya está? Parece que a la librería le va muy bien.

¡Oh, la perspectiva del mundo de una adolescente de quince años!

—Seguro que puedo conseguir un descuento del distribuidor y no les cobraré ningún extra, así que no conseguiremos ningún beneficio, pero no importa por esta vez. Aun así, serán cincuenta libras. No podemos gastarnos tanto sin confirmarlo con Rosemary primero.

Madison parece satisfecha.

—De todos modos, ¿qué tiene este libro de especial? —pregunta.

—Tenemos una copia abajo —responde Loveday—. Si quieres, te lo puedes llevar hoy.

Madison asiente.

—El libro ese que me diste la semana pasada es… muy gordo. Y no me ha apetecido mucho leer esta semana. Mi madre no deja de llorar. Creo que pensaba que a estas alturas mi padre ya habría vuelto a casa, pero solo viene a recoger sus cosas.

—Tiene que ser duro —dice Loveday.

—Sí, lo es —responde Madison, y se marcha en busca de *El jardín secreto*.

65

¿Cuál es el primer libro que recuerdas?

Imagínate a una niña de tres años, querida y mimada por sus abuelos, que ya está obsesionada con las palabras sobre el papel.

Imagínate un libro, más largo que alto, fácil de sostener y de transportar, que crea un paisaje cuando lo abres. *Jim and Mary and the Rocking Horse,* de Sue O'Brian. La niña no podía pronunciar bien las erres —solo tenía tres años—, así que pidió *Jim and Maly and the rocking horse* (el relato familiar no recuerda si sabía pronunciar bien las erres).

—Léelo *ota* vez, abuela.

Y eso hacía la abuela. *Jim and Mary and the Rocking Horse* iba sobre un gran caballo de metal en un parque infantil que cobraba vida para Jim y Mary.

La niña se encontraba calentita y a gusto en el regazo de su abuela, y el hecho de que supiera lo que les pasaría a Jim y Mary en cada página hacía que la historia fuera incluso mejor.

Las palabras se volvieron reconocibles; las letras tenían sentido. Se asociaban con sonidos, objetos, unas con las otras para crear nuevos sonidos.

Quizá tu primer recuerdo sobre los libros, sobre que te los leyeran, también esté relacionado con un sentimiento de calidez, de comodidad: la hora de irse a la cama, después del baño, cansado después de jugar con tus amigos.

Si no tenías libros en casa o alguien que te los leyera, quizá recuerdes apretujarte sobre una alfombra con tus compañeros de clase mientras una profesora os leía una historia que podía tratar de cualquier cosa: orugas, tigres, una niña resuelta a llevar a cabo una misión.

O quizá te venga a la mente una biblioteca, con los libros favoritos del bibliotecario mirando hacia fuera y al alcance de la mano.

Me alegro de que lo recuerdes.

Porque así es como se inician los lectores.

Y, a veces, también los escritores.

66

Kelly

Ahora que Kelly ha ido a visitar a su padre una vez, la idea de volver a verlo no la deja tranquila. Por el ordenador ya no es suficiente, ahora que ha estado en su jardín y ha bebido té de la taza que siempre le da: una verde, con rosas, que fue el regalo secreto de Navidad de una compañera de universidad que claramente no la conocía muy bien. La dejó en casa de su padre cuando se mudó porque la odiaba. Pero estuvo a punto de ponerse a llorar cuando su padre la sacó para ella el otro día. Kelly se fijó en que sacó una taza de porcelana sin desconchar para Sarah-Jane y que la colocó a su lado cuando esta se quedó dormida en la hamaca. Su padre era un buen hombre.

Craig saldrá hoy a correr durante un buen rato, a lo que seguirá un largo baño. A Kelly le encanta que sepan tanto sobre las preferencias y las necesidades del otro. De vez en cuando, Craig está empezando incluso a molestarla, aunque ella nunca será de esas personas que se quejan sobre sus parejas a sus amigos. Craig tiene demasiadas buenas cualidades como para merecerse eso, así que Kelly disfruta de esas pequeñas molestias: no recoge el cepillo de dientes, deja los aparatos electrónicos en *standby* en lugar de desenchufarlos, eructa… muchísimo. Pero nada de eso le importa a Kelly porque, además, la escucha cuando habla del trabajo, de los libros y de la gente que los necesita. Está interesado incluso en Madison. Y lava la ropa y piensa en la cena, a pesar de que también trabaja. Y la quiere; la necesita. Le dice que es preciosa y, desde que la pilló metiendo tripa delante del espejo, le pasa la mano por el abdomen y le dice lo maravillosa que es. También le dice lo mucho que la quiere y lo importante que es para él. Parece incluso asustado de que ella no le crea.

Si Craig sale a correr y después se baña, Kelly se acercará a Whitby a ver a su padre y volverá a casa a tiempo de coger comida para llevar y quizá ver una película. Craig le ha preguntado si quiere que la acompañe. Podría ir a correr al día siguiente, dijo, puesto que es un viaje largo en coche después de trabajar. Pero Kelly se sorprendió a sí misma respondiendo que no, que no pasaba nada. Por supuesto que quiere que su padre conozca a Craig, pero todavía no. Hay algo en el aislamiento en el que viven que no está dispuesta a perturbar.

Este sábado, la Librería de la Esperanza es el lugar más feliz que pueda existir. No es solamente el sol, aunque quizá también influya. La idea de un invierno con restricciones, de mañanas oscuras y tardes frías y ningún sitio al que ir, hace que a Kelly se le revuelva el estómago del pavor. Pero hoy todo parece... estable. Nathan y Sarah-Jane están ocupados en el jardín y Loveday y Madison están buscando los libros que Kelly les ha pedido. Loveday está callada, pero a Kelly le parece que de esa forma en que solía estarlo antes de la pandemia.

O tal vez sea que la muerte del paramédico le sigue perturbando. Kelly se ha dado cuenta de que la pandemia parece afectarla de formas distintas dependiendo del momento. Algunas mañanas, el simple hecho de salir de casa es como un acto de verdadera osadía, y escuchar las noticias le provoca espasmos por todo el cuerpo a causa del miedo. Las tasas de contagio y las cifras de fallecidos son asfixiantes, cegadoras; le cuesta respirar y no ve más allá de sus manos, que le tiemblan mientras se viste. Otros días, como este, es capaz de ser consciente de todo el horror que padece el mundo por culpa del virus, pero también se siente como si dispusiera de un rinconcito en el que puede trabajar y hacer el bien. Piensa en Adjoa... No solo en hacer el bien, en hacer las cosas mejor.

Hay otra cosa buena de este sábado en particular. Madison se muestra casi simpática con ella. Les prepara té a todos, Kelly incluida —en lugar de «olvidarse» de ella—, lo que nunca había ocurrido. Kelly siempre se ha esforzado al máximo para no darle importancia a la forma en que Madison se comportaba con ella, pero cuesta recordar que eres un adulto cuando un crío se comporta con tanta inquina como lo hizo Madison en Whitby. Kelly repasa los correos electrónicos para comprobar que no ha traspapelado ninguno, y después mira los mensajes y comentarios de las redes sociales que Nathan ha marcado para que los considere una librera experta. Imprime las nuevas recetas que les han solicitado para poder empezar a pensar en ellas y comentarlas con Loveday.

Aunque Kelly se sobresalta cada vez que escucha a alguien en la puerta, no vuelve a haber ni rastro del marido de Jennifer. Después de escribirle, la policía llamó, tomó nota de los detalles de la visita de David y pidió a Loveday y a Kelly que confirmaran su identidad.

Loveday y Nathan han instalado bajo el mostrador improvisado de la puerta principal un timbre que funciona por wifi, con receptores extra conectados en el piso de arriba y al final de la tienda, para que funcione como botón del pánico. Si lo aprietan, todos acudirán a la parte delantera de la tienda de inmediato. Esto ha logrado que Kelly se sienta más segura, aunque sigue sin tener claro, objetivamente, que tres libreros en posición de defensa vayan a ser mejor que alguien decidido a hacerles daño.

—¿Necesitas que haga algo? —pregunta Madison—. Está todo recogido. Loveday dice que puedo irme antes, pero…

Se encoge de hombros. Hasta donde Kelly sabe, en casa solo están Madison y su madre. La Kelly de quince años habría dado una mano por algo así; pero también se acuerda de cómo era cuando su padre y ella se quedaron solos, cuando su madre murió y no paraban de dar vueltas por una casa que parecía inmensa por la pena. Ser la hija única de un solo progenitor puede ser duro.

Kelly sacude la cabeza.

—No, yo casi he terminado también. Creo que voy a ir a Whitby a ver a mi padre.

—Vale.

Kelly se acuerda de Adjoa y se niega a hacer conjeturas. Quizá Madison no la odie. A lo mejor solo lo está pasando mal.

—¿Quieres venir? Si no tienes planes, claro.

Madison se ríe.

—¿Planes? ¿Qué planes?

—Tienes razón. No sé en qué estaba pensando.

—Podría pasarme a ver a Rosemary y George —comenta Madison, que mira a Kelly de una forma que sugiere que quizá Kelly se niegue—. Tengo que preguntarle algo a Rosemary. Me lo ha pedido Loveday.

—Solo si a tu madre le parece bien.

De camino a Whitby, Kelly y Madison no hablan mucho. Kelly le da a Madison su móvil para que ponga música y esta última se pasa un buen rato investigando en Spotify —Kelly asume que su selección de listas de *post-britpop* e *indie rock* y pódcast sobre feminismo e historia no son de su agrado— hasta que, finalmente, pone una lista de reproducción de Taylor Swift. Entre la pandemia y las cosas de las que hablan Craig y ella (hacer ejercicio, la mejor forma de ir a Londres, los *pubs* que solían frecuentar de adolescentes), Kelly se está dando cuenta de que se está haciendo mayor. Treinta años pueden no ser muchos, pero se ve incapaz de recuperar esa ambición que cree que tuvo en su momento, antes de la pandemia, antes de Craig. Le entusiasma menos terminar su doctorado, está pensando en tener un bebé… Si al final lo hace, no debería tardar mucho porque no quiere ser una madre mayor. Quiere que su hijo o hija tenga una madre que esté con él o ella durante buena parte de su vida y que, además, tenga un hermano o hermana con el que compartir la carga cuando Kelly envejezca. No es que ella piense que su padre es una carga, pero no habría estado mal tener un hermano o una hermana con los que compartir sus preocupaciones de los últimos meses.

A su lado, Madison, con la cabeza vuelta hacia un lado, mira por la ventanilla.

—¿Va todo bien? —pregunta Kelly.

—El coche de Loveday es más bonito que este —responde Madison tras una pausa.

Kelly sonríe para sí misma. Parece que sí, todo va bien.

67

George, 2005

La jubilación es un tema del que George y Rosemary hablaban cada vez más y más, y no solo porque se estuviera acercando. Un jueves de otoño por la tarde, hacia finales del primer trimestre del curso, mientras están sentados en el sofá y George le masajea los pies a Rosemary, esta declara:

—George, creo que ya he tenido suficiente.

George está a punto de hacerle una broma sobre que acaba de empezar con sus pies, pero ve las lágrimas en sus ojos.

—Lo sé, cariño —responde.

Lleva casi una década siendo la directora del mismo colegio, y no es precisamente uno fácil. Cada vez que conseguía que las cosas fueran como ella quería —«a la altura», como decía—, algo cambiaba: una huelga, un nuevo programa curricular en la dirección incorrecta por parte de los de arriba que llevaba a otra huelga, profesores con bajas prolongadas o que dejaban la profesión, recorte de profesores, lo que significaba que Rosemary entrevistaba a los recién graduados con la esperanza de que estos la escogieran a ella, en lugar de debatir por qué debía escogerlos ella a ellos. George se había fijado en que su mujer se quejaba cada vez más y más. Los alumnos eran más escandalosos y los padres, más exigentes. La pobreza les pisaba los talones a muchas de las familias de los alumnos de Rosemary.

Rosemary niega con la cabeza.

—Algunas de las cosas que escuché esta mañana en la reunión de personal me recuerdan a las historias de mis padres.
—George sabe a qué se refiere. Los padres de Rosemary comenzaron su vida de casados en el East End de Londres, justo después de la guerra, cuando la madre de Rosemary repartía bolsitas de té al final del servicio y las mujeres se los guardaban en los bolsos sin mirarla a la cara, como si la caridad fuera algo de lo que avergonzarse—. Hay una familia que les está haciendo plantillas a los zapatos de sus hijos con recortes de la alfombra porque no pueden permitirse suelas nuevas. Hay tantos niños que, de no ser por la del colegio, no harían una comida caliente… Y se supone que lo que a mí me tiene que importar son los resultados de los exámenes.

George menea la cabeza. No puede soportar la idea de que los niños pasen hambre y sus padres aún más.
—Lo sé, cariño.

El papel de George como jefe del departamento de matemáticas también había empezado a cansarle. Siempre le había encantado su trabajo, pero en ese momento más que nunca; era administrador, mediador y asistente a las reuniones. Además de su grupo de bachillerato, solo daba clases cuando alguno de los demás profesores se ponía enfermo, aunque esto sucedía cada vez más, teniendo en cuenta el desgaste por estrés. El año anterior había llegado al colegio un nuevo director sin experiencia en el sector educativo, algo de lo que parecía sentirse orgulloso, que aseguró que tenía la intención de dirigir el centro tan eficientemente como si fuera una empresa. Y George no terminaba de encontrarle el sentido. Quería apoyar a su director porque siempre ha sido fiel, ha estado orientado al trabajo y nunca ha tomado parte en las políticas o ascensos sociales de la sala de profesores. Pero no existía ninguna analogía de negocio —y el director nuevo veía muchas— con la que George hubiera estado de acuerdo. Sus clases no eran cintas transportadoras. Sus alumnos no eran productos. Los resultados de los exámenes de su departamento, tan excelentes como siempre lo habían sido, no eran el balance, como diría el director. Las notas no eran lo único que importaba. A George le importaban sus alumnos como individuos; siempre había sido así. Quería que su aprendizaje fuera significativo y útil. Si alguien que creía que iba a suspender —que no tenía confianza ni incentivos— podía conseguir un cinco en lugar de un dos, George estaría encantado. Pero se supone que su trabajo era convertir a los alumnos de cincos o seises en ochos o nueves. De nada le serviría al colegio, en cuestiones de clasificación, convertir un tres en un cuatro o un seis en un siete. Tras un año de encontronazos, aunque George había dejado de intentar explicarle al director sus argumentos, no tenía ninguna intención de cambiar su forma de enseñar.

Rosemary le da un empujoncito con los dedos de los pies.

—Ojalá saber qué estás pensando.

—Solo estaba pensando en que… —George coge aire—… en que quizá ha llegado el momento de que dejemos la enseñanza.

Rosemary suspira y George cierra los ojos; quizá haya juzgado mal lo que ha dicho su esposa.

—Imagino que tendremos que aguantar hasta que termine el curso, ¿no? ¿O no vamos a aparecer por allí mañana y ya está? —bromea.

Y entonces se ríe cuando ve la cara de sorpresa de George.

—Sí, supongo que tendremos que esperar a que acabe el curso —responde George con una sonrisa y, en su interior, siente cómo algo que le oprimía el pecho se relaja—. Pero podemos empezar a hacer planes ya.

68

Rosemary, ahora

George está durmiendo en el sofá cuando llaman a la puerta principal. Rosemary, que quizá también se haya quedado traspuesta en su sillón leyendo, si eso fuera lo que hacía a última hora de la tarde, se toma un momento para ubicar a la joven que hay en la puerta. Las mascarillas complican mucho las cosas.

—Soy Madison, de la librería —dice.

—¡Oh! Pasa, pasa. —Y Madison entra hacia la cocina antes de que ninguna de las dos se dé cuenta de lo que acaban de hacer—. La fuerza de la costumbre —dice Rosemary—. ¿Por qué no atraviesas por allí y sales al jardín y yo te sigo en unos minutos con las bebidas? ¿Quieres té? ¿Café? ¿Algo frío?

—Estoy bien, gracias —responde Madison. A Rosemary le parece que está muy paliducha; que tiene la cara de los niños que cargan con demasiadas preocupaciones.

—En ese caso, tú primero.

Rosemary escucha la explicación seria de Madison sobre viejas ediciones y facsímiles y después asiente.

—Sí —asegura—. Sí, por favor, encárgalo para mí. Te daré un cheque antes de que te marches. —No se le ocurre mejor forma de gastarse cincuenta libras. Le asalta la idea de que este será el último regalo que le hará a su marido y se le encoge el corazón. Se da cuenta de que Madison la está mirando, preocupada, y se traga las lágrimas—. Pronto será su cumpleaños y se pondrá muy contento.

Madison asiente.

—Mi cumpleaños fue durante el confinamiento. Fue una mier… —Rosemary procura no reírse cuando Madison está a punto de soltar una palabrota y después sigue adelante—. Fue un poco mierda. Todos mis regalos llegaron por Amazon y mi madre los dejó en las cajas para que yo los abriera porque salir a comprar papel de regalo no era algo esencial. Me preparó una tarta, pero no se le da bien la repostería y no tenía los utensilios necesarios. Moldes para bollos, huevos, esas cosas.

—Debió de ser un detalle que lo intentara —comenta Rosemary. Siempre ha sido partidaria de las cosas de supermercado. Se pasó la infancia viendo hornear a su madre porque las mujeres de la iglesia no estaban impresionadas si no lo hacía, y eso le había quitado todas las ganas de desmoldar pasteles y galletas cuando podía comprarlos en una tienda. Prefería emplear ese tiempo en leer o cuidar del jardín, y eso es lo que hacía.

Madison se encoge de hombros.

—Me he leído el libro —anuncia.

—*¿El jardín secreto?* ¿Qué te ha parecido?

—Bueno… —Rosemary se percata de que Madison está a punto de estallar con las ganas que tiene de comentarlo. Si Rosemary hubiera sido la profesora de Madison, estaría pensando: «Conseguido, he traspasado la armadura»—. Sé que es antiguo y eso y que las cosas eran distintas, pero me ha parecido racista por la forma en que hablan de los sirvientes en la India. Es decir, cuando a las cosas se las llama «clásicos» es porque eso es lo que son: racistas, sexistas… Loveday me dio un libro sobre un hombre que encierra a su mujer en el ático porque, en esos tiempos, uno no podía divorciarse, y, al parecer, lo han leído millones de personas.

Rosemary asiente.

—El mundo ha cambiado mucho, incluso en mis tiempos, y en su mayoría ha sido para mejor. Aun así, ¿te gustó *El jardín secreto*?

—Sí, aunque son terribles con la pobre Mary. Diciéndole que es fea y demasiado delgada; eso está tan mal como discriminar a alguien por ser gordo. Y encima la ignoran. ¿Y el chico? Simplemente le dicen que está enfermo y le encierran en una habitación. ¡Pues claro que va a enfermar! Cualquier persona lo haría.

Rosemary espera; tiene la sensación de que hay más.

—En realidad, los niños son mejores que los adultos; son bastante amables los unos con los otros. Los adultos están demasiado ocupados con sus problemas como para preocuparse.

Rosemary sonríe.

—Entonces no te ha dado mucho que pensar, ¿no?

—Pues esa es la cosa, que sí lo ha hecho. —Madison suspira—. Creo que me ha encantado, pero que no tendría que sentirme así. Lo cierto es que me entraron ganas de volver a leérmelo de inmediato.

—¿Qué partes te gustaron?

—Me gustó que Mary no supiera nada y que vaya aprendiendo las cosas sin darse cuenta. También me gustó que todo vaya mejorando. Me hace pensar que… —Madison hace un gesto envolvente con el brazo y deja caer la cabeza, y Rosemary la comprende de inmediato: «Este libro me hace pensar en la posibilidad de que todo mejore».

—Ya —dice Rosemary. George y ella han tenido tiempo para disfrutar de su jardín, algo por lo que Rosemary siempre estará agradecida, a pesar de que no sabe cómo se las ingeniará para cuidarlo cuando él no esté. Si tuviera la opción de cerrar la verja con llave y dejar que se pudriera, probablemente lo haría.

—Me gustó que todos los niños entendieran qué estaba pasando mejor que los adultos.

Rosemary, para su propia sorpresa, suelta una carcajada.

—Como antigua profesora, sé a ciencia cierta que eso es verdad —dice.

Madison deja de juguetear con los puños de su sudadera y mira hacia el mar. Rosemary intenta escuchar a George, pero todo está en silencio. Ojalá esté descansando; las noches se le hacen cada vez más y más duras.

—Si los alumnos de su colegio hubieran sabido algo, ¿usted habría querido que se lo contaran? —pregunta entonces Madison.

—Claro, siempre —responde Rosemary sin dudar. No aña-de, sin embargo, lo que casi siempre dice («Los jóvenes de tu edad no son tan adultos como te piensas»), porque sabe que no servirá de nada. En su lugar, tras unos segundos en los que pare-ce que Madison no va a añadir nada, comenta—: Creo que cual-quier adulto diría lo mismo: «Los jóvenes tienen buen instinto».

—Pues sí. —Madison se pone en pie con una facilidad que Rosemary no recuerda haber tenido nunca—. Lo tene-mos. —Contempla el jardín que la rodea—. Tienen plantas muy bonitas —comenta—. Antes nunca me fijaba en estas cosas, pero las suyas parecen…, sé que suena absurdo, pero parecen felices.

—Llevamos aquí mucho tiempo —explica Rosemary—. A los jardines no se les puede meter prisa.

—Imagino que habrán crecido muchas cosas —supone Madison.

—La verdad es que sí.

Rosemary cierra los ojos y piensa en todos los alumnos a los que ha enseñado. ¿Qué espacio podría contenerlos? ¿Un cen-tenar de pasillos de colegio? ¿Un millar de autobuses escolares? Rosemary no se engaña a sí misma pensando que ha tenido una gran influencia en todos, pero lo cierto es que sí que la tuvo. Era buena; competente. Tuvo un impacto positivo.

—Y ustedes han sido los que lo cultivaron —dice Madison.

Aparentemente inconsciente del daño que está causan-do, arranca una hoja del abedul común y la examina. Rose-mary esconde una sonrisa y, en silencio, piensa en George, durmiendo.

George y ella crearon este jardín.

A lo mejor es que le da lo mismo lo que traiga el futuro; no quiere que sea así —le gustaría tumbarse y morir cuando George lo haga—, pero esa no es la cuestión. Tiene que hacer lo que siempre han hecho: adaptarse. Crear un espacio nuevo cuando el anterior se les queda pequeño.

Madison deja caer la hoja, consciente de repente, según parece, de que está destruyendo algo que admira.

—¿Les resultará extraño? ¿Donar plantas a la librería?

—Seguirá siendo nuestro jardín —responde Rosemary, aunque es consciente de que no está contestando del todo a la pregunta—. Pero no podremos encargarnos de él para siempre.

A Rosemary siempre le ha parecido que una de las mejores cosas de los jóvenes es cómo aceptan que lo viejo es viejo. Si le hubiera dicho a Loveday que no creía que pudiera ingeniárselas sola, Loveday se habría ofrecido a ayudarla o la habría animado. Y Rosemary no necesita ninguna de esas dos cosas. Lo que necesita es saber que, cuando esté sola, no se sentirá agobiada por todas las cosas que ya no podrá hacer.

69

Max y Kate

Querida Librería de la Esperanza:

¿Podríais sugerirnos algunos libros para nuestros hijos adolescentes? Ahora que no podemos ir a la biblioteca (estamos confinados), nos estamos perdiendo muchos buenos consejos. Nos interesan especialmente los libros con mujeres fuertes o novelas en las que el género no es un problema. Quizá sea demasiada información, pero no nos sorprendería que uno de nuestros hijos fuera transgénero y queremos que tengan al menos una noción de un mundo en el que se sientan bienvenidos o en el que el género sea algo insignificante. No estamos buscando personajes transgénero específicamente, solo un atisbo de un mundo en el que no pase nada por ser diferente.

Gracias,
Max y Kate

Queridos Max y Kate:

Estamos encantadas de ayudaros con este tema. Y, aunque no me habéis preguntado mi opinión o juicio, creo que vuestros hijos tienen mucha suerte de teneros. A lo mejor ahora no se dan cuenta, pero lo harán.

Os adjunto algunas sugerencias debajo; hacednos saber cuáles os gustan o no habéis leído para que podamos enviároslos.

Algunos de estos libros son para adultos, pero me atrevería a decir que son bastante accesibles para adolescentes y que, de cualquier modo, a lo mejor vosotros también los disfrutaríais.

Os deseo lo mejor,
Loveday

La mano izquierda de la oscuridad, de Ursula K. Le Guin. Aunque aborda temas como el sexo, el género y la androginia, lo más importante es que es una historia que te involucra por completo.

La serie de libros de *Graceling*, de Kristin Cashore. Está ambientada en un mundo en el que la gente nace con una «gracia», un talento especial. Los personajes son vívidos y cañeros y las relaciones parecen completamente reales. Ojalá lo hubiera leído cuando era adolescente.

El largo viaje a un pequeño planeta iracundo, de Becky Chambers. Una especie de telenovela en el espacio. A todo el mundo al que se lo he recomendado le ha encantado.

Yo, Simon, Homo Sapiens, de Becky Albertalli. Historia de un adolescente de dieciséis años que trata de abrirse camino entre el colegio, las amistades y salir del armario.

Éramos mentirosos, de E. Lockhart. Retorcido y fascinante. ¡Tendréis que prometer que no desvelaréis el final hasta que todos lo hayáis leído!

70

Kelly

Como han convenido, Madison está esperando en el sitio en el que tomaron las patatas fritas la última vez. La furgoneta de la comida, sin embargo, no está allí esta vez y, cuando Kelly le pregunta que si quiere que busquen otro sitio para comer, Madison la mira y le responde:

—Deberíamos irnos a casa.

—Vale, vámonos —acepta Kelly.

Pero, cuando llegan al coche, justo cuando Kelly arranca, Madison suelta:

—Decirle algo malo a alguien mientras conduce está mal, ¿verdad?

—Sí. —Kelly se vuelve hacia Madison, que se contempla las manos entrelazadas y apoyadas sobre las piernas de una forma extrañamente puritana, puesto que siempre suele preferir estar encorvada—. A menudo me ha dado la impresión de que tienes algo que contarme. ¿Te parece bien que sea ahora?

Madison asiente y se le escapa una lágrima por el rabillo del ojo, que desciende por todo su rostro.

—Pues verás, Craig, tu novio...

—¿Sí? —Kelly tiene la vista fija al frente. Nota el corazón en la boca y agarra el volante con fuerza.

Madison empieza a llorar.

—He visto las fotos de tu móvil, a pesar de que estaba segura. Pero quería estar bien segura. Fue mientras se suponía que estaba escogiendo la música.

—No sé qué quieres decir. —Pero sí que lo sabe. O, al menos, sabe que algo malo está a punto de suceder. Mientras empieza a comprenderlo, un frío helador la recorre de arriba abajo.

A su lado, Kelly oye a Madison coger aire.

—Es mi padre. Mi madre y yo no sabíamos que tenía novia hasta que se marchó a vivir contigo.

—Pero eso es...

Kelly percibe por el rabillo del ojo que Madison no se mueve en su asiento. Claro, está esperando. Le ha comunicado esto a Kelly y ahora no sabe qué ocurrirá.

Y Kelly tampoco lo sabe.

Cierra los ojos. «Dios, Dios, esto no».

Kelly se siente —y, sí, después se arrepentirá por ello— como el día en que se enteró de que la muerte de su madre estaba próxima. Que podía suceder ese día o al siguiente; que tenía sentido seguir teniendo esperanza.

Lo que siente es una mezcla de estar cayendo en picado, de pánico, agitación; y, al mismo tiempo, de resignación y de una profunda tristeza, a pesar de que sabe que todavía no ha procesado del todo el alcance de los acontecimientos.

Respira hondo. Tiene que tratarse de un error..., no puede ser.

—Madison, no lo sabía.

—Eso me parecía. —A Madison le tiembla la voz, repleta de un triste alivio. Incluso con el dolor que pronto tendrá que experimentar, Kelly se imagina el peso que la joven se habrá quitado de encima. Aunque no le hace falta imaginárselo. Ella misma está cargando con él ahora mismo.

—Yo... —Kelly tiene problemas para ordenar las palabras en una frase de la misma forma que su corazón lucha por poner orden en sus sentimientos. Angustia, negación, pánico, amor..., todos se pelean en su interior—. No tenía ni idea de que tuviera una mujer y una hija. No me refiero solo a que no supiera que eras tú.

—¿En serio? —Madison se vuelve en el asiento para mirar a Kelly—. Pensaba que... incluso aunque no supieras que era yo...

—No.

En ese instante Madison empieza a sollozar ruidosa y energéticamente.

—¿Entonces finge que no existimos?

«Es peor que eso —piensa Kelly—. Ha tratado de persuadirme para que no te tome en serio; para mantenerte alejada de mí». Pero no se lo dice a Madison. Se traga las lágrimas y, cuando Madison está más calmada, le pregunta lo más suavemente si se van.

El viaje de vuelta a York es silencioso. Madison se queda sentada sin decir nada y Kelly conduce sin pronunciar palabra. Un par de veces le parece que debería decir algo, pero tiene miedo de abrir la boca y ponerse a llorar o de no decir nada útil. Se debate, a partes iguales, entre «¿Por qué me lo has contado?» y «¿Por qué no me lo contaste antes?». Cuando deja a Madison al final de la calle de su casa, que no está tan lejos de York como Craig le ha hecho creer siempre, ambas se piden perdón mutuamente, en un susurro, al mismo tiempo. Kelly piensa, mientras Madison se aleja, que debería haberle dicho que no tiene nada por lo que disculparse. No es culpa de Madison que su padre —su padre, el novio de Kelly— se haya comportado así.

Cuando Kelly llega a casa, aparca y se queda sentada en el coche hasta que decide qué va a decirle a Craig. Al menos, ese es su plan. Había mantenido el control para poder conducir de vuelta de Whitby a York.

Ahora, sin embargo, la incredulidad, los albores de un gran dolor, vuelven a atravesarla.

Craig nunca había mencionado que una exmujer —y mucho menos una esposa de verdad— y una hija formaran parte de su vida.

Bueno, estaba su historia del embarazo, la relación que iba muy rápido, la criatura —sin nombre— a la que ya no ve. Le había hecho creer a Kelly que todo esto había sucedido en una relación de hacía tiempo. Además, dos meses antes, tampoco le mencionó que ya no veía a esa criatura porque las había abandonado a ella y a su madre para mudarse con Kelly.

Una parte de Kelly desearía que Madison hubiera mantenido la boca cerrada o que nunca se hubiera pasado por la Librería de la Esperanza. La otra le susurra que nada de esto es culpa de Madison. Además, no se culpa a las mujeres por las cosas que hacen los hombres. Al igual que no se culpa a los niños por lo que hacen sus padres.

A Kelly le tiemblan las manos. Se siente como si tuviera algo alrededor del cuello que se estuviera encogiendo y nota un ardor detrás de los ojos. A lo mejor está enferma. Piensa en las personas enfadadas de las películas, que aporrean el claxon una y otra vez para reprimir su furia. A Kelly siempre le había parecido muy teatral, pero ahora lo entiende. No consiste en alertar al mundo. Es más por hacer un ruido que sea más fuerte que el dolor que sientes.

Se habría quedado sentada en el coche para siempre si Craig no se hubiera asomado a la ventana, la hubiera visto, hubiera salido a la calle y le hubiera abierto la puerta haciendo una reverencia de forma teatral.

—Mi dulce dama, bienvenida a casa.

La está mirando como si no hubiera roto un plato…

La está mirando como si fuera más bueno que…

No, Kelly no tiene palabras.

Está a punto de volver a cerrar la puerta del coche y encerrarse dentro. Quizá en la oscuridad todo tenga mucho más sentido. Tal vez su cerebro sea capaz de recopilar todas las cosas que ha dicho y hecho Craig y ponerlas en orden para que todo esto sea un terrible malentendido, una extraña coincidencia.

—¿Qué ocurre, Kelly? —Le pregunta entonces Craig, y un pequeño destello en sus ojos le indica que sabe que le ha descubierto. Además, Madison miró las fotos de su móvil y hay que creer a las mujeres. Sobre todo a las que están sufriendo un dolor evidente.

—No quiero hablar de ello en la calle —responde Kelly.

Un minuto antes le habría dicho que no quería hablar de ello, sin más, y eso se habría aproximado más a la verdad. Pero así están las cosas.

Entran, en silencio.

Kelly se sienta en la mesa del comedor, la que se ha convertido en el escritorio de Craig, aunque no para recoger sus papeles los fines de semana. Él también se sienta; está pálido. Kelly recuerda algo que leyó —quizá en una novela de Ian Rankin— sobre cómo puedes saber si alguien es culpable de un crimen o no: si lo detienes y lo encierras en una celda y está tranquilo, lo es. Sabe que todo ha terminado. A lo mejor lo niega todo cuando tratan de confrontarlo, pero, cuando cierran la puerta y lo dejan solo, se queda sentado a esperar. El inocente es el que camina y se enfurece mientras aguarda en una celda; el que llora y protesta, tanto si alguien le observa y escucha como si no.

Y, ahora mismo, la rodilla de Craig no deja de sacudirse junto a la pata de la mesa, lo que hace que esta se tambalee. Lo hace cuando está estresado. Y pone de los nervios a Kelly, a la que se le encoge el corazón. Se conocen lo suficiente como para que ya haya cosas que les sacan mutuamente de quicio. Él no soporta que ella deje tazas de té medio vacías por todas partes y ha empezado a dejarlas en el escurridor para que ella vea cuántas se acumulan en un solo fin de semana. Es como un juego, pero la última vez que Kelly vio la pila de tazas pensó que eso sería algo en lo que jamás estarían de acuerdo. Y sintió cariño y tristeza al mismo tiempo. Quién se lo iba a decir… Sabe que después estará triste, pero ahora deja correr libremente su ira. Es la única forma de sobrevivir.

—He estado pensando en el consejo que me diste —dice—. Sobre que me mantuviera alejada de Madison. Creía que lo hacías para protegerme, pero no es así, ¿a que no?

Craig sacude la cabeza.

—Lo que tienes que entender, Kelly… —empieza diciendo.

—Lo que tenga que entender —lo interrumpe Kelly, como si fuera Elizabeth Bennet en *Orgullo y prejuicio*— es asunto mío. Y, por lo que he entendido hoy, cuando una adolescente con el corazón roto por fin me ha contado la verdad sobre el hombre al que amo… —Se plantea decir «amé», pero todavía no puede. La cosa es que está siendo sincera y todavía le quiere, algo que le duele y la enfurece—. Lo que he entendido es que me has mentido desde el principio. Nunca, jamás, dijiste que estabas casado. O que lo habías estado. Nunca mencionaste que tenías una hija. Cuando te mudaste, no dijiste que habías dejado a tu mujer esa mañana. Esa mañana, Craig.

Kelly se lleva las manos a la cabeza. Craig coloca las puntas de los dedos sobre su antebrazo en lo que en el lenguaje corporal de ambos suele significar que quiere cogerle las manos. Pero ella le aparta.

—Cuando te conocí… —empieza Craig y, aunque Kelly no le mira, detiene el impulso de taparse las orejas con las manos—. Cuando nos conocimos, admito que estaba buscando algo con lo que… divertirme un poco. Lo decía en mi perfil de citas.

—Sí, justo debajo de donde habías puesto «soltero».

Craig coge aire.

—Debajo de donde puse soltero, sí. No quería nada que fuera complicado.

—¿Y qué tal te va en ese aspecto?

Craig se mira sus propias manos.

—Mi matrimonio se había terminado hace tiempo. Sabía que Jo había tenido algo con un tío del trabajo; más o menos me lo dijo. Llevábamos… meses sin sexo, pero no solo era eso. Parecía que ya no nos gustábamos el uno al otro.

Craig hace una pausa. Kelly le conoce lo suficiente como para saber que está esperando a que ella diga algo para que resulte más sencillo. Pero Kelly coloca los pies sobre las patas de la silla en la que está sentada y piensa en la expresión de valentía y sufrimiento en el rostro de Madison.

—Pobrecito.

—No teníamos nada en común. Y Madison… Madison es complicada. —Con ese chascarrillo, invita a Kelly a que participe.

Y Kelly no va a dejar pasar la oportunidad.

—¿Estás a punto de culpar a una niña por el hecho de que te creaste un perfil de citas y no mencionaste que estabas casado? ¿De que te mudaste conmigo sin contarme que tenías familia?

—Claro que no. Estoy tratando de explicártelo, Kelly. Me… me sentía solo. Estaba buscando algo de… diversión. No sabía que las cosas terminarían… así. Nunca pensé que conocería a alguien como tú. Y mucho menos que me enamoraría tanto de ti.

—¿Por qué las citas? ¿Por qué no… te liaste simplemente con alguien?

—Porque no quería eso. Quería algo… —Sacude la cabeza—. No sé qué quería. Pero cuando te conocí fue irrelevante porque solo te quería a ti. Antes de la pandemia me planteé dejar a Jo. Incluso lo hablamos un poco.

—¿Lo corroborará?

—Bueno, ella te diría que discutimos sobre ello —responde, y se encoge de hombros—. Si no me hubiera enamorado de ti…

Oh, Kelly no puede más con esto.

—¿Entonces es culpa mía? De momento solo te he escuchado culpar a tres mujeres por el hecho de que me mentiste y seguiste adelante con las mentiras. A tu mujer, a tu hija y a tu… lo que sea que soy. A la idiota de tu novia. A tu exnovia, que por fin vio la luz.

Kelly levanta la vista y ve a Craig con las manos levantadas en un gesto de «por favor, no me dispares». Kelly está llorando; es inevitable. Las lágrimas le queman sobre las mejillas y parece que tiene una roca dura y fría en el estómago.

—No estoy diciendo que tuviera razón. Yo solo… te quiero, Kelly, y creo que se me fue un poco la pinza durante el confinamiento. Jo y yo apenas nos hablábamos, y Madison no salía de su cuarto si podía evitarlo. No dejaba de pensar: «esta es mi vida». —Kelly no le mira, pero sabe que ahora él también está llorando—. Toda esa gente muriendo todos los días y toda esa gente lamentando sus pérdidas. Pensé que, si me moría, me arrepentiría de no estar contigo.

Kelly aparta la vista y exhala una larga y lenta bocanada de aire que, en su mente, se disuelve en la atmósfera que la rodea. Las personas buenas toman malas decisiones. Nunca ha tenido dudas sobre el amor de Craig; en eso, cree que no se equivoca. Piensa entonces en su tesis. En todos esos hombres mediocres y todas esas brillantes mujeres que se quedaron a su lado o tras ellos. Una parte de su cerebro le dice: «Al menos ahora podrás terminar tu doctorado y después podrás ir adonde quieras y hacer lo que quieras».

—Si tuviera que volver a hacerlo, lo haría de otra manera —asegura Craig—. Como es debido. Me enfrentaría al hecho de que mi matrimonio se había acabado, me marcharía de casa y después te habría conocido. En nuestra primera cita te habría hablado de Jo y de Madison.

Kelly mira a Craig. Le cree, de verdad que sí, pero... Las lágrimas ya no caen de sus ojos, sino que se han detenido en un suave y húmedo nudo en su garganta.

—Por favor, Kelly.

—Por favor, ¿qué? —consigue decir Kelly. Ese rostro adorable... ¿de verdad ella no lo sabía? ¿De verdad nunca sospechó? ¿El hecho de que nunca fueran a su casa y de que solo le contara retazos imprecisos de su historial romántico desde que tenía veinte años? ¿Lo de que estuviera tan dedicado a su trabajo como para nunca tener una relación seria cuando no había ninguna muestra de que le encantara lo que hacía?

—Por favor, déjame intentarlo. Yo... me marcharé de aquí y de mi... —Kelly se da cuenta de que deja de hablar antes de pronunciar la palabra «casa»—. De la casa de Jo y buscaré un piso si no quieres que me quede aquí. Podría alquilar algo durante seis meses. Me divorciaré..., bueno, quiero decir que lo haré a la vez que me marcho. Empezaré mañana; iba a hacerlo, de cualquier modo.

Kelly está a punto de ceder.

Pero entonces recuerda los libros que Loveday le dio. En cada uno de ellos aparece una mujer en un mundo que se le pone en contra; una mujer que confía en sí misma a pesar de lo que diga ese mundo.

—Pues, en realidad, Craig, divórciate si quieres. Creo que probablemente se lo debas a tu mujer. Y la próxima vez que empieces a salir con alguien, sé sincero. —Kelly siente una oleada de amor (sí, de amor) por Madison, que ha tenido que ver a su madre sufrir en casa, que se ha visto con un padre repentina e inexcusablemente ausente, que ha tenido que acudir al único sitio en el que pensaba que podría estar su padre y que después ha tenido que escuchar a Kelly hablando sobre Craig.

—No quiero salir con nadie, quiero estar contigo. Estaba asustado.

—Ya lo veo. Pero te has portado como una mierda conmigo y de una forma inexcusable con tu mujer y tu hija, así que hemos terminado.

Craig empieza a llorar de verdad y se limpia la nariz con las manos.

Kelly es incapaz de mirar. Cierra los ojos, los abre, se levanta y deja atrás a Craig. Se mete en su cuarto —sí, su cuarto, de nuevo el de ella y no el de ambos— y vacía el contenido de los cajones de Craig y su parte del armario sobre el suelo. Después lo saca todo por la puerta para que Craig lo recoja del rellano. La ha seguido hasta el dormitorio y no para de mirar su ropa en el suelo y el rostro de Kelly, como si no se creyera que para ella esa es la única solución posible.

—Quiero que te vayas —pide Kelly—. No quiero que vuelvas. Si lo haces, te denuncio.

No está segura de a quién iba a denunciarlo, pero tampoco es que él esté en condiciones de discutirle la mentira.

—Te quiero —dice Craig.

Kelly se traga algo que son más náuseas que amor.

—Si te dejas algo, lo tiraré a la basura.

—Kelly, te quiero.

—No me importa —responde ella—. Me quedaré en el dormitorio y no pienso salir hasta que te hayas marchado. Deja tu llave en la mesa del salón. Llévatelo todo porque no vas a volver.

—Pero…

Por supuesto que a Kelly le importa. Pero le parece que tiene derecho a soltar una mentira. Ya habrá tiempo para pensar en el amor cuando Craig se haya ido.

Kelly se quita los zapatos y se mete en la cama. No tiene intención de desvestirse con Craig en casa. Esa mañana, iba por la casa en braguitas, bebiendo té y tratando de recordar qué prendas aún le valían para así poder comerse un bollito de canela en el trabajo; todo eso mientras Craig estaba en la cama con las manos detrás de la cabeza y la contemplaba. Le había dicho que era preciosa. Ella se había reído, le había dado las gracias y le había devuelto el cumplido. A continuación, como gesto, le hizo una reverencia, algo que ambos convinieron que no tenía sentido, puesto que solo llevaba puestas unas braguitas.

Esta noche, tiene tantas probabilidades de desnudarse en la calle como delante de Craig mientras este siga en el piso.

Se cubre con el edredón y coge de la mesilla su ejemplar de *Todo sobre el amor,* de bell hooks.* Pero, claro está, no puede concentrarse. Está demasiado molesta y no quiere ponerse a llorar hasta que él se haya marchado. Además, ahora mismo, ya sabe todo lo que hay que saber sobre el amor. Está empachada.

Y está acalorada. Muy acalorada.

---

* «bell hooks», escrito en minúscula, es el seudónimo de la escritora Gloria Jean Watkins. *(N. de la T.)*

71

Casey

«Querida Librería de la Esperanza:
Hay tanto que hacer… y me siento como si esto nunca fuera a terminar, y no puedo dormir ni desconectar. No quiero ningún libro en particular. Solo quiero…».

Al principio, Casey pensó que, cuando su amigo Will el paramédico, murió, nada podía ir peor. Les había mandado fotos del bebé al grupo de WhatsApp y se había marchado de casa para mantener a su familia a salvo. Los tres días posteriores a su muerte fueron, hasta ese momento, los peores que Casey había pasado en el trabajo en su vida. Ninguno de sus compañeros podía mirar a los otros a la cara sin ponerse a llorar. Una de las enfermeras en prácticas gritó a alguien en el pasillo por no llevar mascarilla. Ninguno podía, ni quería, creer que Will ya no estaba.

Pero, ahora, ha perdido la cuenta de los fallecidos. Recuerda, como si fuera algo que apenas logra comprender, el momento en el tiempo en el que tenía sentimientos de sobra. Ahora, cuando piensa en Will, es como si no le quedara espacio libre en el corazón. Cuando llama a las familias para comunicarles que su ser querido ha muerto o para acordar con ellos que pueden —que solo uno puede— venir a despedirse, siente una especie de compasión abstraída. Sabe que es complicado, así que lo hace bien, con amabilidad y atención. Pero sus sentimientos están en otra parte. Quizá en el mismo lugar que sus horas de sueño.

Contempla a sus compañeros. Algunos han perdido peso, otros lo han ganado; algunos se han cortado el pelo, otros se lo han dejado crecer. Es como si ninguno de ellos pudiera permanecer como antes. Ahora apenas utilizan la sala que montaron al principio de la pandemia para estar tranquilos porque siempre están callados. El silencio está en todas partes. No hay nada que decir, más allá del intercambio de información necesario para trabajar. Quizá las conversaciones vuelvan con las buenas noticias: algo sobre un descenso notable de los casos o una vacuna.

Con el tiempo, Casey se da por vencida. Acepta la oferta de recetarle pastillas para el sueño y borra del móvil el correo electrónico a medio escribir para la librería.

72

Loveday

El lunes, la atmósfera de verano es cálida y seca y Sarah-Jane está despierta y ataviada para trabajar en el jardín antes de que Loveday y Nathan salgan para la tienda.

—Tengo que regar todas las plantas antes de que salga el sol —dice.

—Relájate —comenta Loveday, aunque lo que realmente quiere decir es: «Qué contenta estoy de que te encuentres mucho mejor». Le da un abrazo a su madre, coloca la cabeza sobre su hombro y se siente como una niña, en el mejor sentido de la palabra. Sarah-Jane vuelve como voluntaria al refugio para mujeres al día siguiente. Solo un par de horas, nada demasiado extenuante, pero a Loveday le alegra ver unas muestras tan claras de recuperación. Desde la noticia de la muerte de Will, se ha aferrado a toda muestra de esperanza. Le ha llevado más libros a Zoe, se los ha dejado en la puerta, ha llamado al timbre y se ha alejado en su bicicleta porque no tiene ni idea de qué decirle a una mujer que ha perdido a su marido por el covid.

Mientras abre la puerta principal de la librería, algo la detiene. Casi puede olerlo en el ambiente.

—¿Todo bien? —le pregunta Nathan, que se detiene detrás de ella y le pone una mano en la cintura.

—Creo que sí —responde Loveday, porque ya vemos suficientes cosas en el mundo como para preocuparnos por las que no vemos. Alarga la mano hacia el gel hidroalcohólico, algo que se ha convertido en un acto reflejo, pero que esta mañana le sirve de protección contra no sabe muy bien qué. Hay algo en el ambiente que no le gusta. Tiene gracia, y a la vez no la tiene, la forma en que el sexto sentido que desarrolló durante el matrimonio violento de sus padres nunca la abandonará.

—Voy a darle una segunda capa de pintura al enladrillado.

A Loveday le encanta que, desde que Nathan empezó el proyecto, una simple pared ahora sea «el enladrillado».

—Qué buena idea —dice Loveday, a lo que después añade, porque siempre es más fácil expresar tus sentimientos cuando alguien no te mira directamente a la cara—: Sé que al principio no me entusiasmaba mucho lo del jardín, pero estaba equivocada. Es muy importante.

Nathan se vuelve hacia ella.

—Tenías demasiadas cosas en la cabeza como para hacerle caso a un poeta desquiciado con ideas a medio cocer porque no tenía nada más que hacer —dice.

—Aun así. —Loveday traga saliva con dificultad; no cree que vaya a ponerse a llorar, pero es mejor estar segura de ello—. Esa es la cuestión, ¿no? Estamos todos tan ocupados tratando de que las cosas funcionen que se nos olvida (a mí, al menos) lo que importa de verdad.

Nathan la mira; es la clase de contacto visual, cariñoso y comprensivo que Loveday puede soportar.

—No creo que fuera eso. Tenías muchas cosas importantes en las que pensar, todas de golpe. No es lo mismo. —Se acerca a ella y le da un beso en la frente—. ¿Te apetece un café en un rato?

—Sí, estupendo.

Loveday enciende el portátil. Las solicitudes de recetas siguen entrando a un ritmo de entre doce y cuarenta al día. Libros para afrontar la realidad, libros para aprender a hacer ganchillo, libros que parezcan nuevos para regalarlos. Libros que apenas recuerdo de la infancia, libros con letra grande que pueda enviar a la residencia de mi padre. Cuando vuelvan a tener clientes en la tienda, lo que podría no suceder en una temporada, Loveday está pensando en poner un mostrador que sea exclusivamente para la farmacia de libros. Vanessa podría pintar un cartel para ello, parece capaz de hacer cualquier cosa artística. Realizó un trabajo excelente con el de «*Black Lives Matter,* lee aquí sobre el tema», que colocaron sobre la estantería en la parte delantera de la tienda y que está llamando positivamente la atención cuando hablan sobre ella en redes sociales. Pensar en que la gente podría volver dentro, en lugar de atrincherarse fuera junto a una mesa con caballetes que va de lado a lado de la puerta, resulta extraño. Loveday lo comprueba con su corazón: sí, estará encantada de volver a darle la bienvenida a la gente a la tienda. Incluso aunque esas personas a veces puedan ser demasiado.

Kelly tiene un documento para las recetas que hace que encontrar recomendaciones sea más fácil que empezar de nuevo el proceso cada vez que entra una nueva solicitud. Además, tiene sentido: mucha gente se siente sola, busca comodidad y esperanza en sus libros favoritos de la infancia o quiere evadirse de la realidad. Un solo libro puede conectar con muchas personas.

Pero Loveday nunca se ha molestado en consultar la hoja de cálculo. Opina que, si alguien ha sido lo suficientemente valiente como para expresar todo lo que siente en un correo electrónico dirigido a una librería, entonces ella también debería dedicarle toda su atención al contestar. A no ser que esté atascada, claro. Las solicitudes sobre libros de crímenes le revuelven el estómago y tiene poco que ofrecer en lo referente a literatura infantil. En esos momentos se felicita a sí misma por haberse adelantado a los acontecimientos y haber contratado a Kelly.

—Loveday.

No es habitual que Nathan parezca, o suene, inquieto. Como tampoco lo es que su rostro ya de por sí pálido haya perdido el color. Pero se ha situado delante de Loveday y el ambiente que le rodea está crispado.

—¿Qué? ¿Qué ha ocurrido? —Loveday se levanta y le mira de arriba abajo en busca de sangre o algún dolor. No hay nada.

—Alguien ha entrado en la parte de atrás y ha…

—No. —Pero ya lo sabía. Nada más atravesar la puerta, sabía que algo iba mal.

—Sí.

Sigue a Nathan hasta el fondo de la tienda, donde el refugio de lectura exterior está casi listo.

O lo estaba el día anterior: los maceteros esperando a las plantas, los muebles hechos con palés, mucho más trabajados que antes y prometiendo no parecer tan terribles cuando los cubrieran con mantas.

Loveday busca la mano de Nathan, aunque no está segura de quién sujeta a quién.

No puede ser.

No puede ser.

Pero lo es.

El enrejado está astillado; los muebles hechos con palés, ladeados y tirados al suelo, hechos pedazos. Hay celosía sobre los listones de madera y los maceteros están bocabajo; los de terracota destrozados y los de madera astillados. La caja de las mantas, rellena con todas las que Archie tenía de estilo tartán, está volcada en el suelo y tiene la bisagra de la tapa destrozada, y las mantas —rojas, verdes, crema y naranjas— se han desparramado. Loveday, incapaz de procesar lo que está viendo, pero consciente de lo que puede hacer, se acerca a recoger las mantas. Se las puede llevar a casa y lavarlas.

Cuando va a agacharse, Nathan extiende una mano.

—No las toques. ¿No lo hueles?

—¿El qué? —Loveday lo percibe mientras pregunta—. Oh, por Dios… ¿Por qué haría alguien…?

—Por maldad —responde Nathan. Las lágrimas y la ira se distinguen a partes iguales en su voz.

Loveday asiente. Mearse en las mantas demuestra que esto es más que puro vandalismo.

Y ahora quiere gritar, perder el control. Romper algo ella misma. Ponerse de cara a la pared y sollozar.

Se obliga a respirar, profunda y lentamente, lo que le trae el recuerdo a la cabeza de cuando recitaba poesía y necesitaba encontrar fuerza en un lugar en el que se sentía expuesta y asustada.

Loveday busca la mano de Nathan.

Nota la tristeza en la garganta. Un día antes, este lugar estaba repleto de... espacio. De aire limpio. De una idea, una posibilidad. De paz, de seguridad. Olía a madera reutilizada, tierra a la espera de ser usada y pintura secándose. Ahora todo está roto, lleno de basura y apesta como los huecos de la escalera de los aparcamientos. Tiene peor aspecto —y huele peor— que cuando Nathan empezó a trabajar, y por entonces no había mucha esperanza en el proyecto. Ahora no es que esté abandonado, está destrozado. Lo han roto a propósito.

Loveday no puede llorar si Nathan no lo hace primero. Es él el que realizó el trabajo. El que consiguió que se hiciera realidad. Ahora está sacudiendo la cabeza y masajeándose la frente como si en realidad todo fuera bien y, de alguna forma, lo estuviera viendo y procesando incorrectamente.

Loveday sabe lo firmes que eran los muebles, lo pesadas que eran las macetas. Quienquiera que haya causado este desastre estaba decidido a cargárselo todo.

—¿Cómo lo han hecho? —pregunta Loveday.

Tampoco es que importe, el daño ya está hecho. Pero es la pregunta en la que su cerebro decide centrarse para hacer de barrera y bloquear el resto.

Nathan se encoge de hombros.

—Algo con filo, ¿un hacha? No lo sé. Nunca he despedazado nada de esta forma.

«No —piensa Loveday—. Tú construyes cosas, los dos lo hacemos, juntos».

—Es... —empieza a decir Loveday, pero se interrumpe y lo intenta de nuevo—. Es tanto esfuerzo. —Se refiere a todo el esfuerzo que alguien ha destruido. A todo el que van a tener que hacer de más para arreglar las cosas.

—Loveday... —dice Nathan.

—Lo sé. —Sabe lo que quiere decir porque lo presiente. Es algo peor que la gran derrota que siente al contemplar toda esta catástrofe. Es el hecho de que alguien vino a causar toda esta destrucción. A hacer daño. Alguien a quien no conocen —o, lo que es más probable, alguien a quien sí conocen— quería cargarse este sitio. Se acerca más a Nathan, le rodea la cintura con los brazos, se aferra a él. Él le rodea los hombros con los brazos y también se aferra a ella.

—Podemos arreglarlo —asegura Nathan, pero hay cansancio y monotonía en su voz—. Conseguiré una furgoneta e iremos al vertedero municipal.

—Vale. —Lo último que quiere hacer Loveday es cargar una furgoneta, y lo antepenúltimo que quiere hacer es ir al vertedero.

—Menos mal que todavía no habíamos ido a recoger las plantas de George y Rosemary.

—Sí, supongo que sí. —Loveday no está del todo lista para ver el lado bueno de la situación.

Nathan está dándoles pataditas a los trozos astillados del enrejado que están amontonados en una especie de extraño montón. A Loveday se le revuelve el estómago y nota la bilis en la boca.

—Por Dios, Nathan, ¿crees que tenían intención de provocar un incendio?

Nathan se acerca y la coge por los hombros.

—Estaban haciendo hueco para pintar con espray las paredes, eso es todo —responde.

Loveday apenas había asimilado los daños. El enladrillado que Nathan había frotado hasta dejar limpio y el cemento que había reparado y pintado está garabateado de arriba abajo con pintura negra.

Es más de lo que puede soportar.

En su nombre, en el de Nathan, en el de Archie.

No puede dejar de pensar que aquello iba a ser un espacio seguro y se lo han cargado.

Nathan tiene la cabeza inclinada hacia un lado y está observando la pintura en espray.

—No tiene pinta de que hayan tratado de escribir algo. No sé si eso es mejor o peor.

Loveday se ríe.

—Mejor —responde.

Nathan se yergue y suspira.

—Imagino que sí. ¿Quieres llamar a la policía o me encargo yo?

Y entonces llaman a la puerta delantera.

Un hombre y una mujer, con mascarilla y trajes protectores, se presentan y dicen que vienen del Ayuntamiento.

—Hemos recibido una denuncia de que no cumplen con las leyes covid —les informa uno de ellos—. Estamos aquí para ayudarles y aconsejarles. —Colocan sus tarjetas de visita sobre el mostrador y a Loveday le entran ganas de preguntarles si no tienen nada mejor que hacer. Pero se calla. De nada sirve poner en tu contra a las personas con poder.

—Me he fijado en que ninguno de los dos llevaba mascarilla cuando se han acercado a la puerta —añade el segundo.

—Somos pareja —explica Nathan—. Me refiero a que vivimos juntos.

—Y nadie más va a venir hoy a la tienda, es el día libre de mi gerente —añade Loveday—. Además, nos hemos puesto la mascarilla y nos hemos desinfectado las manos antes de dejarles pasar. Conocemos las normas y normalmente no dejamos que los clientes entren para nada.

—¿Y cuál es su régimen de limpieza?

—Cuando viene el resto de empleados nos ceñimos al distanciamiento social y cada uno trabaja en una zona. Además, limpiamos todas las tardes.

—¿El resto de empleados?

—Nuestra gerente. Cuando está aquí trabajamos en lugares distintos de la tienda. Y también tenemos a una persona que viene a ayudar los sábados. —Loveday piensa en las pausas para el café, en el piso de arriba, y en cómo quizá sentarse unas bastante separadas de las otras no baste. No deberían relajarse.

—Si descubrimos que no cumplen las normas, podemos cerrarles el negocio hasta que estemos seguros de que las han comprendido y las seguirán en el futuro. También podemos ponerles una multa.

—¿Quién nos ha denunciado?

—Me temo que no podemos revelarlo.

—Pero…

—La confidencialidad nos obliga a ello, señorita Cardew.

—Es que… —empieza a decir Loveday, que odia que su voz suene como si estuviera a punto de quebrarse por las lágrimas, pero es lo que hay—… anoche destrozaron nuestro jardín de lectura y es como si alguien fuera a por nosotros.

—Podemos pasar los datos del informante a la policía, aunque cabe la posibilidad de que fuera un chivatazo anónimo. Lo importante es que podemos ayudarles y asesorarles tanto como necesiten.

Loveday respira tan profundamente como puede en un vano intento de reunir cierta calma. El corazón le va tan rápido como cuando deja que Nathan la convenza para salir a correr. Los dedos se le contraen como cuando sus padres se peleaban y ella se quedaba arriba, asustada en su dormitorio, pasando las páginas de algún libro cada vez más y más rápido, devorando las palabras como si pudieran llenarla por dentro hasta que se sintiera segura y feliz.

Cuando coge aire, detecta el olor de los bollitos de canela procedente del local de al lado. Una bocanada de dulzura es exactamente lo que le hace falta, pero duda que ofrecerse a ir a por un café vaya a ser algo positivo.

—¿Qué quieren de nosotros? —pregunta y, en esta ocasión, su voz apenas tiembla.

73

Kelly

El covid afecta rápida y fuertemente a Kelly. Las primeras veinticuatro horas se suceden en un caleidoscopio de dolores de cabeza y de corazón: duerme, se despierta, alarga el brazo en busca de Craig, recuerda lo que ha pasado. Tiene sed, pero ni es capaz de imaginarse cómo podría llegar al baño o la cocina. Nota que está enferma, pero no tiene energías para pensar en ello, así que se queda tumbada boca arriba, con los ojos cerrados, una mano sobre la tripa y la otra sobre los ojos, y respira. No muy profundamente porque eso la hace toser y, cuando las toses empiezan, no hay forma de pararlas. «Bueno, pues esto es lo que hay, se acabó», piensa. Una y otra vez. No sabe a qué se refiere con lo de que «es lo que hay». A lo mejor sirve para todo: el covid, la traición, la soledad, el final. Es terrible, imposible, esta es mi vida; es lo que hay. Es demasiado, no es nada; es lo que hay. Esto es estar sola, esto es morirse, esto es lo que le está pasando a todo el mundo. Esto es lo que hay.

Se deja transportar hacia algo que ni es sueño ni descanso, pero que, a su manera, es tranquilo. Es de noche, luego de día, y luego de noche otra vez. Tiene sed. La garganta le duele por la tos y los ojos le arden.

Cuando vuelve a la cama, se da cuenta de que su móvil está brillando en la mesilla. Ni siquiera es capaz de procesarlo. Vuelve a quedarse dormida. Si es que esto es dormir, porque no está segura. Es más como si te aplastara una gran piedra plana. Le duele todo: la garganta, la cabeza, el pecho. Y le arden los pulmones.

74

Rosemary, 2005

A Rosemary no le preocupaba especialmente la jubilación, pero tampoco dejaba de preocuparle. Sabía que la persona que es en el trabajo no siempre es la persona que le gusta ser. La «directora Rosemary» va ataviada con lo que George denomina «trajes de Margaret Thatcher», algo que a él le parece una broma, pero que realmente no lo es. Cuando la ascendieron (y escogió los centros educativos más duros porque es imposible ascender a una mujer por encima de sus compañeros masculinos sin asegurarse antes de que le costará), sabía que necesitaría una armadura. Y Thatcher, a la que Rosemary no le había dedicado mucho más tiempo, sabía cómo vestirse para dar la imagen de una mujer a la que no querrías enfadar.

Cuando Rosemary se ponía su armadura, era la directora de pies a cabeza. Escucha y es justa, pero, cuando ha tomado una decisión, no hay vuelta atrás. Cuando tiene que ponerse seria, lo hace, y, cuando tiene que quitarse la chaqueta para resultar tranquilizadora, también puede hacerlo.

Eso sí, nada más llegar a casa para estar con George, se quitaba la chaqueta. Normalmente era un alivio, pero a veces se preguntaba: «¿Y si a la directora Rosemary le hace falta una salida? ¿Y si no puedo dejarla atrás? ¿Y si empiezo a enfadarme con George porque no hace las cosas como yo quiero?».

Aun así, han decidido jubilarse, sus sustitutos ya están escogidos y lo único que pueden hacer es seguir adelante.

—¿Te preocupa? —le preguntó un día a su marido una semana antes de que terminara el trimestre.

—Que si me preocupa ¿el qué? —George había traído a casa una caja con todas las cartas de agradecimiento de padres y alumnos que había recibido a lo largo de su carrera, y los programas de las obras de teatro con las que, cada año, daba la brasa hasta conseguir montarlas y en las que juraba que no volvería a participar.

Rosemary sacude la cabeza. Va a parecer una idiotez cuando lo diga en alto, pero lo dice igualmente.

—Nos hicimos novios en la sala de profesores..., hemos pasado toda la vida en el colegio. —No sabe expresarlo del todo, pero está segura de que George la entenderá. Su vida juntos ha estado marcada por las largas vacaciones de verano y las obras de teatro navideñas, las épocas de exámenes y las tardes de domingo en la mesa del comedor, en las que se aseguraban de que todo estuviera listo para las clases de la semana siguiente. Las tardes con los padres eran el único día en el que comían comida para llevar y cogían las patatas fritas directamente del envoltorio con los dedos, porque el cansancio y el hambre les impedía tener paciencia y utilizar los cubiertos.

George sonríe.

—Y ahora pasaremos el resto de nuestras vidas en el jardín —dijo, y Rosemary sintió que se quitaba un peso de encima. Cierto, George tenía razón.

Al día siguiente, cuando se vistió, dejó la chaqueta en la percha.

Cuando llegó a casa, George ya había vuelto y estaba podando el manzano al que tanto cariño tienen. Lo plantaron la primera primavera que pasaron en su nuevo hogar y ya estaba tan alto como George.

—Mira —dice su marido cuando la ve acercándose—, ¿te acuerdas de cuando lo plantamos? Teníamos que sujetarlo con un palo, y míralo ahora.

Entonces, Rosemary dejó de preocuparse.

75

Kelly

Lo primero que Kelly nota es un zumbido en la cabeza, ruidoso e interminable. Un golpeteo en los oídos. Su nombre, pronunciado una y otra vez.

Va a la puerta, aunque no sabe cuánto tarda en llegar hasta ella. Cuando la abre, se encuentra con una bolsa en el escalón y con Loveday y Nathan, parados a una buena distancia.

—¡Dios santo! ¡Menos mal! —exclama Loveday.

—Hemos estado a punto de llamar a la policía —añade Nathan.

Kelly se apoya sobre la puerta del recibidor, pero sigue sin entender nada. Se desliza lentamente para sentarse y cierra los ojos. La voz de Loveday la rodea, menciona a Madison, a Craig, a su padre. «Tu padre está bien, dice que no te preocupes por él», escucha, y «te va a llamar el médico», «mañana vendremos a ver cómo estás», «llámanos si necesitas algo». Trata de asentir, lo que casi la hace vomitar, y después mete la bolsa en casa, tirando de ella, y cierra la puerta. Se acurruca en el recibidor y, cuando se despierta de nuevo, vuelve a estar oscuro.

Las pesadillas son lo peor. Y la tos. Y el cansancio. Y la combinación de las tres. Sea como sea, la primera vez que abre los ojos y no se arrepiente de ello es tres días después. Las bolsas que Loveday le ha ido dejando en la puerta están en el recibidor, y el simple hecho de ver lo que contienen (plátanos, yogures, cereales, leche, chocolate) le revuelve el estómago. Se pregunta si será capaz de volver a salir de la bañera si se mete en ella y decide que no merece la pena intentarlo.

Para cuando Loveday regresa al día siguiente, Kelly ha conseguido mirar su móvil el rato suficiente como para leer todos los mensajes de Craig, que comenzaron a entrar casi en cuanto se marchó. Lo siente; no sabe qué hacer; ha vuelto a casa, pero no porque quiera, sino porque no tiene otro sitio al que ir.

El mensaje sobre el covid llega a las dos de la mañana del día siguiente de que se marchara.

«Kelly, tengo fiebre y tos».

Un día después:

«Espero que estés bien».

Dos días después:

«Madison y Jo no me hablan pero me están dejando comida en la puerta de la habitación».

Y entonces, durante los días siguientes, hay un aluvión de mensajes en los que espera que Kelly esté bien, se encuentra un poco mejor, sabe que no le cree pero la quiere de verdad, la echa de menos.

Luego hay un cambio en el tono:

«Kelly, sé que estás enfadada. Entiendo que no quieras saber nada de mí. Pero Madison dice que nadie sabe nada de ti y que no abres a nadie en tu casa. ¿Podrías al menos confirmarme que no te has muerto?».

Kelly está a punto de responder, pero en ese instante se da cuenta de que el mensaje es de hace tres días y que, para entonces, a través de Loveday y de Madison, ya sabrá que está bien. Borra los mensajes y bloquea su número de teléfono. Quizá al día siguiente sí pueda darse un baño.

76

George

George sabe que es agosto, pero, de alguna manera, el jardín parece tan frío como a finales de noviembre. A lo mejor está relacionado con el hecho de estar enfermo o con las consecuencias del covid. Sea lo que sea, da igual. Lo importante es esto: George nunca había encontrado razones para dudar de lo que le estaba diciendo su cuerpo… hasta este momento.

El sol brilla, así que es imposible que tenga frío.

Ha comido, así que es imposible que tenga hambre.

Se ha tomado los calmantes, así que es imposible que sienta dolor.

Y aun así…

Lo que necesita es a Rosemary con su cesta, un termo y una manta, y las galletas caras que ella cree que a George le parecen lo mejor del mundo. Rosemary es una buena mujer. Durante sus años de convivencia, han ido creando rutinas para todo. Cuando están en el jardín, realizan juntos algunas tareas y después él recoge mientras ella prepara el té. Últimamente los descansos para el té se alargan y, aunque antes trabajaban un poquito más en el jardín al final de la tarde —comprobaban el compost o inspeccionaban el reverso de las hojas por si tenían larvas problemáticas de alguna clase—, ahora dedican ese tiempo extra a leer. Si alguno de los dos se queda dormido, el otro lo deja tranquilo hasta que empieza a hacer frío.

No ser capaz de mantenerse caliente es una de las cosas que los médicos dijeron que podría ocurrir. A George le resulta un poco peculiar, pero es lo que hay. Todo se ha vuelto peculiar. Los días de la semana, las horas de las comidas…, ya nada tiene sentido. Creía que habían ido a comprar leche hace poco, pero, cuando fue a preparar un té, le olía rara. Aunque dicen que el covid te afecta al sentido del olfato; quizá fuera eso.

—¿Rosemary? —Le sale un hilo de voz tan débil que apenas se escucha a sí mismo. No es de extrañar que su mujer no aparezca.

George sabe que, a medida que su enfermedad avance y se fortalezca, crezca y gane terreno, cada vez quedarán menos días como este. Aun así, claro está, ha pasado por cosas peores. Ahora le duelen los huesos y la cabeza y no puede concentrarse como antes, pero, como dice Rosemary, ¿quién se parece a su antiguo yo? Nadie.

Cuando George piensa en las partes más importantes de su vida, son Rosemary y su jardín. No es que la enseñanza no lo fuera, pero, cuando se jubilaron —y George es consciente de que, aunque Rosemary no tenía motivos para sentirse así, le preocupaba—, fue como si su trayectoria profesional nunca hubiera existido.

A veces se pregunta cuándo decidieron hacerse profesores. La gente asegura a menudo que la enseñanza es algo vocacional, y no les falta razón, porque nadie se metería a ella por el dinero. Además, no es una vida fácil, a pesar de las aparentemente interminables vacaciones. Pero, cuando vuelve la vista atrás, George es incapaz de localizar el momento exacto. Su padre era ingeniero, trabajaba largas horas en una fábrica de textiles, siempre tenía los pies fríos y los dedos y los brazos llenos de marcas y cortes, como si mantuviera un registro en su piel de los días que había trabajado. Su madre se quedaba en casa y lo único que quería era que George trabajara en un lugar calentito y seguro. Durante las vacaciones de la universidad, George había ayudado con las fotocopias y el correo en una oficina y no le había gustado la masculinidad tóxica y obligatoria que se respiraba en el ambiente. La idea de pasarse un día sí y otro también hablando sobre deportes y «estando de guasa», que a George no le parecía distinto de intimidar a los demás y ser un borde, no le llamaba la atención en absoluto. Entonces su madre lo ofreció voluntario para que ayudara con las matemáticas a sus alborotados primos, y conseguir que le escucharan y que después se implicaran le resultó mil veces más satisfactorio que cualquier otro trabajo que hubiera desempeñado.

Las posibilidades de Rosemary no eran como las suyas. Lo ideal, al menos según sus padres, habría sido que se casara con un vicario o que se metiera a monja. A menudo bromeaba sobre ello —a pesar de que dejó de hacerlo cuando murieron sus padres—, pero George sabía que, básicamente, era cierto. Como no pudo ser, las demás opciones eran: enfermera, profesora o secretaria. Y solo hasta que se casara y empezara a formar su propia familia (otra cosa que Rosemary solía decir: «1960 o 1860, lo mismo da que da lo mismo para mis padres»). «Me gusta dormir —le contó a George durante una de sus primeras conversaciones en la sala de profesores—, así que nunca lograría ser enfermera. Y lo de ser secretaria…, estoy segura de que no está mal, pero no es para mí». Incluso entonces, a George le costaba ver a Rosemary, que era capaz de silenciar un aula llena de alumnos con el más mínimo y calculado movimiento de sus cejas fruncidas, pasando más de una tarde tomando notas al dictado.

Allí sentado en la tarde fría —qué importa el té, no tardará en ser la hora de cenar—, George supone que encontraron algo en la enseñanza; de lo contrario, ninguno de los dos se habría seguido dedicando a ello. Conocían a muchos profesores que iban en automático; que hacían lo que tenían que hacer y no seguían más allá. George y Rosemary nunca fueron así.

—¡George! —La cara le resulta familiar, pero a Rosemary se le dan mejor los nombres que a él. Ella sabrá quién es. Después aparece un hombre alto.

—Usted debe de ser George —dice—. Soy Nathan, de la librería, la pareja de Loveday.

—Hola —dice George. Ah, claro, Loveday.

Desvía la mirada y ve que tiene un libro al lado. Deben de haberlo estado leyendo, pero está demasiado cansado como para recordarlo.

Loveday también lo ha visto.

—¿Qué tal les va con *Expiación*?

George hace un gesto evasivo. Lo cierto es que no le viene nada a la cabeza. Era algo sobre una guerra, quizá, o sobre una obra de teatro. O sobre una fuente.

—No es para todo el mundo —comenta Nathan—, aunque Loveday se ha hecho un tatuaje en su honor. Tiene que ver con la vida de las historias.

De pronto, George se siente agotado.

—¿Habéis venido a por las plantas?

—Sí —responde Loveday—. Nos pusimos muy contentos cuando recibimos el mensaje de Rosemary de que nos las iban a dar. Lamento que hayamos tardado tanto en venir, pero Kelly ha cogido el covid y queríamos asegurarnos de que no lo traíamos con nosotros. Los dos dimos negativo ayer y les dejé un mensaje en el contestador.

George asiente. Se plantea decirles que da igual, que Rosemary y él ya han pasado la enfermedad, pero no se siente con fuerzas.

—Podemos volver en otro momento —propone el hombre alto, al que parece que George le da pena.

George podría decirle que él también envejecerá y se cansará y se entristecerá, pero no se molesta. Qué más da. ¿Quién se molestaría en seguir adelante si supiera lo que va a ocurrir? ¿Quién enseñaría? ¿Quién plantaría? ¿Quién amaría? ¿Quién se preocuparía?

Rosemary siempre dice que el dolor lo distorsiona todo.

—¿Está Rosemary? —pregunta Loveday.

—No —responde George, y después añade—: Nos quedamos sin cosas cuando estuvimos malos.

—Podemos ir a la tienda.

—No hace falta. —Si Rosemary estuviera allí, sabría cómo mostrarse encantada de verlos y entonces él podría seguir su ejemplo. Les gustaría hablar sobre ellos cuando se marcharan. Sobre lo buenos que son los jóvenes.

—¿Qué tal está la jovencita? —pregunta George.

—¿Madison? Está bien —responde Loveday—. Su padre tiene covid, así que de momento mantenemos las distancias. Mejor prevenir que curar.

George piensa en el padre que podría haber sido. Un padre del que incluso los adolescentes se enorgullecerían. Un poco chapado a la antigua, pero nada que supusiera demasiado problema para sus hijos.

—Sí. —No puede explicar (ni se atreve a hacerlo) lo que se siente al intentar coger aire, respiración tras respiración, y que ninguna de las veces parezca suficiente. Lo que es ver a Rosemary pasando por lo mismo. Hubo una noche en la que pensó que era el fin para los dos.

Se lleva la mano a los riñones, donde nota más dolor. A lo mejor sí que tendrían que haber muerto. Al menos, así, todo habría terminado y no estaría aquí sentado regalando parte de su jardín porque Rosemary cree que no podrá cuidar de él. O, por lo menos, eso es lo que dice, aunque en realidad se refiere a que no podrá cuidarlo cuando George no esté.

—Rosemary colocó unas etiquetas en las plantas que tenéis que llevaros —explica George. La recuerda sentada a su lado, escribiendo mientras él cerraba los ojos y haciéndole preguntas esporádicas como: «¿Crees que importa que su jardín esté orientado al norte para las lilas?», «¿Cada cuánto debería decirles que rieguen la hosta?» o «¿Les digo simplemente que las rieguen todas bien una vez a la semana? Ya sabes lo que pasa con las macetas…»—. Hay maceteros en el invernadero.

—Hemos traído unos, de plástico, para transportarlas —indica Nathan—. En la tienda tenemos algunos de terracota listos, del jardín de nuestro amigo Archie.

—Les he puesto piedrecitas en el fondo y después tierra —añade Loveday.

—Estupendo, estupendo. —George sabe que, en algún lugar de su interior, todo esto le importa, pero siente tanto dolor que, ahora mismo, es difícil saber dónde exactamente.

Cuando se marchan, cierra los ojos y lo siguiente que escucha es la voz de Rosemary. No está leyendo *Expiación,* sino el otro libro que venía en el paquete. El de las abejas y la paciencia.

77

Madison y Kelly

MADISON:
Hola, ¿cómo estás?

KELLY:
¿Bien? Me he bañado por primera vez en una semana.

MADISON:
Estaba preocupada por ti.

KELLY:
He recibido tus mensajes, pero no tenía energías para responder a nadie.

MADISON:
¿Y a mi padre?

KELLY:
Solo para decirle que no quería saber nada de él. De verdad que no lo sabía, Madison.

MADISON:
Ya, lo sé.

KELLY:
Vale. Lo siento. Espero que estés bien.

MADISON:
Sí. Loveday está ocupadísima y no quiero molestarla, pero ¿sabes de algún libro para cuando tu padre es un capullo? ¿Y algo para mi madre? Ha dejado de llorar, pero está supercabreada.

KELLY:
¡Déjame que lo piense! Estoy agotada del baño (lo digo en serio, nunca me había sentido tan cansada), así que voy a dormir un poco. Hablamos más tarde. Besos.

KELLY:
Vale, pídele estos a Loveday:
El castillo soñado, de Dodie Smith (es uno de los que elegimos para Rosemary y George).
Cómo se hace una chica, de Caitlin Moran.
El cuchillo en la mano, de Patrick Ness.

Y estos para tu madre:
Todo lo que no te conté, de Celeste Ng.
La habitación, de Emma Donoghue.
Yes Please, de Amy Poehler.

Cuídate y nos vemos pronto.
Besos, K

78

Bella

Loveday, querida:

Qué odiosa es la gente. Nunca comprenderé por qué les gusta romper cosas. Sé que es imposible no tomarse estas cosas como algo personal (¡las críticas, querida!), pero lo que le pasó a vuestro jardín de lectura solo tiene que ver con la persona que lo destrozó.

Mi vuelta al *pub* fue, si se me permite decirlo, ¡un triunfo! Me imaginaba a mí misma como la protagonista de *El papel pintado amarillo*, medio loca y merodeando de un lado para otro, y a los clientes como productos de mi imaginación. Fue como los primeros días de los ensayos, cuando todos nos ponemos a respirar profundamente o contamos nuestros pensamientos más oscuros. Y, enseguida, se me olvidó por completo la pandemia, el miedo, los libros que me recomendaste y que tanto me ayudaron (¡lo siento!) y fue como si estuviera recuperando un viejo papel que recordaba con todas las fibras de mi ser.

Salvo porque, como la gente no ha podido salir mucho, todo el mundo es mucho más amable y educado que antes con una camarera que ha pasado por épocas mejores. Además, ¡las propinas tampoco estuvieron nada mal!

Sé que no todo el mundo se siente muy sociable, pero, si tú y tu poeta queréis venir a tomar algo, os garantizo un servicio excelente y ¡os chivaré cuáles son los mejores platos que salen de la cocina! Solo tienes que avisarme para que os reserve una mesa bonita y tranquila.

Con cariño,
Bella

Querida Bella:

Me alegro mucho de escuchar esto y, lo mismo digo, eres bienvenida en cualquier momento.
Estamos con reparaciones.

Besos,
Loveday

Querida Loveday:

¡Gracias! Quizá me pase a por unos libros porque ahora ¡me ha entrado el gusanillo de la lectura!

Hay algo que quiero comentarte desde hace tiempo, pero no sé muy bien cómo hacerlo. ¿Dónde están los dramaturgos cuando los necesitas?

Archie te tenía subida en un pedestal, querida, y con toda la razón. Duda de ti misma, si es necesario, pero acuérdate también de volver la vista atrás y ver lo lejos que has llegado. Eres capaz de cualquier cosa y puedes conseguir lo que quieras. Archie lo sabía y ahora veo a qué se refería. Así que ¡sigue adelante! Y recuerda que siempre puedes pedir ayuda.

Con cariño,
Bella

79

Loveday

Kelly regresa al trabajo el jueves siguiente, así puede trabajar dos días y tomarse todo el fin de semana libre. Loveday no quiere que Kelly y Madison estén en el mismo sitio el sábado y está bastante segura de que no es la única.

Kelly ha perdido peso y la única palabra que se le ocurre a Loveday para describirla es «brillante». Parece agotada, pero, aun así, no puede parar de moverse: cada vez que la mira, se desinfecta las manos. Da la impresión de que la única forma de que supere la pena por su ruptura será terminando el doctorado y dedicándose a su trabajo, y Loveday conoce ese mecanismo de supervivencia. Sea lo que sea lo que la ayude, servirá.

Loveday trae unos bollos de canela y chocolate caliente y Kelly casi se echa a llorar.

—He soñado con ellos —confiesa—. ¿Crees que es posible casarte con un bollo?

—Tendría más sentido que te casaras con Richard Morris. O que lo mantuvieras prisionero en una mazmorra con un horno.

—Madre mía, Loveday. —Kelly sacude la cabeza y coge un poco de glaseado con el dedo—. He sido una completa idiota.

—Solo te dejaste llevar —señala Loveday.

—No creo que fuera una mala persona —opina Kelly—. Solo una persona infeliz... y gilipollas.

Loveday se muestra de acuerdo con la parte que más encaja con lo que piensa.

—Un auténtico gilipollas.

Kelly deja caer los hombros.

—Durante la primera semana no podía pensar en nada y, luego, durante la segunda, no podía mover ni un solo músculo, así que todo lo que hice fue pensar. —Se queda contemplando su bollo y después su chocolate caliente—. Y visto hoy, resulta tan puñeteramente obvio. ¿Por qué no dudé de nada? Nunca me llevó a su casa. No me presentó a su familia; a sus padres, me refiero, y a su hermana. Me lo creí todo como una...

—Como una buena persona que cree lo mejor de la gente —añade Loveday. Lo que le ha ocurrido a Kelly habría resultado una prueba más para Loveday, en su día, de que siempre tienes que esperar lo peor y de que, por lo tanto, debes prepararte y protegerte. Pero luego resultó que tenía a las mejores personas del mundo en su vida y no lo sabía: Archie, Nathan..., y después su madre, que volvió a su vida cuando ambas estaban listas para ello.

—Exacto —dice Kelly, taciturna—. ¿Madison está...? ¿Crees que estará bien?

—Creo que ahora que todo el mundo lo sabe está mejor.

—Pobrecilla. Ni me creo la forma en la que no paraba de hablar y hablar sobre Craig delante de ella.

—No era culpa tuya. —Sarah-Jane tiene muchas cosas que decir sobre las mujeres que se culpan a sí mismas, y eso ha conseguido que Loveday esté aún más atenta cuando la gente de su alrededor lo hace. No puede hacer mucho por Kelly, pero sí puede darle este consejo—: No deberías culparte, Kelly.

Kelly se encoge de hombros y le hace a Loveday la pregunta que esta tanto temía.

—Bueno, ¿qué me he perdido?

80

Kelly

Kelly está en el jardín de lectura. Aunque lo cierto es que ya no tiene mucho de jardín y no es el espacio que Loveday y Nathan tenían en mente. De hecho, está como si hubieran vuelto a la casilla de salida.

—Alguien se lo cargó una noche. Pintó la pared con un espray y..., bueno, está todo hecho un desastre, así que... —Kelly se da cuenta de que Loveday se viene abajo a su lado—, toca volver a empezar.

Ha habido veces en las que Kelly no se ha sentido particularmente entusiasmada con el jardín de lectura. Es decir, está muy bien salvar a personas hipotéticas, pero ¿qué hay de ella? ¿Inmersa en los comentarios en las redes sociales para mantener el éxito, rompiéndose la cabeza con recomendaciones de libros para personas a las que no conoce? Todos estos sentimientos los había compartido con Craig.

Ay, Dios...

—¿Crees que...? ¿Crees que podría haber sido Craig?

Loveday suspira.

—No. Pensamos que fue el marido de Jennifer. La policía lo cree, pero no tenemos imágenes de seguridad. —Le dirige a Kelly una mirada que esta sabe que significa que hay más—. Por lo visto también nos denunció por incumplir los protocolos del covid.

—Joder.

—Ya, lo sé.

—Madre mía, Loveday, lo siento. —Y se echa a llorar, de nuevo, aunque no tiene muy clara la razón. ¿Por qué durante unos segundos había pensado que el hombre al que había querido había sido el responsable? ¿Por qué insistía en que estaba lo suficientemente bien para venir a trabajar, y ahora se da cuenta de que no, pero está decidida a seguir adelante porque ya está aquí? ¿Por qué, mientras el mundo se está destruyendo a sí mismo, a alguien se le ocurrió cobrarse una venganza, de todos los sitios posibles, en nada menos que una librería?

—Oye. —Loveday coloca una mano sobre la espalda de Kelly, entre los omoplatos, y Kelly percibe el gesto y llora con más intensidad.

—Estoy bien —articula.

Loveday la acerca a un asiento de aspecto dudoso.

—Ten cuidado —le dice—. Nathan lo construyó con las partes más grandes del destrozo y quizá se le haya pasado quitar alguna astilla.

Kelly se sienta con cuidado.

—Claro, mi mayor problema sería una astilla en el culo.

Loveday se pone de cuclillas delante de ella.

—Va a venir alguien la semana que viene a poner unas rejas como Dios manda para cerciorarnos de que todo sea seguro. No puede volver a ocurrir.

Kelly sabe reconocer una expresión de valentía cuando la ve.

—Pero, Loveday, esto es una catástrofe.

—Lo sé.

—Me refiero a que es una catástrofe para ti. Todo este trabajo, todas tus… tus intenciones. Nada de esto era para ti, ¿verdad? Era para las mujeres que utilizaban el espacio de la primera planta.

—Y para mi madre —explica Loveday y, por un instante, a Kelly le da la sensación de que Loveday también va a echarse a llorar. Pero no lo hace. Cierra los ojos, coloca las palmas de las manos en las rodillas, respira hondo y se levanta—. Tengo cosas que hacer arriba. Tómate tu tiempo.

—Vale —responde Kelly. Aunque está recuperada, la idea de apresurarse le parece inimaginable—. ¿Loveday?

—Dime.

—Gracias.

—¿Por qué?

Kelly casi responde: «Porque de no haber tenido este trabajo y a ti, no sé qué habría sido de mi vida», pero le parece que Loveday podría tomárselo como que la está presionando y no dándole las gracias.

—Por meter *Estación once* en las bolsas de la compra —dice en su lugar—. Lo devoré en un solo día. Nunca había leído nada parecido. Cuando lo terminé, sabía que me iría bien.

La antigua Loveday, la de antes de la pandemia, del destrozo del jardín y de la inspección del covid, vuelve a aparecer momentáneamente frente a Kelly: la mención de un solo libro consigue que Loveday vuelva a ser ella misma.

—Yo me sentí igual cuando lo leí —confiesa, y deja a Kelly sentada a la luz del pálido sol de media mañana.

81

Jay

Querida Librería de la Esperanza:

¿Tenéis algún libro que dé miedo pero por cosas imaginarias? Que no trate de virus globales ni del aumento de los niveles del mar, vamos. Me gustaría disfrutar de algo de terror puro y duro que me evada. Algo que me haga pasar página.

Saludos,
Jay

Querido Jay:

¡Bu!

Qué idea tan interesante: miedo hipotético que ahuyente el miedo real. Me gusta.

No soy una gran aficionada al terror o a las cosas que dan miedo en general, pero me he dado cuenta de que sí que he leído bastantes libros espeluznantes por un motivo u otro. Te incluyo también algunas sugerencias verdaderamente terroríficas de mi compañera Kelly. Hazme saber cuáles te gustan y seguiremos a partir de ahí.

Loveday

Drácula, de Bram Stoker. Me gusta bastante, aunque solo lo he leído porque me crie en Whitby. Quizá pienses que ya conoces la historia, pero la novela original tiene algo muy especial.

Rebeca, de Daphne du Maurier. Más que aterradora, da mal rollo, pero seguro que te distrae del mundo actual.

La verdad sobre el caso Harry Quebert, de Joël Dicker. Tampoco es de terror, pero es retorcida y también da mal rollo.

Gótico, de Silvia Moreno-García. Inteligente, espeluznante y cambiante, con un par de cosas muy extrañas y algunas partes que dan miedo…

Sugerencias de Kelly:
La maldición de Hill House, de Shirley Jackson. Al parecer, la mejor historia de fantasmas que se ha escrito nunca.

La llamada de Cthulhu y otras historias, de H. P. Lovecraft. Todos los escritores de terror aspirar a ser lovecraftianos, así que no hay más que añadir.

Cementerio de animales, de Stephen King. Según Kelly, una película de serie B en forma de libro. Al parecer, es muy bueno.

Coraline, de Neil Gaiman. Que no te eche para atrás el hecho de que, en apariencia, sea un libro para niños. Da mucho miedo.

Las luminosas, de Lauren Beukes. No es de terror, sino de asesinatos. Es tan impresionante que sin duda te distraerá del presente.

82

Loveday

Querida Librería de la Esperanza:

¿Qué libros debería leer si siento que he decepcionado a alguien? ¿Si siento que estoy fingiendo mis sentimientos en lugar de sentirlos porque, si me permito sentir algo, estaré perdida? Quiero aferrarme a mi madre, llorar y rogarle que vuelva a ser como lo era antes de coger el covid. Quiero quedarme en la cama con Nathan y fingir que no tenemos nada más que hacer que dormir, disfrutar del sexo, comer sándwiches de huevo frito, leernos poesía el uno al otro y decir qué tatuajes nuevos nos haremos. Quiero contarle que tengo miedo de no ser lo suficientemente fuerte. Quiero serle de utilidad cuando quiere contarme cómo se siente en lugar de sentirme paralizada porque incluso, después de todo este tiempo, sigo sin saber cómo manejar estas situaciones.

Más que nada siento que he decepcionado a Archie. Cuando vivía, sabía que era mi amigo, pero hasta que no murió no descubrí lo mucho que confiaba en mí. Nunca más tendré que preocuparme por tener un sitio en el que vivir. Tengo mi propia casa y estoy a salvo, como mi madre, y es todo gracias a Archie. Y no puedo evitar sentir que, de alguna forma, él habría estado a la altura de las circunstancias mucho mejor que yo. Hubiera abierto la casa para las personas sin hogar, habría convertido la librería en un punto de vacunación o un banco de alimentos temporales o habría regalado libros y le habría pedido dinero a uno de sus amigos ricos y famosos. Él habría sabido qué hacer y yo no, así que voy dando palos de ciego. He conseguido que a Madison le guste leer, pero sé que no habría llamado a nuestras puertas si no hubiera estado tratando de averiguar qué pasaba con su padre.

Y ahora alguien ha destrozado la tienda y yo vuelvo a sentirme pequeña y asustada. Nos han denunciado y vuelvo a sentirme molesta y cabreada. Mis sentimientos se están agolpando en mi interior y no puedo dejarlos salir porque no sé qué llenará el espacio que dejen. No me sentía así de impotente desde que era pequeña.

He tratado de preguntarme a mí misma qué haría Archie, pero todo lo que veo es a él, con una copita de oporto, riéndose tantísimo que no puede terminar la historia que está contando.

Creo que hay libros para todo, pero no consigo dar con el que me ayude con esto.

Loveday

Como es evidente, no la envía. Con Kelly apenas recuperada como para superar el día, llena de ira y el corazón roto; su madre tan débil, pero sin bajar el ritmo, y Madison demasiado joven como para poder soportar nada más, Loveday sabe que no puede venirse abajo.

Incluso Nathan está más callado desde el acto de vandalismo. Se abrazan, se tocan, se sonríen, igual que antes. Él se levanta pronto para salir a correr y ella le masajea los nudos de los hombros cuando se van a la cama por la noche. Pero Nathan lleva meses sin sacarle una moneda de chocolate de la oreja, a pesar de que sabe que siempre la hace reír.

A Loveday se le da bien cargar con las cosas; menos mal.

Pero sí que es cierto que el ataque a la tienda le ha hecho rememorar la última vez que alguien trató de hacerle daño;

de herirla. Objetivamente, descubrir el jardín destrozado no es nada comparado con que te dejen atrapada en una librería ardiendo. Emocionalmente, sin embargo, Loveday entra en pánico cada vez que contempla su querida librería. No puede volver a perder la Librería de la Esperanza.

83

Loveday

El sábado siguiente, Loveday contempla cómo Madison saca el ejemplar de *El jardín secreto* del sobre y le da la vuelta entre sus manos. Pasa las páginas como si fueran una baraja de cartas y Loveday trata de no hacer ninguna mueca.

—Es el que quería Rosemary —dice Madison, y asiente.

—Lo has hecho genial —la felicita Loveday—. Se pondrá muy contenta.

—Deberíamos llevárselo, es un regalo para el cumpleaños de George. Si se lo envíanos, igual lo abre él y le estropeamos la sorpresa. Además, ella no va a comprarle nada más.

Loveday se muerde la lengua y no le dice que no queda tiempo, o que si va dirigido a Rosemary él no debería abrirlo, o que es lo que menos importa ahora mismo. Está cansada y, además, no parece que mucha gente tenga tiempo para Madison.

—Ya veremos si podemos acercarnos una tarde. Hoy es imposible —comenta.

—Claro, vale —responde Madison—. ¿Qué hago hoy?

—Empaquetar libros, si te parece bien —dice Loveday—. Nathan está pintando de nuevo y yo estoy organizando los pedidos.

—Vale —acepta Madison, y añade—: Gracias, Loveday.

—¿Por?

Madison se encoge de hombros.

—No he sido muy amable con Kelly. Cuando me ofreciste el trabajo no tendría que haberlo aceptado. No lo quería, ¿sabes? Solo quería saber cómo era Kelly.

—¿Y ahora quieres el trabajo?

La expresión del rostro de Madison cambia: pánico, determinación, felicidad.

—Sí, te prometo que de verdad lo quiero. Es mucho mejor estar aquí que en casa.

En momentos como este, Loveday piensa en lo fácil que habría sido su propia vida si hubiera hablado con Archie cuando le preguntó cómo le iban las cosas. ¿Qué haría él?

—¿Sigue habiendo complicaciones?

—Sí. —Madison pone los ojos en blanco, pero Loveday sabe que nada de esto se trata de una gran broma, así que espera—. Pensaba que las cosas iban mal cuando mi padre se confinó en mi cuarto y yo tuve que compartir habitación con mi madre, pero, ahora que ya puede salir, no paran de discutir. O de enfurruñarse. Él ya tendría que estar trabajando, pero no para de cancelar reuniones porque dice que nada tiene sentido. Me da miedo que pierda su trabajo y que todo empeore más aún.

—Qué mal —dice Loveday. Ha aprendido de su madre que lo único que tiene que hacer, cuando habla con alguien que está pasando por una mala racha, es mostrarse de acuerdo.

—Pues sí —asegura Madison, y, con la cara medio vuelta, le pregunta—: ¿Ha dicho algo Kelly?

—No —responde Loveday, que entonces se da cuenta de lo que Madison se refiere—, pero sé de buena tinta que jamás volverá con Craig.

—¿Ah, sí?

Madison no consigue engañar a Loveday ni por un segundo.

—Sí. Tu padre la trató muy mal, Madison. No creo que quiera saber nada más de él.

—Ya. —Es como si Madison tuviera algo más que añadir, pero, tras unos segundos, coge la lista de libros que tiene que buscar y desaparece entre las estanterías sin pronunciar palabra.

84

Helen

Querida Librería de la Esperanza:

No sé si esto cuenta como problema exactamente, pero ¿podéis recomendarme libros sobre personas normales y corrientes? Estoy verdaderamente harta de leer cosas sobre personas con vidas increíbles o a las que les suceden cosas maravillosas. Creo que es porque, de repente, están por todas partes. Me refiero a no solo en los libros, sino en la vida real. No recuerdo la última vez que me cepillé el pelo, pero, aun así, todo el mundo que conozco está aprovechando el confinamiento de unas formas para las que ni me imagino reuniendo energías. Mi hermana pequeña, de diecinueve años, tiene millones se seguidores en TikTok que la ven transformar verduras en formas de otras verduras. No, yo tampoco. Mi hermano pequeño está escalando virtualmente el monte Fuji subiendo y bajando las escaleras de su casa cientos de veces al día. Incluso mi madre, que cumple sesenta el año que viene, ha empezado a escribir una novela. Yo me puse a limpiar la habitación de invitados cuando comenzó el confinamiento y lo dejé a la mitad. Sí que preparo la cena desde cero todas las noches para mi marido y para mí, y después él lava los platos y se pone a hacer ejercicio en la bicicleta. Desde que la pandemia empezó, ha recorrido miles de kilómetros, como bien te contará si hablas con él más de veintitrés segundos.

Así que, por favor, enviadme libros que me hagan sentir bien conmigo misma (y que me impidan convertir a mi marido en un pastel). Supongo que podría hacer algo increíble si me lo propusiera, pero, sinceramente, no me apetece. Quiero superar mi jornada laboral, cocinar algo de pasta y ver la televisión.

Saludos,
Helen

Querida Helen:

Tengo que confesar que he visto vídeos en TikTok y he decidido que soy demasiado mayor, pero me alegro por tu hermana... y por ti, que has evitado el deseo de «lograr» hacer cosas. En mi opinión, ir más allá de lo que está sucediendo ahora mismo es esperar demasiado (aunque hago una excepción con los vecinos de mi padre, que lo han mantenido alimentado y han sido unos amigos fantásticos para él, desde la lejanía de la verja, durante los meses que no he podido acercarme a verle). Creo que hacer muchas cosas es la forma que tienen algunas personas de lidiar con la realidad. Y tengo que confesar que hacer poco es la mía.

Le he estado dando vueltas y, gracias, por cierto, porque voy a poner una sección de «¿No te apetece hacer nada? A estos personajes tampoco» en la página web. Te adjunto una lista. Hazme saber qué libros te gustan y si prefieres que te los enviemos o venir a por ellos, y los utilizaremos como punto de partida.

Cuídate,
Kelly

La memoria de las piedras, de Carol Shields. Narra la vida objetivamente poco interesante de una mujer, pero es la clase de historia que no olvidas. Hace diez años que lo leí y todavía pienso en él.

Stoner, de John Williams, es completamente diferente, pero tiene el mismo rollo. Aunque es la historia de toda una vida insignificante, es muy emocionante.

Pachinko, de Min Jin Lee. Tres generaciones de una familia coreana que viven, a veces de una forma complicada, sus vidas. Me enganchó y me sentí muy identificada con él, a pesar de que no tengo nada en común con las vidas de los personajes.

Los mejores años, de Kiley Reid. Una joven negra que trabaja como canguro para una familia blanca es acusada de secuestrar al niño que cuida y su vida se complica.

Mujeres excelentes, de Barbara Pym. Una novela antigua que ofrece una lectura maravillosa sobre la clase de mujeres a las que el mundo pasa completamente por alto. Si nunca antes has leído a Barbara Pym, estás avisada, esta novela fue mi droga de entrada a todo lo que escribió. ¡Lo que te daría algo que has logrado hacer durante la pandemia!

Midnight Chicken, de Ella Risbridger. No es una novela, es un libro de cocina. Las recetas son geniales (yo misma he preparado las pastas de París y los sándwiches de palitos de pescado, y ambos estaban deliciosos), pero, más que eso, es una preciosa historia de amor, pérdida y recuperación contada a través de la comida.

Sigo aquí, de Maggie O'Farrell. Es un libro de no ficción y es brillante. El subtítulo es «Diecisiete roces con la muerte» y, aunque cualquiera lo diría, creo que es una lectura perfecta durante la pandemia (no aparece ninguna).

85

Loveday

¿Qué haría Archie?

Bueno, para empezar, Archie nunca se habría encontrado en esta situación. Lo habría gestionado todo mucho mejor y, de todos modos, nadie habría querido destrozar su jardín. La gente habría hecho cola para donarle pufs, estanterías y alguna clase de tienda. Habría improvisado un par de recitales de poetas laureados y después, una vez concluido el jaleo, se habría asegurado de que todo el mundo que necesitara ayuda la recibiera.

Loveday, de nuevo desdichada, se marcha a la cama. Nathan se acurruca alrededor de su cuerpo y le susurra: «Estoy aquí». Loveday asiente y cierra los ojos. Y entonces la solución llega sola. La que menos quería, pero la correcta: Archie habría hablado con la gente.

Cuando se despierta, Nathan ha salido a correr. Kelly es la encargada de abrir la tienda hoy, así que tiene tiempo. Sarah-Jane ya está levantada, se entretiene en la cocina pesando ingredientes.

—¿Qué vas a preparar?

El rostro de Sarah-Jane se ilumina cada vez que ve a Loveday, lo que la hace sentir como si volviera a ser una niña y la transporta a cuando todo era fácil; a cuando era pequeña y sus padres eran felices.

—*Brownies* —responde Sarah-Jane—. Siempre desaparecen.

—Qué cosa más rara. —Loveday pone a hervir el agua, coge aire y se lanza—. Mamá, ¿podemos hablar?

—Pues claro, cielo.

Loveday coge unas tazas del escurridor. A su madre no le gusta el lavaplatos, así que friega los platos despacio, como si meditara, de una forma que relaja a Loveday mientras la observa.

—Tengo la sensación de que estoy fracasando —dice tras echar el agua en la tetera para calentarla.

Sarah-Jane hace una pausa antes de hablar.

—¿En qué? —pregunta.

Loveday se encoge de hombros.

—En todo: en la librería, en el refugio. No paro de pensar en que podríamos haber puesto en peligro a Jennifer si le hubiéramos dado los libros a su marido. Y en la cantidad de Jennifers que habrá por el mundo a las que no hemos sido capaces de ayudar durante la pandemia. Personas como nosotras cuando yo era pequeña. Y tampoco dejo de pensar en que… —La certeza que sentía de que podía hablar sobre este tema sin ponerse a llorar desaparece como si nunca hubiera existido— Archie sabría qué hacer.

—Ay, Loveday. —Sarah-Jane abre los brazos, Loveday coloca la cabeza sobre el hombro de su madre y se deja abrazar. A Sarah-Jane le encanta todo lo que huela a flores y utiliza geles, cremas hidratantes, champús y perfumes con una alegría y derroche infinitos—. Creo que serías mucho más feliz si dejaras de ser Archie y te permitieras ser tú misma.

—Pero a mí nadie me quiere. —Y, antes de que su madre pueda objetar, como Loveday sabe que ocurrirá, añade—: En la librería, quiero decir. Nunca he sido la persona que ellos querían o necesitaban. Cuando entraban… —Traga saliva y coge aire— querían a Archie. Era como un… un… Acogía a todo el mundo y le echan de menos. Yo no valgo para acoger a todo el mundo.

—La gente necesita más cosas además de que los acojan —comenta Sarah-Jane mientras acaricia el pelo a su hija—. Piensa en ello, Loveday.

Cuando Nathan vuelve de correr, Loveday ya ha terminado de darse el baño que su madre le había preparado.

—Hueles a jardín —le dice después de besarla en la cabeza y quitarse la camiseta—. No me digas a qué huelo yo.

Loveday se ríe.

—Hecho. —Y, antes de que cambie de opinión, añade—: Tengo que hablar contigo de algo.

—Vale —responde él, pero Loveday se da cuenta de la expresión seria de su rostro. Una de las realidades de su relación es que Loveday nunca le dice que quiere hablar. Hablar de los sentimientos es algo que Loveday ha aceptado como parte necesaria para ser un adulto funcional, pero, aun así, se siente… incómoda.

Nathan se tumba en la cama, junto a ella. Huele a aire cálido y sudor fresco, y Loveday tiene que coger aire; esto es el amor.

—Te escucho —dice.

Loveday se deja caer a su lado y mira hacia el techo.

—Yo… No sé qué estoy haciendo, Nathan, más allá de un mal trabajo. Si Archie estuviera aquí, sabría exactamente qué hacer, pero yo no tengo ni idea. Un segundo pienso que estoy haciendo las cosas bien y al siguiente me pregunto: ¿por qué molestarse? ¿Y qué pasa si… —Las palabras salen por su boca antes de darse cuenta de lo que va a decir—… si los libros no son la respuesta? Es decir, sé que no pueden arreglarlo todo. Casi meten en un problema serio a Jennifer Kingdom, y, si yo le hubiera dado el paquete a su marido, no me lo habría perdonado nunca. —Tiene que hacer una pausa para coger aire—. ¿Y si la farmacia de libros solo es una absurda pérdida de tiempo?

En esta ocasión, no se pone a llorar.

Se siente como si estuviera escribiendo un problema matemático en una pizarra: la Librería de la Esperanza, menos Archie, más pandemia, igual a caída en picado. Caída en picado, más farmacia de libros, igual a supervivencia. Supervivencia y esfuerzo (Loveday) es menos que exuberancia y compasión (Archie). QED.

Nathan se queda callado durante lo que parece una eternidad. El ambiente alrededor de sus cuerpos se enfría y, a pesar del calor de mitad de la mañana, Loveday nota que se le pone la piel de gallina en la parte superior de los brazos. Entonces, Nathan busca su mano y se la aprieta con fuerza.

—Loveday, sé que echas de menos a Archie, todos lo hacemos. Pero le echas tanto de menos que hay cosas que no ves. Si te las cuento, ¿me escucharás?

—Sí. —Una parte de ella ya quiere taparse los oídos.

—Genial. Para empezar, Archie era único en su especie, pero tú también lo eres. Erais un equipo. ¿Cuánto tiempo habría durado la librería sin ti? Tú la abrías todos los días y él aparecía cuando estaba listo. Tú valorabas los libros que llegaban mientras él hablaba con absolutamente todo el mundo. Tú organizabas las facturas para que a él no se le pasaran y te asegurabas de que las gestionaba. Y tú mantenías el fuerte cuando él se iba de viaje. —Hace una pausa y le aprieta a Loveday cariñosamente la mano—. ¿Vale?

—Sí, supongo, pero cualquiera podría haber hecho mis tareas.

—Eso no importa. Tú eres la que las hizo, Loveday. —Se apoya en un brazo, coloca un dedo en el centro de la frente de Loveday y la acaricia en una línea que desciende por el puente de su nariz, sus labios y su barbilla hasta la piel de su garganta—. Si pudiera cambiar algo de ti, sería que supieras lo… impresionante que eres.

Loveday suspira. No es la primera vez que se lo dice; esto o algo parecido. Es un pensamiento bonito, pero ella es incapaz de verlo. Sería como decir que a ella le gustaría que él fuera unos centímetros más bajo.

—No sé qué hacer —confiesa. Si tiene que verse obligada a hablar, necesita sacar algo tangible de ello.

Pero Nathan sigue su propio camino.

—Aún pienso en el incendio, ¿sabes? —reconoce—. Aún pienso en ti, atrapada dentro, y en cómo no os habría culpado

337

ni a ti ni a Archie por rendiros con la librería y dedicaros a algo distinto. Me refiero a… si no hubiera muerto.

—La Librería de la Esperanza fue mi hogar durante todos esos años en los que no tuve uno de verdad. —Y esta es la razón por la que deberíamos permanecer callados: saca a la luz muchas cosas en las que no conviene pensar porque no nos hacen nada bueno. Los libros hablan de los corazones como si fueran buenos, pero, a menudo, Loveday se siente como si el suyo tratara de ahogarla.

Nathan asiente.

—Y no pasa nada si estás molesta porque alguien atacó tu hogar. No te hace ser una persona débil. Te hace ser… Loveday, te hace ser normal, te hace ser humana.

—Ya, pero… no me gusta.

—¡Pues claro! —La abraza. El sudor de su cuerpo se ha secado y ahora solo es un intenso sabor salado—. Todos lo estamos pasando fatal, individual y colectivamente. El hecho de que tú también lo estés sintiendo no te hace débil. Ninguno hemos muerto.

Loveday asiente, aunque no lo hace en serio.

—Archie nunca parecía débil.

—Tú tampoco se lo pareces a la mayoría de la gente. Seguro que Archie improvisaba sobre la marcha tanto como tú.

Loveday vuelve a asentir, y siente un cosquilleo por el vello del pecho de Nathan y el frío de su piel. Sabe que tiene razón.

—Entonces, ¿qué es lo siguiente que haría Archie?

Nathan vuelve a abrazarla.

—Asegurarse de que todo el mundo está bien. Y supervisaría nuestro trabajo en el jardín sin tocar una sola herramienta ni una planta. Pero qué haría Archie no es realmente la pregunta, ¿no crees?

86

Trixie

Si las relaciones durante el confinamiento son complicadas, y las relaciones a distancia durante el confinamiento lo son más, las rupturas durante el confinamiento son las más complicadas de todas. El primer llanto tarda siglos en aparecer, porque llorar tú solo resulta lastimero y teatral, y Trix no parece capaz de experimentarlo a pesar de las lágrimas que acumula en su interior. Así que se dedica a dormir. Y a revolver de un lado a otro la comida en los platos, y después en los cuencos, cuando se queda sin platos. Le deja mensajes de voz a Caz hasta que esta le pide que pare. Y eso hace. Trix sabe que, cuando Caz se dé cuenta de lo mucho que la echa de menos, una de las cosas que recordará será lo respetuosa que es Trix.

Tras diez días sin salir a la calle, Trix decide ir a comprar algo de leche de avena y algún alimento que no venga en una lata. Se sienta en las escaleras y organiza el montón de papeles, cartas y folletos que se han acumulado en la puerta principal. Facturas para Izzy que Trix está autorizada a abrir, aunque todos los pagos son automáticos, un par de postales de Philippe, facturas de teléfono de Trix, revistas de bodas para la pareja que vivía allí al menos cuatro años antes y un buen montón de periódicos gratis.

Entonces algo llama su atención en la portada de la gaceta local: «Librería de barrio prescribe libros para todos los problemas de la vida».

En ese momento, Trix se da cuenta de que, si no ha salido de casa en más de una semana y dejó (respetuosamente) de llamar a Caz hace cinco días, lleva cinco días sin utilizar su voz. No ha hablado con nadie. Ni siquiera ha cantado mientras sonaba alguna canción.

Tiene que intentarlo un par de veces antes de que alguien le conteste al teléfono.

—Librería de la Esperanza, le atiende Kelly.

—Hola —saluda Trix. Su voz suena descolorida, como el agua que sale de un grifo oxidado.

—Hola —responde Kelly—, tómate tu tiempo.

Esa amabilidad puede con ella y, de nuevo, Trix se echa a llorar.

—¿Eres… Jennifer? —pregunta Kelly.

—No, soy… soy Trix —consigue balbucear.

—Trix, estoy sola en la tienda. Voy a poner el altavoz, me pongo con el papeleo y, cuando estés lista para hablar, dejaré de hacer todo lo que estoy haciendo y te contestaré.

Solo pasan un par de minutos hasta que Trix empieza a hablar, pero parecen una eternidad.

—Me han roto el corazón —dice—. ¿Qué libro podría arreglarlo?

Algo que no se espera suena al otro lado del teléfono: un sollozo.

—A mí también —responde Kelly—. Es lo peor, ¿a que sí?

—Pues sí, la verdad —conviene Trix, pero se ahorra la parte del «y encima hay una pandemia»—. Lo siento.

—Gracias —resopla Kelly—. Puedo localizarte unos cuantos libros.

87

Loveday

Cuando Loveday y Nathan llegan a la librería esa tarde, listos y dispuestos a limpiar, pintar y encontrarse con el hombre que va a instalar las cancelas, Kelly está en el escritorio. Loveday le hace un gesto a Nathan con la cabeza y se sienta manteniendo las distancias con Kelly.

—¿Cómo estás?

Kelly levanta la vista.

—Estoy bien.

—No lo pareces. —El consejo de Nathan para hablar con la gente es que digas lo que veas, y es sorprendentemente útil.

—No fastidies, Sherlock —ríe Kelly.

—Quiero ayudarte —asevera Loveday—, pero no sé muy bien cómo. —Segundo consejo de Nathan: sé sincero.

Y entonces Kelly se derrumba.

—Es todo, Loveday…, pensaba que era el elegido y que mi vida sería… diferente. Pensaba que sentaríamos la cabeza juntos, como una pareja de verdad. Además, confiaba al cien por cien en él y me siento como una idiota. Una completa idiota, idiota, idiota. Y lo más idiota de todo es que le echo de menos. Pensaba que a estas alturas no sería así; que, cuando volviera al trabajo, él ya no importaría.

—Nada de lo que has dicho suena a idiotez.

—Y la pobre cría —dice Kelly—. Imagínate ser Madison.

—Madison estará bien —le asegura Loveday, porque lo sabe bien. Ya ve a Madison como parte de la familia de la Librería de la Esperanza que, poco a poco, se da cuenta de que está formando. Loveday cuidará de Madison igual que Archie hizo con ella—. ¿Cómo te encuentras? Físicamente.

—Estoy bien —responde Kelly—. Me canso, pero eso es bueno. Al menos duermo cuando me meto en la cama. —Y entonces rompe a llorar. Bueno, a gimotear. O, bueno, las lágrimas empiezan a caerle por la cara, como si no tuviera la energía suficiente para ponerse a llorar como es debido.

Loveday respira hondo. ¿Qué haría Archie? Algo perfecto, sin duda. Haría reír a Kelly, realizaría algún truco mental para que se olvidara de que Craig le importaba o conseguiría que Craig se fuera de la ciudad.

Entonces recuerda lo que le dijo Nathan: ¿qué haría Loveday?

Seguiría adelante con su día.

Así que eso es lo que hace.

Kelly y ella están trabajando en lados opuestos de la tienda, en silencio. A Loveday suele gustarle el silencio, pero esto es distinto. No paran de llegarle sonidos del fondo de la tienda y es dolorosamente consciente de todo el silencio indeseado que debe de haber ahora mismo en la vida de Kelly.

Kelly suspira de una forma que sugiere que está tratando de poner todo de su parte.

—Es alucinante, ¿verdad? Un segundo estás pensando en tener hijos con alguien y al siguiente te preguntas si se ha cargado un montón de muebles y se ha meado encima de ellos.

—Sí que lo es, sí —concuerda Loveday.

Kelly suelta una risa.

—Es todo un logro, ¿eh? Que este año te suceda algo que parezca una locura.

—La verdad es que sí —admite Loveday—. ¿De verdad pensabas que había sido Craig? Nosotros asumimos que fue el marido de Jennifer.

—No —responde Kelly tras unos segundos—. Craig nunca haría algo así. Pero ojalá lo hubiera hecho, así podría odiarle de verdad.

—Debe de ser duro.

—Sí, lo es, me paso todo el día repitiéndome que estoy mejor sin él y, para cuando llega la noche, estoy convencida de ello. Pero entonces me despierto al día siguiente y me gustaría que estuviera allí conmigo.

—Ya —dice Loveday, lo que de alguna forma no parece adecuado, pero es lo mejor que se le ocurre.

88

Trixie

El día en que llega el paquete, Trix se ha dado una buena ducha caliente, se ha lavado el pelo, se ha hecho dos trenzas y se ha puesto unos vaqueros en lugar de uno de los tres pares de *leggins* que ha ido alternando durante estos meses. Mientras busca en su armario algo que no sean sus típicas camisetas de grupos de música, descubre una camisa de Caz y está a punto de venirse abajo. Pero respira hondo, la dobla y se pone su camisa de cuadros favorita, de la época en la que solía pasarse sus tardes libres visitando las casas del National Trust.

En el paquete vienen seis libros que no ha leído nunca. Los extiende sobre la mesa, pero ninguno le dice nada. Entonces ve una nota:

Querida Trix:

Lamento que estés pasando por un momento tan duro. Me alegro de que nos llamaras y espero que estos libros te ayuden a curarte, aunque solo sea llenando tus días. No creo que el tiempo cure nada, pero las cosas que lo ocupan siempre son útiles: tengo los armarios de cocina más limpios que hayas visto nunca.

Para ayudarte a decidir cuál debes leer primero:

Carol, de Patricia Highsmith, es la historia de amor de Carol y Therese. Creo que es un gran libro, sobre todo para cuando nos hace falta un poco de esperanza.

Instead of a Letter, de Diana Athill. Autobiografía de la autora en la que cuenta cómo su prometido, un piloto de las fuerzas armadas, le hizo *ghosting* (aunque por entonces no se llamaba así) en la década de 1940. Es otro mundo, pero a la vez es perfectamente reconocible.

Conversaciones entre amigos, de Sally Rooney, es una novela sobre dos personas que eran pareja y que ahora tratan de ser amigas mientras su mundo cambia.

Todo sobre el amor, de bell hooks. Este libro me hizo pensar en el amor de una forma completamente nueva.

La canción de Aquiles, de Madeline Miller, es la reelaboración del mito griego. Trata sobre el amor y la ira, la guerra y la amistad, el poder de un corazón roto.

Jane Eyre, de Charlotte Brontë. No sé por qué pensé en esta novela mientras hablábamos, así que he decidido seguir mi instinto e incluirla.

Por cierto, siéntete completamente libre de ignorar esto si no te va, pero me preguntaba si sabrías de libros de cocina y, si fuera el caso, si nos redactarías una lista de recomendaciones para la página web. Te pagaríamos, por supuesto. Pégame un toque si quieres que lo hablemos.

Trix empieza con el de Sally Rooney por aquello de que ya lo conocía. Hubo una época, antes de que el restaurante cerrara, en la que todas las personas que iban a comer solas, y que no estaban con sus teléfonos, parecían estar leyendo a Sally Rooney. Trix no está segura del todo de si se siente mejor o no, pero se tira una hora entera sin mirar el teléfono. A lo mejor, de alguna manera, así es como se empieza.

89

Rosemary, 2005

El día que Rosemary y George regresaron a casa después de marcharse de sus respectivos colegios para siempre, permanecieron en silencio. El ramo de despedida de Rosemary era ostentosamente gigante; nunca lo habría escogido para sí misma: el perfume de los lirios le recordaba a la iglesia de su padre días después de un funeral y las rosas, de invernadero, no olían a nada. Aun así, los cupones de John Lewis le vendrían bien, quizá para unas toallas o ropa de cama nueva.

George le mostró el reloj que le habían regalado.

—Lo más gracioso es que ya no me hace falta preocuparme por saber qué hora es —dijo. Estaba encantado con el álbum repleto de notas de colegas y alumnos, antiguos y actuales, que le habían dado.

Se dejaron caer en el banco, cansados y algo tristes.

—¿Y ahora? —preguntó Rosemary.

Por un instante, se preguntó si era demasiado tarde para echarse atrás en lo de la jubilación o si era demasiado mayor para convertirse en profesora sustituta.

George, por supuesto, le leyó la mente y le cogió la mano.

—Para empezar, dejaremos resuelto lo del invernadero y después ya pensaremos en la caravana. —Le aprieta cariñosamente los dedos, aunque no con mucha fuerza—. Confía en mí, hemos tomado una buena decisión.

—Vale: invernadero y caravana —repitió Rosemary, como si recitara una lista de tareas pendientes. Se le dan bien las listas, y además le gustan.

Y, así, se pusieron manos a la obra con ese nuevo trabajo que era la jubilación.

Los cultivos del invernadero eran los mejores que habían tenido nunca. El jardín parecía florecer más radiante ese verano y el olor a sal en el ambiente les daba tanta hambre como si fueran niños. A la caída de la tarde, cuando escuchaban el sonido de la furgoneta de los helados, Rosemary se acercaba a comprar *screwballs* y *oysters** que se comían en el banco mientras contemplaban el mar. Viajaban por el país, pasaban los puentes en hoteles de media pensión en Melrose y Stratford-upon-Avon y, aunque miraban algunas caravanas, la realidad era que les gustaba tanto su casa que nunca querían pasar más de unos pocos días seguidos fuera.

Cuando llegó septiembre, Rosemary se deshizo de la sensación de que debería estar en el colegio y donó todos sus antiguos trajes.

—Ahora todos los días son vacaciones o fines de semana —le dice a George—, porque la ropa que utilizaba en esas ocasiones es la que me pongo todos los días.

El vestuario de trabajo de George se componía de tres pantalones de vestir y una variedad de camisas que ahora se pone para el jardín con las mangas remangadas, pero, en un gesto de solidaridad, metió todas las corbatas que tenía, y que no eran las que le había regalado Rosemary, en la bolsa para donar.

—¿Eres feliz? —le preguntó Rosemary una tarde de finales de septiembre mientras contemplaban el atardecer.

—Por supuesto —respondió George—. ¿Y tú?

—Sí —afirmó ella, y era cierto. Pero en ese momento era una forma distinta de felicidad; ya no era la extenuante sensación de sentirse realizada que manifestaba al resolver un conflicto entre los profesores o al apaciguar a una asamblea iracunda, sino más bien un tranquilo y dulce sentido de lo correcto. Y le gustaba, no cabe duda; solo tenía que acostumbrarse.

---

* Tipos de helados. Los *screwballs* son helados de hielo que se sirven en un cono de plástico y que llevan un chicle al fondo. Los *oysters*, por su parte, son helados salados hechos a base de caldo de ostras. (*N. de la T.*)

90

Loveday

Es sábado de nuevo y Kelly viene al trabajo a pesar de que Loveday le ha dicho que no hacía falta. Esto es muy del estilo de «lo que Loveday haría», pero, cuando Kelly llega, Loveday decide tomar la iniciativa.

—Me alegro de que estés aquí —saluda—. Yo me encargaré de mantener ocupada a Madison, pero no tienes que quedarte si no te ves con fuerzas.

Kelly se queda mirando a Loveday unos segundos antes de hablar.

—¿Si no me veo con fuerzas física o emocionalmente?

—Eso mismo —dice Loveday, y ambas se sonríen.

—Gracias, Loveday.

—Haré todo lo que pueda por apoyarte —asegura Loveday, y va completamente en serio. Lo mismo le ha manifestado a Madison. Kelly y Madison se encuentran en un aprieto del que ninguna de las dos es responsable y, aunque Loveday no puede arreglar el daño, sí que puede minimizarlo. Puede convertir La Librería de la Esperanza en un lugar seguro para ellas, de la misma forma que Archie lo hizo para ella.

Archie probablemente se las habría llevado a las dos a comer fuera, se habría bebido él solo una botella de vino de Madeira y las habría entretenido con historias hasta que ambas se estuvieran riendo tanto que ya no recordaran cuál era el problema. Pero ese no es el estilo de Loveday.

Hoy Nathan y Sarah-Jane están en la parte de atrás de la tienda; la segunda supervisando los esfuerzos del primero, y el jardín casi de nuevo como antes. Tras la limpieza con agua a presión, Loveday le ha ayudado con la pintura y ambos han hablado de escoger una frase para el muro de la misma forma en que lo hacen cuando eligen un tatuaje. Las verjas se han instalado: altas, de madera, pero con un bonito barnizado casi dorado que da más una sensación de seguridad que de enclaustramiento.

No tiene ningún sentido que Loveday se pregunte cómo habría vuelto a amueblar Archie el espacio, porque la respuesta es que habría conseguido algunos muebles bonitos y antiguos de algún amigo que estuviera renovando su jardín y que ya no fuera a utilizarlos, o se habría encontrado por casualidad en la calle con algunas sillas de entramado metálico abandonadas. Loveday hace las cosas a su propio estilo; es decir, de la nueva forma que ha descubierto y que se basa en ser una versión atrevida y confiada de sí misma.

Echa un vistazo, por lo tanto, a la cuenta bancaria y, en lugar de pensar que debería ahorrarlo todo por si las cosas empeoran, decide gastarse una parte porque todo va a mejorar. Las sillas de mimbre preparadas para las inclemencias climáticas llegan en unos pocos días y, además de ser cómodas y acogedoras, hacen juego, y Loveday es incapaz de imaginarse por qué no decidió comprarlas antes. La seguridad no tiene por qué encontrarse en algo desvencijado; las personas que están en apuros no son ciudadanos de segunda clase. Solo porque se sientan agradecidos por disponer de un lugar seguro para sentarse no significa que cualquier cosa les sirva para hacerlo.

Cuando Madison llega, lo primero que hace es preguntarle a Loveday si puede ir a hablar con Kelly, que está arriba, organizando el papeleo que Loveday no ha podido llevar del todo al día mientras Kelly no estaba.

—Voy a ver —le dice Loveday.

Pero Kelly responde desde arriba.

—¡Pues claro!

Así que Loveday sale a comprar bebidas calientes para todos, para que se las tomen con los *brownies* que su madre le ha dado.

91

Kelly

Cuando Madison aparece en lo alto de las escaleras, lo primero que piensa Kelly es que también debe de haber pasado el covid; está muy pálida.

—¿Estás bien? —le pregunta.

Madison se encoge de hombros.

—La verdad es que no.

—¿Has leído los libros? —No es la pregunta que realmente quiere hacerle, pero no puede mencionar a Craig a no ser que (o al menos hasta que) Madison lo haga. Y no sabe si será capaz de seguir manteniendo la compostura si hablan de él. ¿Cómo es que nunca se había fijado en que Madison tiene la barbilla redondeada de su padre y su cabello castaño claro?

—Sí, me tuvieron entretenida.

Kelly sonríe.

—A veces es lo que uno necesita.

Ahora, Kelly avanza a toda prisa en sus estudios. Cuando volvió a centrarse en ellos, no fue por el trabajo en sí, sino para tener algo que hacer que le impidiera pensar en Craig. Pero, entonces, volvió a enamorarse de sus investigaciones. Todas esas mujeres listas y prolíficas, en un mundo al que no le importaban las mujeres inteligentes ni valoraba sus aportaciones. Dorothy, Dora, Mary Wordsworth, Zelda Fitzgerald, Véra Nabokov. Quiere pasar todo el tiempo que pueda con ellas.

—Sí. —Da la impresión de que Madison se va a ir escaleras abajo, pero entonces respira hondo y añade—: Papá sabe que fue un idiota. No para de repetírselo a mi madre y ella no deja de decirle que tiene razón. Al principio discutían un montón, pero ahora ya no lo hacen tanto. Creo que están empezando a cansarse.

Kelly consigue que su voz suene lo más suave posible.

—Ya no es mi problema, Madison. Nunca lo fue. No lo sabía.

—Ya. Creo que se van a divorciar.

—No es fácil recuperarse de algo como esto, en cualquier relación. —Kelly suena más sabia de lo que se siente. Quiere arrancarle la cabeza a Craig de los hombros. Idiota, imbécil, mira que hacer tan miserables a tres mujeres cuando, si hubiera sido sincero, podría haber..., bueno, especular no sirve de nada. Aun así, Kelly se pasó la segunda semana con covid haciéndolo, de manera que todas las posibilidades moran ahora en su cabeza. Podría haber hablado con su mujer, haberlo intentado de nuevo, haber sido feliz con ella y haber dejado que Kelly siguiera con sus citas hasta que, quizá, hubiera logrado ser feliz con alguien. Podría haber hablado con su mujer, haberlo intentado de nuevo y después haber roto con ella. Y entonces Kelly y él podrían haberse conocido y haber sido felices. Y, por supuesto, podría haber dicho que estaba casado y que no era feliz. Kelly le habría dicho que se largara, lógicamente, pero, si él lo hubiera hecho, quizá habrían dejado la puerta abierta para algo más adelante. Pero no después de todos estos meses llenos de mentiras.

—Pero todo el mundo comente errores —apunta Madison—. Eso es lo que decís todo el rato: cometer errores y aprender de ellos; pedir perdón y seguir adelante.

—¿Lo que decimos?

—Sí, lo que decís los adultos —aclara Madison con tristeza—. Bueno, los profesores, los padres, tú, Loveday y Nathan. Siempre estáis diciéndoles cosas así a los adolescentes, pero no os lo aplicáis.

Kelly escucha su propia risa.

—Tienes razón —dice—. Consejos vendo que para mí no tengo.

—Exacto —asevera Madison—. A mí no me importaría.

—A ti no te importaría ¿qué?

—Que mis padres rompieran. Que papá y tú volváis a estar juntos.

—Oh, Madison. —Si no fuera por las malditas restricciones, Kelly abrazaría a Madison ahora mismo—. Eso no va a pasar. No fue sincero conmigo.

Madison asiente.

—¿Seríais amigos?

—No lo sé. No lo creo.

Madison vuelve a asentir, como si sentir decepción fuera exactamente lo que se esperaba. Y Kelly, que antes de volver al trabajo comprobó todos los consejos sobre cuánto tiempo sigues siendo contagioso, piensa: «Qué más da», y abre los brazos y deja que Madison solloce sobre su hombro.

92

Volvamos a esa pregunta tan terrible: ¿deberías tener un libro favorito?

Imagino que yo debería saberlo. Los he estudiado, los adoro, los leo y los escribo. Cuando aún creía en Papá Noel (y quizá es muy real en el rincón del mundo en el que vives, así que, por favor, que no te preocupen mis palabras), le mandaba listas de libros. Los libros son mi perdición (si es que los libros pueden serlo).

Esto es lo que sé.

A veces, un libro resuena contigo. Resuena con tu alma, tu dolor, tu existencia.

A veces, te conoce de arriba abajo y es como si las páginas tuvieran alguna clase de magia y las palabras que aparecen en ellas fueran un poco más deprisa que tú, mientras las lees, porque están tan conectadas con tu corazón y con tu propia historia que es la única explicación posible para lo que está pasando.

A veces, un libro que dejaste por la mitad adquiere nuevas cualidades cuando lo vuelves a leer; cuando superas la parte en la que te atascaste, cuando tienes un hueco en el cerebro o en el corazón para experimentar lo que pueden ser las palabras.

Todos estos libros pueden convertirse en tus favoritos.

Como también lo pueden ser los que te hacen reír a carcajadas en el tren y provocan que los demás te miren y se rían tras sus mascarillas. O los que te hacen pensar que, quizá algún día, vuelvas a enamorarte. O el que le encantaba a tu abuela y en el que tú no pensabas mucho, pero que, ahora que no ella no está y tú has crecido, te hace sentirla cuando lo lees. O el que leíste en tus primeras vacaciones solo y te hizo compañía mientras aprendías a comer sin nadie a tu lado y también a apreciar la experiencia.

A los libros no les importa cuántos favoritos tengas.

A los libros favoritos les encanta estar en la compañía de otros libros favoritos.

Elígelos o no. Ten uno solo que sea tu favorito o cien.

Lector, hagas lo que hagas, estás en lo cierto.

Tienes que estarlo. Lo dice aquí, en un libro.

93

Loveday

Loveday está a punto de cerrar cuando ve a un hombre en la acera de enfrente que escribe en el móvil, que lleva un periódico bajo el brazo y que está mirando hacia la tienda. Antes de que pueda procesar lo que está viendo, Madison baja las escaleras y se coloca junto a Loveday.

—Mi padre quiere hablar contigo —dice—. ¿Puede pasar?

—No —responde Loveday—, pero puede acercarse.

Craig se aproxima como si fuera un perro herido. A Loveday no le gusta la violencia, pero, si le gustara, le apalearía. Madison está afligida, Kelly está hecha pedazos y Dios sabe en qué estado se encontrará su pobre mujer. Y todo porque no era capaz de ser sincero: consigo mismo, con su mujer, con Kelly.

—Madison —articula Craig, y después, con menos confianza—: ¿Loveday?

—Sí —responden Madison y Loveday al unísono. Parece que Craig está a punto de salir corriendo, pero no lo hace. Se vuelve hacia Loveday.

—Madison me ha contado que ha habido daños en la tienda.

—Así es.

Craig asiente.

—No he sido yo.

Loveday escucha a su espalda unas pisadas en la escalera y espera para ver si Kelly se les une. Craig mira por encima de su cabeza y palidece.

—Kelly.

—Craig.

Es evidente que Kelly no quiere acercarse más. Craig, por su parte, parece que no va a dejar de mirarla. Loveday sospecha que la quiere de verdad —le rodea ese aura descompuesta que solo tienen aquellos a los que se les ha roto por completo el corazón—, pero él se lo ha buscado.

—Me estabas diciendo que no fuiste tú el que se cargó el jardín. Tampoco me lo parecía.

—No, estaba confinado cuando sucedió —responde, y vuelve la vista hacia Loveday y después hacia Madison—. Y débil. No podría haber salido de casa.

—Dice la verdad —comenta Madison, sin ninguna emoción en la voz—. Mi madre y yo teníamos que llevarle la comida. Estaba bastante indispuesto.

Craig casi se ríe.

—Di las cosas como son: nunca en la vida me he sentido peor.

—Vaya, pobrecito —interviene Kelly.

—No he venido a pedir compasión, solo quería asegurarle a Loveday, en persona, que no fui yo el que causó los daños.

—Una llamada habría valido —dice Loveday. Está a punto de cerrar la puerta cuando Craig tose. Es una tos de las de «estoy a punto de soltar un discurso» más que de las que empiezan y nunca acaban.

—Pero sí que informé del incumplimiento de las normas covid —confiesa—. Lo siento.

—¡Papá! —brama Madison al mismo tiempo que Kelly exclama—: ¡Serás cabrón!

Loveday se queda esperando.

—Yo… —empieza Craig, que se yergue de repente—. La noche que me echaste, Kelly…

—¿Después de descubrir que estabas casado y que no me lo habías dicho?

Craig titubea. «Si te pones a defenderte a ti mismo, no habrá esperanza para ti», piensa Loveday. Pero entonces Craig se mira los pies y después levanta la vista hacia Kelly y de nuevo hacia Loveday.

—Kelly tiene razón: no tengo excusa. Podría decir que estaba enfermo, dolido, que no me encontraba en mis cabales. Pero no tengo excusa. Fue algo mezquino y lo siento. Estaba sentado en el coche, tratando de prepararme para hablar con Jo, y no paraba de pensar en sentarme en el jardín con Kelly. Lo siguiente que recuerdo es estar rellenando un formulario en la página web del Gobierno.

Loveday sabe que debería estar enfadada, pero no consigue reunir las energías. No es más que otro momento más en el que su vida se enfrenta a un obstáculo por la incapacidad de otras personas de lidiar con sus cosas.

—¿Kelly te invitó a sentarte en el jardín cuando no había nadie más y lo usaste contra nosotros?

—Papá... —Madison sacude la cabeza.

—Lo sé —afirma Craig.

—Bueno, tienes razón —afirma Loveday—. Fue algo mezquino, pero gracias por disculparte.

Loveday asiente y se quedan de pie mirándose unos a otros: tres mujeres en distintas fases de enfado y decepción y un hombre alicaído.

—Bueno... —dice Craig, y se da la vuelta. Loveday, Kelly y Madison comparten un tenue sentimiento que les impide decirle nada más. Que se vaya y sienta cómo le empuja el peso del silencio de las tres.

Pero entonces se vuelve.

—Quería deciros que siento mucho lo de vuestra amiga.

Ninguna de las tres tiene claro con cuál está hablando.

—¿Qué amiga? —pregunta Loveday, porque Kelly y Madison están claramente adscritas a la política de «hablar lo menos posible con Craig».

Craig sostiene el periódico en alto y les muestra el titular: «Adorada directora de colegio muere de covid».

—No —dice Loveday. Le arrebata el periódico a Craig y estudia el artículo con los ojos de Madison y Kelly sobre ella. Se pone a leer en alto, con la voz llena de lágrimas—: «Rosemary Athey es un nombre que resultará familiar a muchas personas que hayan estudiado en la zona de York. Era una profesora y directora muy conocida y querida, con una trayectoria de más de cuarenta años, además de un pilar de la comunidad escolar local y una defensora incansable de la educación.

»Rosemary (o la señora Athey, como muchos de nosotros la llamamos, por fuerza de una larga costumbre) murió en el Hospital de York tras una corta enfermedad causada por el covid-19. Se cree que pasó menos de cuarenta y ocho horas ingresada. Por su edad, pudo habérsela considerado demasiado vulnerable como para ponerle un respirador.

»La enfermera jefa, Casey Ripley, que cuidó de la señora Athey, no pudo opinar sobre el caso directamente, pero dijo: "Siempre es triste cuando uno de nuestros pacientes sucumbe ante el covid y es muy duro que las normas establezcan que sus seres queridos quizá no puedan estar con ellos. Por favor, que todo el mundo se tome las normas en serio. Poneos mascarillas, lavaos las manos y mantened la distancia".

»Carol Johnson, enfermera a la que dio clase la señora Athey —esta última, casada con el también antiguo profesor de Yorkshire George Athey—, dijo: "Era una mujer maravillosa. Siempre amable y justa. Mucha gente tiene mucho que agradecerle".

»George Athey, del que se piensa que ha pasado el virus de una forma más leve y no requirió hospitalización, no estaba disponible para hacer comentarios. La pareja no tenía familia».

Madison y Kelly están llorando para cuando Loveday llega al final del artículo.

—Pensaba que lo sabíais —dice Craig.

—No —responde Loveday—. No teníamos ni idea.

—¿Creéis que Rosemary estaba en el hospital cuando fuimos a ver a George para recoger las plantas? No estaba en casa.

—Loveday detesta pensarlo, pero tiene que decirlo. Kelly, Madison, Nathan y ella han salido al jardín de lectura; la calle parecía un lugar demasiado público para exteriorizar la pena que sienten. Craig les ha seguido a través de la tienda y a nadie se le ha ocurrido detenerle. Madison acaricia las hojas de la hosta. Ya no hay lágrimas en sus ojos, pero sí en los de Kelly.

Nathan coge a Loveday de la mano.

—Quizá. A lo mejor ya había muerto.

—Tendríamos que haberlo sabido —dice Loveday. Mira a Nathan, deseosa de que diga que no había forma de saberlo o que no había nada que pudieran hacer.

Pero lo único que hace es frotarse los ojos y decir: «Lo sé».

¿Qué haría Loveday?

No dejaría solo a un hombre mayor que está de luto.

—Iré a verle.

Nathan asiente.

—Te acercaré —dice.

—Estaban solos, los dos —dice Kelly. Parece estar hablando consigo misma.

«Y ahora solo queda George», piensa Loveday. George, que claramente tampoco disfruta de una buena salud.

—Ya cierro yo —dice Kelly.

—¿Podrás? ¿Tienes fuerzas suficientes?

—Sí, estaré bien.

—Yo también me quedo —dice Madison, que después se cubre el rostro con las manos, abrumada de nuevo por las lágrimas. Craig abre los brazos, pero es Kelly hacia la que se abalanza una Madison muy afligida. Tras unos instantes de duda, Craig coloca una mano sobre la espalda de su hija y la acaricia. Entonces Kelly también empieza a llorar.

—Kelly, lo siento —confiesa Craig con una expresión de cautela y empatía, mientras la envuelve con un brazo que ella ignora, pero del que no se aleja.

Madison respira hondo, se sorbe los mocos y mira a Loveday.

—Llévale el libro —dice.

94

Loveday

Cuando llegan, George está en el jardín. ¡Cómo no! Aunque no está trabajando. Tiene una pala en la mano, sobre la que se apoya mientras contempla el mar, pero no se mueve. Está completamente inmóvil. Mientras Loveday avanza por el camino, se pregunta si también estará muerto y si, de alguna manera, la pala solo sostiene su cuerpo inerte. Pero, cuando ve que Loveday abre la puerta de la verja al fondo del jardín, se vuelve hacia ella.

—George, soy Loveday —lo saluda—. De la Librería de la Esperanza.

—Oh. —Parece hacer un pequeño esfuerzo para reconocerla—. Hola.

—George. —Loveday se queda a unos prudentes dos metros de distancia y coloca la mano que le queda libre, para su propia sorpresa, sobre su corazón—. Siento muchísimo lo de Rosemary.

—No tanto como yo. —George empieza a sollozar. Saca un pañuelo de su bolsillo y se suena la nariz.

Loveday se dice a sí misma, tan decididamente como puede, que no debe llorar. No está aquí para que la consuele un hombre que acaba de perder a su compañera de vida de la peor manera posible. Está aquí para ayudarle, si es que puede. Para hacerle saber que tiene amigos en el mundo. Abraza con fuerza el paquete con el libro y se coloca frente a George.

Archie se habría llevado la mano al pecho, la habría sobre el corazón —cosa que Loveday ya ha hecho— y después habría compartido su mejor recuerdo sobre Rosemary.

Pero el cerebro de Loveday se niega a hacer eso. Es demasiado pronto para pensar en una Rosemary con vida; no puede soportar la idea de que ya no esté. Todo lo que se le ocurren son preguntas.

—Cuando Nathan y yo vinimos a por las plantas, ¿ya había fallecido?

George asiente.

—Oh, George, ojalá nos lo hubiera dicho.

—Después de que os marcharais, la escuché. Más claro que el agua; leyéndome. Y después me dijo: «George Athey, ni siquiera les has ofrecido una taza de té. Y seguro que no vas a poder comerte todas esas galletas antes de que se pongan duras, ¿a que no?»

—Lo siento mucho, George.

Él vuelve a asentir.

—Le daba miedo quedarse sola. Pensaba que no lo conseguiría. Por eso quería daros las plantas.

Loveday piensa en las maravillosas plantas de los Athey, a salvo, ahora, en el jardín de lectura.

—Ambos creíamos que yo sería el primero en irse —explica—. Me alegro de que no haya tenido que pasar por esto. Cuando te pasas toda la vida con alguien y ya no está, resulta desolador.

George está mirando hacia el mar y Loveday le imita.

—¿Ha…, cómo se las ha apañado? ¿Con el funeral y todo? Nosotros le habríamos ayudado.

—Había mucha gente —responde George—. Llamé a la primera funeraria de la lista y la directora era una de mis alumnas. Entre ella y su marido lo arreglaron todo. Dijeron que podríamos celebrar un funeral cuando la gente se pueda reunir, pero, si para entonces sigo aquí, no creo que tenga fuerzas para ello.

—¿Qué necesita ahora mismo?

Loveday conoce la respuesta y, efectivamente, acierta.

—¿Yo? Nada. —Pero su tono de voz dice: «Nada, salvo a Rosemary».

—¿Le trae alguien la compra? ¿Le gustaría que...? —Loveday se detiene. Ha dicho que no quería nada. Respira hondo y se traga las lágrimas; es como si sintiera la sal bajándole por la garganta.

Se quedan allí de pie. Hoy el mar está gris.

—Cuando era pequeña vivía en Whitby.

George sonríe.

—Entonces tuviste suerte.

Loveday no se lo va a discutir, pero por entonces no se sentía afortunada. Ahora sí que lo es, ¡vamos si lo es! Piensa en Nathan, en el coche, escuchando la radio, viendo el mundo pasar, esperándola para llevarla a casa.

—He venido porque he visto la noticia en el periódico sobre Rosemary y quería decirle que usted forma parte de nuestra librería. Sé que no es mucho, pero no nos olvidaremos de usted.

—No sé qué soy, sin Rosemary, ella era...

Hace un gesto, un ligero movimiento con la mano que tiene libre lo suficientemente amplio como para expresar que ninguna palabra describirá jamás el significado y la importancia que tenía su mujer para él todos los días de sus vidas.

Y Loveday experimenta uno de esos raros momentos en los que sabe, con sus propias palabras y no las de otra persona o las de un libro, qué es exactamente lo que tiene que decir.

—Ella era lo que era porque usted es lo que es —afirma.

George se vuelve hacia ella.

—Cierto —responde.

Loveday no consigue convencer a George para que entre, pero este le da permiso para que vaya a preparar el té. En el interior encuentra los ingredientes para hacer un sándwich, que también saca al exterior junto con el té, cuidadosamente, en una bandeja. La cesta de Rosemary está junto a la puerta, pero Loveday se ve incapaz de utilizarla.

George está sentado en el banco.

—¿Hay alguna manta en algún sitio? —pregunta Loveday.

—No tengo frío —responde George, y Loveday se da cuenta de que dice la verdad. El ambiente empezará a refrescar pronto, pero, de momento, el sol aguanta. Y el mar resulta hipnótico. Loveday le tiende una taza de té a George y le contempla mientras este se la toma en silencio.

—Le gustabais, todos vosotros. —George deja la taza vacía a su lado.

—Me pidió que preparáramos un regalo para usted —le cuenta Loveday—. Antes de coger el covid. Creo que era para su cumpleaños.

George asiente.

—Fue ayer —dice—. No debería envejecer si ella no lo hace.

—Tenga —dice Loveday. Tendría que haber envuelto *El jardín secreto,* para no dárselo en una bolsa de papel. Pero a lo mejor el papel de cumpleaños habría sido demasiado.

George lo saca de la bolsa y le da la vuelta entre sus manos. Mira la portada, el lomo, la contraportada, y vuelve a la imagen delantera.

Y, ahí está, una sonrisa. Loveday (bueno, Rosemary) le ha hecho sonreír.

—¿Os lo dejó encargado?

—Sí —responde Loveday—. Nos pidió específicamente que fuera esta edición. Dijo que era la que usted tenía de pequeño.

—Así es. —Con dedos torpes al principio, que no tardan en encontrar su ritmo, se pone a pasar las páginas.

—Me alegro. —Loveday se permite echar unas lágrimas en silencio. George no la está mirando. Es como si ella fuera invisible, así que Loveday no podría sentirse mejor.

—¿Lo has leído? —pregunta George.

—Sí, hace muchos años —responde Loveday—. Me sentí identificada con Mary.

George se ríe.

—Yo con Dickon.

—Claro —dice Loveday mientras mira a su alrededor—. Mire lo que ha hecho aquí.

George hace un gesto con la mano.

—Solo ha sido paciencia.

Paciencia y amor, piensa Loveday, aunque no lo verbaliza. Suficientemente frágil es ya el estado de George.

—¿Mi Rosie organizó todo esto con vosotros?

—Eso es.

George sonríe.

—Me imaginaba que se lo leería a mis hijos, pero uno nunca sabe lo que le deparará la vida, ¿verdad? —Deja el libro sobre su regazo y lo presiona fuertemente con las dos manos.

—No —coincide Loveday. «Salvo en un libro que ya hayas leído», piensa Loveday. Y quizá, si lo has cuidado tú mismo, en un jardín.

95

Kelly

Kelly pensaba que volver a abrir la Librería de la Esperanza al público sería estresante. Pero, cuando Loveday y ella descubrieron cómo gestionarlo todo, con un número limitado de clientes y un sistema unidireccional, y reservas para el jardín de lectura, había vuelto a entusiasmarse. Ahora, una semana después de que se levantaran las restricciones, se siente perfectamente feliz con este nuevo y cauteloso mundo. O así sería si no estuviera tan cansada. No está acostumbrada a tanta interacción y, antes de la pandemia, jamás se habría imaginado que podría consumirle tantas energías.

Aun así, no se atreve a quejarse. La gentileza de los lectores es impecable, a diferencia de su corazón, que se va recuperando lentamente. No se había dado cuenta de lo mucho que echaba de menos las conversaciones sobre libros, sobre el tiempo, y de lo coñazo que es aparcar en York. ¡Y las recomendaciones! Loveday y ella han estado tan ocupadas recetando libros a los demás que se han olvidado de la emoción que supone que un cliente entre, escoja un libro y diga: «¡Oh! ¿Lo has leído? Pues deberías». Los lectores son las únicas personas que Kelly consiente que le digan lo que debe hacer.

Madison baja las escaleras.

—¿Crees que Loveday me daría un puesto cuando termine el colegio? —pregunta—. Es fascinante cuando la gente no sabe qué libro quiere y tú se lo puedes mostrar. —Se ríe. Es algo que últimamente hace mucho. «Es una joven estupenda», piensa Kelly. Al parecer, Craig y su mujer han hecho algo bien.

—Entonces, ¿has tenido un buen día? —pregunta Kelly.

—Sí —responde Madison. Después, moviendo los pies, le muestra el móvil a Kelly—. Quiero ir a ver una película antigua, pero mis amigos pasan. Creo que se basa en un libro… *¿Cumbres borrascosas?* No me importa ir sola, pero he pensado que ¿igual te apetece venir? Es mañana por la tarde.

Kelly va a ir a ver a su padre al día siguiente, pero a él no le importará que se marche justo después de comer. Sobre todo porque también ha invitado a Sarah-Jane. Él puede encargarse de traerla de vuelta a casa, si quiere. Pasar tiempo con su padre es ahora mucho más sencillo que antes.

—Me apunto.

En ese instante, la puerta se abre y entra una mujer con un carrito. Parece cansada. Un niño pequeño la sigue entusiasmado.

—¡Quiero un libro sobre elefantes! —exclama el crío para que la tienda y todo el que haya en su interior lo escuchen.

—¿Científico o de ficción? —pregunta Madison.

—Quiero un libro de cuentos, por favor —dice este con decisión antes de volver la vista hacia su madre.

—Ve con la señorita, Tommy —dice esta, y el niño sigue a Madison. Entonces se dirige a Kelly y le dice—: Loveday nos trajo libros durante el confinamiento y le estamos muy agradecidos. Hacía muchísimo tiempo que no leía ninguno y ahora es lo único que hago. Aparte de cuidar de los niños.

Kelly se ahorra el comentario de que parece una buena vida cuando se percata de cómo se ha expresado la mujer. En su lugar, le pregunta si necesita algo y se marcha en busca de la quinta y sexta entrega de la serie de *Ana de las Tejas Verdes*.

Cuando regresa, Madison ha traído de vuelta a Tommy, que está sentado en el suelo con su libro. Su madre se está secando las lágrimas.

—¿Va todo bien? —Ahora la gente se agobia cuando sale al mundo exterior.

—Sí…, bueno, no —responde la mujer, que mira a su hijo para comprobar que no la escucha—. Mi marido murió. De covid. A veces… le echo de menos con todo mi corazón.

—Claro, es normal —asevera Kelly. Antes de la pandemia, no le gustaban mucho los abrazos, pero ahora quiere abrazar a todo el mundo. Aun así, se controla, junta las manos y se lleva los dedos a los labios, como si rezara.

—Ya —dice la mujer, y Kelly se da cuenta de que debe de ser Zoe, la madre de la que Loveday suele hablar. Está a punto de llamar a Loveday, pero se detiene. Esta mujer no ha venido a ser el centro de atención y no ha preguntado por Loveday. Quiere unos libros para ella y su hijo.

Después de que la reducida familia se haya marchado, Madison va a buscar su chaqueta.

—Mi padre viene a buscarme —comenta, medio sonriéndole a Kelly como disculpa—. Me va a llevar a ver su piso nuevo.

—Que lo pases bien —dice Kelly, completamente en serio. Ya no le desea lo peor a Craig, pero ni se plantea nada romántico hasta que se haya doctorado, haya publicado al menos un artículo y haya terminado con los montones de libros recién adquiridos que aguardan en el piso de arriba a que los ordene. Eso son al menos dos años de celibato, lo que le parece bien.

Loveday y Nathan están sentados afuera, en el banco del jardín de lectura. Cuando George llamó y les pidió que fueran a por el asiento un mes después de que Rosemary muriera, Loveday quería negarse. Pero Sarah-Jane señaló que George se marcharía a la residencia tanto si ella aceptaba el banco como si no, de manera que se acercaron a recogerlo.

—No os preocupéis por mí —le había dicho George a Loveday cuando salió a la calle para despedirse de ellos—. Estoy listo. Rosemary no lo estaba, pero yo sí.

Loveday había llorado casi todo el camino de vuelta a York y, esa noche, tras horas en silencio, le había dicho a Nathan:

—Nunca estaré preparada para perderte.

—Y yo nunca lo estaré para perderte a ti tampoco —había respondido Nathan.

Desde entonces, habían estado más unidos que nunca. Loveday había dejado de fingir que era una persona completamente independiente y Nathan ya no aparentaba estar siempre contento. En ocasiones, además, hablaban del futuro.

Ahora el banco está delicadamente lijado, repintado y reparado; Sarah-Jane le hizo unos cojines, y Nathan y Loveday se han acostumbrado a pasar varios minutos al día allí sentados. Quizá se haya convertido en el lugar favorito de Loveday.

—Oh —exclama Nathan—. Bella se pasó por aquí. Nos ha invitado a cenar.

—Me apunto si tú te apuntas.

Nathan se ríe.

—No pienso volver a rechazar una invitación en mi vida. Además, seguro que sabe cocinar bien. Y, si no es así, al menos tendremos una anécdota.

Loveday también se ríe.

—Creo que igual este ha sido nuestro mejor día. En cuanto a ingresos. Quiero más días así, incluso mejores que este.

—«¿Cuándo han empezado a pasarme estas cosas? —se pregunta—. ¿Cuándo he empezado a mirar hacia delante? ¿Cuándo he empezado a... esperar cosas? ¿A tener esperanza?». Sería extrañísimo que una pandemia hubiera sido la responsable, piensa. Pero, según su experiencia, la vida siempre lo es.

—Estoy orgulloso de ti —dice Nathan—. De lo que has logrado aquí. Es mucho más que una librería.

Loveday sacude la cabeza y después la deja caer sobre el hombro de Nathan.

—Nada es mucho más que una librería.

Cierra los ojos y se pregunta cuánta gente estará, en estos momentos, pasando la página de un libro que Archie, Kelly, Madison, Sarah-Jane o ella misma les hayan recomendado.

96

Jennifer le está leyendo a Milo, que está calentito y suave después del baño. Ha empezado a andar descalza por casa porque ya no siente la necesidad de estar lista para echar a correr, huir o buscar un lugar seguro. Allí se siente segura. Y tiene un nuevo libro: *Agnes Grey*, de Anne Brontë, con el que se pondrá más tarde. El miércoles, mientras Milo estaba en la guardería, se acercó a la Librería de la Esperanza y se lo compró. Todos los días le parecen maravillosos, aunque con cautela, por si acaso.

Jamie tiene ahora un ayudante que se ocupa del turno de los sábados por la noche, así que volverá a casa en coche, saldrá a correr y después terminará las últimas páginas de *Salvaje*. Hasta el momento, es su libro favorito y se está planteando si debería lanzarse a una aventura tan épica como la de la historia.

Adjoa ha empezado a pasarle libros a su madre, que lee mucho más rápido que ella, así que ahora siente una agradable premura en su rutina lectora. Además, deja de lado cualquier libro en el que aparezcan blancos salvadores o mejores amigos negros.

Bella tiene una audición para interpretar a Amanda Wingfield en una gira de *El zoo de cristal*, de Tennessee Williams. Opina que es demasiado joven para el papel, pero aun así quiere intentarlo. ¡El que no se arriesga no gana! Ahora que su vida social vuelve a estar en marcha, no tiene mucho tiempo para leer, pero está decidida a mantener el contacto con Loveday y con Nathan, que han demostrado ser unos invitados excelentes durante las cenas. El truco de Nathan de sacar monedas de chocolate siempre le hace gracia.

Casey está pensando en dejar de ser enfermera de cuidados paliativos. De camino al trabajo ha descubierto una tienda benéfica con objetos de segunda mano y, a veces, se acerca a por algún libro. Está leyendo *Lo que el viento se llevó,* de Margaret Mitchell, y, cuando se mete en la cama, unas pocas páginas son suficientes para ayudarla a dormir.

Hozan y Zhilwan vuelven a tener la casa para ellos solos, aunque una vez al mes los niños van a pasar el día con su familia. Ahora que ha vuelto a la universidad, Hozan echa de menos la mayoría de las conversaciones entre Zhilwan y Lorraine sobre *EastEnders,* pero suele ver a Claire y a Arthur los fines de semana. A veces los invitan a cenar y, aunque el *dolma* de Lorraine no es el mejor que ha probado, el hecho de que la mujer lo preparara estuvo a punto de hacerle llorar. Loveday ha descubierto un libro sobre política kurda que Hozan no tenía y otro sobre puentes sudamericanos.

97

Loveday

Loveday y Kelly se marchan a través del jardín de lectura. Incluso ahora, a finales de septiembre, suele estar bastante concurrido hasta última hora del día. Loveday cierra la cancela tras ellas. La madera está caliente bajo su mano. Ha sido otro día propicio para la Librería de la Esperanza. Kelly y Loveday se han turnado en el mostrador de la farmacia y Trixie, que está aprendiendo los entresijos mucho más rápido de lo que Loveday creía posible, ha trabajado con Madison en la caja registradora, donde ambas han aconsejado, cobrado y ayudado a los clientes a encontrar lo que estaban buscando. Cuesta creer que a estas alturas, el año anterior, Loveday temiera que el negocio fracasase y estuviera convencida de que la pandemia acabaría con él. La tienda va mejor que nunca y Loveday está orgullosa: tanto de la Librería de la Esperanza como del trabajo que Kelly, Madison, Nathan, ella y ahora Trixie han realizado para que, en vez de perderla con facilidad, se haya convertido en un éxito. La pandemia no ha terminado, pero, entre las vacunas y la norma de que no puedes entrar sin mascarilla, Loveday siente que lo peor ya ha pasado.

Loveday y Kelly permanecen en silencio mientras atraviesan en coche los páramos que conducen a Whitby. Los sábados están tan ocupadas en la tienda que, al final del día, ambas terminan molidas y sin ganas de hablar. En otro tiempo, Loveday habría preferido irse directamente a casa, pero la vida ha cambiado.

—Es una lástima que Madison no haya podido venir esta noche —lamenta Kelly—. Pero me alegro de que vea a Craig.

—Sí —conviene Loveday, aunque lo que realmente quiere decir es: «No tengo ni idea de cómo lo haces para gestionar todo esto tan bien». El sospechoso covid persistente de Kelly (cansancio, vómitos y que todo lo que comía le sabía raro) resultó ser un bebé insospechado. Ahora, embarazada de cuatro meses, parece contenta, y Madison no para de elegir nombres de sus libros favoritos para su medio hermano (esta semana ha sugerido Scout, de *Matar a un ruiseñor,* y Stanley, el niño de *Hoyos,* de Louis Sachar). A menudo, Loveday escucha a Madison y Kelly riéndose juntas. No está segura de qué están haciendo para lograr construir una relación, pero parece que funciona.

Loveday y Kelly van a ver al padre de Kelly, Neil, y a Sarah-Jane, que cada vez pasa más tiempo con él. Asegura que es demasiado viejo para ser su novio, pero eso es precisamente lo que parece ser. Nathan y Vanessa la trajeron por la mañana. Ahora que el mundo está volviendo a la normalidad, Vanessa ha vuelto, entre trabajo y trabajo, para pasar el puente con ellos. Cenarán y luego verán una película, aunque ya han organizado veladas como estas y siempre terminan sentados alrededor de la mesa hablando y disfrutando de la compañía de los demás toda la noche.

Loveday no ve el momento de estar con todos ellos. Su familia se ha expandido durante este periodo en el que el mundo se ha hecho pequeño y, en lugar de sentirse perdida y asustada en un mundo cuyos extremos ya no puede tocar, formar parte de una familia grande y feliz es todo un gusto y un placer.

Al igual que leer un libro.

BIBLIOGRAFÍA

El profesor y Lorraine: libros para apoyar a los vecinos de tu burbuja
Michael Bond, *Un oso llamado Paddington*
June Brown, *Before the Year Dot*
Claudia Roden, *A Book of Middle Eastern Food*

Mo: libros para una persona que echa de menos las conversaciones breves e intrascendentes
Fredrik Backman, *Un hombre llamado Ove*
Christina Baker Kline, *Un rincón del mundo*
Grégoire Delacourt, *La lista de mis deseos*
George Eliot, *Middlemarch*
Mark Twain, *Las aventuras de Tom Sawyer*

Bryony: libros para una fan desvelada del crimen
Wilkie Collins, *La mujer de blanco*
Helen Dunmore, *Birdcage Walk*
Gillian Flynn, *Perdida*
C. J. Sansom, *El gallo negro*
Muriel Spark, *El esplendor de la señorita Jean Brodie*
Josephine Tey, *La hija del tiempo*

La madre de Madison: chisteras, vestidos grandes y caballos (y algunos títulos para cuando estás cabreado/a)
Maeve Binchy, *Círculo de amigos*
Jilly Cooper, *Jinetes*
Emma Donoghue, *La habitación*
Georgette Heyer, *La indomable Sophia*
Celeste Ng, *Todo lo que no te conté*
Amy Poehler, *Yes Please*

Madison: que no haya muchos magos
Maya Angelou, *Yo sé por qué canta el pájaro enjaulado*
Margaret Atwood, *El cuento de la criada*
Charlotte Brontë, *Jane Eyre*
Kazuo Ishiguro, *Nunca me abandones*
Ursula K. Le Guin, *Un mago de Terramar*
Caitlin Moran, *Cómo se hace una chica*
Patrick Ness, *El cuchillo en la mano*
Alice Oseman, *Solitario*
J. D. Salinger, *El guardián entre el centeno*
Dodie Smith, *El castillo soñado*
Sarah Waters, *Falsa identidad*

Zoe: libros para entretener a los niños… y a su madre
Tove Jansson, *El pequeño trol Mumin, Mymla y la pequeña My*
L. M. Montgomery, *Ana de las Tejas Verdes*
Nadia Shireen, *Lola y el dragón*
Max Velthuijs, *Sapo y el ancho mundo*

Paul Pritchard: libros para alguien que quiere que la ficción haga realidad las ideas
Kate Atkinson, *La mecanógrafa*
Michael Dobbs, *House of Cards*
Anthony Doerr, *La luz que no puedes ver*
Amitav Ghosh, *Mar de amapolas*
Val McDermid, *Union Jack*
Chris Mullin, *A Very British Coup*

Bella: libros cotidianos sobre cosas cotidianas
Margaret Atwood, *El asesino ciego*
Anne Brontë, *La inquilina de Wildfell Hall*
Liza Dalby, *La historia de Murasaki*
Paul Gallico, *Flores para la señora Harris*
Nella Last, *Nella Last's War: The Second World War Diaries of 'Housewife, 49'*
Charlotte Perkins Gilman, *El papel pintado amarillo*
Maria Semple, *Dónde estás, Bernadette*

Craig: libros para alguien enamorado/a y sobrepasado/a
Gabriel García Márquez, *El amor en los tiempos del cólera*
Khalil Gibran, *El profeta*

Lily King, *Euforia*
Ann Patchett, *Bel canto*

Jennifer: favoritos de siempre
George Eliot, *El molino de Floss*
Thomas Hardy, *Tess, la de los D'Urberville*,
Toni Morrison, *Beloved*
Jean Rhys, *Ancho mar de los Sargazos*
Donna Tartt, *El secreto*

Milo: lecturas para dormir
Ludwig Bemelmans, *Madeline*
Werner Holzwarth, *El topo que quería saber quién se había hecho aquello en su cabeza*
Tove Jansson, *Moomin and the Wishing Star*
Laura Numeroff, *Si le das una galletita a un ratón*
Maurice Sendak, *Donde viven los monstruos*

Jonno: libros para alguien al que nada le hace gracia
Oyinkan Braithwaite, *Mi hermana, asesina en serie*
Patrick deWitt, *Los hermanos Sisters*
Ottessa Moshfegh, *Mi año de descanso y relajación*
Helen Oyeyemi, *El señor Fox*
Terry Pratchett, *El color de la magia*
David Sedaris, *Mi vida en rose*

Adjoa: libros que representan, con amabilidad, las diferencias
Sebastian Barry, *Días sin final*
Sara Collins, *Confesiones de una criada*
Vanessa Diffenbaugh, *El lenguaje de las flores*
Bernardine Evaristo, *Niña, mujer, otras*
Yaa Gyasi, *Volver a casa*
Laline Paull, *Las abejas*
Tara Westover, *Una educación*

Simone: libros para evadirse
Eileen Chang, *Lujuria, precaución*
La Odisea, de Homero (traducida por Emily Wilson)
Toshikazu Kawaguchi, *Antes de que se enfríe el café*
Per Petterson, *Salir a robar caballos*

Jamie: libros para leer en mitad de la noche
Khaled Hosseini, *Cometas en el cielo*
Miranda Mellis, *None of This is Real*
Erin Morgenstern, *El circo de la noche*
Cheryl Strayed, *Salvaje*
Chris Yates, *Nightwalk*

Max y Kate: libros que abrazan mundos de igualdad y justicia
Becky Albertalli, *Yo, Simon, Homo Sapiens*
Kristin Cashore, serie de libros de *Graceling*
Becky Chambers, *El largo viaje a un pequeño planeta iracundo*
Ursula K. Le Guin, *La mano izquierda de la oscuridad*
E. Lockhart, *Éramos mentirosos*

Jay: terror del bueno y escapista
Lauren Beukes, *Las luminosas*
Joël Dicker, *La verdad sobre el caso Harry Quebert*
Neil Gaiman, *Coraline*
Shirley Jackson, *La maldición de Hill House*
Stephen King, *Cementerio de animales*
H. P. Lovecraft, *La llamada de Cthulhu y otras historias*
Daphne du Maurier, *Rebeca*
Silvia Moreno-García, *Gótico*
Bram Stoker, *Drácula*

Helen: libros que me hagan sentir bien con quien soy
Min Jin Lee, *Pachinko*
Maggie O'Farrell, *Sigo aquí*
Barbara Pym, *Mujeres excelentes*
Kiley Reid, *Los mejores años*
Ella Risbridger, *Midnight Chicken*
Carol Shields, *La memoria de las piedras*
John Williams, *Stoner*

Trix: libros para curar un corazón roto
Diana Athill, *Instead of a Letter*
Charlotte Brontë, *Jane Eyre*
Patricia Highsmith, *Carol*
bell hooks, *Todo sobre el amor*
Madeline Miller, *La canción de Aquiles*
Sally Rooney, *Conversaciones entre amigos*

George y Rosemary: los libros de toda una vida
Jane Austen, *Persuasión*
Frances Hodgson Burnett, *El jardín secreto*
Lewis Carroll, *Alicia en el país de las maravillas* (con ilustraciones originales de John Tenniel; más recientemente de Helen Oxenbury)
Ian McEwan, *Expiación*
Sue Monk Kidd, *La vida secreta de las abejas*
Dodie Smith, *El castillo soñado*
Edith Wharton, *La edad de la inocencia*

Y algunos libros que te pueden resultar útiles
Jane Austen, *Mansfield Park*
Elizabeth Barrett Browning
Judy Blume, ¿Estás ahí, Dios? Soy yo, Margaret
Clare Chambers, *Pequeños placeres*
Roald Dahl, *Matilda*
Caroline Dooner, *Al diablo con las dietas*
Kate Forsyth, *Bitter Greens*
Jane Gardam, *A Long Way from Verona*
James Herriot, *Todas las criaturas grandes y pequeñas*
Andrew Kaufman, *Todos mis amigos son superhéroes*
Marian Keyes, *Sushi para principiantes*
Harper Lee, *Matar a un ruiseñor*
Carson McCullers, *El corazón es un cazador solitario*
Alice Munro, *Mi vida querida*
Sylvia Plath, *La campana de cristal*
Louis Sachar, *Hoyos*
Emily St. John Mandel, *Estación once*

Preguntas para los que comparten libros

1. «No creo que ninguno debamos siquiera intentarlo. Solo tenemos que seguir adelante».

Muchos de los personajes de *La Librería de la Esperanza* actúan con mucho coraje, tanto con cosas relacionadas con la pandemia como con las que no lo están. ¿La valentía de quién te llama más la atención?

2. *La Librería de la Esperanza* incluye a algunos de los personajes de *La vida escondida entre los libros,* la novela anterior de Stephanie Butland. ¿Has leído *La Librería de la Esperanza* como una novela independiente o después de leer *La vida escondida entre los libros?* ¿Crees que importa?

3. «George se queda callado al principio, porque no puede hablar de cosas banales y soportar el abrumador sentimiento de compatibilidad que le invade cuando Rosemary está presente».

La historia de amor de George y Rosemary es la de toda una vida, pero está firmemente enraizada en el día a día: los placeres de la jardinería, de beber té y de las rutinas tranquilas. Un amor como este, ¿es excepcional o normal? En tu opinión, ¿qué hace auténtica una «historia de amor»?

4. Muchos de los personajes de *La Librería de la Esperanza* buscan una vía de escape en los libros. ¿Qué clase de libros, películas o series te levantan el ánimo y te hacen disfrutar? Los libros con los que te distraes de los temas de actualidad, ¿valen menos que los libros con mensajes importantes?

5. «Como la gente no ha tenido permiso para salir mucho, todo el mundo es mucho más amable y educado que antes con una camarera que ha pasado por épocas mejores. Además, ¡las propinas tampoco estuvieron nada mal!».

La Librería de la Esperanza es una historia sobre las personas que están tras los mostradores o reponiendo las estanterías; las personas a las que a menudo pasamos por alto. ¿Ha conseguido esta novela que ahora pidas más recomendaciones a los libreros?

6. «"Pero todo el mundo comente errores —dice Madison—. Eso es lo que decís todo el rato: cometer errores y aprender de ellos; pedir perdón y seguir adelante"».

¿Crees que Kelly tomó la decisión adecuada con respecto a su relación? Teniendo en cuenta las conclusiones a las que llegan los personajes al final de la novela, ¿con cuál te has identificado más?

7. «Hace tiempo, compraban libros de uno en uno y los leían en alto para que los dos pudieran experimentar, juntos y por primera vez, el placer de aquellas páginas. Y Rosemary no está segura de cuándo dejaron de hacerlo. Probablemente cuando empezaron a estar demasiado ocupados. O cuando tener un libro ya no era un lujo».

¿Le has leído alguna vez un libro o un poema a alguien en alto, o te lo han leído a ti? ¿Cuáles pueden ser los aspectos más —y menos— placenteros de compartir así un libro?

Agradecimientos

Lo primero y más importante, me gustaría dar las gracias a los libreros, blogueros literarios, lectores, críticos, bibliotecarios, clientes de las librerías, usuarios de las bibliotecas, clubes de lectura, *book* Twitter, *book* Instagram y a todo el que sepa que los libros te pueden ayudar. Sois conscientes de lo que puede hacer un libro y me alegra formar parte de vuestras filas. También os agradezco que reconocierais a Loveday, que ya aparecía en *La vida escondida entre los libros*, y que la dejarais formar parte de vuestros corazones.

Oli Munson ha sido mi agente durante más de una década. Siempre me ha apoyado y ha luchado por mí y por mi obra, y se ha comportado de una forma completamente heroica durante la planificación y escritura de esta novela. Gracias, Oli, ya lo sabes.

Con esta novela, he tenido la suerte de trabajar con dos editoras excepcionales. Gracias a Eli Dryden (a quien se le ocurrió la idea original) y a Marion Donaldson, por vuestros conocimientos, paciencia, inteligencia y apoyo. He aprendido mucho trabajando con ambas.

A la novela que sostienes en tus manos (o ves en tu pantalla) le han hecho falta contribuciones, profesionalidad y excelencia por parte de muchas personas del mundo editorial. Gracias a Harmony Leung, Rosanna Hildyard, Flora McMichael, Sarah Bance, Kate Truman, Sophie Ellis, Chris Keith-Wright, Rebecca Bader, Isabelle Wilson, Zoe Giles y Rhys Callaghan.

Gracias a CoT: Carys Bray, Sarah Franklin y Shelley Harris. No sé qué haría sin vosotros.

Los lectores beta ayudan a dar forma a una novela a la vez que evitan que meta la pata con mi ignorancia. Gracias a Alan Butland, Susan Young, Sharon Davis y Sazan M. Mandalawi. Gracias también al equipo de primavera de 2022 de Garsdale, que fueron mi primer público y me ayudaron y apoyaron muchísimo (aún lo hacen).

Para conseguir escribir esta novela he pasado mucho tiempo leyendo sobre la pandemia. Les estoy muy agradecida a todas las personas que fueron lo suficientemente valientes y solidarias como para compartir sus historias en las redes sociales, en internet, en prensa y en los libros. Os comprendo. Gracias.

Mis investigaciones incluyeron estos libros, todos ellos relatos sobre medicina durante la pandemia:

Intensive Care: A GP, a Community & a COVID-19, de Gavin Francis.
A Nurse's Story: My Life in A&E During the Covid Crisis, de Louise Curtis con Sarah Johnson.
Duty of Care, del Dr. Dominic Pimenta.
Breathtaking, de Rachel Clarke.
Catch Your Breath, de Ed Patrick.

Paul Pritchard, gracias por hablarme de tu padre.

Richard Morris, ¡gracias por inspirarme para que preparara una tarta ópera!

Y, por último, gracias a las personas que me quieren y que hacen posible que tenga esta vida: mis queridos amigos, mi marido, Alan, mis hijos, Ned y Joy, mi padre y mi querida tía Susan.